Un inconnu si sexy

*

L'empreinte du désir

LORI WILDE

Un inconnu si sexy

COLLECTION *Audace*

éditions Harlequin

Cet ouvrage a été publié en langue anglaise
sous le titre :
SECRET SEDUCTION

Traduction française de
DIANE HAMILTON

HARLEQUIN®

est une marque déposée du Groupe Harlequin
et Audace® est une marque déposée d'Harlequin S.A.

83-85, boulevard Vincent-Auriol, 75013 PARIS — Tél. : 01 42 16 63 63

Service Lectrices — Tél. : 01 45 82 47 47
www.harlequin.fr

ISBN 978-2-2802-1133-8 — ISSN 1639-2949

1.

— Hé ! Poupée ! Tu ne voudrais pas venir t'asseoir sur mes genoux ?

L'homme qui parlait ainsi s'adressait au Dr Vanessa Rodriguez, installée sur un tabouret de bar. Celle-ci leva les yeux au ciel, exaspérée, et tira sur le bas de sa flamboyante minirobe rouge afin de cacher le haut de ses longues jambes aux yeux de ce malotru. Mieux valait ne pas lui répondre par une réplique acérée : il risquerait de prendre cela pour une invite.

Elle jeta un coup d'œil sur le comptoir devant elle. Si jamais les choses tournaient mal avec cet inconnu, aurait-elle le temps de saisir le poivrier et de lui jeter son contenu au visage pour se défendre ?

Après une journée épuisante dans le service de chirurgie esthétique de Confidential Rejuvenation, la clinique très chic pour V.I.P. où elle travaillait en tant qu'interne, elle avait ressenti l'envie, par cette suffocante soirée du mois d'août, de venir prendre un verre chez Emilio, un bar dans le quartier hispanique d'Austin.

Ces derniers temps, plusieurs incidents et coïncidences troublantes avaient entaché l'impeccable réputation de Confidential Rejuvenation qui, jusque-là, avait toujours été considérée comme un véritable havre de paix pour les personnes les plus fortunées de la planète. Le stress se ressentait parmi les employés et elle commençait à en souffrir, elle aussi.

Même si son enfance n'avait pas été des plus heureuse, et bien qu'elle ait grandi loin du quartier espagnol d'El Paso, elle avait parfois besoin de renouer avec l'ambiance et la culture hispanique dans lesquelles elle avait grandi.

Dès qu'elle était d'humeur maussade, elle aimait venir se réfugier chez Emilio. Rien de mieux pour se remonter le moral qu'une bonne tequila, de croustillantes ailes de poulet grillé et un orchestre de mariachis. Hélas, ce genre d'endroit signifiait aussi s'exposer à de nombreuses attentions masculines. Or, pour l'heure, elle n'avait aucune envie de discuter avec un quelconque admirateur, inoffensif ou pas.

Tout ce dont elle avait besoin, c'était de pouvoir se détendre, passer un agréable moment, et laisser libre cours à sa personnalité profonde. Si ses collègues de Confidential Rejuvenation connaissaient la véritable Vanessa, ils en seraient certainement choqués.

Ici, dans ce bar, elle était libre de se comporter comme bon lui semblait. Peut-être irait-elle faire un tour sur la piste de danse si l'envie lui en prenait un peu plus tard dans la soirée, mais certainement pas avec cet homme d'une cinquantaine d'années qui ne cessait de la regarder de l'autre côté du bar et qui venait de lui lancer sa grossière proposition. Entre son alliance et ses avant-bras tatoués à l'effigie de Popeye, il avait tout pour la faire fuir — sans compter qu'il aurait mieux fait de se mettre au régime plutôt que de continuer à boire de la bière et à dévorer des chips.

Cela faisait longtemps qu'elle vivait seule, mais elle savait très bien comment se débrouiller avec les types de ce genre.

— Vous plaisantez ? Je ne voudrais pas vous faire perdre

les effets de votre viagra pour quelque chose que vous n'obtiendrez jamais !

— Là, mon vieux, elle t'a eu ! déclara le copain de l'homme en lui envoyant un bon coup de coude dans les côtes.

L'homme se contenta de hocher la tête d'un air sombre.

Vanessa l'ignora et fit signe à Julio, le barman.

— Sers-moi ta meilleure tequila, et beaucoup de sel, lui demanda-t-elle alors qu'il s'approchait.

Julio esquissa un sourire.

— Mauvaise journée ?

Ce n'était rien de le dire.

— J'en ai connu de meilleures, répondit-elle, espérant qu'il n'essaierait pas d'entamer la discussion.

Julio était sympathique, et elle ne pouvait s'empêcher d'admirer ses muscles fermes sous son T-shirt qui moulait son torse à la perfection, mais elle n'avait aucune envie de raconter sa journée.

Elle était là pour savourer de bons cocktails et danser.

D'une main ferme, Julio posa un verre sur le comptoir en acajou, y versa trois doigts d'Azul Reposado, puis déposa à côté une soucoupe contenant des quartiers de citron et une salière.

Il murmura un vieux proverbe espagnol que l'on pouvait traduire par : « Que ce breuvage éloigne tous tes problèmes. »

Vanessa plongea deux doigts dans l'échancrure de son soutien-gorge et en retira un billet de vingt dollars qu'elle posa sur le bar devant Julio.

— Sers-moi autant de verres que ce billet le permettra.

Julio hocha la tête. Avec ces vingt dollars, il pourrait lui servir deux verres de tequila et encaisser son pourboire.

— Et lorsque le groupe reviendra de sa pause, pourrais-tu lui réclamer un air entraînant ? demanda Vanessa.

— Sans problème, miss, répondit Julio en astiquant les barres en chrome du comptoir.

De la pointe de la langue, Vanessa lécha le dos de sa main gauche puis y saupoudra du sel. Consciente que tous les hommes autour du bar l'observaient avec attention, elle prit un quartier de citron dans une main et, de l'autre, leva son verre de tequila.

— A la vôtre !

Elle tira la langue pour lécher le sel sur sa main, renversa la tête pour avaler sa tequila puis mordit dans le morceau de citron. Après l'effet de chaleur veloutée produit par l'alcool, l'amertume du citron vert lui emplit la gorge.

Aussitôt, le monde sembla plus beau, et une douce nostalgie l'envahit. Ah ! Cela faisait bien longtemps qu'elle n'avait pas éprouvé une telle sensation.

Certes, elle risquait fort d'avoir un violent mal de tête le lendemain matin, mais peu importait. C'était son jour de congé, et elle n'était pas de garde. Ce soir, elle avait envie de s'amuser, et la tequila lui offrait un bon départ. Se levant, elle se massa les tempes du bout des doigts.

— Tu veux en parler ? demanda Julio.

— Non.

— Mauvaise journée, c'est ça ?

— Je vois que tu es un fin psychologue.

Julio haussa les épaules.

— Que veux-tu, je suis barman.

— Ce qui signifie ?

— Il n'y a que deux raisons pour lesquelles les gens entrent dans un bar : soit pour faire la fête, soit pour oublier leurs soucis. Or, malgré ta ravissante petite robe rouge, tu ne m'as pas l'air d'humeur à fêter quoi que ce soit.

— Qu'est-ce que tu en sais ?

— Tu es toute seule.

Touché.

— Au fait, tu as eu des nouvelles de ta cousine ? demanda Vanessa, désireuse de changer de sujet.

Six mois plus tôt, elle s'était rendue au Salvador en tant que membre de l'équipe de Chirurgiens sans frontières. La jeune cousine de Julio, Pilar, âgée de seize ans, avait été l'une de ses patientes qu'elle avait opérée d'une malformation au palais.

Aussitôt, le visage de Julio rayonna.

— J'ai eu de ses nouvelles il y a quelques jours par ma tante Gisèle. Pilar est en pleine forme, sa santé est parfaite, et elle vient même de rencontrer son premier petit ami. D'après Gisèle, elle est radieuse et ne cesse de sourire à longueur de temps.

— J'en suis ravie ! déclara Vanessa. J'ai été si contente de pouvoir l'aider.

Une vague de satisfaction la submergea. La plupart du temps, son travail à Confidential Rejuvenation consistait à effectuer des liftings sur des hommes et des femmes en pleine santé, en quête d'une éternelle jeunesse. Certes, son travail dans cette clinique chic était loin de lui déplaire, mais il ne lui apportait pas autant de fierté que son engagement bénévole pour Chirurgiens sans frontières. Le monde des célébrités était à des années-lumière de ce qu'elle avait connu dans ces rudes mais magnifiques contrées.

Le fait d'avoir un pied dans deux univers si différents lui permettait de garder un certain équilibre dans son métier. Pendant un court instant, elle eut envie de se trouver là-bas, au Salvador, en train de pratiquer des interventions pour sauver des vies.

Et pour se cacher de Carlos Vega ?

— Tu en veux un autre ? proposa Julio en désignant son verre vide.

— Non, merci, pas pour l'instant.

— Fais-moi signe quand tu en auras envie, répondit Julio en se dirigeant vers un jeune couple qui venait de s'installer au bar, et ne cessait de se bécoter.

Vanessa saisit un autre quartier de citron, le porta à ses lèvres puis fit pivoter son tabouret et observa la salle. Au premier coup d'œil, elle se rendit compte qu'elle ne connaissait personne dans le bar, ce qui n'avait rien d'étonnant puisqu'elle n'était pas venue ici depuis plusieurs mois.

La plupart du temps, elle passait chez Emilio lorsque le stress professionnel était trop dur à supporter. Travailler pour Confidential Rejuvenation signifiait mener une vie discrète. Pour preuve, le contrat qu'elle avait signé incluait une clause de confidentialité.

Les secrets.

Les mystères.

Les non-dits.

Elle en avait assez de tout cela.

Tout à coup, elle ressentit une immense solitude. Pourquoi n'avait-elle pas téléphoné à ses deux meilleures amies, Julie Demarco et Ella Kingston, pour leur proposer de venir prendre un verre avec elle ? Hélas, elle savait que ses camarades auraient eu du mal à se joindre à elle. Son amie Ella était désormais fiancée au Dr Dante Nash, et Julie passait ses soirées à réviser en prévision de son diplôme qui lui permettrait d'exercer en tant que thérapeute spécialisée dans les troubles du comportement sexuel.

De toute façon, elle préférait être seule. Ses amies ignoraient tout de son passé, et elle n'avait nullement l'intention de le leur révéler. Jamais elle ne supporterait de lire la déception dans leurs yeux, si jamais elles apprenaient la vérité à son sujet.

Non, c'était impensable.

Sortir seule était la meilleure façon d'exorciser les démons qui la hantaient. Elle n'allait tout de même pas rester chez elle à se cacher sous les couvertures, juste parce qu'elle venait d'apprendre l'horrible nouvelle qu'elle avait redoutée durant ces quinze dernières années.

Elle était bien déterminée à vivre sa vie comme bon lui semblait.

Elle allait boire, danser, et tout oublier.

Décidée à chasser toute pensée négative, elle fit signe à Julio de lui remplir de nouveau son verre, qu'elle avala d'une traite, négligeant même le sel et le citron. Elle grimaça. Au fond d'elle-même, elle savait bien que, pour repousser tous ses démons, elle avait besoin d'une solution beaucoup plus radicale. Malgré la brume qui commençait à envahir son esprit, elle ne se souvenait que trop bien de cette horrible nuit, une quinzaine d'années plus tôt.

Cette nuit où elle avait été témoin d'un meurtre.

Elle frissonna, bien décidée à revenir au présent.

Sa journée, ce matin, avait commencé comme toutes les autres de la semaine. Elle s'était levée à 4 heures pour s'habiller et se préparer à partir pour la clinique. Avant de sortir, elle avait attrapé une barre de protéines, grignotée dans sa voiture comme substitut de petit déjeuner. Une fois sur place, elle s'était préparée pour les opérations de chirurgie qui commençaient habituellement à 6 h 30. Le lifting de la femme du maire s'était déroulé à la perfection, tout comme la rhinoplastie de l'une des jeunes filles les plus en vue d'Austin. Son déjeuner à la cafétéria de la clinique s'était composé d'une salade de maïs assaisonnée d'une vinaigrette allégée, d'un petit pain de seigle, une coupe de fruits en dessert et une bouteille d'Evian. Puis la routine avait continué.

Rien que de très banal.

Un peu plus tard, son téléphone portable avait sonné, et elle avait entendu une voix qui lui avait glacé le sang. Elle avait tant prié, depuis des années, pour ne plus jamais l'entendre !

En cet instant encore, au souvenir de ce cauchemar surgi du passé, sa main tremblait et son cœur battait la chamade.

« Ne crois pas que je vais t'oublier, avait déclaré un homme qu'elle ne connaissait que trop bien. Tu me dois quinze ans de ma vie. »

Oh oui, elle avait bien fait de venir dans ce bar ! L'alcool et la danse formeraient un bon cocktail pour tout oublier.

Les musiciens revinrent de leur pause-cigarette, laissant flotter dans leur sillage un mélange de tabac, de marijuana et d'alcool. Souriant à leur public, ils s'emparèrent de leurs instruments et entonnèrent un air célèbre et fort sexy.

Vanessa esquissa un sourire et se passa la langue sur les lèvres. C'était là le genre de musique qui convenait à son humeur. A présent, tout ce dont elle avait besoin, c'était d'un partenaire pour danser.

Elle observa les lieux.

Une minute plus tard, elle le vit, assis dans un coin sombre, en train de boire une bière. L'inconnu avait la peau claire et les cheveux blonds. Impossible de ne pas remarquer ses origines nordiques au milieu de cette population latino. Et de toute façon, songea-t-elle avec une pointe d'envie, il était beaucoup trop séduisant pour passer inaperçu.

Durant un bref moment, leurs regards restèrent rivés l'un à l'autre.

Les yeux de cet homme étaient un appel à la sensualité. Des yeux d'un bleu lumineux, mais étrangement songeurs, voire maussades. Des yeux mystérieux qui la troublaient plus que tout. De curiosité autant que de désir.

Elle l'observa de loin. Il avait un visage aux traits virils qui devaient décourager les autres hommes de venir l'importuner, même si, sous ses dehors de dur à cuire, il avait tout de même l'air très traditionnel. Et il était surtout terriblement sexy. Le genre d'homme qu'elle aurait adoré déshabiller…

Vanessa sentit son pouls s'accélérer. Ses doigts la démangeaient. Elle brûlait d'effleurer le visage de cet homme, de caresser cette masse de cheveux blonds et soyeux… et de poser ses lèvres sur les siennes.

De nouveau, malgré cette horrible journée, elle esquissa un sourire. Cela faisait plusieurs mois qu'elle n'avait eu de relations sexuelles et cet homme paraissait le candidat idéal pour remédier à la situation !

Il était différent de tous les autres spécimens masculins présents. Sans la lorgner comme eux, il lui prêtait néanmoins attention. C'était peut-être imprudent de sa part, mais elle avait d'ores et déjà l'impression qu'elle pouvait lui faire confiance.

Quelle idiote !

Pourtant, l'expression qu'elle déchiffrait dans ses yeux n'était pas celle du désir. Non, aussi étrange que cela puisse paraître, cet homme semblait deviner à quel point elle était effrayée, et avait même l'air prêt à lui offrir protection et réconfort.

Hmm, décidément, elle ferait mieux de continuer à boire et aller danser plutôt que d'avoir des pensées aussi ridicules.

Soudain, l'inconnu détourna la tête comme s'il avait quelque chose à cacher. Redoutait-il de la regarder longtemps ?

Pourquoi ?

Et pourquoi ressentait-elle cette irrésistible envie d'aller vers lui ?

Intriguée, elle décida qu'elle devait faire sa connaissance.

Peut-être était-il la solution à tous ses problèmes, et elle avait bien l'intention de le séduire.

C'était bien la femme qu'il cherchait.

Tanner Doyle n'avait nul besoin de consulter la photo qu'il gardait au fond de sa poche. Quel homme pourrait oublier un visage aussi ravissant ? De plus, la ressemblance de la jeune femme avec feu son épouse la rendait encore plus captivante.

Dire que cela faisait déjà quatre ans que Maria était décédée !

Maria.

Du bout des doigts, Tanner effleura son annulaire nu. Mon Dieu ! Comme Maria lui manquait !

Il ferma les yeux un bref instant, essayant de chasser sa peine. Maria n'aurait pas voulu qu'il porte son deuil aussi longtemps. Si elle pouvait communiquer avec lui, elle lui conseillerait à coup sûr de continuer sa vie sans elle.

Mmm, plus facile à dire qu'à faire.

Surtout aujourd'hui.

Il avala le reste de la bière qu'il avait commandée juste après avoir suivi la jeune femme à l'intérieur du bar. La boisson s'était réchauffée et avait un goût amer. A dire vrai, il n'appréciait pas particulièrement la bière, mais Maria aimait boire de la Dos Equis, cette fameuse bière mexicaine, et ainsi il avait l'impression d'être encore un peu avec elle.

« Ne pense pas à Maria. Concentre-toi sur ton travail. »

Même si cela consistait à surveiller une femme qui ressemblait à Maria.

En fait, elle ne lui ressemblait pas tant que cela, songea-t-il en lui prêtant un peu plus attention.

Bien sûr, toutes deux avaient la peau mate, de longs cheveux noirs, de grands yeux sombres et des lèvres très sensuelles, mais Maria était plutôt petite. Cette femme, au contraire, était beaucoup plus grande. Même sans ses escarpins, elle devait faire un bon mètre soixante-quinze. Avec ses talons hauts, elle pourrait presque le regarder droit dans les yeux.

Maria avait un visage en forme de cœur, un petit menton et un nez délicat. Vanessa Rodriguez avait le visage de forme ovale, une mâchoire ferme, et son nez majestueux lui donnait un profil royal.

Elle avait de la personnalité, c'était sûr. Tout à l'heure, il avait entendu le type au bar l'interpeller de façon vulgaire, et elle l'avait remis à sa place d'une réplique acérée. Lui-même en était resté sans voix. Cette femme était vraiment à part.

Alors que l'orchestre entamait un nouvel air, Vanessa Rodriguez se leva et avança dans la foule. Elle était sublime, et il ne pouvait détacher son regard de ses jambes magnifiques, si bien mises en valeur par sa robe moulante... Des jambes qui venaient vers lui ! comprit-il soudain avec un frisson.

Etait-il possible qu'elle ait constaté qu'il la suivait ? Dire qu'il était expert en sécurité !

Quand Vanessa s'arrêta juste devant sa table et planta ses yeux dans les siens, il retint son souffle. Et voilà, il venait de faire échouer sa mission et son employeur allait être furieux. Mais, malgré les pensées toutes plus négatives qui lui traversaient l'esprit, il parvint à soutenir son regard.

Et, à sa grande surprise, elle lui tendit la main.

— On danse ?

Il hésita une fraction de seconde. Il avait déjà failli tout ficher en l'air en lui permettant de l'aborder, et il ne voulait surtout pas attirer encore un peu plus l'attention sur lui. Et si jamais il perdait sa couverture ? En même temps, s'il refusait son invitation, il risquait de la voir tomber entre les bras de l'homme dont il avait été chargé de la protéger.

— Qui vous dit que je sais danser ?

Elle le détailla de la tête aux pieds.

— Votre corps parle pour vous.

— Vous, vous savez parler aux hommes !

Vanessa eut un rire léger qui sembla aussi doux à ses oreilles qu'une brise de printemps. Une main posée sur la hanche, l'autre tendue vers lui un air de défi dans les yeux, elle l'observait avec une moue tentatrice.

Après tout, ne devait-il pas veiller sur elle ? Danser avec elle était peut-être le meilleur moyen de s'acquitter de sa tâche. Même s'il allait être terriblement difficile d'ignorer la courbe sensuelle de ses seins à peine dissimulés sous la fine soie de sa robe…

Il prit sa main, se leva d'un mouvement souple, et comprit que ses craintes étaient encore loin du compte. Car malgré toute sa bonne volonté, il lui était impossible de détacher son regard de la peau soyeuse et dorée de son décolleté. Son parfum exotique, aux notes de vanille, noix de coco et citron vert était aussi excitant et tentateur que sa silhouette…

Jamais il n'avait rien ressenti de pareil devant une femme, du moins depuis une éternité. Depuis quatre ans, c'était comme si les femmes dans leur ensemble avaient disparu de sa vie, avaient cessé de susciter son intérêt, et voilà que cette femme, telle une princesse de conte de fées, venait le réveiller d'un long sommeil. Déjà, des visions érotiques le hantaient : des visions de nuits sulfureuses et du corps de Vanessa pressé contre le sien… Sauf qu'au même moment, il ne pouvait refouler un terrible sentiment de culpabilité, comme s'il était en train de trahir Maria.

Ondulant des hanches, Vanessa fit quelques pas en arrière,

l'entraînant sur la minuscule piste de danse, occupée par un seul couple en train de s'embrasser avec passion. L'homme et la femme, tous deux fort jeunes, ne se donnaient même pas la peine de danser, se contentant de se caresser au rythme de la musique.

Il ne voulait pas se risquer trop près d'elle. Aussi se borna-t-il à poser son bras sur ses épaules au lieu de la saisir par la taille comme il l'aurait fait s'ils avaient été intimes. Car s'il la serrait plus, il serait incapable de lui dissimuler le violent désir qui s'était emparé de lui à l'instant même où elle s'était approchée de lui.

Hélas, Vanessa semblait déterminée à le séduire. Ses longs cheveux bruns qui encadraient son décolleté attiraient son attention sur ses seins tandis qu'elle remuait ses adorables fesses au rythme de la musique. D'ailleurs, il n'était pas le seul à être séduit par cette déesse. Tous les regards masculins étaient rivés sur elle.

— Tu n'as pas besoin de danser aussi loin de moi, murmura-t-elle en le fixant.

Eh bien, elle n'avait pas froid aux yeux ! Il aimait ce genre d'audace, mais pour autant, il n'allait pas prendre le risque de sentir ses courbes féminines plaquées contre son corps.

Sauf qu'elle ne semblait pas l'entendre de cette oreille. Car elle se rapprocha de lui en ondulant des hanches, comme prête à tout pour lui faire perdre tout contrôle, et le força à faire descendre sa main le long de son dos. Sous ses doigts, il sentait l'attache de son soutien-gorge, et de nouvelles images sulfureuses surgirent à son esprit.

— J'avais raison, susurra Vanessa.

— A quel sujet ?

— Tu danses bien.

— Pourtant, je ne danse presque jamais.

— Moi non plus.
— Tu ne viens pas souvent ici ?
Vanessa secoua la tête.
— Non, et toi ?
— C'est la première fois, confessa-t-il.
— Je me disais bien que tu n'avais pas l'air très à l'aise.
— Toi, au contraire, tu sembles te plaire ici. Cela dit, tu dois te sentir à ton aise partout où tu vas.
— Mmm, ça dépend.
Il n'avait pas eu l'intention de la flatter, mais à son petit sourire, il devina que sa remarque lui avait plu.
L'orchestre entama un slow, et plusieurs couples se hâtèrent sur la piste, les forçant à plus d'intimité. Leurs hanches se frôlèrent et il sut alors avec certitude qu'elle ressentait exactement le même trouble que celui qui l'avait envahi. Elle retenait son souffle, comme en attente d'un baiser, et il ne pouvait détacher son regard des lèvres sensuelles de Vanessa.
Que ressentirait-il en l'embrassant ?
Soudain il l'imagina nue entre ses draps, ses longs cheveux noirs étalés autour d'elle comme une fleur exotique, tandis qu'elle levait vers lui ses yeux brûlant de désir. Déjà il voyait ses lèvres réclamer ses baisers, et ses seins, aux tétons durcis, ses caresses. C'était une vision à la fois stupéfiante et puissamment érotique…
A cet instant, le trompettiste joua une note langoureuse qui résonna dans chacune de ses cellules, et Tanner secoua la tête, essayant de chasser les images qui l'avaient submergé. C'était déjà assez difficile de danser avec elle, alors inutile de se laisser aller à des fantasmes.
Et pourtant… Cela faisait si longtemps qu'il n'avait pas tenu une femme entre ses bras, qu'il n'avait humé le parfum d'une chevelure féminine, ni ressenti une telle attirance !

Hélas, il le savait : même si Vanessa était désormais lovée au creux de ses bras, il n'avait pas le droit d'entamer quoi que ce soit avec elle. Grand Dieu ! C'était comme d'être un gamin au visage pressé contre la vitrine d'un magasin de jouets dans lequel il lui était interdit de pénétrer.

— Comment t'appelles-tu ? demanda-t-il, songeant que n'importe qui poserait la question en de telles circonstances.

Sauf qu'il n'était pas n'importe qui. Même si elle l'ignorait, on l'avait embauché pour être son garde du corps.

— Moi, commença-t-il, je m'appelle…

— Chhhuuut ! l'interrompit-elle en lui posant un doigt sur les lèvres. Ne gâche pas mon fantasme. Je ne veux rien savoir, seulement danser.

Parfait. Moins il en dirait, moins il risquerait de se trahir. Il la garda serrée entre ses bras, profitant du moment, leurs deux corps ne faisant plus qu'un.

Tout cela semblait si irréel…

Il avait bien conscience de faire une énorme bêtise et savait que le seul fait de danser avec elle était en soi une révolution.

Mais comment résister ?

Quand Vanessa posa sa tête sur son épaule, il crut que son cœur allait exploser et il ne put retenir un soupir, qui était presque un gémissement. Aussitôt, elle redressa la tête et ce fut pire que tout. Mon Dieu ! Lorsque Maria était d'humeur romantique, c'était exactement ainsi qu'elle le regardait.

Il était un homme perdu. Et s'il lui restait une once de raison, il fallait qu'il prenne ses jambes à son cou et fuie le plus loin possible d'ici !

Mais Vanessa remit une mèche de ses cheveux d'ébène en place derrière son oreille, révélant une petite boucle en rubis assortie à la couleur de sa robe, et Tanner sentit toute sa volonté s'évanouir. Tout en elle incarnait la sophistication : son attitude, ses ongles parfaitement manucurés et ce parfum envoûtant qui évoquait d'ardentes nuits sous un ciel tropical.

Même si tout cela n'était qu'un masque, il le savait. Il avait étudié son dossier. Cette assurance, elle ne l'avait pas toujours eue, et c'était une défense qu'elle avait appris à maîtriser — et elle la maîtrisait comme personne. Mais ça restait un masque.

Il plongea ses yeux dans les siens. Derrière la façade, il devinait la vérité : la peur et la vulnérabilité… Et c'était bien pour cela qu'il se trouvait ici.

En cet instant, toute trace de sophistication avait disparu. Seule subsistait une expression de fragilité. Peu importait que Vanessa possède un Q.I. élevé ou qu'elle ait appris à vivre parmi les riches et les puissants. Elle était toujours cette gamine effrayée et marquée par une vie instable, une gamine qui faisait sûrement tout son possible pour oublier l'horrible nouvelle qu'elle avait dû recevoir dans la journée et qui avait bouleversé son univers.

La nouvelle pour laquelle il avait été engagé.

Carlos Vega, l'homme qui avait juré de faire de la vie de Vanessa Rodriguez un enfer pour avoir témoigné contre lui quinze ans plus tôt, avait été libéré sur parole.

Nul doute qu'elle avait peur et qu'en cet instant précis, elle se servait de lui pour oublier ses tourments.

Il la comprenait fort bien. Si seulement il pouvait la rassurer, lui dire qu'elle n'était pas seule, qu'il était là et que plus jamais personne ne lui ferait de mal.

Hélas, c'était impossible. Son employeur avait été intransigeant sur la question. Vanessa ne devait pas savoir qu'elle était protégée.

Il lui jeta un long regard, essayant de lui dire sans un mot ce qu'il ne pouvait lui avouer.

« N'aie pas peur, je prendrai soin de toi. »

Malheureusement, son message silencieux semblait l'avoir effrayée encore plus que la libération de Carlos Vega. Il la vit écarquiller les yeux, et rester bouche bée durant une brève seconde, l'air terrifié.

Puis, aussi vite qu'elle s'était laissée aller, elle se reprit, dissimulant ses émotions derrière un masque. Parviendrait-il de nouveau à lui faire baisser sa garde ?

— J'ai soif, dit-elle en s'écartant soudain de lui, manquant presque de bousculer un autre couple.

Il la saisit par le coude pour l'entraîner hors de la piste, mais en la sentant se raidir sous ses doigts, il se rendit compte de sa nervosité.

— Qu'est-ce que tu veux boire ? demanda-t-il.

Elle se tourna vers le bar.

— Je vais aller me chercher un verre là-bas.

— Reste là, je vais y aller pour toi.

— C'est inutile, rétorqua-t-elle.

Tanner plongea ses yeux dans les siens.

— Que se passe-t-il ? Tu me repousses ? J'ai fait quelque chose de mal ?

— Pas du tout. J'ai beaucoup aimé danser avec toi.

— C'est bien ce que je disais, tu me congédies.

Vanessa esquissa un rire nerveux.

— Je n'ai plus envie de danser, c'est tout.

— Tu préférerais peut-être autre chose ?

Il n'avait pas eu l'intention de glisser de tels sous-entendus, et il se maudit aussitôt d'avoir posé une question aussi stupide.

— Enfin, je veux dire…

— Je crois que je vais rentrer dormir, répondit Vanessa en s'éloignant vers le bar.

— Ce n'est peut-être pas prudent.

Vanessa s'arrêta, et lui jeta un regard par-dessus son épaule.

— Qu'est-ce que tu veux dire ?

— Tu as déjà bu deux tequilas, non ?

Elle fronça les sourcils.

— Tu m'observais ?

— Tous les hommes de ce bar t'observaient, répondit-il. En tout cas, tu ne devrais pas conduire. On pourrait aller manger un morceau au restaurant de l'hôtel qui se trouve au coin de la rue. Ils sont ouverts jusqu'à 23 heures.

— Ne t'inquiète pas, je ne vais pas conduire mais prendre un taxi. Quand j'ai l'intention de boire, j'assure mes arrières. J'ai laissé ma voiture chez moi.

Il le savait. Il l'avait suivie depuis son appartement, mais il ne pouvait pas le lui révéler.

— Cela dit, poursuivit-elle en se passant la langue sur les lèvres, je suis affamée. Alors, j'accepte ton invitation à dîner.

Il contempla ses grands yeux sombres et crut qu'il allait s'y perdre.

Mon Dieu, comment en était-il arrivé là ? Rien dans cette soirée ne s'était déroulé selon ses plans.

2.

— Je mangerai bien un steak, déclara Vanessa à son compagnon tandis qu'ils prenaient place dans le restaurant.

A cette heure tardive, il ne restait que quelques dîneurs dans la salle.

— D'habitude, je mange rarement de la viande rouge, mais ce soir j'ai…

— Besoin de prendre des forces ? suggéra Tanner.

Ce n'était pas du tout ce qu'elle avait l'intention de dire, pourtant il avait raison. Surprise, Vanessa le fixa du regard. Ses yeux bleus si troublants la scrutaient par-dessus la lueur de la bougie posée au beau milieu de la table recouverte d'une nappe de lin blanc.

— Qu'est-ce qui te fait penser cela ? demanda-t-elle.

— Eh bien, ce soir tu t'es rendue dans une boîte où tu n'as pas l'habitude d'aller, tu as dansé avec un inconnu avec qui tu as ensuite accepté de dîner. Et à présent, tu as envie de viande rouge. Tu as des soucis ? Tu veux en parler ?

Une pointe d'irritation la saisit, mais Vanessa se força à plaquer un beau sourire sur son visage. Etait-elle si transparente ou bien était-il très perspicace ?

— En fait, murmura-t-elle avec un sourire, j'ai changé

d'avis. J'aimerais bien savoir comment tu t'appelles. Mais dis-moi seulement ton prénom.

— Pourquoi ?

— Je préfère ne pas en savoir plus.

— Tanner, répondit-il. Et toi ?

Elle lui tendit la main par-dessus la table.

— Vanessa.

Il lui serra la main et elle sentit sa paume rugueuse contre la sienne, bien différente de celles, si douces, des chirurgiens qu'elle fréquentait. Les mains de Tanner étaient celles d'un homme qui avait l'habitude du travail manuel.

La serveuse leur apporta deux grands verres d'eau.

— Deux faux-filets, s'il vous plaît. Saignant ? suggéra Tanner en contemplant Vanessa.

— A point, pour moi.

A vrai dire, elle mangeait toujours son steak saignant, mais quelque chose en elle l'avait poussée à le contredire. Comme pour ne rien lui révéler sur elle.

— Deux cafés, deux faux- filets à point et un grand plat de vos légumes sautés, commanda Tanner en rendant leurs menus à la serveuse.

Son compagnon d'un soir était manifestement un homme habitué à prendre la situation en mains, songea-t-elle en le regardant.

— Alors, pourquoi essaies-tu de te donner un air si dur ? demanda Tanner lorsque l'employée se fut éloignée.

— Qui dit que je ne le suis pas ? rétorqua Vanessa en se redressant sur son siège et en lui jetant un regard noir.

Il esquissa un sourire.

— Oh, tu es tout à fait capable de t'en donner l'apparence, mais à l'intérieur, j'ai l'impression que tu ressens un profond vide.

Vanessa se sentit tout à coup vulnérable, mais se contenta de le regarder avec un dédain amusé.

— Tu essaies de jouer les psys ?

Elle s'en voulait presque de le trouver aussi séduisant. Tout en lui était sexy, même l'autorité avec laquelle il avait choisi leurs menus. Une nuit torride avec cet apollon blond serait l'antidote idéal pour oublier les frayeurs déclenchées en elle par le coup de fil de Carlos Vega.

— Si je me souviens bien, c'est toi qui es venu me chercher, dit-il.

Là, il marquait un point.

— Et mon comportement te permet de croire que tu sais tout sur moi ?

— Non, et justement j'aimerais en apprendre plus, répondit-il avant de boire une gorgée d'eau.

Oui, elle aussi souhaiterait le connaître mieux. Mais à quoi bon ? Elle n'avait aucune envie d'entamer une relation sérieuse. Il lui restait un an d'internat à terminer, ce qui requérait toute sa concentration. Cela dit, elle n'était pas du tout contre une nuit de passion avec ce séduisant Viking…

La serveuse apporta leur commande, lui évitant de répondre. Que penserait Tanner s'il connaissait la vérité à son sujet ? S'il découvrait ses origines ? Ce qu'elle avait dû endurer pour survivre et se faire une place dans le monde. S'il comprenait qu'aujourd'hui seule sa carrière avait de l'importance.

— Tu as été boy-scout ? demanda-t-elle alors.

— Qu'est-ce qui te fait dire cela ?

Elle haussa les épaules.

— Je ne sais pas. Ton attitude, peut-être.

— Eh bien, tu as deviné juste. J'étais boy-scout et j'ai même gagné une médaille de bonne conduite. Et toi, tu as fait partie de leurs troupes ?

Là où elle avait vécu ? Aucune chance. Elle secoua la tête.

— Qu'est-ce que tu aimes bien faire, quand tu as du temps libre ? insista Tanner en découpant son steak. Enfin, quand tu ne vas pas danser chez Emilio.

— Je n'ai pas beaucoup de temps libre. Et quand j'en ai, j'en profite pour courir. J'essaye de le faire chaque jour, ça me détend. Et de temps en temps, je m'accorde une soirée pour regarder un vieux film. C'est ma passion.

— En somme, tu es un véritable bourreau de travail.

Elle observa ses biceps qui roulaient sous les manches de sa chemise.

— Et toi, un bourreau des salles de sport, on dirait ?

Elle vit Tanner esquisser un sourire. Il avait toutes les raisons d'être fier de sa musculature. Son corps était à se damner !

— J'adore ça. Je fais surtout de la musculation, mais aussi du kayak dans le Colorado, pour m'amuser, répondit-il. Tu es déjà allée là-bas ?

— Non, reconnut-elle.

Et dans la région où elle avait passé son enfance, elle n'aurait guère eu l'opportunité de faire des randonnées en kayak.

— Je pourrais t'y emmener, un jour.

Ça, c'était hors de question. Leur relation n'irait pas au-delà des premières lueurs du jour… Si jamais elle allait même jusque-là.

— Tu es donc un pur Texan ?

— Oui, m'dame. Né et élevé ici, à Austin. Et toi ?

— Je viens d'El Paso.

— Qu'est-ce qui t'a amenée ici ? Ton petit ami ? Ton mari ?

— C'est ta façon de me demander si je vis seule ?

— Eh bien… Aucun homme n'aime avoir de désagréables surprises lorsqu'il est en charmante compagnie.

Son commentaire la fit sourire.

— Je suis célibataire, avoua-t-elle. Je n'ai jamais été mariée.

— Moi aussi, je suis célibataire. Alors ? Pourquoi as-tu choisi Austin ?

Voilà, il venait de lui poser la question qu'elle redoutait le plus. Elle lui fournit la réponse toute prête qui n'était qu'une partie de la vérité.

— Pour mes études de médecine.

Au moment où les mots sortirent de sa bouche, elle se maudit. Elle n'avait aucune envie qu'il sache qu'elle était médecin. La plupart des hommes se sentaient mis au défi devant une femme à la carrière brillante.

— Tu es médecin ? demanda-t-il, visiblement impressionné.

— Interne.

— Je comprends pourquoi tu n'as pas beaucoup de temps libre.

— Oui, mon travail m'occupe beaucoup.

— Et quel est ton film favori lorsque tu as le temps de t'adonner à ta passion ?

— *Victoire sur la nuit*, répondit-elle sans hésitation.

— Le film avec Humphrey Bogart, où Bette Davis découvre qu'elle a une maladie incurable ? Je vois. Le genre de films tire-larmes.

— Mais qui ressemble à la vraie vie.

— C'est bien pour cette raison que les gens préfèrent oublier leur quotidien grâce aux comédies.

— Laisse-moi deviner… Tu es un fan des Marx Brothers.

— En fait, mon héros préféré, c'est John Wayne.

— J'aurais dû m'en douter ! Dans quel film le préfères-tu ? *Rio Bravo* ?

— Non. *McLintock*.

— Tu plaisantes ?

— Pas du tout. J'ai un penchant pour les films romantiques. De plus, Maureen O'Hara est un véritable régal pour les yeux. J'adore les femmes fougueuses.

Vanessa s'abstint de répliquer et, comme il se taisait, elle ne tenta pas de relancer la conversation. Curieusement, elle se sentait tout à fait à l'aise avec cet homme. Même s'ils se connaissaient depuis peu, le silence entre eux n'était pas du tout gênant, au contraire.

Ils terminèrent leurs plats et prirent le temps de savourer leurs cafés.

— Quelle est ta spécialité ? demanda Tanner.

— Ma spécialité ?

Cette question l'avait surprise alors qu'elle était en train de se délecter de la vision de ses muscles sous sa chemise, et soudain elle songea aux spécialités très intimes qu'elle aimerait bien partager avec lui.

— Dans quel domaine exerces-tu ? précisa Tanner. La pédiatrie, la médecine, la chirurgie cardiaque ?

— La chirurgie esthétique.

— Vraiment ? demanda-t-il d'un ton incrédule.

— Tu as quelque chose contre ?

— Calme-toi, répondit-il, je n'étais pas en train de critiquer ton choix. C'est juste que je m'étais imaginé que tu étais pédiatre.

— Pourquoi ? Parce que je suis une femme ? Tu penses que je serais douée avec les enfants, c'est ça ?

Mais pourquoi s'emportait-elle ainsi ? se demanda-t-elle

aussitôt. Elle allait lui donner l'impression d'être sur la défensive, et ce n'était pas du tout ce qu'elle désirait. Mais, en même temps, elle ne pouvait s'en empêcher.

Tanner leva les deux mains devant lui en un geste d'apaisement.

— C'est bon, je me rends.

Il avait l'air si contrit que Vanessa se mit à rire.

— Merci d'avoir dîné avec moi, Tanner, dit-elle en ouvrant son portefeuille afin de régler l'addition.

Tanner se pencha en avant pour l'interrompre.

— Laisse, je t'invite.

— Certainement pas ! Je paie toujours ma part.

Il n'objecta pas, se contentant de se caler dans son siège pour l'observer.

— Dans ce cas, permets-moi au moins de te raccompagner.

— Ne t'inquiète pas, je vais prendre un taxi.

— Tu sais, ça ne t'engage à rien de me laisser te ramener chez toi.

— Je sais, murmura-t-elle.

Tanner la contempla avec attention.

— Ce n'est pas fatigant ?

— Quoi ?

— De ne jamais accepter d'aide. De vouloir toujours te débrouiller seule.

— Je préfère... qu'il en soit ainsi. Ça évite les complications et les liens inutiles.

— Donc, tu n'as pas de famille ?

— Non.

— Tu ne te sens jamais seule ?

« Oh, que si ! »

Cet homme était beaucoup trop perspicace. La façon dont il la perçait à jour la mettait presque mal à l'aise.

Elle glissa la bandoulière de son sac sur son épaule et repoussa sa chaise.

— Merci, Tanner, j'ai passé une agréable soirée. Prends bien soin de toi.

Elle se leva avec précipitation en s'efforçant de repousser les sentiments qui l'envahissaient. Un mélange de nervosité, de déception et de frustration sexuelle… et c'était cet homme qu'elle connaissait à peine qui en était responsable.

Enfin pas seulement. C'était aussi à cause de Carlos Vega qu'elle se trouvait ici.

— Pourquoi es-tu si pressée, Vanessa ?

A cet instant, elle se maudit de lui avoir donné son prénom. Elle aurait mille fois mieux fait de lui en donner un faux, car le simple fait de l'entendre le prononcer la troublait au plus haut point.

— Il est tard, répondit-elle, je dois rentrer.

Sans même jeter un regard derrière elle, elle se dirigea vers la sortie du restaurant, poussa la porte vitrée et se retrouva dans la rue déserte.

Le vent s'était levé, faisant voleter les feuilles sur le trottoir. Au loin, quelques éclairs perçaient le ciel. Le tonnerre grondait. A l'évidence, une tempête inhabituelle pour la saison se préparait.

Tout à coup, de grosses gouttes de pluie tombèrent sur ses bras. Qui aurait cru qu'il pourrait faire un temps pareil au mois d'août en plein Texas ?

Vanessa fit quelques pas. La station de taxis était tout aussi déserte que la rue. Elle tourna la tête des deux côtés. Aucun taxi n'était en vue, mais elle ne devrait pas avoir à attendre trop longtemps. Malheureusement, le voiturier n'était pas à son poste pour lui appeler une voiture.

Elle avança un peu plus loin sur le trottoir, se sentant vulnérable au beau milieu de cette rue déserte en minirobe et talons hauts. Peut-être ferait-elle mieux de retourner attendre dans le hall de l'hôtel ?

Et risquer de croiser Tanner ? Non, merci. Si jamais elle se retrouvait en sa présence, elle redoutait d'oublier tous ses principes et d'accepter qu'il la raccompagne chez elle.

Où diable étaient ces taxis ?

— Allez ! Allez ! marmonna-t-elle en jetant un coup d'œil à sa montre.

Elle se souvenait d'autres nuits obscures, d'autres rues désertes, et sentit son cœur se serrer.

Tout à coup, elle entendit des pas derrière elle, et plongea aussitôt la main dans son sac à la recherche de sa bombe anti-agressions. Puis elle fit volte-face, prête à dégainer.

— Fichez le camp !

Tanner leva les bras.

— Ne tire pas !

— C'est toi ? Tu m'as fait peur !

— C'est la tempête qui te rend aussi nerveuse ?

— Sûrement, répondit-elle en replaçant la bombe dans son sac.

Elle détestait devoir le reconnaître, mais était ravie de voir Tanner à côté d'elle.

— Qu'est-ce que tu fais ici ? demanda-t-elle.

— Ce serait plutôt grossier de ma part de te laisser seule ainsi. Tu es sûre que tu ne veux pas que je te raccompagne ?

Elle réfléchit à sa proposition. Si elle acceptait, cela signifierait donner son adresse à un inconnu.

Sauf que cet inconnu, elle avait dansé avec lui, puis dîné avec lui…

Pourquoi Tanner la troublait-il autant ? Pourquoi en sa présence avait-elle envie d'oublier tous ses principes ?

De nouveaux éclairs crépitèrent, cette fois un peu plus près, et bientôt de grosses gouttes de pluie se mirent à tomber, inondant le trottoir autour d'eux.

— Allons nous mettre à l'abri, suggéra Tanner en indiquant l'hôtel.

Vanessa ne put qu'acquiescer d'un hochement de tête. Elle était comme hypnotisée par son corps musclé et sa senteur virile. Et puis, il aurait été stupide d'insister pour attendre un taxi sous la pluie.

Ils se mirent à courir et se précipitèrent dans le hall de l'hôtel. Là, ils restèrent un instant silencieux derrière les baies vitrées, côte à côte, à regarder la pluie tomber. Et elle ne put s'empêcher de se demander s'il pensait à la même chose qu'elle. A l'étrange désir qui les poussait l'un vers l'autre.

Car elle ne pouvait plus nier l'attirance qu'elle éprouvait pour cet homme. Il était bien plus grand qu'elle, et elle aimait ça. C'était plutôt rare qu'elle rencontre un homme qui la domine. Or, malgré la hauteur vertigineuse de ses escarpins, Tanner la surplombait nettement. A côté de lui, elle se sentait presque minuscule, ce qui était un sentiment tout nouveau. Tout autant que l'ardeur de son désir pour lui.

Du désir, mais aussi un étrange sentiment de protection. A côté de lui, elle se sentait rassurée. Comme si elle était certaine qu'il ne pouvait rien lui arriver, qu'il était prêt à agir en cas de besoin, et qu'il la défendrait bec et ongles.

— Tu sais, tu n'as pas besoin d'attendre avec moi, dit-elle pour dissiper le trouble que sa présence si proche provoquait en elle.

— Cela ne me dérange pas.

Il avait vraiment l'air de le penser. Pourquoi était-il aussi gentil avec elle ? D'après son expérience, les hommes que l'on rencontrait dans un bar ne se montraient pas aussi chevaleresques. Et surtout, ils ne faisaient pas naître le genre de visions érotiques qui se bousculaient dans son esprit depuis tout à l'heure. Car elle ne pourrait pas tenir très longtemps si elle ne cessait d'imaginer Tanner nu, la désirant avec force…

Mais aussi, cela faisait si longtemps qu'elle n'avait pas couché avec un homme ! Et si Tanner posait les lèvres sur les siennes, elle risquait bien de s'abandonner sans retenue entre ses bras.

Ce qu'il semblait avoir parfaitement compris, à en juger par la façon dont il la regardait…

— Tu veux que nous retournions chez Emilio ? suggéra-t-elle d'une voix troublée. Je boirais volontiers un autre verre.

— Ce n'est pas ce dont tu as besoin.

Elle le dévisagea, incapable de ne pas se perdre dans la lueur de désir qui brillait dans ses yeux sombres.

Il avait autant envie d'elle qu'elle de lui. Et il fixait ses lèvres avec une intensité qui la fit frémir.

Autour d'eux, l'air lui parut soudain chargé de tension sexuelle. Allait-il l'embrasser ? Ici, au beau milieu du hall, alors que l'employé du service d'accueil pouvait les voir depuis le guichet de la réception ?

Mais Tanner ne bougeait pas, et elle ne résista plus. Elle passa lentement sa langue sur ses lèvres, comme une invitation à l'embrasser.

Mais au lieu de ça, il désigna la rue d'un signe de tête et indiqua d'une voix rauque :

— Voilà un taxi.

Elle déglutit avec peine, essayant de reprendre ses esprits.

— Et, ajouta-t-il, ça tombe mal. Parce que j'avais l'intention de te demander de rester.

— Ah oui ?

Cette fois, elle allait devoir prendre une décision. Avait-elle vraiment envie de s'engager dans cette direction ? Car elle savait bien qu'il n'y aurait pas de retour en arrière possible. Or elle ne connaissait absolument pas cet homme.

Oui, mais… mais le regard de Tanner lui promettait mille et un plaisirs délicieux auxquels elle avait d'ores et déjà du mal à renoncer. Et même si, au fond d'elle, une petite voix lui criait que c'était une erreur, une nuit torride avec lui serait le remède idéal pour oublier cette abominable journée.

— Dans ce cas, fit-elle en lui posant une main sur le bras, vas-y, demande-moi.

Du bout des doigts, il lui releva le menton.

Dehors, le tonnerre grondait, et elle sentit son cœur battre la chamade.

Avec délicatesse, Tanner effleura ses lèvres des siennes, puis il se pencha, et l'embrassa dans le cou. Elle fut submergée par une onde de chaleur qui se diffusa dans chacune des cellules de son corps.

Elle sentit sa bouche revenir sur la sienne et lui donner un baiser d'une douceur exquise. Alors, oubliant toute timidité, elle se plaqua contre lui et répondit à son baiser avec fougue.

Après tout, pourquoi ne donnerait-elle pas libre cours aux besoins sexuels qu'elle refrénait depuis si longtemps ? Pourquoi ne s'offrirait-elle pas une aventure d'une nuit avec cet homme ? Ils étaient tous deux adultes, célibataires et consentants.

Leur attirance était irrésistible. A quoi bon lutter contre l'évidence ?

Le baiser de Tanner se fit plus fiévreux, chassant au loin tout scrupule qui la retenait encore. Tant qu'elle ne se berçait pas d'illusions, qu'elle ne s'impliquait pas sur le plan émotionnel et se contentait de profiter de cette aventure pour ce qu'elle était, tout irait bien.

Pas d'explications ni de regrets, juste du plaisir partagé.

Tanner interrompit leur baiser et la regarda dans les yeux, lui adressant une question muette.

— Je crois que tu ferais bien de nous réserver une chambre, murmura-t-elle.

— Tu es sûre ? Je ne voudrais pas que tu fasses quoi que ce soit que tu regrettes ensuite. Tu es bien certaine que c'est ce que tu veux ?

— Absolument.

Tout en continuant à embrasser Vanessa, Tanner essaya, à tâtons, de glisser la carte magnétique dans la serrure. Au bout de trois tentatives, la porte s'ouvrit enfin et ils purent se glisser dans la chambre.

Vanessa eut un petit rire nerveux, peut-être dû à la tequila, et la porte se referma derrière eux.

Lèvres scellées et corps enlacés, ils se dirigèrent vers le lit et s'y laissèrent tomber. Tanner s'écroula sur le dos et elle se retrouva à califourchon sur lui.

Elle lui retira sa chemise de son pantalon puis posa ses mains sur son ventre musclé avant de pencher la tête et de déposer des baisers tout autour de son nombril.

Aussitôt il sentit son corps s'embraser et son sexe durcir. Depuis le décès de Maria, quatre ans déjà, il n'avait eu aucune relation sexuelle. C'était sûrement pour cette raison que son sexe se tendait aussi douloureusement, et que le désir semblait triompher de sa volonté. Il était incapable d'avoir la moindre pensée rationnelle. Pourtant, il avait bien conscience qu'il ne devrait pas se trouver ici… dans cette position. Il avait été engagé comme garde du corps de Vanessa et s'apprêtait à faire l'amour avec la femme qu'il avait pour mission de protéger.

Autant dire qu'il était sur le point de rompre la règle numéro un de sa profession : ne pas avoir de relation intime avec sa protégée.

Hélas, son corps doux et chaud contre le sien, son parfum exotique et ses baisers enfiévrés lui faisaient oublier tout code professionnel. A cet instant, il n'était plus qu'un homme désirant intensément la femme qui se trouvait à côté de lui.

Du bout des doigts, elle lui effleura les tétons et il poussa un soupir de plaisir. L'attrapant par les hanches, il la plaqua contre son bas-ventre pour lui montrer à quel point il la désirait.

Le sommier craqua sous leur poids, mais peu lui importait qu'on les entende. S'il ne lui faisait pas l'amour sur-le-champ, il allait devenir fou.

D'un mouvement preste, il l'attrapa et la renversa sur les oreillers tout en la dévorant de baisers. Comme en un réflexe, Vanessa noua ses jambes autour de sa taille, écartant les lèvres, laissant sa langue s'insinuer en elle.

— J'ai envie de toi, Tanner, je veux te sentir en moi, murmura-t-elle.

— Inutile de nous presser, nous avons toute la nuit, ma beauté.

Qui cherchait-il à convaincre ? Elle ou lui ? Tout ce qu'il voulait, en cet instant, c'était lui retrousser sa jupe, lui retirer sa petite culotte et se fondre en elle.

Depuis Maria, aucune femme ne l'avait autant excité. A dire vrai, depuis le jour fatal de son décès et jusqu'à ce soir, aucune représentante de la gent féminine n'avait attiré son attention. C'était si curieux, et en même temps si bon, de pouvoir de nouveau éprouver de telles sensations.

« Peu importe ce que tu ressens, tu as été recruté pour la protéger, bon sang ! Arrête ça tout de suite. »

C'était la pensée la plus rationnelle qu'il était capable d'avoir en cet instant, mais toute logique s'évanouit lorsque Vanessa pencha la tête pour lui mordiller le lobe de l'oreille.

Dehors, la tempête faisait rage. D'énormes gouttes de pluie s'écrasaient sur la baie vitrée, et le néon de l'hôtel projetait une lueur rougeâtre dans la chambre. Vanessa reposa la tête sur l'oreiller et le regarda avec un petit sourire sardonique sur les lèvres. Elle posa sa main contre son torse et le repoussa.

— Que se passe-t-il ? demanda-t-il d'une voix rauque. Tu as changé d'avis ?

— Assieds-toi, ordonna-t-elle en se redressant et en tapotant le matelas à côté d'elle.

Il obtempéra.

Elle se leva et s'écarta de lui, puis, auréolée de la lumière rougeoyante, elle commença à se déshabiller, faisant descendre avec lenteur la fermeture Eclair de sa robe, avant d'en retirer les manches, lui dévoilant sa nudité centimètre par centimètre.

Comme hypnotisé, il ne parvenait à détacher les yeux du fascinant spectacle de son corps splendide, qui ondulait de la manière la plus sensuelle qui soit.

Au bout de quelques instants, la fine robe de soie glissa le long de son corps puis forma un petit tas à ses pieds, et il contempla avec délectation ses seins somptueux, prisonniers d'une affriolante dentelle noire.

Déjà il brûlait de caresser ces magnifiques globes à l'appétissante teinte de caramel doré. Il allait les lécher, les embrasser, les dévorer. Il la désirait de la façon la plus instinctive qui soit. Rien d'autre ne comptait que ce soir, ce moment, et Vanessa était le parfait antidote à ce malaise qui ne l'avait plus quitté depuis quatre ans.

Son regard descendit jusqu'à la douce courbe de son ventre, puis découvrit le ravissant string de dentelle assortie à son soutien-gorge, qui mettait en valeur de façon si provocante ses superbes fesses.

Prenant tout son temps, Vanessa posa avec délicatesse son escarpin sur sa cuisse. Il sentit la pointe de son talon s'enfoncer légèrement dans sa chair.

— S'il te plaît, détache ma bride, murmura-t-elle.

Il tenta de dégrafer la fine boucle, mais ses doigts lui semblaient tout engourdis.

Il batailla âprement mais décidément, cette boucle ne voulait rien savoir.

Agacé, il fit glisser la lanière sous son talon et lui retira son escarpin, qu'il jeta d'un geste vif par-dessus son épaule.

— Donne-moi l'autre, demanda-t-il.

Elle obtempéra et, en posant les doigts sur sa délicate cheville, il crut qu'il allait devenir fou. Il devait lui faire l'amour tout de suite !

Lui ayant retiré son second escarpin, il s'adossa à la tête de lit et l'entraîna avec lui.

Vanessa poussa un léger cri de surprise. De nouveau, elle était assise à califourchon sur lui et il avait passé ses bras autour de sa taille. Ses seins étaient plaqués contre son torse et elle le regardait avec un petit air provocant aux lèvres.

Il tendit la main pour lui dégrafer son soutien-gorge, mais elle interrompit son geste.

— Pas si vite, beau Texan. C'est à ton tour de retirer un vêtement.

Il ne se fit pas prier, et se défit aussitôt de sa chemise, qu'il fit passer par-dessus sa tête sans même se donner la peine de la déboutonner, puis enleva ses chaussures. Vanessa avait les mains posées sur sa ceinture et s'affairait déjà à lui retirer son pantalon, qu'elle fit glisser le long de ses jambes tandis qu'il se soulevait pour l'aider. Quelques secondes plus tard, son pantalon rejoignit sa robe par terre. Tous deux étaient à présent en sous-vêtements, se contemplant l'un l'autre.

Durant quelques instants, aucun ne prononça la moindre parole, et Vanessa se contenta d'admirer son incroyable musculature. La semi-obscurité de la chambre rendait ce moment encore plus intense. Une myriade de sensations déferla sur elle. Le souffle court de Tanner. La chaleur de son corps contre le sien. Le léger frottement de sa barbe quand il se remit à l'embrasser.

Leurs langues entamèrent un ballet effréné, et la douceur de ses mains sur ses seins, lorsqu'il lui retira son soutien-gorge, ne fit qu'accroître son excitation.

Elle lui caressa le ventre, et ses doigts descendirent, puis descendirent encore jusqu'à ce qu'ils effleurent son sexe déjà dur de désir. Elle frémit, désireuse de le sentir en elle, mais elle ne voulait rien précipiter, préférant savourer ce moment, en profiter le plus longtemps possible. Elle dut se forcer à freiner son impatience, mais elle savait d'instinct qu'elle ne regretterait pas d'avoir fait durer les préliminaires.

D'un geste tendre, Tanner écarta sa main de son sexe.

— Tu sais, si tu continues à me caresser, je vais craquer très vite.

Il déposa de langoureux baisers dans son cou et descendit jusqu'à ses seins. Sa bouche s'empara de l'un de ses tétons durcis et, en sentant sa langue le titiller, elle eut l'impression de s'embraser.

Puis Tanner abandonna ses pointes dressées et commença à tracer de petits cercles sur ses seins avant de reprendre ses tétons en bouche pour les lécher et les sucer de plus belle. Il continua ses infernales caresses et elle se cambra de plaisir;

puis, lui mordillant l'oreille, il écarta les jambes et, ce faisant, écarta les siennes avec son genou. D'une main, il lui caressa l'intérieur de la cuisse tandis que, de l'autre, il lui effleurait les fesses.

Son souffle se faisait de plus en plus court et elle sentait son cœur battre la chamade.

Déjà, des étincelles de volupté explosaient en elle alors qu'elle sentait ses mains descendre un peu plus bas et ses doigts caresser son intimité en se faufilant sous la dentelle de son string.

— Je vais te faire l'amour avec ma bouche, dit-il, semblant déjà, par ce simple énoncé, lui promettre mille et un autres plaisirs délicieux.

Ses doigts s'insinuèrent un peu plus près du cœur de sa féminité et, pour toute réponse, elle se cambra de plus belle.

« Viens, viens. »

Si elle n'éprouvait pas bientôt la sensation de sa langue taquine en elle, elle allait devenir folle.

Tanner fit glisser son string sur ses hanches, puis le long de ses cuisses et elle le retira avant de le jeter au loin.

Il déposa une nuée de légers baisers autour de son nombril, et elle frissonna des pieds à la tête.

Avec une langueur extrême, il posa sa main sur le petit triangle intime entre ses jambes, et elle gémit de plaisir alors qu'il commençait à la caresser avec douceur. Elle écarta les jambes pour lui laisser libre accès à son intimité. Tanner était allongé sur le ventre, entre ses genoux, et effleurait son sexe de ses lèvres.

— Mmm, tu es toute mouillée.

Elle ne désirait plus qu'une chose : s'abandonner à lui complètement, malgré toutes ses réticences. Jamais elle ne s'était exposée ainsi, que ce soit dans un lit ou en toute autre circonstance. Depuis qu'elle avait échappé à Carlos Vega, elle avait toujours gardé le contrôle de chacun de ses gestes. Pourtant, en cet instant, la passion l'incitait à s'offrir aux baisers de Tanner et à sa langue agile.

Il accentua ses caresses et plus rien n'eut d'importance que ses lèvres sur son sexe palpitant de désir. Et lorsque sa bouche s'attarda sur son clitoris, toute pensée rationnelle la quitta.

A l'instant où il introduisit un doigt dans son intimité, le monde extérieur s'évanouit. Seules existaient la bulle de délices dans laquelle ils se trouvaient, et les caresses de sa langue et de ses doigts, caresses qui se faisaient de plus en plus taquines, de plus en plus osées, jusqu'à ce qu'au comble de l'excitation, elle se sente entraînée vers l'orgasme.

Elle le voulait en elle.

— Tanner, chuchota-t-elle, viens… viens en moi.

— Pas encore, ma belle.

Il ne cessait de la tourmenter, léchant son sexe, insinuant la pointe de sa langue en elle jusqu'à ce que son corps tout entier se mette à trembler.

Il s'interrompit juste le temps de saisir un préservatif dans son portefeuille, le déroula sur son sexe et passa encore quelques instants à la caresser avant de la pénétrer.

Enfin.

Leurs corps s'unirent avec passion comme s'ils se connaissaient depuis la nuit des temps. Plus rien n'existait que cette frénésie qui s'était emparée d'eux et les emmenait toujours plus loin, toujours plus vite, toujours plus fort.

Tanner allait et venait en elle, la chevauchant, l'entraînant dans un univers inconnu, mais fabuleux, tandis que leurs corps semblaient ne former plus qu'un.

Il laissa échapper un cri rauque tout en s'enfonçant encore plus loin en elle, et elle l'accueillit au plus profond de son intimité, en expérimentant l'incroyable sensation de renaître.

Puis il frissonna de tout son corps et la rejoignit dans son plaisir alors que les vagues de l'orgasme déferlaient sur eux en un torrent inouï.

Le souffle court, Tanner roula sur le côté et s'allongea sur le dos, l'entraînant avec lui. Il la tint quelques instants serrée entre ses bras tandis qu'ils écoutaient la pluie tambouriner sur les vitres.

Mon Dieu, se demanda alors Vanessa, que venait-elle de faire ?

3.

Vanessa se faufila hors du lit alors que l'aube se levait à peine.

Elle commença à enfiler sa robe lorsqu'elle se rendit soudain compte qu'elle avait oublié son soutien-gorge. Où était-il ?

Elle tourna la tête et observa le Viking blond qu'elle avait rencontré la veille chez Emilio, et qui était pour l'heure allongé sur le ventre, la tête enfouie sous l'oreiller. Ce qui lui avait paru être, hier soir, une idée irrésistible lui semblait à présent une grossière erreur. Non qu'elle ait été déçue, non. Tanner et elle avaient passé des heures à explorer leurs corps et n'avaient cessé de se donner mutuellement du plaisir.

Oui, cette nuit avait été magique et avait éveillé en elle de fabuleuses sensations, totalement nouvelles. Jamais elle n'avait connu cela.

Et c'était bien ce qui la rendait si nerveuse.

« Mon Dieu, laissez-moi quitter cette chambre avant qu'il ne se réveille ! »

Elle se pencha, souleva les draps et jeta un regard sous le lit.

Aucun soutien-gorge n'était en vue.

Il était peut-être resté dans le lit à côté de Tanner.

Elle retrouva son string par terre et l'enfila à la hâte, puis contourna le lit et récupéra ses escarpins.

Comment en était-elle arrivée là ? A draguer un homme, le soir, dans un bar et à se laisser aller à une nuit de débauche avec lui dans une chambre d'hôtel.

« Oublie ton soutien-gorge et fiche le camp d'ici ! »

Quelle honte de devoir sortir de cet établissement vêtue de la même robe que la veille, à présent toute chiffonnée. Cependant, aussi embarrassant que cela puisse être, elle devait quitter cette pièce et oublier cette nuit de folie.

Elle s'installa sur la chaise à côté du petit bureau et enfila ses escarpins. Tant pis pour son soutien-gorge ! Ce qu'elle voulait, c'était partir d'ici sans avoir un quelconque échange avec Tanner. Une fois qu'elle eut remis ses souliers, elle se leva et, à sa grande horreur, constata que Tanner était réveillé, et qu'il la contemplait, assis dans le lit.

Ses cheveux étaient ébouriffés et ses yeux encore lourds de sommeil, mais il était bel et bien réveillé et l'observait comme s'il avait l'intention de la dévorer. Elle avait l'impression que son regard la caressait déjà de toutes parts.

— Tu comptais t'enfuir ? demanda-t-il.

Elle détourna les yeux, incapable de croiser son regard, puis saisit son sac à main, accroché au dossier de la chaise.

— Heu, non, pas du tout, mais j'ai une journée très chargée.

Un sourire étira les lèvres de Tanner.

— Ça, je n'en doute pas. La chambre est à nous pour quelques heures encore.

— Ecoute, j'ai vraiment beaucoup de choses à faire, je ne peux pas rester, déclara-t-elle en se dirigeant vers la porte.

— Attends !

Elle poussa un léger soupir et se retourna.

— Qu'est-ce qu'il y a ?
— Tu n'oublierais pas quelque chose, par hasard ?
— Pardon ?
Il leva le bras et elle vit son soutien-gorge se balancer au bout de ses doigts.
Aussitôt, elle avança vers lui.
Tanner recula la main, tenant son soutien-gorge hors de portée. En faisant un geste pour l'attraper, elle se pencha en avant et perdit l'équilibre, tombant sur le lit.
Elle leva les yeux vers lui, et son regard la troubla au plus profond de son être.
Cependant, en moins d'une seconde, tout ce qu'elle avait cru y lire disparut, et seul demeura le désir.
Avait-elle rêvé ?
Son esprit de scientifique lui suggéra que Tanner avait dû se servir d'elle pour panser une blessure secrète, tout comme elle l'avait utilisé pour oublier Carlos Vega. Inutile d'aller chercher plus loin.
Pourtant, elle avait conscience de l'irrésistible envie qui la tenaillait de rester là avec lui et de se fondre dans ses bras. Cette tentation était si forte qu'elle savait qu'elle devait absolument s'en aller d'ici.
Elle commença à se redresser, mais ne fut pas assez rapide. Tanner tendit la main vers elle et lui attrapa le poignet.
— J'aimerais beaucoup te revoir, dit-il.
Elle secoua la tête.
— J'ai bien peur que ce ne soit impossible.
— Impossible ? répéta-t-il.
Elle avait peut-être des défauts, mais la lâcheté n'en faisait pas partie. Autant lui dire la vérité.
— Ecoute, Tanner… commença-t-elle en essayant de s'écarter de lui.

Hélas, il ne semblait guère disposé à la voir partir, et ne la lâchait pas.

— Je t'écoute, dit-il.

— La nuit dernière a été fabuleuse. Nous nous sommes mutuellement comblés, et je suis ravie de t'avoir rencontré. Mais en fait…

— Je ne suis pas assez bien pour qu'on te voie en ma présence ?

— Non, non ! Ce n'est pas du tout cela.

— Qu'est-ce que c'est, alors ?

Elle s'éclaircit la gorge.

— Eh bien, en fait, je n'ai pas l'habitude d'agir de la sorte. Je veux dire, ce n'est pas du tout mon genre de draguer un inconnu dans un bar.

— Tu crois que c'est le mien ?

— Tu n'avais jamais fait cela avant ?

— C'était la première fois.

Il la regardait droit dans les yeux et avait l'air si sincère qu'elle choisit de le croire.

— Bon, je vais te dire la vérité. Le fait est que je n'ai pas de place dans ma vie pour une relation.

— Tu pourrais en faire, de la place.

— Pas beaucoup.

— Peut-être assez pour m'accorder un après-midi pour aller faire du kayak. Ou bien, pour m'appeler un de ces soirs lorsque tu auras envie de regarder un de tes vieux films. J'apporterai le pop-corn.

Mmm, c'était plutôt tentant… Mais hors de question.

— Je n'aime pas le pop-corn.

— Tu plaisantes ? Tout le monde aime le pop-corn. On pourrait même louer un D.V.D. de *Victoire sur la nuit*.

— Ecoute, je préfère que l'on s'abstienne d'aller plus loin.

Soudain, il la relâcha.

— Je suis déçu, tu sais, dit-il.

— Déçu ?

— Je pensais…

Il s'interrompit.

— Bah, peu importe !

Il croyait peut-être qu'ils avaient un lien très spécial ? Cela aurait pu être risible, mais elle ne pouvait réfréner sa petite voix intérieure qui lui susurrait : « Moi aussi, je pense que nous avons un lien très spécial. »

Il fallait qu'elle parte d'ici, sinon elle risquait fort de se jeter dans ses bras pour ne plus en sortir avant très, très longtemps.

— Prends soin de toi, Tanner, dit-elle en attrapant son sac et en se dirigeant vers la porte.

Et elle prétendait ne pas être lâche ?

— Où étais-tu, hier soir ?

Ce n'était rien d'autre qu'une innocente question. Vanessa avait tout bonnement oublié de téléphoner à Ella pour organiser l'anniversaire de Julie.

Pourtant, à ses oreilles, la question de son amie sonnait comme une accusation. Elle haussa les épaules. Elle n'avait nulle envie de mentir, mais ne désirait pas non plus révéler la vérité.

— J'ai été retenue, dit-elle.

— Dans les bras d'un bel homme, peut-être ? demanda Julie une lueur taquine au fond de ses grands yeux bleus.

— Qu'est-ce que tu peux être romantique, ma chère ! rétorqua Vanessa, esquivant sa question.

Toutes trois travaillaient à Confidential Rejuvenation. La clinique chic avait été construite une quinzaine d'années plus tôt sur les rives du Colorado, et appartenait à un groupe de médecins aux impressionnants carnets d'adresses. Les propriétaires de Confidential Rejuvenation étaient en effet liés avec la jet-set d'Hollywood, des musiciens célèbres et des politiciens texans. C'était l'endroit où tous les V.I.P. venaient se faire prodiguer les meilleurs soins médicaux.

Si leurs emplois étaient prestigieux, ils étaient aussi très stressants. Leurs patients étaient très exigeants et leur notoriété obligeait les jeunes femmes à garder de nombreux secrets. De fait, pour évacuer toute cette pression professionnelle, Vanessa, Julie et Ella avaient l'habitude de se retrouver le plus souvent possible après leurs heures de travail pour discuter et plaisanter, partageant leurs rêves et leurs espoirs. Aujourd'hui, elles s'étaient donné rendez-vous pour déjeuner dans un agréable salon de thé qui vendait aussi quelques antiquités. Vanessa appréciait la compagnie de ses deux meilleures amies, mais parfois, comme en cet instant, elle aurait souhaité qu'elles soient un peu moins perspicaces.

— Comment ça se passe aux urgences ? demanda-t-elle pour détourner l'attention de sa personne. Les choses se sont un peu calmées ?

— Eh bien, nous ne voyons plus arriver d'adolescents victimes d'overdose, et nous pensions ces derniers temps que les actes de vandalisme étaient terminés, mais hier soir quelqu'un a crevé tous les pneus des véhicules garés sur le parking des employés, annonça Ella.

— Oh mon Dieu ! s'écria Julie. Le saboteur est donc revenu ?

Elle poussa un soupir.

— On dirait bien.

En effet, ces derniers mois, de curieux incidents avaient eu lieu à la clinique. Il y avait eu des révélations anonymes à la presse à propos de patients célèbres, un incendie criminel dans la buanderie, des vols dans les cuisines et dans la réserve centrale. Pris séparément, ces incidents ne semblaient avoir qu'une importance mineure, mais une fois mis bout à bout, ils paraissaient fort suspects, d'autant plus que l'hôpital était équipé de très nombreuses caméras de sécurité. Or, le coupable n'était jamais apparu sur aucun des écrans.

— Dante m'a dit que le directeur du personnel avait engagé un nouveau chef de la sécurité, ajouta Ella. Espérons qu'il pourra très vite mettre un terme à tous ces actes de malveillance. Nous n'avons pas besoin de plus de scandales.

Vanessa hocha la tête. Elle était bien placée pour savoir à quel point un scandale pouvait gâcher une vie.

— Bon, revenons plutôt au petit ami de Vanessa, insista Julie.

— Il n'y a pas de petit ami, corrigea Vanessa.

Elle la dévisagea un instant.

— Pourtant, tu me sembles différente.

— Ce doit être la lumière, ici, répondit Vanessa en s'emparant du menu. Bon, je prendrai une salade au poulet. Et vous ?

Elle se pencha un peu plus en avant.

— Non, ma chère, cela n'a rien à voir avec la lumière. Tu sembles irradier et tu ne cesses de sourire d'un air rêveur, comme si tu avais un petit secret. Et puis quand tu es entrée, j'ai bien vu que tu étais d'humeur plus gaie que d'habitude. Je suis certaine que tu as couché avec un homme.

Une serveuse apparut, leur apportant un bol de pickles,

spécialité de la maison, et prit leur commande. Hélas, cette interruption n'offrit qu'un bref répit à Vanessa.

Dès que la serveuse se fut éloignée, Julie repassa à l'attaque.

— Je sais que tu as des choses croustillantes à nous raconter.

— Vous vous trompez ! répliqua Vanessa d'un ton un peu trop aigu.

Elle écarquilla les yeux et se mit à glousser.

— Oh mon Dieu, cette fois j'en suis sûre, tu étais bel et bien avec un homme la nuit passée.

A l'évidence, ces deux-là n'allaient pas laisser tomber facilement.

Vanessa poussa un soupir.

— D'accord, j'avoue, j'étais bien avec un homme, hier soir. Mais il n'y a rien de sérieux, alors ne vous faites pas d'illusions.

— Je veux savoir tous les détails, déclara Julie. Etant donné que je n'ai pas de petit ami, je dois me contenter de vos récits érotiques à toutes les deux.

— Je t'assure que je n'ai rien de particulier à raconter. Que diriez-vous d'un cocktail de fruits après la salade ?

Julie et Ella échangèrent des regards complices, et durant l'espace d'un instant Vanessa espéra qu'elles allaient changer de sujet, mais hélas, il n'en fut rien.

— Comment s'appelle-t-il ? demanda Ella.

— Qu'est-ce qu'il fait dans la vie ? s'enquit Julie.

Vanessa poussa un soupir exaspéré.

— Vous m'embêtez, à la fin ! Je vous répète qu'il n'y a rien à dire.

— Est-ce que tu vas le revoir ?

Faisant mine de ne pas avoir entendu la dernière question, Vanessa se mit à grignoter quelques pickles.

— Je t'en prie, Vanessa, raconte-moi au moins quelques détails. Ma vie amoureuse est un véritable désert !

— Il est mignon ? demanda Ella.

— Si je comprends bien, vous n'avez pas l'intention de laisser tomber le sujet.

— Aucune chance, affirma Julie, un large sourire aux lèvres.

— Eh bien, si vous voulez tout savoir, nous nous sommes rencontrés, nous avons dansé, puis dîné, pour finir par prendre une chambre d'hôtel. Fin de l'histoire.

Cela dit, elle tourna la tête vers l'autre côté du salon, là où la propriétaire exposait quelques antiquités.

— Vous avez vu cette armoire ? Elle est superbe. Je ne crois pas qu'elle était là, la dernière fois que nous sommes venues.

Julie ne se laissa pas entraîner dans son jeu.

— Tu as eu une aventure d'une nuit ? demanda-t-elle.

Elle semblait aussi médusée qu'admirative.

— Jamais je n'aurai le courage de m'accorder cela, poursuivit-elle. Tu n'as pas eu peur ?

— Je suppose que cela faisait partie du charme de la situation, n'est-ce pas, Vanessa ? suggéra Ella qui, depuis son divorce, s'était accordé quelques menus plaisirs avec la gent masculine.

— Mmm, en ce qui me concerne, j'en serais vraiment incapable. Je suis beaucoup trop romantique, déclara Julie. Dans ce genre d'histoires, il n'est jamais question de bouquets de fleurs, de boîtes de chocolat, ou de billets pour un concert.

— Parfois, dit Vanessa, on a juste besoin d'un homme pour oublier tous nos soucis.

— Tu as des problèmes, Vanessa ? s'enquit Ella.

Vanessa les regarda tour à tour. Comment pourrait-elle avouer son passé secret à ses deux amies ? Un passé dont elle avait si honte, même quinze ans plus tard, qu'elle était incapable d'en parler, même aux deux personnes qui comptaient le plus pour elle au monde.

Sachant qu'elle n'avait qu'un moyen de se sortir de cette conversation, elle se força à sourire.

— Ne cherchez pas midi à quatorze heures, les filles. J'avais juste très envie de coucher avec un mec, c'est tout.

— Amanda avait parié que tu viendrais, déclara le sénateur Robert Garcia en retournant les steaks sur le grill du barbecue dans le jardin à l'arrière de la maison.

Il mesurait un bon mètre quatre-vingt-dix et avait le visage émacié. Ses cheveux poivre et sel étaient coiffés en arrière et il décrocha à Tanner ce sourire radieux qui plaisait tant aux électeurs.

— A présent, je vais devoir lui offrir de nouvelles tentures pour le salon.

— Voilà ce que l'on perd à parier, répondit Tanner à son oncle par alliance avant de siroter une gorgée de la bière dont le sénateur venait de lui mettre une bouteille dans la main.

D'ailleurs, Maria étant décédée, Robert et lui appartenaient-ils toujours à la même famille ?

— Sérieusement, c'est la première fois que tu reviens chez nous depuis…

Robert s'interrompit.

« Depuis que Maria est décédée. »

Aucun ne prononça les horribles mots qui les faisaient tant souffrir, mais ils semblaient résonner dans l'air.

— J'avais une bonne raison de venir, dit Tanner, mis à part le barbecue.

— Laquelle ?

— C'est au sujet du travail que tu m'as confié. Je ne peux pas m'en charger.

— Bien sûr que si. Tout est déjà organisé.

— Je ne parle pas du poste de chef de la sécurité à Confidential Rejuvenation, mais de la fonction de garde du corps de Vanessa Rodriguez.

Robert jeta un coup d'œil furtif par-dessus l'épaule de Tanner.

Sa femme et quelques-uns de leurs invités se trouvaient de l'autre côté du patio, admirant les nouveaux arrangements paysagers. Il se pencha en avant et baissa la voix.

— Que veux-tu dire ? Pourquoi ne pourrais-tu pas te charger de cette mission ?

Tanner prit une profonde inspiration. Comment annoncer à l'oncle de son épouse décédée qu'il avait couché avec la femme dont il était supposé assurer la protection ?

— Je ne pense pas être la personne la mieux indiquée pour cette mission, mais ne t'inquiète pas, je vais te recommander quelqu'un d'autre.

— Tu plaisantes ? Tu es le meilleur garde du corps de la profession. Tu t'occupais même de la sécurité du gouverneur jusqu'à…

De nouveau, Robert laissa ses paroles en suspens.

« Jusqu'à ce que Maria se fasse tuer lors d'un braquage dans un commerce de leur quartier, alors que lui-même était en déplacement professionnel. é

Tanner ne s'était pas encore pardonné son absence au moment où son épouse chérie avait eu le plus besoin de lui.

— Ça me semble inadéquat, c'est tout.

— Mais pourquoi ? insista Robert en jetant un nouveau coup d'œil à sa femme.

A l'évidence, il prenait garde que cette dernière n'entende pas leur conversation.

Que lui cachait-il ?

— Sois franc avec moi, demanda Tanner. Pourquoi tiens-tu à engager un garde du corps pour le Dr Rodriguez ?

— Je te l'ai déjà dit. Carlos Vega a été relâché de prison, hier. Cet homme est un criminel de sang-froid. J'ai peur qu'il ne s'en prenne à Vanessa.

— Parce qu'elle a témoigné contre lui ?

— Exact.

— Elle l'a vu assassiner un homme dans un accès de rage, c'est bien cela ?

— Oui. Vega a été accusé d'homicide au second degré.

— Comment tout cela s'est-il passé ?

— Ecoute, cela n'a aucune importance. Le principal, c'est que Vanessa soit hors de portée de Vega.

— Tu es sûr qu'il a l'intention de s'en prendre à elle ?

— Il l'a violemment menacée il y a quinze ans, et à présent il est libre. Inutile de te faire un dessin.

— Ce que je me demande… Pourquoi tiens-tu autant à Vanessa Rodriguez, au point d'engager toi-même un garde du corps pour veiller sur elle ?

— Désolé, mais cela ne te regarde pas.

Tanner se frotta la nuque. Maria éprouvait une grande affection pour son oncle Robert, et l'admirait. Pour ce qu'il en savait, Robert était un homme bon, mais quelque chose clochait dans toute cette histoire. Il tourna la tête, et observa Amanda, l'épouse du sénateur. C'était une femme svelte, d'une cinquantaine d'années, toujours très jolie. Il était évident qu'elle prenait soin de sa beauté. Sa peau était radieuse, ses ravissants yeux bruns en amande toujours mis en valeur par un maquillage discret, et ses cheveux courts et bouclés élégamment coiffés.

— Tu as une aventure avec elle, c'est ça ? Vanessa Rodriguez est ta maîtresse ?

Cette idée le rendait malade, mais il devait poser la question.

— Grand Dieu, non ! se récria Robert. Qu'est-ce qui te fait penser une chose pareille ? J'aime Amanda, et je ne la tromperai jamais.

Tanner se sentit soulagé. Il était déjà difficile d'admettre qu'il avait couché avec la femme qu'il était censé protéger, mais apprendre qu'elle était aussi la maîtresse de Robert… Disons que cela aurait été désagréable à entendre.

— Dans ce cas, pourquoi t'intéresses-tu autant au Dr Rodriguez ? insista-t-il.

Robert eut soudain l'air mal à l'aise.

— Allons faire quelques pas, proposa-t-il.

— Où allez-vous, chéri ? demanda Amanda de loin.

— Je veux montrer à Tanner les nouvelles carpes dans l'étang, répondit Robert en faisant un petit signe de la main à son épouse. Tu veux bien surveiller les steaks, ma chérie ?

— Ne t'inquiète pas, je m'en occupe ! répondit-elle d'un ton enjoué.

Tanner et Robert se dirigèrent vers l'arrière du parc de la propriété, planté d'essences locales : des pacaniers, de vieux chênes rouges, des ormes et quelques cèdres. L'allée était dallée de petits pavés ronds et l'intimité des lieux était protégée par une haute haie.

— Vanessa est originaire de ma ville natale, dit Robert lorsqu'ils furent hors de portée de voix. Elle vient des quartiers où j'ai grandi. Je connaissais sa famille, sa mère, mais Vanessa ne se souvient pas de moi. Elle n'était pas encore née lorsque j'ai quitté El Paso.

— Pourquoi refuses-tu d'informer Vanessa que tu as engagé un garde du corps pour la protéger ?

— Parce que, après ce qui s'était passé avec Carlos Vega, j'ai financé les études de médecine de Vanessa. Je me sentais désolé pour elle, elle avait besoin de repartir de zéro, et moi… Disons que je pouvais me le permettre. Tout le monde l'ignore. Ni Amanda ni Vanessa ne savent ce que j'ai fait. Tu es le seul.

— Pourquoi tiens-tu au secret ?

— Tes actes n'ont plus rien d'altruiste si tout le monde les connaît.

Ils s'arrêtèrent en arrivant près de l'étang. L'argument que venait de lui donner Robert était tout à fait plausible, mais Tanner se demandait s'il devait le croire. Néanmoins, il décida de ne pas insister.

— Quelles que soient les raisons que tu aies de protéger Vanessa de Vega, je ne pense pas être l'homme qu'il faut.

— A présent, qui cache ses petits secrets ? riposta Robert.

Etonné, Tanner se tourna vers lui et le regarda droit dans les yeux.

— Qu'est-ce que tu veux dire ?

— Ce n'est pas dans tes habitudes de revenir sur tes engagements.

— Je ne reviens sur rien. Le fait est que je crains d'avoir grillé ma couverture.

Le sénateur s'adossa au tronc d'un très vieux chêne.

— Qu'est-ce qui te fait penser cela ?

— Le Dr Rodriguez s'est rendue dans un bar, hier soir. Je l'ai suivie, et me suis installé à quelques tables d'elle. Elle m'a remarqué et est venue me trouver. Nous avons dansé ensemble.

Et bien plus que cela…

— C'est très bien, déclara Robert.

— Tu trouves ?

Pour éviter le regard perçant du sénateur, Tanner se pencha et ramassa un petit galet qu'il lança dans l'étang.

— Absolument ! Elle t'a fait assez confiance pour danser avec toi. C'est bon signe ! En temps ordinaire, Vanessa est plutôt réservée.

A son avis, Robert ne la connaissait pas aussi bien que ce qu'il croyait. Car, en ce qui le concernait, « réservée » n'était pas le premier adjectif qui lui serait venu à l'esprit pour qualifier la très sexy Vanessa Rodriguez.

— Le fait qu'elle t'ait accordé sa confiance et que vous soyez devenus proches te donne un avantage, déclara le sénateur.

Proches ? Il n'avait pas idée à quel point.

Tanner poussa un petit soupir.

— Je vais être honnête avec toi, Robert. Je ne veux pas me charger de la protection du Dr Rodriguez parce que je suis physiquement attiré par elle.

— Ah ! Mais c'est parfait !

— Je ne crois pas, non.

Le sénateur s'approcha et lui posa une main sur l'épaule.

— Tanner, Maria refuserait de te voir comme cela. Cela fait quatre longues années que tu portes son deuil. Il est temps de te remettre à vivre. Cela n'enlève rien à l'amour que tu éprouvais pour elle.

— Peut-être, mais la première femme pour laquelle j'éprouve de l'attirance depuis que j'ai perdu Maria est celle que je suis chargé de protéger. Quelle ironie du sort !

— Cela signifie juste que tu n'as pas perdu toutes tes

facultés viriles. Par ailleurs, le fait que tu sois attiré par Vanessa n'implique pas non plus que tu te laisses dominer par tes émotions.

« C'est le moment. Avoue-lui ce qui s'est passé. »

Mais pour une raison qu'il ignorait, Tanner n'était pas capable de révéler à son oncle qu'il avait entamé une liaison avec la belle Vanessa. Une part de lui voulait garder cette histoire discrète, par pur esprit chevaleresque ; l'autre avait honte de ses actes. Cependant, il avait aussi la curieuse impression que Robert ne lui révélait pas tout. Qu'est-ce que cela signifiait ?

— La sécurité de Vanessa n'est pas la seule raison pour laquelle j'ai besoin de toi, poursuivit Robert. Comme tu le sais, nous avons eu plusieurs incidents fort désagréables à la clinique, et j'ai besoin de quelqu'un dans la place en qui je puisse avoir totalement confiance.

— Explique-moi ce qui se passe, demanda Tanner.

— J'ai bien peur que quelqu'un n'essaie de saboter la réputation de l'hôpital. Il y a eu trop d'événements curieux ces derniers temps. Nous devons découvrir le coupable au plus vite, avant que les choses ne s'enveniment.

Leur conversation retomba, et dans le silence qui s'ensuivit le craquement d'une brindille écrasée les fit presque sursauter.

Tous deux tournèrent la tête et remarquèrent Chloé, la fille adoptive de Robert, qui se tenait à quelques mètres d'eux, sous les arbres. A vingt-deux ans, la jeune femme venait juste d'obtenir son diplôme universitaire et travaillait à Confidential Rejuvenation comme infirmière du bloc opératoire.

Tanner eut soudain l'étrange sensation que Chloé se trouvait là depuis un long moment déjà, et épiait leur conversation. Il se rappela que Maria lui disait toujours qu'elle trouvait sa jeune cousine plutôt curieuse. Gentille, mais sournoise. A présent, il comprenait ce que son épouse avait voulu dire. Lui-même était en train de se demander ce que Chloé penserait si elle savait que son père avait payé les études de médecine de Vanessa Rodriguez.

— Papa, maman m'envoie te dire que les steaks sont prêts, annonça Chloé.

— Bien, nous vous rejoignons tout de suite.

Chloé fit demi-tour et s'en retourna vers la maison.

— Ne te laisse pas déconcerter par cette attirance que tu éprouves pour Vanessa, dit Robert en se retournant vers Tanner. Tu es enfin en train de reprendre pied et c'est une bonne chose. Je sais que tu peux assurer sa protection sans te laisser déborder par tes émotions. Prends grand soin d'elle. J'ai un mauvais pressentiment en ce qui concerne Carlos Vega. Après son jugement, il a juré de tuer Vanessa dès qu'il sortirait de prison.

Voilà la raison pour laquelle il n'avouerait pas à Robert ce qui s'était passé entre Vanessa et lui la nuit dernière, songea Tanner.

Lorsque le pire arriverait, Vanessa aurait besoin de lui, et s'il n'avait pas été capable de protéger son épouse, cette fois, il saurait faire face.

Garder Vanessa en vie lui offrirait une chance d'obtenir le salut de son âme.

4.

Le lundi matin suivant, le lifting des paupières d'un musicien d'une trentaine d'années qui désirait avoir l'air plus jeune pour la couverture de son nouvel album se déroula plus vite que Vanessa ne s'y était attendue, et ce, grâce à l'efficacité de son équipe.

Elle appréciait beaucoup de travailler avec Lisa Patrone, l'infirmière qui surveillait les moniteurs, et le Dr Brad Mertz, anesthésiste. Brad et elle étaient même sortis quelques soirs ensemble, mais bien qu'ils s'apprécient mutuellement, s'admirent et se respectent sur le plan professionnel, le manque d'alchimie sexuelle entre eux les avait empêchés d'aller plus loin.

Pourquoi les hommes qui auraient pu lui convenir n'éveillaient-ils jamais de désir en elle, alors que ceux dont elle aurait dû se tenir éloignée lui donnaient envie de partager leur lit ?

Elle poussa un soupir. Décidément, question attraction sexuelle, Mère Nature lui jouait de drôles de tours.

Agée d'environ quarante-cinq ans, Lisa, mariée à un pompier, s'apprêtait à devenir grand-mère. Elle avait passé toute sa carrière à Confidential Rejuvenation et, durant ses jours de congé, fréquentait assidûment les vide-greniers où elle marchandait âprement pour acheter diverses babioles qu'elle offrait à ses collègues en témoignage de son affection. Elle préparait aussi une excellente salade au guacamole, dont elle refusait de révéler la recette, malgré les nombreuses sollicitations.

L'unique nouvelle employée dans la salle d'opération était la fille du sénateur Garcia, Chloé, et même si la jeune femme était quelque peu réservée, et toujours dans sa phase d'externat, il était évident qu'elle ferait une excellente infirmière de bloc opératoire. Elle savait anticiper les besoins de Vanessa et lui tendait toujours l'instrument approprié pile au moment où elle en avait besoin.

— Allez-vous assister à la réunion organisée par Covey et Butler ? leur demanda Brad, alors qu'ils transféraient leur patient, toujours inconscient, sur le lit à roulettes qui servirait à le ramener dans sa chambre privée.

— J'espérais l'éviter, avoua Vanessa, mais étant donné que nous avons terminé plus tôt que prévu, je n'ai aucune excuse.

— Je te garderai un siège, proposa Brad en lui faisant un clin d'œil par-dessus son masque. Juste à côté de la porte, au cas où cela durerait trop longtemps.

— Bonne idée ! Butler est parfois un peu trop bavard.

— Ce n'est rien de le dire !

Vanessa suivit Lisa et Chloé tandis qu'elles emmenaient leur patient dans le service de soins post-anesthésie, adjacent à la salle d'opération. Elle nota plusieurs renseignements sur la fiche du patient, puis quitta les lieux pour se rendre à la fameuse réunion.

Lorsqu'elle parvint à la salle de conférences, elle se rendit compte que la plupart de ses collègues étaient déjà installés. Le fiancé de Ella, Dante Nash, lui fit un petit signe de la main auquel elle répondit avant de se glisser à côté de Brad, juste au moment où Butler et Covey entraient dans la pièce.

Elle s'efforça de se concentrer, mais ne pouvait s'empêcher

de penser à son amant du week-end. La salle d'opération était le seul endroit où elle parvenait à compartimenter sa vie privée et sa vie professionnelle, et où elle pouvait oublier ce à quoi elle s'était laissée aller vendredi soir.

Pourquoi avait-elle couché avec Tanner ?

« Tu sais très bien pourquoi. Au fond de toi, tu n'es qu'une mauvaise fille, et tous les diplômes universitaires du monde n'y pourront rien changer. »

C'était là l'implacable vérité.

Elle pouvait grimper tous les échelons professionnels aussi vite que possible, jamais elle ne pourrait échapper à sa véritable personnalité, ni à ses origines, ou à ce qu'elle avait dû endurer pour survivre.

Jarod Butler et Covey se dirigèrent vers l'estrade de cette spacieuse salle de conférences où ils avaient l'habitude de tenir leur réunion mensuelle, durant laquelle ils analysaient les éventuelles erreurs, même les plus minimes, survenues lors des opérations, afin d'aider leurs équipes à améliorer leurs performances.

La salle de conférences, tout comme le reste de la clinique, respirait l'opulence : de l'élégante estrade en noyer, à l'équipement audiovisuel sophistiqué, aux profonds sièges de cuir dans lesquels ils étaient tous installés. Tout cela était bien loin du sordide univers dans lequel Vanessa avait grandi. Quel chemin elle avait accompli ! Malgré toutes les années passées, elle avait encore du mal à croire que cet univers représentait sa nouvelle vie.

Elle avait tellement de chance d'avoir obtenu cet internat à la clinique. C'était un poste si convoité ! Elle aimait travailler à Confidential Rejuvenation, même si, parfois, elle se sentait un peu déplacée dans cet univers si luxueux.

Tous les matins, lorsqu'elle remontait l'allée de la clinique en voiture, elle appréciait le magnifique décor parfaitement entretenu par une équipe de jardiniers exemplaires. De temps en temps, après son travail, elle se promenait jusqu'au belvédère installé sur le promontoire au-dessus des rives du Colorado et s'asseyait là, sur un banc, admirant la vue et remerciant Dieu de lui avoir donné la chance d'échapper à son passé.

En tant que membre senior, le Dr Butler s'approcha le premier de la chaire. Il évoqua les différentes actions que l'hôpital avait planifiées pour restaurer l'image de marque de Confidential Rejuvenation : de nouvelles campagnes de publicité, le recrutement d'un chargé de relations publiques et le renforcement de l'équipe de sécurité.

Puis le Dr Covey prit la parole et annonça que le sénateur Robert Garcia, que tout le monde connaissait, faisait désormais partie des associés de l'établissement.

Vanessa entendit la porte de la salle s'ouvrir derrière elle, mais ne se retourna pas pour voir qui entrait.

— Et, à présent, dit le Dr Covey, nous aimerions vous présenter le nouveau chef de la sécurité, qui nous a été recommandé par le sénateur Robert Garcia. Nous attendons beaucoup de lui. Ce monsieur possède un C.V. très impressionnant, et s'est occupé personnellement de la protection du gouverneur Perry durant trois ans.

Covey fit un geste de la main en direction de la salle.

— Mes amis, je vous demande de bien vouloir accueillir avec moi Tanner Doyle. Venez nous rejoindre, Tanner.

« Tanner ? »

Vanessa se raidit aussitôt, tentant de résister à l'urgente envie de s'enfuir hors de la pièce. Non, non, il ne pouvait pas s'agir de la même personne !

Hélas, l'homme qui se présenta sur l'estrade à côté de Covey et Butler était bien le même Viking blond qu'elle avait séduit chez Emilio.

Elle ne croyait pas aux coïncidences.

Qu'est-ce que Tanner faisait ici ?

Lorsque les applaudissements prirent fin, Tanner prit place derrière le micro. En plein jour, vêtu d'un élégant costume bleu nuit, il était encore plus séduisant que l'autre soir chez Emilio.

Tanner ajusta le micro à sa taille.

— Merci pour votre accueil, dit-il de sa voix de velours.

Vanessa avait l'impression qu'il venait de lui chuchoter à l'oreille, et décida d'ignorer la pointe d'excitation qui s'était emparée d'elle.

Cette voix lui avait susurré mille petites choses coquines dans l'obscurité d'une chambre d'hôtel. A présent, l'homme à qui appartenait cette voix se tenait devant elle, et elle eut soudain la sensation d'être une petite souris prise entre les griffes d'un gros matou.

Tanner leva les yeux sur le public, et son regard se riva au sien. Elle fit tout son possible pour garder l'air détaché, mais doutait d'y être parvenue.

— J'ai passé le week-end avec le Dr Butler et le Dr Covey à discuter des besoins en matière de sécurité pour Confidential Rejuvenation, déclara Tanner.

« Menteur ! Tu as passé une bonne partie du week-end entre mes cuisses ! »

— J'ai été informé des…

Tanner hésita, cherchant les mots justes.

— … Des étranges incidents qui ont eu lieu ici ces derniers mois, et je vais avoir besoin de toute votre aide pour améliorer la sécurité de la clinique aussi bien pour les patients que pour vous tous.

Il s'interrompit et scruta l'assemblée. Vanessa reconnut qu'il avait une présence magnétique. Elle serra les dents et crispa les poings sur ses genoux.

Brad se pencha vers elle et lui toucha l'épaule.

— Ça va ?

— Oui, ne t'inquiète pas, lui assura-t-elle en se forçant à sourire.

— A cette fin, continua Tanner, j'aurai un entretien individuel avec chacun d'entre vous afin de recueillir vos points de vue sur les événements et votre opinion sur ce qu'il convient de faire pour améliorer au mieux la sécurité de Confidential Rejuvenation.

Un entretien individuel ? Super ! Juste ce qu'elle voulait. Se retrouver en tête à tête avec l'homme avec lequel elle avait couché dans un moment de faiblesse.

— Qu'est-ce que cela signifie ? demanda l'un des médecins derrière elle. Il nous considère comme suspects ?

— J'imagine qu'ils ont dû lui parler de cet ancien associé qui puisait dans les caisses, murmura un autre médecin.

Le Dr Butler leva la main, interrompant la discussion qui avait commencé dans les rangs.

— Je suis certain que vous offrirez votre coopération entière à Tanner. La sécurité de nos patients et la vôtre sont notre plus grande préoccupation. M. Doyle tient à commencer les entretiens le plus vite possible. J'ai tous vos emplois du temps sous les yeux et je vois qu'en ce qui vous concerne, docteur Rodriguez, vous avez un peu de temps libre.

— Eh bien, je comptais justement utiliser ce temps libre pour réviser mes dossiers, répondit Vanessa.

— Cela peut attendre, dit le Dr Butler. Plus vite Tanner pourra recueillir vos opinions, plus vite il pourra mettre en place de nouvelles mesures de sécurité.

Vanessa poussa un soupir. Quelle poisse !

Elle sentait le regard de Tanner posé sur elle. Bien sûr, elle allait coopérer puisque le Dr Butler venait de le lui demander, mais si un événement pouvait sembler étrange, c'était bien de retrouver Tanner sur son lieu de travail après leur torride nuit. Quelle coïncidence, n'est-ce pas ?

Qu'aurait-il à dire pour sa défense, lui ?

— Qu'est-ce que tu fais ici ? demanda Vanessa en jetant un regard suspicieux à Tanner.

Il esquissa un sourire.

— Mon travail.

Elle était magnifique dans ce superbe tailleur d'un gris délicat, assorti à ses escarpins et porté sur un chemisier lavande.

Ils se trouvaient dans son bureau. Déformation professionnelle oblige, Tanner ne pouvait s'empêcher de noter chaque détail de la pièce. De la somptueuse table de travail en acajou, aux sièges recouverts de cuir jusqu'aux lourdes tentures de la fenêtre qui surplombait l'une des immenses pelouses de Confidential Rejuvenation.

Sur sa table, tout était rangé à la perfection. Au mur, le diplôme mis sous verre dans un très beau cadre de bois de cerisier indiquait que Vanessa l'avait obtenu à l'Université du Texas avec les félicitations du jury.

Robert l'avait informé qu'elle possédait un Q.I. de 156. De nouveau, il se demanda comment et pourquoi le sénateur connaissait autant de détails sur la vie de Vanessa. Il voulait bien croire que Robert n'avait pas de liaison avec elle, mais il n'en était pas encore convaincu à cent pour cent.

La pièce était décorée de plusieurs plantes vertes en pot,

et sur un des murs se dressait une étagère garnie d'ouvrages médicaux.

Le seul objet personnel était un petit collier de perles qui semblait avoir été fait par un enfant, et qui était accroché à sa lampe de bureau. L'accessoire semblait plutôt incongru au beau milieu de cette pièce d'une élégance extrême.

S'agissait-il d'un talisman ? Quelqu'un l'avait-il créé spécialement pour Vanessa ? Une sœur, peut-être ? Une nièce ? A moins qu'il ne s'agisse de l'une ou l'un de ses patients ?

Cette femme était une véritable énigme, et le fait que Robert ait refusé d'en dire plus long sur le véritable lien de Vanessa avec Carlos Vega l'avait intrigué au plus haut point. Sa curiosité l'avait mené au département des archives de la presse locale, mais peu de journaux d'Austin avaient couvert le cas qui s'était déroulé à El Paso, et il n'avait trouvé nulle trace du nom de Vanessa dans les divers exemplaires qu'il avait consultés. L'un des journaux évoquait une jeune femme nommée Trudy Valdez, et qui avait été le témoin principal contre Vega, mais il s'agissait d'une danseuse qui officiait dans l'un des clubs de strip-tease de Vega.

Comment Vanessa s'était-elle trouvée liée à ce procès pour meurtre ? Robert lui mentait-il ? Et si c'était le cas, pourquoi ?

Etait-il en train de le manipuler ?

Les mains posées sur les hanches, Vanessa le contemplait pendant qu'il observait les lieux.

— Je ne crois pas aux coïncidences, monsieur Doyle, dit-elle.

— Vous pouvez m'appeler Tanner.

Cela pouvait sembler un peu pervers, mais il se plaisait à l'agacer.

— Non, répondit-elle. Il s'agit d'une relation purement

professionnelle. Je vous appellerai monsieur Doyle, et en ce qui me concerne, c'est docteur Rodriguez.

Elle voulait mettre de la distance entre eux ? Il se mordit la langue pour éviter d'exprimer la remarque qui le titillait. Elle n'avait pas été aussi distante lorsqu'elle avait crié son prénom en jouissant entre ses bras !

— Très bien, docteur, répliqua-t-il d'un ton sarcastique.

Elle ignora sa pique.

— D'abord, je vous rencontre chez Emilio, et à présent vous voilà engagé dans l'entreprise où je travaille. Est-ce que vous me suiviez, vendredi soir ? Avez-vous décidé d'épier la vie privée de tous les médecins ? Sommes-nous suspects ?

Au moins, elle allait droit au but. Tanner détestait mentir, mais, en l'occasion, c'était nécessaire. Robert avait été inflexible. Vanessa devait ignorer qu'il avait engagé un garde du corps pour la protéger.

— Ce soir-là, je travaillais sur une autre mission, dit-il, surpris de mentir avec autant de facilité.

— Néanmoins, je trouve la coïncidence plutôt curieuse, insista-t-elle.

Elle tira le siège derrière son bureau et s'assit.

— Bon, terminons-en avec cette histoire. Dites-moi juste ce que vous avez besoin de savoir.

Ce qu'il voulait ?

Il voulait la voir sourire comme cette nuit-là. Il voulait danser de nouveau avec elle et retrouver les sensations qu'elle avait éveillées en lui, et surtout se sentir vivant et viril comme cela ne lui était pas arrivé depuis quatre ans.

Hélas, son travail consistait à la protéger, et perdre le contrôle de ses émotions et de sa libido ne l'aiderait pas à atteindre son but.

Elle avait placé leur relation à un niveau strictement professionnel et insisté pour qu'ils s'appellent par leurs noms de famille. A l'évidence, elle tenait à oublier leur aventure et il devait en faire autant. Certes, elle avait des seins superbes et d'adorables fesses, mais aussi charmants soient-ils, ses attributs ne valaient pas la peine qu'il fiche sa carrière en l'air.

Ni qu'il lui fasse courir un quelconque danger.

Le Dr Rodriguez avait raison. A partir de cet instant, tout ce qui adviendrait entre eux ne serait que professionnel.

Il l'avait vue nue.

Vanessa ne pouvait s'empêcher d'y songer. Pas seulement nue, mais dans des positions fort compromettantes. Si jamais un de ses collègues apprenait qu'elle avait couché avec le nouveau chef de la sécurité…

Qui risquait d'être au courant ?

Personne, en ces lieux, ne devait apprendre que Tanner avait été son amant.

Pas plus que ses amies, Ella et Julie.

Pour l'heure, Tanner était assis en face d'elle, de l'autre côté de son bureau et, bien qu'il s'apprêtât juste à prendre des notes avec le carnet et le stylo qu'il avait en main, elle ne pouvait s'empêcher de le trouver irrésistible.

La senteur boisée de son eau de toilette enivrait ses sens, et ses yeux d'un bleu aussi profond que l'océan l'hypnotisaient quasiment. Quant à ses lèvres… Elle se rappelait leur douceur sur ses seins lourds de désir.

Nerveuse, elle s'empara du collier accroché à sa lampe de bureau et le fit jouer entre ses doigts comme un rosaire. C'était le seul objet qu'il lui restait de son ancienne vie. Elle l'avait gardé parce qu'il l'aidait à se détendre. Lorsqu'elle le contemplait, elle songeait que, si elle avait pu survivre à son passé, elle pourrait affronter n'importe quoi.

Elle se souvint d'en avoir enfilé les perles avec sa mère. C'était l'un des derniers moments heureux qu'elles avaient partagés avant que sa mère n'épouse celui qui était devenu son beau-père. Au fil des années, le bijou s'était transformé en un symbole de ses espoirs et de ses rêves. De son désir d'être de nouveau heureuse en devenant médecin.

Grâce à sa ténacité, ses rêves avaient pris corps, mais elle éprouvait toujours l'insidieuse sensation qu'elle ne pourrait jamais échapper à son passé.

— Votre nom officiel est bien Vanessa Dolores Rodriguez, c'est exact ? demanda Tanner.

La question la surprit. Oui, aujourd'hui c'était son nom. Autrefois, elle était une autre personne, et portait un nom différent. Elle avait attendu juste un petit peu trop pour répondre, et déjà elle percevait une lueur accusatrice dans les yeux de Tanner. Ciel ! Elle devait se montrer prudente. L'homme assis en face d'elle était à l'évidence un enquêteur avisé.

— Comment mon nom peut-il vous aider à accroître la sécurité de cet établissement ? demanda-t-elle avec froideur.

— Je tiens juste à vérifier tous les détails, répondit Tanner en esquissant un sourire, comme pour l'inviter à se détendre.

Hélas, cela la troubla encore plus que sa question. Elle hocha la tête, posa le collier, saisit un trombone dans son plumier et le manipula entre ses doigts jusqu'à ce qu'il se brise en deux.

— Vanessa, dit Tanner d'une voix hésitante.

Elle jeta les morceaux du trombone dans la poubelle.

— Oui ?

— Si j'avais connu ton nom de famille, si j'avais eu ton numéro de téléphone, je t'aurais appelée.

Elle leva une main devant elle pour l'interrompre.

— S'il vous plaît, j'aimerais oublier cette nuit de vendredi, et je suggère que vous fassiez de même.

Toute trace de sourire disparut du visage de Tanner.

— J'aurais du mal.

— Il le faut !

— Je ne veux pas.

Vanessa sentit soudain une douce chaleur réchauffer son cœur qui lui semblait avoir été enfermé dans une prison de glace depuis bien des années.

Mais elle ne devait pas aller plus loin.

Pourtant, elle ne pouvait s'empêcher de fantasmer sur Tanner. C'était ridicule, parce qu'elle était certaine que, s'il découvrait la vérité à son sujet, il ne voudrait plus rien à voir à faire avec elle.

Elle devait changer de sujet et ramener très vite la discussion à un niveau professionnel avant de lui avouer quelque chose de très stupide, par exemple qu'elle non plus ne parvenait pas à oublier leur nuit de passion.

— Alors, dites-moi, comment en êtes-vous arrivé à vous occuper de la sécurité d'une clinique, après avoir assuré la protection du gouverneur ? J'imagine que c'est une mission moins prestigieuse pour vous.

— C'est personnel.

Elle le regarda d'un air de défi.

— Oh, je vois. Vous avez toute latitude pour me poser des questions personnelles, mais je ne peux rien vous demander, c'est cela ?

— Je ne tiens pas à évoquer ma vie privée, dit-il en la regardant d'un air qu'elle trouva pourtant très équivoque.

Son cœur se mit à battre la chamade et elle détourna les yeux un instant, pour se ressaisir.

— Bon, continuons, voulez-vous ? suggéra-t-elle après s'être reprise. J'ai beaucoup de travail.

— Parlez-moi de votre quotidien, de vos habitudes, demanda Tanner.

— Je ferme toutes les portes et fenêtres, si c'est ce que vous voulez savoir.

— Cela me paraît bien.

— Et j'ai toujours des préservatifs dans mon sac.

Elle n'avait pu résister à lui envoyer cette pique, mais le regretta aussitôt.

Tanner haussa un sourcil.

— Avez-vous un système de sécurité en place chez vous ?

— Oui.

— Dans votre voiture ?

— Aussi.

— Vous arrive-t-il de venir très tôt, ou de partir très tard de votre bureau ?

— Je suis interne et l'on peut m'appeler à toute heure. Donc oui, je peux aller et venir ici à des heures très différentes de la journée.

— Et durant vos allées et venues, avez-vous déjà remarqué quelque chose qui sorte de l'ordinaire ?

— Pourriez-vous être plus précis ?

— Vendredi soir, quelqu'un a crevé tous les pneus des véhicules garés sur le parking des employés. Pour ne pas se faire prendre, le malfaiteur a débranché toutes les caméras de sécurité qui surveillent cette zone.

— Vous savez où je me trouvais vendredi soir.

Tanner esquissa un bref sourire.

— Je ne suis pas en train de vous accuser d'avoir saboté

les caméras, ni crevé les pneus. Je voulais juste savoir si vous aviez vu quoi que ce soit.

S'il connaissait son passé, il l'accuserait à coup sûr des méfaits qu'il venait d'énoncer.

— Désolée, je ne peux pas vous aider.

Il feuilleta quelques pages de son carnet.

— Revenons trois semaines en arrière, voulez-vous ? Quelqu'un a volé plusieurs caisses de matériel médical dans la réserve centrale. Là aussi, les caméras de sécurité avaient été débranchées.

— Peut-être que le coupable est l'un des vigiles. Avez-vous envisagé cette éventualité ? demanda-t-elle.

— J'envisage toutes les options possibles.

— Avez-vous vérifié les empreintes ?

— Etes-vous en train de me dire comment je dois faire mon travail, docteur ?

— Je ne fais que faire des suggestions.

— De toute façon, le malfaiteur portait des gants.

— Vous croyez qu'il n'y a qu'un seul et même coupable responsable de tous les incidents ?

— Je ne crois rien du tout.

Il soutint son regard, la scrutant comme si elle savait quelque chose, mais refusait de l'en informer. Elle avait déjà vu un tel regard… Quinze ans plus tôt dans les yeux des policiers.

Un frisson la parcourut.

— Vous savez, j'aimerais vous aider, dit-elle, mais je n'ai rien vu qui sorte de l'ordinaire.

Tanner se leva.

Elle poussa un petit soupir de soulagement et se leva à son tour.

— Je compte sur vous pour me tenir informé de tout ce que vous pourriez remarquer de suspect, insista Tanner.

— Je n'y manquerai pas.

Il se dirigea vers la fenêtre, regarda à l'extérieur, puis tourna la tige du store, plongeant progressivement la pièce dans la pénombre.

— Qu'est-ce que vous faites ? s'écria Vanessa.

— Je surveille les lieux.

— Depuis mon bureau ?

— Je vérifie à quel point vous êtes vulnérable.

— Pardon ?

— Nous ignorons de quoi ce malfaiteur est capable. Les choses pourraient dégénérer.

— Ce qui signifie…

Tanner fit un geste en direction de la fenêtre.

— Voyez-vous, si jamais quelqu'un se mettait à tirer des coups de feu depuis ce tertre, là-bas, votre bureau se trouverait juste dans la ligne de mire.

Cette fois, une véritable peur la saisit et elle pensa aussitôt à Carlos Vega. L'homme était capable de tout. Même d'engager un tueur pour la faire taire après quinze ans. N'avait-il pas juré de se venger ?

— Vous avez une vision bien sombre du monde, dit-elle.

« Pas plus sombre que la tienne. »

— Simple déformation professionnelle, répondit Tanner avant de traverser la pièce, et de s'approcher de son bureau, qu'il déplaça comme s'il était aussi léger qu'une plume.

Vanessa fronça les sourcils.

— Et là ? Pouvez-vous me dire ce que vous faites ?

— Je vous éloigne de la ligne de mire.

— C'est absurde ! s'exclama-t-elle, même si la peur ne la quittait plus. Personne ne va chercher à me tirer dessus depuis cette pelouse !

Tanner ne l'écoutait pas. Il était en train d'installer son bureau dans un endroit plus sûr de la pièce, le long du mur, du même côté que la fenêtre. A présent, Vanessa aurait le mur dans son dos, la fenêtre à sa gauche et elle pourrait tout à la fois regarder dehors en ayant la porte d'entrée dans son champ de vision. En revanche, de l'extérieur, personne ne pourrait la voir.

— De plus, c'est beaucoup mieux d'un point de vue Feng shui, dit-il. Il ne faut jamais avoir le dos à la porte.

— Qui aurait cru que vous étiez expert en Feng shui ? rétorqua-t-elle d'une voix ironique.

— Ma fem…

Il s'interrompit.

— J'en sais plus dans ce domaine que vous ne pourriez l'imaginer.

Elle aurait juré qu'il avait été sur le point de dire « ma femme », mais ne fit aucune remarque. Il ne portait pas d'alliance et, vendredi soir, il lui avait déclaré qu'il était célibataire. Elle avait choisi de le croire. Peut-être était-il divorcé, ou veuf, mais, quoi qu'il en soit, elle ne poserait pas la question. Il avait ses secrets, et elle les siens. De toute façon, elle n'avait aucune intention de poursuivre leur liaison, alors qu'importait ?

Le silence se fit plus pesant.

Ils se regardèrent et elle sentit monter en elle la petite pointe d'excitation sexuelle qui la tenaillait chaque fois qu'elle croisait son regard.

— Eh bien… Merci d'avoir réorganisé mon bureau, dit-elle.

— Je vous en prie, je n'ai fait que mon travail.

— En avons-nous terminé ?

Il saisit son siège de bureau, qui était toujours au beau milieu de la pièce et le plaça derrière sa table de travail.

— Je tiens à ce que vous sachiez que je vais être dans le coin durant pas mal de temps.

Elle devait reconnaître qu'elle en était à la fois soulagée et inquiète. Soulagée, car elle avait vraiment peur de Carlos Vega, mais inquiète parce que le fait d'avoir Tanner dans les parages l'excitait plus qu'elle ne l'aurait souhaité.

— Bon, je vais vous laisser à votre travail, poursuivit-il en lui tendant la main.

Par réflexe, elle la saisit pour le saluer.

Grossière erreur.

Elle sentit aussitôt la chaleur de sa paume pénétrer en elle, et il tint sa main dans la sienne juste une seconde de trop. Elle s'efforça de garder un air détaché, puis l'observa pendant qu'il s'éloignait.

Comment diable allait-elle faire pour ne pas lui tomber de nouveau dans les bras ?

5.

— Alors, que pensez-vous de ces curieux incidents ? demanda Jarod Butler.

Il se tenait sur le seuil du bureau de Tanner, dans le quartier de sécurité installé dans les sous-sols de Confidential Rejuvenation.

A ce niveau souterrain, la clinique semblait complètement différente. Les couloirs étaient plus étroits, les lumières moins fortes et la température inférieure de trois à quatre degrés par rapport au rez-de-chaussée. Par ailleurs, il n'y avait aucune fenêtre. Les rayons du soleil qui accueillaient les patients lorsqu'ils pénétraient dans le hall d'accueil n'arrivaient pas jusqu'ici.

Tanner leva les yeux de la somme de données réunies après avoir analysé durant cinq jours le système de sécurité actuel de la clinique, et récolté une masse d'informations lors de ses entretiens avec le personnel.

— Je ne suis pas encore prêt à vous faire part de mon avis, docteur Butler. Je noterai toutes mes recommandations dans un rapport complet.

— D'accord. Au fait, le sénateur Garcia m'a demandé de vous remettre ceci, dit Butler en pénétrant dans la pièce et en posant une clé sur le bureau de Tanner.

— Merci.

— Il paraît que vous déménagez ?

A l'évidence, le Dr Butler essayait d'en savoir plus, mais cette partie de sa mission ne concernait que Robert et lui. Butler ne devait rien savoir de sa mission de garde rapprochée qu'il assurait auprès de Vanessa.

— Oui, répondit-il d'un ton détaché. Cela me permettra d'être plus près du bureau.

— Ah !

Butler attendit, comme s'il espérait en apprendre plus.

— Y a-t-il autre chose ? demanda Tanner.

— Eh bien… Si vous avez besoin d'aide pour votre déménagement, n'hésitez pas à nous le faire savoir, à moi ou à l'un des vigiles.

— Merci pour votre offre.

Il était hors de question qu'il demande à l'un de ses collègues de la sécurité de lui donner un coup de main pour déménager. Tout d'abord, il ne tenait pas à ce que quiconque à Confidential Rejuvenation apprenne qu'il s'installait dans l'appartement à côté de celui de Vanessa. D'autre part, depuis son deuil, ses effets personnels tenaient dans une demi-douzaine de caisses. L'appartement dans lequel il allait emménager était entièrement équipé, tout comme celui qu'il quittait. Par ailleurs, il n'était pas complètement convaincu qu'aucun des vigiles n'était impliqué dans les actes de malveillance qui avaient eu lieu. Le coupable savait avec précision où se trouvaient les caméras de sécurité et comment les débrancher. Il ne voulait surtout pas devenir trop familier avec quiconque ici, de peur de ne plus être assez objectif.

Même si en ce qui concernait Vanessa, c'était déjà trop tard. Il avait perdu toute objectivité à son sujet…

— Eh bien, je vais vous souhaiter une bonne soirée, dit Butler. Je suis impatient de lire votre compte rendu.

— Bonne nuit, docteur.

Butler s'arrêta sur le seuil.

— Vous pouvez m'appeler Jarod.

Tanner en fut surpris. D'après ce qu'il avait vu jusqu'à présent, le comportement des membres du personnel était toujours des plus conventionnel. Certainement à cause des célébrités qui séjournaient ici. Butler était-il en train de lui faire passer un test ?

— Merci, docteur Butler, mais je préfère rester aussi professionnel que possible.

Butler hocha la tête en signe d'acquiescement.

— Robert m'avait prévenu de votre droiture.

Oui, Butler venait bel et bien de le tester, comprit Tanner, et il avait réussi haut la main.

Une fois que Butler eut quitté son bureau, il saisit la clé de son nouvel appartement, l'enfouit dans sa poche, puis se leva et se dirigea vers la salle de contrôle dans laquelle se trouvaient tous les écrans de surveillance.

Trois vigiles étaient en train de les surveiller et une demi-douzaine d'hommes patrouillait dans le parc. Se positionnant derrière ses hommes, il se baissa pour observer, sur le moniteur, Butler quitter l'hôpital par la porte du service des urgences et se diriger vers sa Lexus garée à l'arrière du bâtiment. Il ne restait que deux autres voitures : l'une était une BMW gris argenté appartenant au Dr Covey, l'autre était une Acura couleur bordeaux, propriété de Vanessa.

Tournant la tête, il surveilla la caméra qui donnait sur l'entrée conduisant aux bureaux des médecins, sur le côté de l'immeuble. Afin que personne ne se rende compte qu'il prêtait une attention particulière à cette dernière, il posa plusieurs questions à ses vigiles, leur demandant ce qui se passait dans le reste de l'hôpital.

Même si sa mission consistait à protéger Vanessa, la clinique l'avait engagé en tant que chef de la sécurité et il s'estimait capable d'accomplir ces deux tâches à la fois.

Du coin de l'œil, il perçut un mouvement sur l'un des écrans et reporta son attention sur l'entrée réservée aux médecins. Il aperçut Vanessa, sa blouse drapée sur son bras. Dans la main droite, elle tenait ses clés de voiture. Elle s'arrêta, et regarda avec précaution à droite, à gauche, puis derrière elle.

— Elle se comporte toujours comme si elle était suivie, expliqua Josh Newberry, le plus jeune des gardes.

Il venait juste d'avoir vingt-deux ans et était le plus doué de l'équipe de softball de la clinique.

— Elle fait attention à elle, dit Tanner. Je ne peux que l'approuver. La plupart des gens ne prêtent guère attention à leur sécurité.

— Avec des jambes comme les siennes, elle a raison de faire gaffe ! s'exclama Charlie Martin en poussant un petit sifflement admiratif.

Charlie était bâti comme un colosse. Il travaillait à Confidential Rejuvenation depuis que la clinique avait commencé son activité, et son dossier indiquait qu'il avait un comportement exemplaire, mais son commentaire irrita Tanner.

— Aucune femme ne mérite d'être victime de harcèlement sexuel juste parce qu'elle est jolie, grommela-t-il.

Charlie leva les deux mains devant lui en signe d'apaisement.

— Hé, patron, je suis bien d'accord avec vous ! J'ai deux adolescentes à la maison, je sais ce que c'est.

Tanner observa Vanessa se diriger d'un bon pas vers sa voiture, puis jeter un coup d'œil au siège arrière tandis qu'elle appuyait sur la télécommande pour désactiver l'alarme et ouvrir sa portière.

A l'évidence, elle semblait habituée à regarder par-dessus son épaule, et il avait du mal à faire coïncider cette image d'elle avec celle de la jeune femme qui l'avait dragué dans un bar le week-end précédent, alors qu'il n'était encore qu'un inconnu.

Décidément, Vanessa Rodriguez était un véritable paradoxe.

Il repensa à leur soirée chez Emilio. Sans nul doute, l'inviter à danser avait été pour elle un moyen d'affronter ses frayeurs et de repousser les ombres de son passé. Surtout le jour où elle avait appris que l'homme qui avait juré de la tuer avait été libéré de prison. Le fait d'aborder un homme dans un endroit où elle se sentait à l'aise lui avait offert l'impression de garder le contrôle des événements.

Le point commun de sa prudence et de sa bravoure était la peur, et elle faisait ce qu'elle pouvait pour réconcilier les deux aspects de sa personnalité et vivre du mieux possible. D'après ce qu'il savait d'elle et de ce qu'il avait pu observer durant la semaine écoulée, Vanessa était une femme loyale, responsable, pleine d'esprit et tout le monde semblait l'apprécier, mais elle ne laissait que peu de personnes devenir proches.

Que craignait-elle ?

Il éprouva soudain un besoin si urgent de la libérer de ses angoisses qu'il en eut le vertige.

Que redoutait-il ?

Emu par la violence de ses sentiments, il s'écarta des écrans. Il détestait devoir agir en se cachant. Comme il aurait aimé pouvoir lui avouer qu'en fait, il était là pour elle, pour la protéger. Il n'avait pas l'habitude de travailler sous couverture, et détestait encore plus devoir prétendre que… Quoi ?

Qu'ils n'étaient pas liés ?

De toute façon, ils ne l'étaient pas. Ils avaient fait une fois l'amour ensemble, c'est tout.

D'ailleurs, c'était faux : ils avaient simplement couché ensemble. Certes, leur nuit avait été magique, mais ce n'était rien d'autre qu'une aventure. Les choses ne pouvaient pas aller plus loin.

« Oublie cette soirée de vendredi. »

C'était plus facile à dire qu'à faire.

Surtout quand Vanessa le regardait comme elle avait le chic de le faire, éveillant en lui des sensations qu'il croyait mortes depuis longtemps.

Il avait beau essayer, il ne pouvait s'empêcher de la désirer. Il aimait tant se trouver en sa compagnie ! Elle était belle, intelligente et infiniment sexy. Il voulait en apprendre plus sur elle et comprendre ce qui l'effrayait.

Il avait découvert qu'elle se méfiait beaucoup des autres, qu'elle passait une bonne partie de son temps libre à regarder de vieux films ou à sortir avec ses deux meilleures amies, Ella Kingston et Julie Demarco, et qu'elle avait un petit collier, fait à la main et semblable à un talisman, accroché à sa lampe de bureau.

Il savait aussi que les baisers dans la nuque la faisaient frissonner de plaisir, et qu'elle criait puissamment durant l'orgasme, mais il ignorait ce qu'elle pensait à son sujet.

Il lui tardait de l'apprendre.

Il plongea les mains dans ses poches et ses doigts se refermèrent sur la clé de l'appartement que Butler lui avait remise.

Durant de brèves secondes, il ferma les yeux et se laissa aller à rêver à d'infinies possibilités.

*
* *

Après avoir regardé des deux côtés de la rue, Vanessa grimpa les marches d'entrée de son immeuble, pénétra dans son appartement et débrancha l'alarme. A l'instant où elle franchit la porte, son chat noir, Fantasia, vint se frotter contre ses jambes en ronronnant.

— Bonsoir, mon mignon, dit-elle en refermant la porte d'un coup de talon et en jetant ses clés sur le guéridon. Tu as faim, j'imagine.

Elle suivit Fantasia qui se dirigeait déjà vers la cuisine, en miaulant avec insistance.

Après lui avoir servi de quoi se restaurer, elle s'enquit de son propre dîner et ouvrit la porte du garde-manger. Ce dernier contenait de nombreuses boîtes d'aliments pour chats qu'elle achetait en lots, mais cela faisait une éternité qu'elle n'avait pas fait de courses pour elle-même.

Bon, elle avait des pâtes au blé dur, des tomates séchées et des olives noires. Elle pourrait faire sauter quelques oignons et de l'ail dans de l'huile d'olive et se préparer une belle assiette au goût de l'Italie.

Pendant que les oignons doraient doucement dans la poêle, elle se versa un verre de vin rouge puis se dirigea vers le salon où elle mit un C.D. de Norah Jones dans la chaîne hi-fi.

Bientôt, les délicieuses senteurs méditerranéennes de la nourriture, la musique douce et la gourmande saveur du merlot l'aidèrent à oublier son éprouvante semaine.

On était de nouveau vendredi. Cela faisait huit jours qu'elle avait rencontré Tanner chez Emilio. Et depuis, il n'avait guère quitté son esprit.

Dire que cette petite aventure avait perturbé toute sa semaine ! C'était tout de même une curieuse coïncidence que Tanner ait été nommé chef de la sécurité de la clinique où elle exerçait. Quoi qu'il en soit, elle ne l'avait plus rencontré depuis le jour où il avait changé les meubles de son bureau de place, sauf les quelques fois où elle l'avait aperçu de loin dans le périmètre de l'hôpital. Le simple fait de songer à ses bras musclés la fit frissonner d'extase.

Le temps qu'elle termine son dîner et son verre de vin, le C.D. de Norah Jones était arrivé à son terme, et elle se sentait d'humeur à écouter quelque chose de plus enjoué. Elle fouilla dans sa pile de disques et s'interrompit brusquement lorsqu'elle remarqua un vieil album de rock.

C'était un souvenir de son douloureux passé. D'une époque avant qu'elle ne soit Vanessa.

D'un temps où elle était danseuse professionnelle, connue sous le nom de Trudy Valdez.

L'air de *Satisfaction* résonna dans la pièce et elle se mit à danser, ondulant des hanches au rythme de la musique.

Soudain, elle entendit un bruit sourd, comme si quelque chose tombait par terre, puis perçut un juron viril. Elle baissa le volume de la hi-fi et tendit l'oreille.

Un autre juron.

Elle se dirigea vers sa porte d'entrée et regarda par le judas. Un homme était assis sur le seuil de l'appartement voisin. Une caisse d'emballage brisée en deux était renversée à côté de lui. Des pantalons, des chemises, des ceintures, divers souliers, des paires de chaussures de tennis et d'autres effets étaient étalés sur le sol. Elle ne voyait pas le visage de l'homme, mais remarqua qu'il était blond et semblait appuyer sur son bras comme s'il s'était coupé.

Elle réagit en médecin et ouvrit grand sa porte pour se précipiter dans le couloir.

L'homme leva la tête.

Vanessa freina sa course.

Tanner Doyle.

Que diable faisait-il là ?

De nouveau, la méfiance s'empara d'elle, mais elle constata que son bras saignait à l'endroit où il avait appuyé ses doigts.

— Refermez votre porte, et venez chez moi, dit-elle en indiquant son appartement. Je vais examiner votre blessure.

Sans dire un mot, Tanner se leva et la suivit. Quelques gouttes de sang tombèrent sur le sol. Vanessa se précipita chez elle, courut jusqu'à sa cuisine et attrapa un torchon avant de revenir à sa porte. S'approchant de Tanner, elle enroula le torchon autour de son bras et l'enjoignit d'appuyer dessus afin d'exercer une pression, puis l'entraîna dans la salle de bains.

— Posez votre bras sur le lavabo.

Il obtempéra.

Vanessa dénoua le torchon ; par chance, l'artère n'était pas touchée.

— Que vous est-il arrivé ?

— Un clou dans la caisse, marmonna Tanner pour toute explication.

Elle ouvrit son armoire de toilette et s'empara d'un flacon de solution antiseptique.

— Je vous préviens, ça risque de piquer un peu.

Tanner serra les dents, et elle nettoya sa blessure.

— De quand date votre dernier rappel de tétanos ? demanda-t-elle.

— De l'an passé… à la visite médicale du travail.

— C'est une chance, vous n'aurez pas à en subir un nouveau.

Elle ouvrit un tiroir, prit une paire de gants en latex et les enfila.

— Par contre, il va vous falloir quelques points de suture, poursuivit-elle. Je peux vous les faire ici pour vous éviter d'aller aux urgences, si vous désirez.

— Volontiers, merci.

Elle prit tout le nécessaire à l'opération, puis avança la chaise qu'elle rangeait habituellement derrière la porte.

— Asseyez-vous et tenez la gaze pendant que je prépare le matériel pour vous suturer.

Il était si imposant qu'elle se sentait à l'étroit avec lui dans sa salle de bains. Dire qu'ils étaient là, tous les deux, seuls dans son appartement !

Elle commença à le recoudre.

— Que faisiez-vous sur le seuil de l'appartement voisin avec une caisse d'emballage ? demanda-t-elle, bien que la réponse soit des plus évidente.

— J'emménageais.

Elle interrompit soudain son geste et tenta de repousser la pointe de panique qui l'envahissait.

— Vous venez habiter juste à côté de moi ?

— Oui.

Qu'est-ce que tout cela signifiait ?

D'abord, elle le rencontrait chez Emilio. Puis elle apprenait qu'il était nommé chef de la sécurité à la clinique. A présent, il emménageait à côté d'elle. Une coïncidence, c'était possible, mais trois ?

Non, impensable.

Tout cela était trop étrange.

Sa main tremblait si fort qu'elle eut du mal à effectuer le dernier point. Déjà un scénario des plus horrifiant se mettait en place dans son esprit. Carlos Vega avait-il engagé Tanner pour la tuer ?

Si tel était le cas, pourquoi Tanner n'avait-il pas encore accompli son méfait ? Il en avait déjà eu l'opportunité.

Etait-ce un déséquilibré ?

Elle réfléchissait à toute vitesse. Bon, Tanner s'était occupé de la protection du gouverneur. Pour qu'on lui ait confié une telle mission, il devait avoir un passé irréprochable.

Son cœur battait la chamade ; elle ne comprenait rien à la situation et se sentait incapable de raisonner.

Au fil du temps, elle avait appris à s'en remettre à son jugement et, malgré toutes ces étranges coïncidences, son intuition lui disait que Tanner ne blesserait jamais intentionnellement quelqu'un, à moins que ce ne soit pour protéger une autre personne.

Elle réussit à effectuer les derniers points et coupa le fil de Nylon. Elle avait tant retenu son souffle qu'elle était en état d'hyperventilation. La tête lui tournait et ses genoux tremblaient.

Tanner tendit la main vers elle.

Aussitôt, son instinct de survie lui fit saisir le scalpel posé à côté d'elle. Elle en retira le capuchon protecteur d'un geste vif, fit un pas en arrière et brandit l'instrument entre eux.

En cet instant de terreur, elle avait l'impression d'avoir été projetée quinze ans auparavant et d'être de nouveau Trudy Valdez. Effrayée, abandonnée, et en danger. Une seule solution s'imposait à elle : se battre ou mourir.

— Du calme ! s'exclama Tanner en levant les deux mains devant lui. Vanessa, que se passe-t-il ?

— Qui êtes-vous ? glapit-elle.

— Tu le sais très bien.

— Non, je l'ignore. Vous êtes un inconnu pour moi.

— Voyons, Vanessa, je te connais de façon intime.

— C'est mon corps que vous connaissez de façon intime, mais pas moi.

— J'aimerais bien, pourtant.

— C'est impossible.

— Pourquoi ne pas me dire ce qui ne va pas, Vanessa ?

Sa voix était douce et chaude, et soudain elle se sentit stupide d'avoir brandi ce scalpel entre eux.

— Vous êtes partout, insista-t-elle. Chez Emilio, à la clinique, sur mon palier. Qui êtes-vous ?

— Tu es toute pâle. Tu ferais mieux de respirer un bon coup.

— Ne me dites pas ce que je dois faire !

— Je n'aimerais pas que tu t'évanouisses et que tu tombes sur ce scalpel, précisa-t-il d'un ton patient.

— Expliquez-moi pourquoi vous êtes toujours sur mon chemin.

S'il croyait qu'elle allait se laisser embobiner !

— Tu penses que je suis un déséquilibré ?

— C'est le cas ?

— Ma jolie, tu es très belle et sexy, mais crois-moi, jusqu'à présent, je n'ai jamais eu besoin d'agresser les femmes pour attirer leur attention.

Elle était encore si tendue que sa main restait crispée sur le scalpel.

— Nos rencontres chez Emilio et à la clinique ne sont que des coïncidences, affirma Tanner. Par contre, j'avoue que le fait d'emménager à côté de chez toi fait partie de mon travail. Le sénateur Garcia est propriétaire de cet immeuble. Il m'a proposé de m'installer ici pour être plus près de l'hôpital. Tu dois savoir que certains autres membres du personnel habitent les lieux.

Elle devait bien reconnaître qu'effectivement, plusieurs de

ses collègues résidaient ici. L'immeuble était à moins d'un kilomètre de la clinique et offrait une vue magnifique sur les rives du Colorado.

Avant qu'elle ne puisse répondre, une ombre apparut derrière elle et elle sentit quelque chose sur ses chevilles.

Elle frissonna. Le temps qu'elle comprenne qu'il s'agissait de Fantasia venu se glisser contre ses jambes, il était trop tard.

Tanner avait déjà bondi vers elle et, aussi rapide que l'éclair, lui avait saisi la main qui tenait le scalpel. Elle essaya de lutter, mais il était beaucoup trop fort pour elle.

De l'autre main, il lui souleva le menton.

— Vanessa, calme-toi. Tu es en sécurité avec moi. Regarde-moi.

Elle obtempéra et fixa ses grands yeux bleus.

— Je n'ai pas l'intention de te blesser, chuchota-t-il.

Il la força à lâcher son scalpel, remit le capuchon en place et rangea le dangereux instrument dans un tiroir.

— Je ne suis pas ton ennemi, dit-il en se retournant vers elle.

Elle l'observa. Ses lèvres, viriles et sensuelles, étaient toutes proches des siennes. L'excitation qu'elle ressentait toujours en sa présence déferla sur elle et, soudain, avant même de s'en rendre compte, elle passa ses bras autour de sa nuque et l'embrassa avec passion.

Il répondit à son baiser et elle se hissa sur le meuble à côté du lavabo, puis écarta les jambes et les noua autour de sa taille.

Le désir les embrasait. Elle commença à lui retirer sa chemise avec frénésie, tandis qu'il la portait dans le couloir, titubant à moitié sous l'effet de son empressement.

Cette fièvre qui la dévorait devait être un effet de ses hormones mêlé à la peur qu'elle venait d'éprouver. C'était la seule excuse à ce qui était en train d'arriver.

— J'ai tellement envie de toi, haleta Tanner.

Comme si elle ne l'avait pas remarqué ! La protubérance sous son jean était pourtant des plus évidente.

Il l'embrassa avec force tout en la plaquant de plus belle contre son bas-ventre. Quand elle glissa sa langue dans sa bouche, il passa sa main sous son chemisier et son soutien-gorge pour titiller l'un de ses tétons. Ils se laissèrent tomber sur le sol et ce ne fut que lorsqu'elle remarqua le carrelage beige qu'elle se rendit compte qu'ils étaient arrivés dans la cuisine.

— Tu me rends fou ! dit Tanner.

Elle lui murmura la même chose, en espagnol.

— Parle-moi encore en espagnol, demanda-t-il. Ça me rend dingue.

Elle obtempéra, lui ordonnant dans sa langue natale de se taire et de passer à l'action.

— Tu es si sexy, dit-il en recommençant à l'embrasser.

Il s'allongea sur le dos. Elle le chevaucha, fit descendre son jean le long de ses hanches, et remarqua, interloquée, qu'il ne portait pas de sous-vêtement.

Il était encore plus beau que dans son souvenir, et son sexe était dur et raide pour elle.

Comme elle était impatiente de le sentir en elle !

Elle se redressa pour retirer son pantalon et sa petite culotte, puis écarta les jambes, glissa une main entre ses cuisses, et se caressa en le défiant du regard, lui offrant un torride interlude avant de se rasseoir sur lui. Elle posa les mains sur son visage, tout près de sa bouche, puis baissa la tête vers son membre durci avec virilité. Pendant qu'elle commençait à donner des petits coups de langue sur son membre tendu, il prit ses doigts dans sa bouche, goûtant sa saveur intime.

Elle le prit tout entier dans sa bouche, suçant son sexe avec avidité. Elle le sentait pulser contre sa langue et l'imaginait déjà jouir entre ses lèvres. L'image l'excita encore plus, et elle continua à faire aller et venir sa langue et ses lèvres de plus belle sur lui. Tanner s'agrippa à son poignet puis cria son nom à l'instant où il jouit entre ses lèvres.

Elle frissonna de désir et se blottit contre lui. Il commença à l'embrasser avec une incroyable tendresse, déposant des baisers sur son ventre, puis se dirigeant enfin là où elle l'attendait, juste entre ses cuisses.

Lorsqu'elle sentit ses lèvres sur son sexe, elle crut qu'elle allait jouir sur-le-champ.

Il la suça et la lécha avec avidité, soulevant ses fesses pour mieux la dévorer. En quelques instants, l'orgasme la saisit, explosant en elle comme une myriade de petites étoiles.

Pourtant, Tanner ne semblait pas vouloir s'en tenir là. De nouveau, sa langue de velours s'insinua dans son intimité, avec une ferveur de plus en plus folle, et lorsqu'elle sentit les prémices d'un second orgasme, il la pénétra. Durant tout le temps que dura leur union, il la regarda au fond des yeux et soutint son regard semblant s'y perdre.

Ils s'appartenaient l'un à l'autre. Son sexe allait et venait en elle, comme si leurs âmes se répondaient… jusqu'à l'instant magique qui les entraîna dans un univers paradisiaque.

6.

Tanner éprouvait de tout nouveaux sentiments et ignorait s'il devait s'en réjouir ou non. En revanche, ce qu'il savait, c'était que son aventure avec Vanessa allait désormais au-delà d'une relation purement sexuelle, mais qu'il n'était pas encore prêt pour ce genre d'histoires. Il se sentait encore lié à Maria. Comme il aurait voulu pouvoir deviner où cet interlude avec Vanessa pouvait les mener !

« Tant que tu devras lui mentir, rien ne sera possible entre vous deux. »

Il avait conscience que Vanessa avait besoin d'aide. Elle avait tellement les nerfs à vif qu'elle l'avait quasiment attaqué au scalpel, croyant que sa vie était en danger. C'était presque comme si elle souffrait de désordre post-traumatique. Que lui était-il arrivé, et pourquoi le considérait-elle comme un ennemi ?

Ce dernier point le déroutait beaucoup.

Pour l'heure, toujours allongé sur le sol de sa cuisine, il la tenait enlacée tandis qu'elle frémissait encore des vagues de l'orgasme.

Cela faisait quatre ans qu'il n'avait pas ressenti une telle intimité, et cela lui avait manqué.

— Eh bien, haleta Vanessa en posant la main sur son

torse. Qu'est-ce qui nous est arrivé ? Un ouragan a déferlé sur nous ?

— J'allais te poser la même question.

— Tu as été sensationnel. Je n'ai jamais eu… Aucun homme… Jamais deux fois de suite…, bredouilla-t-elle.

— Es-tu en train d'essayer de me dire que c'est la première fois que tu as plusieurs orgasmes d'affilée ?

— Je crois bien, oui.

Il pencha la tête et l'embrassa avec douceur.

— Mmm, murmura-t-elle en s'abandonnant.

Puis, écartant ses lèvres des siennes, elle déposa de petits baisers sur son menton. Il inclina la tête en arrière et ses lèvres descendirent sur sa pomme d'Adam. Elle le mordilla et il eut la sensation qu'elle le chatouillait.

Il émit un petit gloussement.

— J'aime te faire rire, dit-elle.

— Il y a une demi-heure, tu étais prête à me découper en morceaux, rétorqua-t-il. Et maintenant, tu me taquines ?

— Que veux-tu, je suis versatile.

— Sérieusement, Vanessa, je veux que tu saches que tu peux me faire confiance, dit-il d'un ton aussi sincère qu'il put.

— Mmm, et toi, es-tu certain de pouvoir me faire confiance ? plaisanta-t-elle.

— Ça me semble possible.

— Moi aussi, j'ai confiance en toi, avoua-t-elle enfin.

— Dans ce cas, tout est parfait, répondit-il en déposant un baiser sur son front.

— Oh, mon Dieu, j'ai complètement oublié ta blessure ! Comment va ton bras ?

Lui aussi, dans le feu de l'action, avait tout oublié, jusqu'à ses effets répandus sur le palier. Pourtant, sa blessure l'élançait de nouveau, mais il ne voulait pas l'alarmer.

— Ne t'inquiète pas, je survivrai.

Vanessa se leva et il eut du mal à détacher son regard de ses magnifiques seins.

— Allez, viens, dit-elle en lui tendant la main. Un bon verre de vin te fera oublier ta douleur. C'est un ordre de ton médecin.

Décidément, elle ne cessait de l'intriguer. Elle pouvait être aussi directive qu'un général de campagne, puis l'instant d'après devenir la plus sensuelle des femmes. Sa personnalité était des plus complexe et il voulait en apprendre davantage à son sujet. Comment pouvait-elle se montrer aussi prudente et timorée dans sa vie quotidienne, mais perdre toutes ses inhibitions dès qu'il s'agissait de sexe ?

Vanessa le conduisit dans son salon, élégamment décoré dans des teintes de beige et brun clair. Un canapé de cuir trônait dans la pièce, à côté d'une table basse aux pieds en cuivre et au plateau de verre. Elle se pelotonna dans le canapé, ramenant ses longues jambes sous elle, couvrant sa nudité d'un coussin coloré qu'elle posa sur ses genoux.

Il s'assit à côté d'elle et s'empara lui aussi d'un coussin. Alors qu'elle portait son verre à ses lèvres, il remarqua que Vanessa n'avait pu s'empêcher d'esquisser un sourire.

La petite sorcière !

Elle savait exactement l'effet qu'elle produisait sur lui. Il fit tout son possible pour résister à l'envie de poser son verre sur la table basse, de se rapprocher d'elle et de lui faire l'amour ici même, jusqu'à plus soif.

Il prit tout son temps pour déguster une longue gorgée de vin afin de réfréner son désir. Soudain, une pensée terrifiante lui traversa l'esprit. Comment avait-il pu oublier d'utiliser un préservatif ?

— Vanessa, nous avons oublié… J'ai oublié…

— Qu'est-ce qu'il y a ?

— Nous n'avons utilisé aucune protection, dit-il, frappé par sa propre stupidité.

Cela ne lui ressemblait pas. Jamais il n'avait fait quoi que ce soit d'aussi irresponsable.

— Ne t'inquiète pas, je prends la pilule.

— Mais… Il n'y a pas que cela…

— Je fais des analyses régulièrement.

— Moi aussi. J'effectue un bilan complet tous les ans.

— Beaucoup de choses peuvent se passer en un an.

— En ce qui me concerne. Je n'ai pas eu… Depuis que ma femme… Jusqu'à aujourd'hui.

— Si je comprends bien, tu n'as eu de relations sexuelles qu'avec ta femme jusqu'à notre rencontre ?

— C'est bien cela.

— De quand est-ce que cela date ?

— Quatre ans, avoua-t-il.

— Tu es célibataire depuis quatre ans ? demanda-t-elle d'un air incrédule.

— Tu sais, j'ai vécu des moments très durs après son décès.

Il était surpris de se mettre à parler ainsi de Maria.

— Certains hommes choisissent le comportement inverse, poursuivit-il, en se lançant dans des liaisons sans lendemain. Pour ma part, je n'ai été attiré par aucune autre femme jusqu'à… toi.

Son aveu allait-il l'effrayer ?

— Tu es veuf, dit-elle avec douceur.

— Oui.

— Oh.

Elle ne lui posa aucune question, mais il se sentit néanmoins obligé de lui donner un minimum d'explications.

— Elle était d'origine sud-américaine, comme toi.

— Vraiment ? demanda-t-elle en haussant un sourcil. C'est à cause de cela que tu as été attiré par moi ? Je te fais penser à elle ?

— Non, pas du tout.

— Cela a dû être dur de perdre ton épouse.

— C'est la pire chose qui ne me soit jamais arrivée, confia-t-il.

Il se rendit compte que c'était la première fois qu'il parlait autant de Maria depuis ses funérailles. Etait-ce bon ou mauvais signe ? Il l'ignorait encore.

— As-tu déjà été amoureuse ? demanda-t-il soudain.

Vanessa eut un petit rire.

— Je ne peux pas m'offrir ce luxe. Ma future carrière de chirurgien mobilise toute mon énergie.

— C'est bien ta dernière année d'internat ?

— Oui.

— Donc, jusqu'à présent, tu ne t'es jamais engagée dans une relation sérieuse.

Elle se tourna vers lui et croisa son regard.

— Exactement, répondit-elle.

Il comprit le message silencieux qu'elle lui adressait.

« Ne te fais aucune illusion, cela n'ira pas plus loin entre nous deux. »

— Peut-être changeras-tu d'avis lorsque tu auras terminé ton internat.

— Ça, je m'en inquiéterai le moment venu, rétorqua-t-elle.

Elle se mit à bâiller, mais il savait qu'elle faisait semblant.

— Bon, il est tard.

C'était une façon gracieuse de lui faire remarquer qu'il

était temps de rentrer chez lui, mais il n'avait aucune envie de partir.

— J'aimerais passer la nuit avec toi, dit-il.

Non seulement il en mourait d'envie, mais c'était aussi le meilleur moyen de la protéger.

— Je ne crois pas que ce soit une bonne idée, répliqua-t-elle en se levant et en se dirigeant vers la cuisine.

— Pourquoi pas ? demanda-t-il fasciné par le doux balancement de ses hanches.

Vanessa se pencha pour ramasser son jean et sa chemise, et les lui tendit. Alors, il finit par se lever.

— Ecoute, je dois pratiquer une opération tôt, demain matin. Si nous passions la nuit ensemble, il est évident que je n'aurais pas mon compte d'heures de sommeil.

— Et tu aurais surtout peur de perdre un peu de cette précieuse indépendance à laquelle tu sembles tant tenir.

Elle lui sourit, et il ne put s'empêcher de se demander depuis combien de temps elle vivait aussi seule.

— Bon, si jamais tu as besoin de quoi que ce soit, je suis juste à côté.

— Ça, je ne risque pas de l'oublier.

Ils se rhabillèrent, puis Tanner se pencha pour déposer un léger baiser sur ses lèvres.

— Qu'est-ce que tu fais ? demanda-t-elle.

— Je t'embrasse.

— Tu n'as pas l'intention d'aller plus loin, n'est-ce pas ?

— Bien sûr que non, répondit-il tandis qu'ils se dirigeaient vers la porte d'entrée. Tu es très occupée par ton travail, et moi, c'est la première fois que j'ai une aventure après le décès de ma femme.

— Tu crois qu'on pourrait s'en tenir à cela durant quelque temps ?

— A quoi ? A une simple aventure ?

— Oui.

— Cela me plairait beaucoup.

— A moi aussi.

— Alors ? Que fait-on ? demanda Tanner. Je n'ai pas l'habitude de ce genre d'histoires.

— Il va falloir te retirer tes points de suture dans dix jours. Pourquoi ne pas me téléphoner à ce moment-là ?

Dix jours, songea Tanner alors que Vanessa refermait la porte derrière lui. Dix jours à se languir avant de pouvoir de nouveau faire l'amour avec elle.

Jamais il ne pourrait attendre aussi longtemps !

Après le départ de Tanner, Vanessa se mit à arpenter la cuisine.

Que signifiaient ces sentiments qui semblaient surgir du plus profond de son être ?

Elle devait se détendre. Elle décida d'aller prendre une douche pour effacer l'odeur de Tanner sur sa peau, espérant qu'elle cesserait ainsi de penser à lui. Elle rangea la salle de bains, remettant son matériel médical en place dans la pharmacie, supprimant toute trace du passage de Tanner.

Hélas, les moments torrides qu'ils venaient de partager semblaient ne vouloir jamais quitter son esprit.

Malgré ses soupçons au sujet des diverses coïncidences, elle ne pouvait s'empêcher d'éprouver un véritable sentiment de bien-être en sa présence. Comment réagirait-elle lorsque leur liaison serait terminée, mais qu'elle continuerait à le voir chaque jour à la clinique, sachant, en plus, qu'il vivait sur le même palier qu'elle ?

Peut-être d'ici là aurait-elle terminé son internat et irait-elle travailler dans un autre hôpital, voire même dans une ville différente ?

Cependant, l'idée de quitter ses amis et la clinique l'attristait plus qu'elle ne l'aurait cru.

Elle aimait son travail et les personnes avec lesquelles elle exerçait. Oui, la clinique était son foyer, et ses collègues formaient comme une seconde famille pour elle. Elle n'avait aucun contact avec sa famille réelle et ne voulait pas en avoir. Personne n'avait été là pour la soutenir lorsqu'elle en avait le plus besoin. Le seul être humain à l'avoir aidée était ce mystérieux bienfaiteur qui avait financé ses études secondaires puis l'université de médecine après le procès de Carlos Vega.

Tout d'abord, elle avait envisagé de refuser l'offre qui lui avait été faite par l'avocat de cet anonyme bienfaiteur ; elle était beaucoup trop méfiante. Jusqu'à cette époque, personne ne l'avait jamais aidée sans exiger quoi que ce soit en retour. Pourtant, son rêve de devenir médecin n'avait cessé de la tenailler, et elle avait fini par accepter l'argent.

A sa grande surprise, son mystérieux bienfaiteur n'avait jamais eu d'autres exigences que de la voir terminer ses études avec succès.

Jamais elle n'avait rencontré cette personne, et ignorait son identité. Peut-être un jour pourrait-elle la remercier de sa générosité ?

Et Tanner ? chuchota sa petite voix intérieure. Si elle partait… elle risquait de ne plus le revoir.

Cette simple aventure était peut-être parfaite pour elle, mais qu'en était-il de ses sentiments à lui ? Elle était la première femme avec laquelle il couchait depuis quatre ans, depuis le décès de son épouse. A coup sûr, il risquait de s'attacher à elle.

Cette idée la perturbait plus que tout. Elle ne voulait pas le blesser, mais après tout, c'était un grand garçon !

Bon, ça suffisait comme ça !

Malgré l'heure tardive, elle envisagea de téléphoner à Ella, qui était pour elle la voix de la raison, alors que Julie n'était qu'une incurable romantique. Pourtant, elle hésitait à appeler son amie. Il n'y avait que peu de temps que Ella et Dante étaient ensemble, et elle redoutait d'interrompre un moment intime.

Non, décidément, mieux valait téléphoner à Julie.

Elle prit son téléphone portable dans son sac et composa le numéro de son amie.

— Allô ? répondit Julie.

— Je t'ai réveillée ?

— Non, j'ai remplacé une collègue dans l'équipe du soir. Je viens juste de rentrer. Qu'est-ce qui se passe ?

— Eh bien… Je me demandais… Quel jour avons-nous prévu de déjeuner ensemble la semaine prochaine ? s'enquit Vanessa.

— Tu m'appelles à 23 h 30 pour me parler d'un déjeuner ?

Décidément, Julie la connaissait trop bien !

— Non, avoua-t-elle.

— C'est au sujet de cet homme ?

— Oui.

— Tu le vois toujours ?

Vanessa se passa une main dans les cheveux. C'était bien pour parler de Tanner qu'elle avait appelé, mais à présent, elle avait envie de faire marche arrière. Cependant, elle savait déjà que Julie ne la laisserait pas s'en tirer aussi facilement.

— C'est un peu compliqué…

— Waouw ! Tu as de nouveau couché avec lui ! Je veux entendre tous les détails ! Comment as-tu fait pour le revoir ? Tu es retournée chez Emilio ?

— Non.

— Est-ce que je vais devoir te supplier pour que tu me racontes tout ?

— Il n'y a pas grand-chose à dire, en fait.

— Contente-toi de raconter, et laisse-moi en juger.

— Je compte sur toi pour que la nouvelle ne se répande pas à Confidential Rejuvenation, dit-elle.

— Pourquoi ? Il travaille à la clinique ?

— Oui.

— Cette fois, tu es obligée de tout me dire.

Vanessa se rendit compte qu'au fond d'elle-même elle avait envie de se confier.

— En fait, c'est le nouveau chef de la sécurité, confessa-t-elle.

— Oh mon Dieu ! Tu sais que tout l'hôpital parle de ce fameux Tanner Doyle. Il est si sexy ! Dire que c'est toi qui as mis le grappin dessus. Tu es la plus maligne !

— C'est pire que ce que tu imagines, déclara Vanessa. Il a emménagé dans l'appartement à côté du mien.

— Et alors ?

— Et, je crois que je commence à beaucoup l'apprécier.

— Tant mieux. Je ne vois pas où est le problème.

— Julie, voyons, enfin tu me connais ! Je ne veux pas m'engager dans une relation sérieuse.

— Ça, je n'ai jamais compris pourquoi. Je sais que ta carrière est importante pour toi, mais bien des médecins tombent amoureux, ont des relations et se marient. La plupart se rencontrent même durant leur internat, justement.

— Cela ne dure pas toujours, fit remarquer Vanessa.

— Et alors ? Ce n'est pas une excuse ! De quoi as-tu peur ?

— De tout perdre.

— Tu ne vas pas gâcher ta carrière simplement parce que tu tombes amoureuse, se moqua gentiment Julie.

— C'est de mon indépendance que je parle.

— Franchement, Vanessa, tu te fais du souci pour rien. Si tu rencontres un homme qui t'aime vraiment, il ne pourra qu'admirer et respecter ta nature indépendante. Mais après tout, peut-être que le problème est là.

— Qu'est-ce que tu veux dire ?

— Peut-être as-tu peur de t'engager parce que tu crains que ce soit pour toujours.

— Je n'ai peur de rien ! répliqua Vanessa.

Julie marmonna quelque chose qu'elle ne comprit pas, mais à l'évidence son amie ne croyait pas un mot de sa réplique.

— Quoi qu'il en soit, merci de m'avoir écoutée, dit-elle. Je vais te laisser aller te coucher.

— Tu sais, Vanessa, certains hommes valent la peine qu'on les laisse entrer dans nos vies.

— Tanner et moi ne faisons que passer de bons moments ensemble, répondit Vanessa. Il ne s'agit même pas d'une relation. Cette aventure se terminera très vite, à mon avis.

— Bien sûr, bien sûr, répondit Julie d'un ton peu convaincu. Si c'est ce que tu veux, alors tant mieux pour toi. Pour ma part, je laisserai quand même une place à mes sentiments. N'oublie pas que la vie est courte, Vanessa. Ne laisse pas passer ta chance.

— Oh ! A t'entendre, on dirait Mme Irma. Enfin, merci pour tes conseils.

— C'est à ça que servent les amies, non ? Mais n'oublie pas ce que je t'ai dit. Accorde-toi le bonheur de découvrir l'amour.

— Oui, peut-être dans une autre vie, répondit Vanessa avant de raccrocher.

*
* *

Tanner ne parvenait pas à dormir. Son réveil indiquait déjà 2 h 30 du matin. Poussant un profond soupir, il contempla le plafond et se mit à penser au moment partagé avec Vanessa.

Cela faisait des années qu'il ne s'était pas senti aussi vivant. Que lui arrivait-il ? Pourquoi Vanessa le troublait-elle autant ?

Il ne pouvait s'empêcher de songer à elle, à ses grands yeux couleur chocolat dans lesquels il aimait se perdre, à sa peau si douce, à ses gémissements lorsqu'ils faisaient l'amour.

Grâce à elle, il se sentait de nouveau un homme.

Hélas, même si elle le rendait fou, il était envahi par un immense sentiment de culpabilité. Sa liaison avec Vanessa était contraire à son éthique professionnelle. Confus, il s'assit dans son lit et tenta de réfléchir. Il avait aussi l'impression de tromper Maria, ce qui le mettait fort mal à l'aise.

Il se leva, et se dirigea vers le salon, où se trouvaient réunies ses caisses de déménagement. Le contenu de celle qui s'était brisée en deux s'étalait à présent sur le tapis.

Il alluma et se mit à fouiller dans un coffret, dont il sortit sa médaille de bonne conduite qu'il avait obtenue lorsqu'il était aux scouts. Il esquissa un sourire. Si son ancien chef de troupe le voyait aujourd'hui, il lui reprendrait sans nul doute sa médaille.

Il la rangea et continua à fouiller dans la caisse jusqu'à ce qu'il trouve ce qu'il cherchait : une photo encadrée de Maria et de lui le jour de leur mariage.

Comme ils avaient l'air heureux !

Maria était si belle dans sa grande robe blanche, ses cheveux bruns tombant en cascade sur ses épaules, ses yeux brillant de bonheur. Quant à lui, il la dévorait du regard, alors même qu'il était supposé contempler l'objectif.

Du bout des doigts, il effleura le cliché, songeant à tout ce qu'il avait perdu en perdant Maria. Depuis ce jour atroce, il avait l'impression de survivre, se préparant à un avenir de solitude.

Il ferma les yeux, s'attendant à sentir déferler sur lui l'horrible sensation de désespoir qui l'envahissait toujours. Pourtant, il ne ressentit qu'un immense calme.

Il ouvrit les yeux et contempla de nouveau la photo. Soudain, il eut la curieuse sensation de contempler deux étrangers.

Il n'était plus l'homme de la photo et Maria avait disparu à jamais. Le calme qui l'envahissait l'inquiéta. Où étaient passés la colère et le chagrin dont il avait nourri son cœur durant ces quatre dernières années ?

Tous ses sentiments douloureux s'étaient évanouis et faisaient enfin place à une intense sensation de paix.

Etait-ce ce sentiment que ses amis et sa famille avaient évoqué, lui assurant qu'il l'éprouverait un jour ? Une certaine sérénité face à la réalité ?

Maria était morte, et il était inutile de se sentir coupable ou de laisser une trop grande place à la colère. Aucune émotion ne changerait les faits. Le temps avait accompli son œuvre.

Poussant un profond soupir, il remit le cadre dans la caisse, se dirigea vers la cuisine où il but un verre d'eau, puis sortit dans le patio et jeta un coup d'œil au domicile voisin.

Toutes les lumières étaient éteintes.

En contemplant l'appartement de Vanessa, il sentit un nouveau sentiment l'envahir.

L'espoir.

« Ne songe pas à elle. Elle n'est pas pour toi. »

Il fit demi-tour et rentra chez lui, plus confus que jamais. Il désirait Vanessa, mais leur aventure ne pouvait se poursuivre. Mieux valait ne plus jamais faire l'amour avec elle. Non, il ne pouvait prendre de risques au moment où elle avait davantage besoin de sa protection que de son amour.

Demain, il lui dirait que leur histoire était terminée.

Une fois sa décision prise, il retourna dans sa chambre, se glissa dans son lit et trouva enfin le sommeil.

7.

Après sa conversation de la veille avec Julie, Vanessa s'éveilla en ayant pris, durant la nuit, la résolution de mettre tant de piment dans sa relation avec Tanner que cette aventure torride ne pourrait que se terminer très vite. Après sa première opération de la matinée, elle avait déjà un plan à l'esprit.

Lorsque Tanner avait commencé à travailler à Confidential Rejuvenation, il avait donné à chaque membre du personnel une carte comportant son numéro de téléphone portable.

Une fois qu'elle eut retiré la blouse, le calot et les protège-chaussures qu'elle portait en salle d'opération, Vanessa s'assit sur un des bancs du vestiaire réservé aux chirurgiens femmes et envoya un texto à Tanner.

« Besoin de toi dans le vestiaire numéro deux. Vanessa. »

Par chance, elle était la seule femme à opérer ce matin ils auraient donc le vestiaire rien que pour eux.

Son pouls se mit à battre la chamade. Jamais elle n'avait commis un tel acte au travail et l'excitation la rendait nerveuse.

Quelques secondes plus tard, elle entendit quelqu'un courir dans le couloir. La porte s'ouvrit à la volée et Tanner se précipita à l'intérieur. Il avait l'air inquiet, comme s'il venait juste de recevoir une mauvaise nouvelle.

Il la fixa du regard.

— Que se passe-t-il ? demanda-t-il. Ça va ?

— Très bien, maintenant que tu es là, répondit-elle en lui décochant un sourire malicieux.

L'air inquiet, il regarda de part et d'autre.

— Alors ? Quelle est cette urgence ?

Elle s'avança vers lui, soudain consciente d'avoir fait un faux pas. Tanner n'avait pas du tout l'air d'être d'humeur pour un interlude coquin.

— L'urgence, c'est ça, dit-elle en passant ses bras autour de son cou et en l'embrassant.

Il se raidit, et ne répondit pas à son baiser.

Elle comprit qu'elle avait fait une grossière erreur et le lâcha.

— C'est juste pour ça que tu m'as envoyé un SMS ? s'exclama-t-il avec un regard noir.

Déçue, elle fit un pas en arrière. Voilà, elle savait pourquoi elle ne se laissait jamais aller à faire quoi que ce soit d'impulsif. C'était stupide.

— Bon sang, Vanessa ! Je croyais qu'il t'était arrivé quelque chose de grave, grommela-t-il.

— J'ai pensé…

— Non, tu n'as pas pensé, c'est bien là le problème. Tu m'as effrayé à un point dont tu n'as pas idée.

Plus blessée que s'il l'avait giflée, elle se détourna. Déjà, des larmes lui brûlaient les paupières et elle cligna des yeux pour les repousser. Oh, mon Dieu, elle n'allait tout de même pas se mettre à pleurer juste parce qu'il l'avait rejetée !

— Je suis désolée. Tu n'as qu'à retourner à ton travail.

— Vanessa, dit-il sur un ton plus doux.

— Ne t'inquiète pas, ça va aller, répondit-elle en haussant les épaules, refusant de le regarder. Tu as raison. Mon comportement était totalement inapproprié, et pas du tout professionnel.

— Non, non, ce n'est pas ce que je voulais dire. Je me suis montré trop dur, mais c'est parce que j'ai eu peur pour toi. Disons que je n'avais pas… les mêmes idées que toi en tête.

— C'est évident.

— Regarde-moi.

Elle se retourna enfin et le regarda. Il la dévisageait d'un air si mélancolique qu'elle en eut le cœur serré.

— Tu ferais mieux de retourner à ton bureau, murmura-t-elle.

— Vanessa…

— Oui ?

— Que faisons-nous ?

Elle secoua la tête.

— On dirait que ni toi ni moi n'en savons rien.

— Hier soir…

Elle l'interrompit avant qu'il ne puisse poursuivre.

— C'était une erreur.

— Nous travaillons dans le même établissement, lui rappela-t-il.

— Confidential Rejuvenation est un endroit propice aux rumeurs, ajouta-t-elle comme si elle lisait dans son esprit.

Il était logique qu'en un lieu gardien de tant de secrets, les spéculations aillent bon train.

— Je comprends. Tu es médecin, et tu tiens à ta bonne réputation.

— Oui.

C'était si vrai que c'en était presque blessant.

— S'il te plaît, oublie ce qui s'est passé, et je ferai de même.

— De quoi parles-tu ? De maintenant ? Ou d'hier soir ?

— De tout ! Maintenant, hier, notre soirée chez Emilio, mieux vaut tout oublier.

— J'aimerais que les choses soient différentes, dit Tanner d'une voix douce.

— Moi aussi.

Avant que la situation ne dérape, elle se détourna et se dirigea vers son vestiaire.

— A présent, si tu veux bien m'excuser, je dois me changer.

Il hocha la tête, mais elle avait l'impression qu'il tenait à poursuivre leur conversation.

— Bon, nous discuterons ce soir, après le travail, dit-il.

— Je ne crois pas que ce soit une bonne idée.

Elle entendit soudain la porte se refermer. Mortifiée par ce qu'elle venait de faire, elle s'assit sur le banc et se prit la tête entre les mains.

« Alors là, bravo, Rodriguez ! »

Qu'est-ce qui clochait, chez elle ?

Pourquoi était-elle aussi troublée ?

D'habitude, elle se faisait toujours confiance, mais Tanner éveillait en elle des sensations totalement inconnues.

Elle changea de vêtements, enfila un tailleur, puis referma son vestiaire. Il était presque l'heure de déjeuner, mais elle n'avait pas faim. Cependant, elle avait rendez-vous avec Ella au bistrot qui se trouvait au rez-de-chaussée de la clinique. Etant donné que l'interlude coquin avec Tanner n'avait pas eu lieu comme elle l'espérait, elle arriva au restaurant avec un peu d'avance.

Maxine Woodbury, la secrétaire d'une soixantaine d'années attachée au service des urgences, lui fit un petit signe de la main, de la table où elle était installée, dans un coin de la salle.

— Hou, hou, Vanessa !

Vanessa ne la connaissait pas très bien, mais savait que Maxine travaillait à la clinique depuis le jour de l'ouverture, soit une quinzaine d'années plus tôt. A côté de Maxine était installée Chloé Garcia, qui travaillait comme infirmière avec elle en salle d'opération.

Elle se dirigea vers les deux femmes.

— Bonjour, Maxine, bonjour, Chloé.

— Ella m'a demandé de vous prévenir qu'elle serait un peu en retard, dit Maxine.

— Merci.

— Pourquoi ne pas vous joindre à nous en attendant ? proposa Maxine.

La dernière chose dont elle avait envie, après ce qui venait de se passer avec Tanner, ou plutôt ce qui ne s'était pas passé avec lui, était de faire les frais d'une conversation, mais elle ne voulait pas non plus vexer Maxine en allant s'installer seule à une table vide.

— Volontiers, merci, répondit-elle en s'asseyant.

— Alors, comment s'est passée votre matinée ? demanda Maxine d'un ton enjoué.

— Très bien.

— Vous avez fait un travail incroyable, dit Chloé. Maxine, vous devriez voir Vanessa en salle d'opération. C'est un chirurgien fabuleux !

— Merci, dit Vanessa.

Jeune diplômée, Chloé ne travaillait à Confidential Rejuvenation que depuis quelques mois. Elle était de constitution robuste, avait de longs cheveux blonds et raides, un visage rond et un teint très pâle. Elle ne s'exprimait jamais beaucoup, mais en salle d'opération, elle avait toujours l'œil à tout.

— Je crois que vous ferez une très bonne infirmière, dit Vanessa.

— Merci. J'admire votre façon de diriger les opérations, répondit Chloé. On dirait que la salle d'opération vous appartient.

— Je ne dirais pas cela, répondit Vanessa en riant, mais vous savez bien que les chirurgiens sont réputés pour avoir un ego très fort. Si nous n'avions pas une confiance absolue en nous, nous aurions du mal à sauver des vies.

— Si je comprends bien, il n'y a chez vous aucune place pour le doute, c'est cela ? demanda Chloé.

— Je crois qu'on peut dire ça.

— Est-ce que l'une de vos opérations a déjà mal tourné ?

— Nous faisons tous des erreurs de jugement, répondit Vanessa.

— Est-ce qu'un patient est déjà décédé à cause d'une de vos erreurs ? insista Chloé.

Même si la jeune femme avait posé sa question d'un ton détaché, son côté morbide mit Vanessa mal à l'aise.

— Non, j'ai de la chance. Personne n'est jamais décédé entre mes mains.

— J'ai voulu entrer à la faculté de médecine, mais mes notes n'étaient pas assez bonnes, confessa Chloé.

— Vous pourriez essayer de reprendre des cours pour améliorer votre moyenne, suggéra Vanessa.

C'est ce qu'elle aurait fait si elle n'avait pas réussi son examen d'entrée dès sa première tentative. Dès qu'elle avait reçu la généreuse donation de son bienfaiteur anonyme, elle avait mis toute son énergie à devenir médecin. Sur le campus, elle s'était fait la réputation d'une bosseuse acharnée qui ne s'arrêtait jamais de réviser alors même que les autres étudiants s'accordaient le temps de faire la fête.

Chloé haussa les épaules.

— C'est trop tard. Cela me prendrait trop de temps. J'aime profiter de la vie, vous savez ce que c'est.

Non, elle n'en savait rien.

Adolescente, son seul rêve avait été de devenir chirurgien. Depuis l'université, elle n'avait eu que peu de rendez-vous galants. Ses études de médecine ne lui avaient pas laissé de temps libre pour sa vie personnelle.

Certes, elle avait eu plusieurs brèves liaisons avec des copains étudiants, mais c'était purement sexuel, rien d'autre.

C'était ce genre de relations qu'elle aurait aimé entretenir avec Tanner, mais les choses ne semblaient pas vouloir se passer comme elle l'avait prévu. Après l'épisode de ce matin, elle s'était vite rendu compte qu'avec lui, c'était tout ou rien. Donc, soit elle entamait une véritable relation avec lui, soit elle faisait une croix sur lui.

Une vague tristesse l'envahit.

Elle ne tenait pas à l'oublier, mais n'était pas pour autant prête à s'engager. C'était trop tôt, et elle ne savait comment gérer les sentiments qu'elle éprouvait pour lui.

— En fait, Chloé, dit Maxine, ce serait pourtant facile pour vous. Vous êtes jeune et votre père a de l'argent. Vous n'avez pas besoin de vous consacrer à temps plein à Confidential Rejuvenation comme nous le faisons, n'est-ce pas, docteur Rodriguez ?

Maxine se pencha par-dessus la table et tapota la main de Vanessa en lui souriant.

Cette façon de la présenter stupéfia Vanessa. Maxine venait de la décrire comme quelqu'un d'extrêmement solitaire. Pourtant, elle avait des amis et son travail la comblait. Elle était souvent si occupée qu'elle se sentait même parfois coupable de ne pas pouvoir passer plus de temps avec Fantasia.

Non, elle n'avait aucune raison de se sentir seule.

Avant qu'elle ne puisse répondre, Ella se laissa tomber sur la chaise à côté d'elle.

— Désolée, je suis en retard. Tu as déjà commandé ?

Vanessa jeta un coup d'œil à son amie. Elle affichait un air radieux. Décidément, depuis qu'elle sortait avec Dante, elle semblait planer en permanence sur un petit nuage. Etait-ce là l'effet de l'amour ?

— Pas encore, répondit-elle.

— Super ! dit Ella. Je suis affamée. Je crois que je vais prendre du filet de dinde.

— Ça me semble pas mal, approuva Vanessa.

Pourtant, elle n'écoutait guère, réfléchissant à ce que Maxine venait de dire.

— Ravie de vous avoir vue, docteur Rodriguez, dit Maxine tandis que Chloé et elle se levaient pour partir. Bon appétit, mesdemoiselles.

Lorsque les deux femmes se furent éloignées, Vanessa se força à sourire et s'enquit de la matinée de Ella, mais les propos de Maxine la poursuivaient.

La secrétaire avait-elle raison ? Consacrait-elle tout son temps à Confidential Rejuvenation ?

Hélas, elle devait bien reconnaître que Maxine voyait juste.

Un problème avec les caméras d'un couloir du second étage de la clinique empêcha Tanner de penser à Vanessa durant au moins quinze bonnes minutes. Ce fut le seul moment de la journée où son esprit ne fut pas occupé par elle.

Il avait fait échouer sa tentative de séduction et était désolé de l'avoir vexée, mais elle l'avait pris par surprise. Lorsqu'il était arrivé au vestiaire, il était effrayé à l'idée qu'il puisse lui être arrivé quelque chose ; or il l'avait trouvée en petite tenue, un sourire coquin aux lèvres.

Il se rappela la douleur sur son visage lorsqu'il l'avait rejetée.

Quel idiot !

Son boulot, c'était de la protéger. Et il ne pourrait pas se consacrer correctement à son travail s'il s'impliquait affectivement.

De qui se moquait-il ?

Il était déjà impliqué affectivement, et ce, depuis l'instant où Vanessa l'avait invité à danser chez Emilio, et qu'il avait accepté.

Une fois la caméra remise en état de fonctionnement, il appela la salle de contrôle via son talkie-walkie pour confirmer que tout était O.K., puis réfléchit quelques instants à la façon dont il pourrait arranger les choses avec Vanessa.

Quelques instants plus tard, il se dirigea vers son bureau. La porte était fermée.

Il hésita, la main posée sur la porte. Et si jamais elle était avec un patient ? Peut-être devrait-il s'en aller et revenir plus tard ?

Non, il ne voulait pas repousser cette conversation.

Il frappa.

Aucune réponse.

Il attendit quelques secondes, puis frappa de nouveau.

— Un instant, s'il vous plaît ! s'écria Vanessa.

Son expérience professionnelle lui avait appris à saisir toutes les nuances d'une voix et à interpréter le langage corporel. En entendant le ton aigu sur lequel Vanessa s'était exprimée, il comprit immédiatement qu'elle était stressée.

Quelque chose la perturbait.

Il décida d'entrer sans attendre plus longtemps et s'arrêta sur le seuil.

Vanessa était assise derrière son bureau, et il remarqua aussitôt qu'elle était d'une pâleur extrême. Il comprit qu'un incident avait dû survenir et referma la porte derrière lui.

— Tanner ? s'exclama Vanessa en bondissant sur ses pieds. Qu'est-ce que tu veux ?

— Qu'est-ce qui se passe ? demanda-t-il en s'approchant d'elle. Tu es blessée ?

— Non.

Malgré sa frayeur, elle avait l'air de vouloir donner le change en gardant un air détaché. Cependant, il la sentait frissonner et cela le perturbait plus que tout.

— J'ai reçu un e-mail assez spécial, annonça-t-elle.

— Fais-moi voir.

Elle se rassit, et saisit sa souris d'ordinateur pendant qu'il venait se placer juste derrière elle.

Il vit aussitôt l'en-tête de l'e-mail :

> Docteur Rodriguez, votre vie est en danger.

Il sentit son estomac se crisper.

Poussant un soupir, Vanessa ouvrit le mail et se cala dans son siège. D'instinct, il posa ses mains sur ses épaules et commença à la masser tout en lisant.

> Tu te crois si maligne que tu penses être intouchable. Moi, je connais la vérité, je sais qui tu es. Fais gaffe, salope. Il pourrait bien t'arriver un accident.

— Tu as une idée de qui pourrait en être l'auteur ? demanda Tanner.

Elle hésita juste un peu trop longtemps pour qu'il comprenne qu'elle mentait quand elle lui répondit par la négative.

Il savait qu'elle soupçonnait Carlos Vega, tout comme lui,

mais il ne pouvait lui en parler. Le sénateur Garcia lui avait fait jurer le secret.

— Un patient mécontent, peut-être ? suggéra-t-il. Un ancien petit ami ? Quelqu'un qui appartiendrait à ton passé ?

Elle secoua la tête.

— Aucun patient ne m'a jamais menacée de procès, je n'ai aucun ex-petit ami désaxé, et en ce qui concerne mon passé...

Allait-elle tout lui révéler au sujet de Vega ? Il retint son souffle et attendit.

Hélas, Vanessa ne termina pas sa phrase.

— J'ignore qui a pu m'envoyer cela.

— Transfère-le sur ma boîte aux lettres, dit-il. J'essaierai de trouver la piste de l'expéditeur.

— Tu sais comment faire ?

— Hé ! Je suis expert en sécurité, n'oublie pas. J'aimerais tout de même que tu réfléchisses un moment. Tu ne soupçonnes personne ?

Il s'interrompit, lui laissant tout le temps nécessaire afin qu'elle se décide à parler de Carlos Vega.

Aurait-elle suffisamment confiance en lui pour tout lui révéler ?

— Non, personne.

Cette réaction le déçut beaucoup. Ses secrets avaient donc plus d'importance à ses yeux que sa vie ?

Au moins, savait-il désormais à quoi s'en tenir.

Elle n'avait aucune confiance en lui.

Ça, au moins, c'était clair.

— Ne te précipite pas, prends ton temps, insista-t-il.

— Tu crois que cela pourrait être lié aux autres incidents qui ont eu lieu à la clinique ?

— D'après ce que je sais, aucun de tes collègues n'a reçu

un tel e-mail, à moins qu'ils ne l'aient pas pris au sérieux ou qu'ils aient été trop effrayés pour m'en parler.

— Mais cela pourrait être un acte de malveillance de celui ou celle qui tente de saboter la réputation de la clinique, tu ne crois pas ?

— Tout est possible. Je vérifierai.

— Tanner ?

Cette fois, sa voix semblait plus posée.

— Oui ?

— Pourquoi es-tu venu à mon bureau ?

— Pour te parler.

— A quel sujet ?

— Y a-t-il autre chose qui te perturbe ?

— Tu sembles toujours surgir près de moi au bon moment.

— Qu'est-ce que tu veux dire ?

— Tu étais chez Emilio le soir où j'avais envie de m'accorder un peu de bon temps. Puis, tu as fait ton apparition sur mon lieu de travail, avant de t'installer dans l'appartement juste à côté du mien. Aujourd'hui, à peine ai-je reçu cet e-mail de menace que te voilà de nouveau.

— Si j'ai bien compris, tu te méfies toujours ! Dois-je t'apporter un scalpel pour que nous rejouions la petite scène d'hier ?

Elle resta bouche bée.

— Tu penses vraiment que c'est moi qui t'ai envoyé cet e-mail ? demanda-t-il.

— Non, bien sûr que non, mais j'ai du mal à comprendre pourquoi tu apparais toujours juste au moment où j'ai le plus besoin de toi.

— Hier soir, c'est moi qui avais besoin de toi pour soigner mon bras. Pourtant, je ne t'accuse pas de quoi que ce soit.

En l'entendant, elle sembla enfin se détendre.

— Au fait, comment va ton bras ?

— Ça va, ne t'inquiète pas. Ça me fait moins souffrir que ton manque de confiance en moi.

— Je suis désolée, dit-elle, je dois être un peu paranoïaque.

— C'est parce que ce message t'a effrayée.

— Oui, c'est certain.

Il s'assit sur le coin de son bureau.

— As-tu jamais songé qu'il existe peut-être une autre raison pour que je surgisse toujours à ton côté quand tu as besoin de moi ?

Elle esquissa un sourire.

— Mis à part le fait que tu puisses être un obsédé ?

— Oui, à part cela.

— Je t'écoute, que veux-tu dire ?

— C'est un truc cosmique. Nous sommes connectés l'un à l'autre, et je sais toujours quand je dois voler à ton secours.

— Oh ! Je t'en prie ! Ne me dis pas que tu crois à ce genre de choses.

Il se pencha vers elle.

— Tu es médecin. Es-tu en train de me dire que tu ne crois pas aux forces de la Nature, alors qu'elles sont bien plus puissantes que nous ?

— Je ne crois en rien hormis la science.

— Bon, dans ce cas, tant pis pour ma théorie, dit-il avec une moue désabusée.

— Alors, vas-tu enfin m'avouer pourquoi tu es venu me voir ?

— Je voulais m'excuser pour ce matin.

— Ne t'en fais pas, c'est oublié.

— Non, je suis venu te dire que tu avais raison, et moi, tort.

— Tu veux que nous prolongions notre liaison ?

— Oui, répondit-il, si tu es toujours d'accord.

Elle secoua la tête.

— Ecoute, Tanner, je ne crois pas que ce soit une bonne idée.

Certes, elle devait avoir raison, mais pourquoi avait-il alors l'horrible sensation qu'elle venait de lui arracher le cœur ?

Vanessa se demandait de qui pouvait bien provenir cet e-mail.

Certainement pas de Carlos Vega.

Ce scélérat attendait l'heure de sa vengeance depuis quinze ans. Il ne perdrait pas son temps à s'amuser de la sorte avec elle.

Mais si ce n'était pas Vega, alors, qui ?

Elle se mit à arpenter son bureau. Le fait que quelqu'un d'autre puisse lui en vouloir l'effrayait au plus haut point.

Cela faisait une quinzaine d'années qu'elle tentait d'échapper à son passé, mais aujourd'hui, il semblait bien qu'il venait de la rattraper.

Néanmoins, ce message pouvait aussi provenir de celui qui cherchait à briser la réputation de Confidential Rejuvenation, et peut-être que l'expéditeur ne cherchait pas à s'en prendre à elle en particulier. Elle n'était qu'un pion dans son jeu pour mettre à mal l'image de la clinique.

Pourvu que cela soit le cas. C'était tout de même mieux que de voir son passé lui exploser au visage.

Un coup frappé à sa porte la fit sursauter.

Tanner revenait-il déjà ?

— Entrez.

La porte s'ouvrit, et la jeune réceptionniste de l'accueil, Hailey, apparut. C'était une jeune femme charmante, aux cheveux blonds bouclés.

— Bonjour, docteur Rodriguez.

Vanessa se força à esquisser un sourire.

— Bonjour, que puis-je pour vous, Hailey ?

— Le Dr Butler m'a demandé de vous remettre ceci, dit Hailey en avançant dans la pièce, et en lui tendant une grande enveloppe. Ce sont tous les détails de votre voyage pour votre séminaire.

Vanessa poussa un soupir. Elle avait oublié ce satané séminaire. Tous les ans, la direction de Confidential Rejuvenation choisissait une demi-douzaine d'employés pour participer à un séminaire censé renforcer les liens entre collègues. Jusqu'à présent, elle avait toujours évité d'être sélectionnée.

— Ce ne sera peut-être pas si mal, dit Hailey d'un ton de conspiratrice. Il paraît que l'on peut passer de bons moments sur place, si vous voyez ce que je veux dire. L'an passé, mon amie Gina y a participé, et…

— Merci beaucoup, Hailey, l'interrompit Vanessa avant d'en entendre plus qu'elle ne le souhaitait sur la vie amoureuse de Gina.

— Je vous en prie, répondit Hailey en quittant la pièce.

Vanessa ouvrit l'enveloppe et découvrit son billet d'avion pour les Bahamas, sa réservation hôtelière ainsi qu'une brochure décrivant les lieux qui leur serviraient de retraite. Les photos montraient des plages de sable blanc, des palmiers, un ciel sans nuage et de très alléchants cocktails à la noix de coco. D'après le dépliant, l'endroit était des plus relaxant.

Mmm, finalement, peut-être que cette retraite l'aiderait à oublier à la fois Tanner et cet e-mail perturbant.

Songeuse, elle saisit le petit collier qui pendait à sa lampe de bureau, joua quelques instants avec et, sans même comprendre pourquoi, glissa le talisman dans son sac.

Vu son trouble, garder un porte-bonheur sur elle ne serait pas inutile.

8.

La première chose que fit Tanner lorsqu'il revint à son bureau fut de téléphoner au contrôleur judiciaire de Carlos Vega.

Il se maudit de ne pas y avoir songé plus tôt. Il se préoccupait tant de la sécurité de Vanessa qu'il avait complètement négligé le plus évident.

Cet oubli le terrifiait. S'il avait omis ce point, qu'avait-il pu laisser passer d'autre ?

Un quart d'heure plus tard, après une discussion avec le contrôleur judiciaire de Vega, qui lui assura que le criminel se trouvait bien à El Paso en accord avec les termes de sa liberté conditionnelle, Tanner s'accorda un petit soupir de soulagement. L'officier avait vu Vega ce matin même, ce qui était plutôt rassurant, mais pas assez pour lui ôter toute crainte. Vega pouvait très bien avoir envoyé ce fameux e-mail et, pire que tout, il pouvait aussi avoir engagé quelqu'un pour faire du mal à Vanessa. Le fait que l'homme soit toujours à El Paso ne signifiait pas que Vanessa ne courait aucun danger.

Il appela ensuite Philippe, un de ses amis qui exerçait la profession de détective privé et dont les connaissances en informatique dépassaient largement les siennes, et lui demanda s'il pouvait trouver l'expéditeur de la missive adressée à Vanessa. Il lui demanda aussi d'établir un rapport détaillé sur le passé de

Vanessa. Il était déterminé à découvrir ce qu'elle lui cachait, et à ne rien laisser au hasard. Que ce soit Vega ou une autre personne, il était quasiment certain que l'auteur de l'e-mail faisait partie de son passé.

Son instinct de protection montait en flèche. Il détestait ne pas pouvoir se trouver en permanence avec Vanessa. Certes, ils travaillaient dans les mêmes lieux, et son appartement était voisin du sien, mais ce n'était pas suffisant. Ce qu'il voulait, ce dont il avait besoin, c'était de se trouver dans la même pièce qu'elle à longueur de journée. Après tout, il était supposé exercer la fonction de garde du corps, et la seule façon de vraiment la protéger était de ne pas la lâcher d'une semelle.

Cette intention en tête, il décrocha son téléphone et appela le sénateur Garcia.

Il fallut quelques minutes pour qu'on le mette en ligne avec lui, mais il entendit enfin la voix de Robert au bout du fil.

— Que se passe-t-il, Tanner ?

Il mit tout d'abord Robert au courant de l'e-mail reçu par Vanessa, puis termina en lui demandant ce qui lui tenait le plus à cœur.

— Robert, je crois qu'il est temps que je lui avoue qui je suis.

— Non, je t'interdis de faire ça !

— Pourquoi ? J'aimerais bien que tu m'expliques !

— Je ne peux pas en discuter avec toi, rétorqua Robert.

— Je ne comprends pas. Pourquoi m'engager si je ne peux pas faire mon travail comme je suis censé le faire ?

— Je ne veux pas que Vanessa sache qu'elle est sous surveillance, mais j'ai besoin que tu gardes un œil sur elle.

— J'ai fait des recherches sur Vega. Apparemment, tout est O.K. de son côté, affirma Tanner.

— Tu crois que c'est lui qui a envoyé cet e-mail ?

— Oui, il peut très bien en être l'auteur, mais cela peut aussi être lié avec les autres incidents qui ont eu lieu à la clinique. C'est pourquoi je me sens si mal à l'aise, et c'est aussi pour cette raison que je pense que tu devrais réfléchir et me laisser lui dire qui je suis et pourquoi tu m'as engagé.

— Non !

Robert se montrait si inflexible que Tanner fut certain qu'il lui cachait quelque chose.

— Très bien, dans ce cas, puisque tu refuses que je fasse mon travail comme je l'entends, je renonce à cette mission.

— Je ne te crois pas.

— Pourquoi ?

— Tanner, je te connais. Si tu te fais tant de souci au sujet du Dr Rodriguez, je sais que tu ne la laisseras pas tomber. Ce n'est pas ton genre. Que penses-tu de cela : ce week-end, elle part pour un séminaire aux Bahamas. Que dirais-tu si je t'y envoyais aussi, et que je m'assurais que vous fassiez équipe durant tout le programme ? Chaque bungalow comporte deux chambres. Je pourrais m'arranger pour que vous soyez logés dans le même. Qu'en dis-tu ?

— Ce sera très bien pour le week-end, mais après ?

— Il faudra que tu sois particulièrement vigilant. Je vais appeler Butler et lui dire que tu dois installer d'autres caméras de sécurité dans le pavillon des médecins. Ça te donnera un prétexte pour t'y rendre plus souvent.

— Et lorsque Vanessa sera en salle d'opération ?

— Tu ne crois tout de même pas que Vega va s'en prendre à elle pendant qu'elle opérera ? demanda Robert.

— C'est là qu'elle est la plus vulnérable. C'est le seul endroit où je ne peux pas la protéger.

— Dis-toi bien une chose, précisa Robert. Si tu ne peux pas pénétrer dans la salle d'opération, Vega ne le peut pas non plus. Personne n'entre dans cette pièce s'il ne fait pas partie de l'équipe en train d'opérer.

Robert avait raison, mais il ne pouvait s'empêcher de penser que Vanessa courait un danger imminent. Il allait demander à Philippe de faire des recherches plus approfondies sur Vega.

— Il n'y a qu'une façon pour que je me sente plus à l'aise dans toute cette histoire, dit-il.

— Laquelle ? demanda Robert

— Ce serait que tu fasses surveiller Vega.

— Tu crois que je ne m'en suis pas déjà occupé ?

Tanner se sentit soulagé. Quelles que soient les motivations de Robert pour assurer la protection de Vanessa, il avait déjà couvert toutes les bases.

— Néanmoins, je persiste à penser qu'il serait mieux que tu me laisses lui avouer pourquoi tu m'as engagé.

— C'est impossible, répondit Robert d'un ton résigné.

— Quand tout ceci se terminera-t-il ? Combien de temps durera cette mission ?

Jusqu'à quand pourrait-il supporter d'être à la fois si près et si loin de Vanessa ?

— Aussi longtemps qu'il le faudra, répondit Robert avant de raccrocher.

Le vendredi matin, à sa propre surprise, Vanessa se sentit impatiente de partir pour les Caraïbes. Déjà, elle s'imaginait allongée dans un hamac entre deux palmiers sur la plage, buvant des pina colada, oubliant tout ce qui concernait son travail… et Vega.

Julie avait accepté de prendre soin de Fantasia, et elle partit donc pour l'aéroport d'humeur légère.

Sa bonne humeur persista jusqu'au moment où elle remarqua

Tanner, alors qu'elle se trouvait dans la file d'attente avec plusieurs de ses collègues. Elle se raidit instantanément. Tanner s'envolait pour les Bahamas avec leur groupe ? Quelle coïncidence qu'il participe à ce séjour en même temps qu'elle !

Elle détourna le regard, et se dirigea vers la salle d'embarquement. Une fois à bord, elle rangea son bagage à main dans le compartiment au-dessus de sa tête, et s'installa dans son siège, juste à côté du hublot. Deux minutes plus tard, Tanner traversait l'allée dans sa direction.

Mon Dieu, pria-t-elle, pourvu qu'on lui ait assigné un siège loin du sien !

Elle s'empara du magazine mis à sa disposition par la compagnie aérienne et fit mine de se plonger dans la lecture d'un article.

Hélas, la chance n'était pas de son côté. Tanner vint s'asseoir juste à côté d'elle.

— Salut, docteur. J'ai essayé de te faire signe dans l'aéroport, mais apparemment, tu ne m'as pas vu.

— Non, sinon je t'aurais répondu, mentit-elle.

Tanner boucla sa ceinture de sécurité et se pencha vers elle.

— Juste pour te mettre à l'aise : il ne s'agit pas d'une coïncidence si je me trouve assis à côté de toi, chuchota-t-il.

Elle tourna la tête vers lui.

— Non ?

— Lorsque j'ai vu que nous étions sur le même vol, j'ai demandé à l'hôtesse si elle pouvait nous asseoir l'un à côté de l'autre.

Décidément, lorsque Tanner Doyle désirait quelque chose, personne ne lui résistait.

— Ce n'est pas tout, continua-t-il.

— Ah bon ?

— J'ai aussi téléphoné à l'hôtel et demandé à la réceptionniste de nous loger dans le même bungalow. Il y a deux chambres, mais nous ne sommes pas obligés de les utiliser toutes les deux.

— Tu n'as tout de même pas fait cela ?

— Tu paries ?

Deux semaines plus tôt, son comportement l'aurait agacée. A présent, elle n'avait qu'une seule envie : aller se baigner avec lui après lui avoir retiré tous ses vêtements.

Absolument tous.

L'hôtel proposait un room service leur permettant de dîner sur leur véranda qui surplombait l'Atlantique. A dire vrai, ils auraient dû se rendre au dîner d'accueil et partager leur soirée avec les autres membres du groupe, mais Tanner avait convaincu Vanessa de faire l'école buissonnière.

L'employé du restaurant qui avait installé leur table était reparti, et ils s'installèrent face à face, chacun picorant dans l'assiette de l'autre. Ils se régalèrent de langouste grillée et nappée de chutney de mangue et d'ananas, de crevettes à la noix de coco. Ces deux plats étaient servis avec un délicieux riz exotique. Pour le dessert, ils savourèrent un délicieux gâteau au chocolat, le tout accompagné d'un délicat vin blanc.

Durant le dîner, Vanessa se surprit à jeter de longs coups d'œil à Tanner, se demandant pourquoi elle s'était gardée jusqu'ici de toute aventure romantique. Elle avait beau ne croire qu'en la science, ainsi qu'elle le lui avait affirmé, l'effet apaisant du halo de la lune, de la lueur des bougies et de la langoureuse rumeur de l'océan était indéniable.

Tout était parfait.

Serait-il possible que les choses aillent plus loin entre eux ? Qu'ils partagent plus qu'une relation purement sexuelle ?

Dans ce cas, elle devrait prendre le risque de souffrir lorsque tout serait terminé. Or, non, elle n'y était pas prête.

— Si on allait se promener sur la plage, proposa Tanner, interrompant le fil de ses pensées.

— J'en aurais bien besoin, répondit-elle en posant une main sur son estomac. J'ai beaucoup trop mangé. Mais… Et si jamais nous rencontrons quelques collègues ?

— Eh bien, nous leur souhaiterons bonne nuit.

— Oui, et avant même que nous soyons de retour, des rumeurs circuleront à notre sujet.

— Et alors ? Ça te dérange ?

Non. Oui. Elle n'en savait rien. Les sentiments que Tanner suscitait en elle la troublaient et, au bout du compte, elle ignorait ce qu'elle voulait.

— Tu as honte de te montrer avec moi en public, l'accusa-t-il, et elle fut incapable de deviner s'il plaisantait ou non. Je ne suis que ton sex toy.

— Tanner…

Il se leva et lui tendit la main.

— Allez, viens ! Si jamais nous rencontrons l'un ou l'autre de tes collègues, nous nous cacherons dans les buissons.

— Inutile d'être aussi dramatique, répondit-elle en riant, comprenant enfin qu'il la taquinait.

— Si tu préfères, nous pourrions aussi rester là et prolonger la soirée dans notre jacuzzi.

— D'accord. Je vais nous resservir du vin pendant que tu vas chercher les peignoirs que j'ai vus accrochés derrière la porte de la salle de bains. Je te retrouve dans le jacuzzi.

— Ça marche.

Il s'éloigna en passant devant elle, et elle huma la senteur boisée de son eau de toilette. Toute la journée, depuis leur voyage en avion jusqu'à leur arrivée à l'hôtel, puis dans les heures qui avaient suivi, elle avait ressenti un trouble intense en sa présence.

Est-ce que tout le monde éprouvait cette douce sensation au moins une fois dans sa vie ?

Elle retira ses vêtements, puis se glissa dans le jacuzzi. Et si elle n'éprouvait plus jamais ces émotions une fois leur aventure terminée ? Si seul Tanner était capable de la troubler autant ? Devrait-elle passer le reste de sa vie le cœur lourd de regrets ?

Cette pensée la rendit soudain triste et elle s'ordonna de se ressaisir.

L'amour ne se contentait pas de sexe, de désir ou de romantisme. Le véritable amour était basé sur le respect, l'admiration et la confiance.

La confiance.

C'était bien là le véritable problème. Si son corps faisait confiance à Tanner, son cœur refusait de s'ouvrir à lui. Existait-il un moyen de surpasser cet obstacle ?

Elle l'ignorait.

Ces sentiments étaient nouveaux pour elle et l'effrayaient. Avant qu'elle n'ait le temps de se plonger un peu plus dans ses pensées, Tanner la rejoignit dans le jacuzzi, entièrement nu lui aussi.

Il était assis en face d'elle, mais elle pouvait le toucher d'un simple mouvement de jambe.

— Je pourrais devenir très facilement accro à ce style de vie, dit-elle.

Tanner esquissa un sourire.

— Je suis tout à fait d'accord. Quand venons-nous vivre ici ? On pourrait se construire une hutte sur la plage. J'exercerai en tant que moniteur de plongée, et toi, tu vendrais des colliers en coquillages sur la plage.

— Ne me tente pas !

— Tu parles ! Je sais très bien que tu ne renoncerais jamais à la médecine.

Il avait raison, mais le fait qu'il la comprenne aussi bien la perturba. En tout cas, il connaissait la Vanessa actuelle, mais ignorait tout de son passé.

Elle pourrait le lui dire. Maintenant. Tout lui avouer. Son passé. Ses peurs. Les cauchemars qui hantaient encore ses nuits. La raison pour laquelle elle gardait ce petit collier accroché à la lampe de son bureau.

La tension sexuelle qui les étreignait devenait de plus en plus forte. Tanner la regardait les yeux brillant de désir. La dernière chose dont elle avait envie était de voir ce désir remplacé par le dégoût.

— Es-tu déjà venu aux Bahamas ? demanda-t-elle pour changer de sujet.

— Oui, une fois, avec mes parents. Et toi ?

— Non. Tu ne vas peut-être pas le croire, mais je ne suis jamais partie en vacances. Tout ce que je me suis accordé jusqu'à présent, en dehors des heures passées à la clinique, c'est d'assister à des conférences médicales.

— Tu plaisantes ?

— Pas du tout.

— C'est dommage.

— Que veux-tu. Mon travail représente tout pour moi.

— J'espère que tes employeurs apprécient ton investissement professionnel.

— Moi aussi.

— Est-ce que tu resteras à Confidential Rejuvenation lorsque tu auras terminé ton internat ?

— Je l'ignore. Je n'ai pas encore réfléchi à la question.

Elle haussa les épaules, décidée à ne plus parler d'elle.

— Donc, tu as fait ce séjour aux Bahamas en famille, reprit-elle.

— Oui, avec mes parents et ma sœur. C'était pour me féliciter d'avoir eu mon diplôme.

— Mmm, on dirait que je ne suis pas le seul bourreau de travail, ici. Au moins, ça nous fait un point en commun.

— Evidemment, venir ici avec mes parents a un peu handicapé mon séjour. Je devais me faufiler dehors la nuit pour rencontrer des filles.

— Tu as eu une petite amie ?

— Oui, nous passions nos soirées à nous embrasser sur la plage.

— Dire que je te croyais aussi sage qu'une image !

— J'étais sage, mais je n'étais pas non plus un saint ! En tout cas, ma mère m'a surpris un soir alors que je tentais de regagner ma chambre en douce, et j'ai dû tout lui avouer.

— Tu aurais pu mentir.

Il se mit à rire.

— Mentir à ma mère ? Impossible. Elle devinait toujours tout.

— Elle est toujours en vie ?

— Oui, tout comme mon père.

Elle songea à la chance qu'il avait eue de vivre dans une famille aimante.

— Où habitent-ils ?

— Ils se sont retirés à Corpus, pour être plus près de ma sœur, et donc de leurs petits-enfants.

— Tu as donc des nièces ? Des neveux ?

— Un de chaque. Brooke a quatre ans, et Vince vient de fêter son deuxième anniversaire.

— Tu as d'autres frères et sœurs ?

— Non, il n'y a que Claire et moi. Et toi ?

Vanessa haussa les épaules.

— Qu'est-ce que ça veut dire ? Oui, ou non ?

— J'ai trois beaux-frères plus âgés que moi, mais nous n'avons jamais été proches. Ils étaient déjà quasiment adultes lorsque mon beau-père a épousé ma mère.

— Ta mère est toujours en vie ?

— Oh ! Regarde ! dit-elle en tendant le bras vers le ciel. Une étoile filante !

Elle était bien décidée à ne pas s'aventurer sur un terrain personnel.

— Où cela ? demanda Tanner.

— Tu l'as ratée.

— Tu as fait un vœu ?

— Pourquoi ?

— On est supposé faire un vœu quand on voit une étoile filante ! Personne ne te l'a jamais dit ? Je crois même qu'on entend cela dans les chansons de Disney.

— Tu sais, dans mon quartier, on ne faisait pas tellement attention à ce genre de choses. On s'occupait surtout de pouvoir survivre comme on pouvait. Faire des vœux en contemplant les étoiles… Non, ce n'est pas ce qu'on fait chez nous. Par contre, acheter un billet de loto…

Elle gloussa, mais Tanner la contemplait sans rire.

— Tes parents étaient pauvres ?

— Je ne parlerais pas vraiment de pauvreté. Nous avions toujours à manger, mais ma mère et moi avons dû recourir à l'aide sociale jusqu'à ce qu'elle épouse mon beau-père. Pour ma part, j'aurais préféré continuer à vivre comme nous le faisions, plutôt que de la voir mariée à cet homme.

— Pourquoi ?

— Earl n'est qu'un abruti.

A l'instant où elle chuchota ces paroles, elle les regretta. Jamais elle n'avait évoqué avec quiconque les conditions dans lesquelles elle avait grandi, et il était hors de question qu'elle en discute maintenant.

— Nous étions heureuses jusqu'à ce qu'il entre dans nos vies. Après cela, ma mère a changé et elle est devenue une personne différente.

— Tu es toujours en contact avec elle ?

— Non. Elle m'a préféré Earl.

Tanner resta silencieux un long moment.

— Qu'est-il arrivé à ton père ? demanda-t-il enfin.

Elle ne dit mot, et but une longue gorgée de vin avant de reposer son verre derrière elle. Dans le jacuzzi, l'eau s'agitait à gros bouillons. La nuit était douce. Elle n'avait aucune envie de lui répondre. Même s'il s'agissait d'une innocente question, dès que leur conversation la ramenait à son passé, elle avait l'impression que Tanner était à la recherche d'indices, et elle ne voulait pas être obligée de lui en révéler plus sur elle qu'elle ne l'avait déjà fait.

— Parfois, dit-il d'un ton détaché, parler avec toi ressemble à un véritable combat. Dès que je te pose certaines questions, tu esquives, et tout cela se termine par des demi-vérités recouvertes d'un voile de secrets.

Il avait raison, mais depuis des années elle tentait d'effacer le souvenir de son enfance, pour mieux tourner la page et changer de vie.

— A quoi bon en parler ? argua-t-elle. Le passé, c'est le passé.

— Très bien, j'ai compris.

Il s'approcha d'elle pour l'embrasser.

— Dans ce cas, que dirais-tu que nous rentrions pour

nous offrir la plus belle partie de jambes en l'air de notre vie ? chuchota-t-il.

Elle éclata de rire.

— Ça, je suis d'accord.

— Pourtant, tu vas devoir me faire confiance.

— Qu'est-ce que tu as en tête ?

— Est-ce que tu as confiance en moi ?

Elle le regarda droit dans les yeux et sentit son cœur battre de plus en plus fort. Si fort qu'elle avait l'impression qu'il résonnait dans la nuit. Tanner réclamait son entière confiance. Il allait être difficile de la lui accorder.

— Je vais essayer.

— Il va te falloir choisir un mot, dit Tanner. Si jamais tu désires mettre un terme à notre expérience, il te suffira de le prononcer.

Elle réfléchit un instant.

— Fantasia.

— Fantasia ?

— Oui.

— Il me semblait que tu ne croyais pas à la magie de Disney, la taquina-t-il.

— Je vais peut-être me rendre compte que je me suis trompée.

— Allons-y pour Fantasia, dit-il.

Il l'enveloppa dans le moelleux peignoir, la souleva dans ses bras, puis la porta à l'intérieur du bungalow.

9.

Qu'allait-il faire, à présent ?

La capacité de Vanessa à lui faire confiance reposait entre ses mains, mais il était en train de perdre toute assurance ; d'autant plus que le corps sensuel de la ravissante créature qu'il tenait entre ses bras, corps à peine caché sous son peignoir, ne manquait pas de le troubler. Ce soir, il avait l'intention de se consacrer au seul plaisir de Vanessa. Elle le méritait bien !

Vanessa était une femme exceptionnelle, et il aurait fait n'importe quoi pour lui plaire. Il désirait partager tant de choses avec elle, et souhaitait que leur relation aille au-delà d'une relation purement physique.

« Inutile de te faire des idées ! Prends ce qu'elle est prête à t'offrir et cesse d'espérer un miracle. »

Il lui fallait accepter que Vanessa ne lui offre peut-être jamais rien d'autre que son corps. Et puis, il fallait bien qu'il affronte ses propres limites. Vanessa ne faisait pas confiance facilement, mais lui n'était pas sûr d'être tout à fait remis du décès de Maria.

Pourtant, comme il aurait voulu pouvoir connaître de nouveau l'amour !

Pour l'heure, il devrait déjà s'estimer heureux que Vanessa le laisse prendre la direction des opérations. Elle avait accepté de lui faire confiance. Inutile d'en demander plus pour le moment.

Elle s'éclaircit la gorge et il se rendit compte que cela faisait plusieurs minutes qu'il la fixait sans rien dire.

— Alors, demanda-t-elle d'un ton nerveux, par quoi commençons-nous ?

Le cœur battant, il fit un pas en arrière et l'admira. Lui aussi appréhendait la suite des événements. Mon Dieu, qu'elle était belle ! Sa peau couleur de caramel doré semblait luire dans la pénombre de la chambre, et il voyait l'excitation se peindre sur son visage.

Une petite lueur brillait dans ses yeux aussi sombres que l'ébène. Il ne se lassait pas de la contempler. Il avait devant lui la même femme qui l'avait séduit chez Emilio. La femme sensuelle et sauvage qui se cachait derrière une façade de marbre.

Elle esquissa un sourire si adorable et si taquin qu'il crut qu'il allait en perdre la tête.

« Eh ! C'est toi l'homme ! Prends le contrôle de la situation. »

— Tu es si belle ! Viens un peu par ici, dit-il en tendant la main vers elle.

Il s'installa sur le lit à côté d'elle, et du bout du doigt lui souleva le menton.

— Tu me fais confiance ?

D'instinct, il savait à quel point il était difficile pour elle de se laisser aller et de faire confiance à un homme qu'elle connaissait à peine. Elle avait l'habitude d'être responsable de tout, et c'était justement pour cette raison qu'il était important qu'elle baisse enfin sa garde.

— Je m'y efforce, en tout cas.

Elle l'observa pendant qu'il dénouait la ceinture de son peignoir.

— Tu veux savoir ce que j'ai l'intention de faire avec ça ?

Elle acquiesça d'un hochement de tête.

— Je vais t'attacher.

Elle eut un petit hoquet de surprise ; pourtant, elle n'éprouvait aucune peur, bien au contraire. L'excitation la gagnait, de plus en plus irrépressible.

— Allonge-toi, ordonna Tanner.

Elle obéit.

— Ecarte les bras et les jambes.

Non ! s'écria la part d'elle-même qui ne s'était jamais abandonnée à ce point à un homme ; tandis que la part qui voulait se libérer de ses doutes et de ses craintes l'enjoignait de renoncer à toute résistance.

Et elle se laissa aller.

D'un geste d'abord timide, elle écarta les bras, puis les jambes, comme si elle s'offrait en sacrifice au dieu du sexe.

Tanner se pencha vers elle et attacha la ceinture du peignoir autour de son poignet. Puis, il se releva et traversa la chambre. Il revint quelques instants plus tard, tenant à la main deux ceintures de cuir et celle de son propre peignoir. Prenant tout son temps, il l'attacha aux montants du lit.

A présent, elle était toute à sa merci, mais au lieu d'avoir peur, elle était de plus en plus excitée. Les pointes de ses seins étaient dures, et son sexe réclamait déjà ses caresses.

Ayant terminé de la ligoter, Tanner écarta les pans de son peignoir et s'allongea sur elle.

Elle commença à se frotter comme elle le put contre lui, faisant taire sa petite voix intérieure qui tentait de lui rappeler qu'elle devait rester vigilante. Elle en avait assez d'être méfiante, de porter en permanence une armure. C'était épuisant, et désormais elle voulait vivre autre chose.

Elle voulait lui accorder sa confiance, et connaître enfin l'amour.

Lorsque Tanner commença à la caresser, elle oublia tout. Plus rien au monde n'existait que ce moment.

Il l'embrassa avec douceur, déposant de légers baisers sur ses paupières, le bout de son nez, ses joues et son menton. Il lui mordilla les lèvres, et effleura ses seins jusqu'à ce qu'elle frémisse de désir anticipé.

— Merci, murmura-t-il.

— Pour quoi ?

— Pour m'avoir fait confiance. Je sais à quel point c'est difficile pour toi.

Elle comprit que ses paroles venaient du plus profond de son cœur et fut incapable de répondre. Tanner passa ses jambes autour des siennes et prit son visage entre ses mains pendant qu'il l'embrassait.

Elle avait l'impression d'être une fleur sur le point d'éclore, et plus rien ne comptait que cet espoir qui montait en elle. Son seul désir était que la magie de cette nuit efface toute réalité, et que Tanner l'emmène dans un monde de rêves.

Son corps musclé la plaquait contre le lit, comme s'il désirait se fondre en elle. Comme si, devinant ses pensées, il voulait, lui aussi, graver cet instant à jamais dans sa mémoire. Il enfouit son visage dans ses cheveux, inspira profondément, respirant sa senteur, et ce simple geste la troubla jusqu'au tréfonds de son être.

Etait-il conscient de l'effet qu'il avait sur elle ? Comprenait-il qu'elle était sur le point de lâcher complètement prise et de s'abandonner aux sentiments qui naissaient en elle ?

— J'aime être avec toi comme ça, chuchota-t-il.

— Comment cela ? Pendant que je suis allongée et ligotée ?

Tanner se mit à rire.

— Non. Je parle du fait que tu as assez confiance en moi pour me laisser te faire l'amour de cette façon.

Une mèche de ses cheveux blonds tomba sur son front et il eut soudain l'air si vulnérable qu'elle sentit son cœur se serrer. Comme elle aurait voulu pouvoir effacer la peine qui semblait le hanter, et embellir sa vie. Soudain, elle comprit qu'elle aurait souhaité qu'il fasse de même pour elle.

La violence de ses sentiments la surprit. Pourquoi Tanner Doyle la troublait-il autant ? Pourquoi voulait-elle modifier leurs vies ?

Il lui caressa le cou, effleurant son pouls qui battait à la naissance de sa gorge.

L'effluve boisé de son eau de toilette envahit ses sens ; c'était la senteur d'un séduisant homme blond aux magnifiques yeux bleus, avec qui elle aurait voulu partager ce moment à jamais.

Cette nuit était comme un rêve, et le temps semblait s'être évanoui.

De la pointe de sa langue, Tanner caressa la peau juste sous ses seins. Elle mourait d'envie de le toucher aussi, mais devait y renoncer. C'était lui qui dirigeait les opérations et il lui fallait accepter d'être à sa merci.

Il continua à la taquiner de ses lèvres et de sa langue. C'était une véritable torture de ne pouvoir lui rendre la pareille.

La brise de l'océan qui pénétrait dans la chambre à travers les baies vitrées grandes ouvertes semblait l'envelopper comme un voile de velours.

Tanner s'assit à califourchon sur elle, et continua à explorer son corps. Elle était ravie qu'il ait eu l'idée de ce jeu de bandage, mais ne put s'empêcher de tirer sur ses liens pour essayer de le toucher.

— Reste tranquille, dit-il d'une voix douce. N'oublie pas que c'est moi qui commande et que tu dois m'obéir.

Un nouveau frisson d'excitation la saisit.

— Oui, maître, murmura-t-elle.

Jamais elle ne s'était livrée à un tel jeu et elle était étonnée d'y prendre autant de plaisir.

Se penchant en avant, Tanner déposa une série de baisers sur son ventre, juste autour de son nombril.

— Tu aimes me torturer, haleta-t-elle.

Il se mit à rire.

— Pas plus que toi, tu n'aimes le faire avec moi.

Il remonta vers sa gorge, caressant son corps du sien, la plaquant sur le matelas. Elle se laissa faire comme il le lui demandait, même si elle souffrait de ne pas pouvoir caresser son torse musclé, ni prendre entre ses mains son sexe déjà dur de désir.

Elle gigota sous lui, ondulant, se réjouissant de sentir la tension de son membre devenir encore plus puissante.

Ah ! Il n'était pas le seul à connaître des techniques de torture !

Allongé sur elle, ses lèvres proches des siennes, il fit glisser sa main tout près de son intimité. Chacun de ses gestes semblait calculé pour accroître son impatience. Il l'embrassait, la caressait et la tourmentait, la menant au bord de l'orgasme avant de ralentir ses caresses pour mieux les accentuer de nouveau.

— Tanner, murmura-t-elle, je n'en peux plus. Je t'en prie, viens en moi.

— Pas encore, ma belle, pas encore.

— Tu me rends folle.

— C'est bien mon intention !

— Puisqu'il en est ainsi, sache que je te rendrai la pareille quand je serai libérée.

— J'y compte bien ! répondit-il avec un clin d'œil complice.

Entre ses bras elle se sentait infiniment femme, infiniment désirable. Il continua à la tourmenter, ses caresses se faisant par moments langoureuses, puis taquines, avant de redevenir tendres. Elle avait l'impression de s'embraser. Il caressa les pointes de ses seins durcis, et elle se mordit la lèvre pour éviter de crier. Se penchant un peu plus en avant, il se mit à lécher ses seins, et à les sucer jusqu'à ce qu'elle gémisse, puis pousse des cris de plaisir.

Il posa ses mains à l'orée de ses cuisses, puis se laissa glisser contre elle, et sa bouche alla remplacer ses mains.

Sa langue douce et chaude se mit à lécher son clitoris. Elle haussa les hanches comme elle le put, plaquant son sexe contre sa bouche, criant son plaisir.

— Oui, ma belle, oui ! Laisse-toi aller !

Sa langue allait et venait entre ses plis intimes, encore et encore, jusqu'à ce qu'elle n'en puisse plus. Un puissant orgasme montait déjà en elle, elle le sentait du fond de son être, et se cambra de plus belle.

Oh cette langue, cette langue taquine, malicieuse ! Mon Dieu, elle allait…

Non, cela n'allait pas encore assez vite ! Il la rendait folle. Il était à la fois ange et démon, et l'emmenait au paradis… ou bien était-ce l'enfer ?

Soudain, il fut là, cet orgasme qui déferla sur elle en vagues impérieuses, la laissant proche de l'évanouissement.

Tanner leva les yeux et la contempla. Son visage était lourd d'émotion. Soudain, elle n'y tint plus. Il fallait absolument qu'elle le touche.

— Fantasia, chuchota-t-elle. Fantasia.

Tanner la détacha aussitôt. A peine fut-elle libérée, qu'elle se jeta dans ses bras, l'enlaçant aussi fort qu'elle pouvait.

— Viens en moi, chuchota-t-elle, blottie contre lui.

— A condition que tu viennes sur moi. C'est à ton tour de prendre le contrôle des opérations.

Il roula sur le dos, l'entraînant avec lui, et elle se retrouva assise à califourchon sur lui.

Saisissant son sexe entre ses doigts, elle le positionna juste à l'entrée de son intimité, le taquinant, l'agaçant sans le laisser la pénétrer.

Haletant de désir, Tanner prit ses seins à pleines mains, et les malaxa. Comme elle se penchait en avant, il attrapa les pointes de ses cheveux et l'attira doucement à lui pour l'embrasser avec tendresse. Puis, soulevant ses hanches, il agrippa les siennes, l'enjoignant de le laisser la pénétrer. Elle aurait voulu le torturer comme il l'avait fait pour elle, mais elle était bien trop impatiente.

Elle s'assit sur son sexe dur, le faisant pénétrer en elle, et cette fois, ils gémirent à l'unisson, sans jamais se quitter des yeux. Puis Tanner se redressa sur un coude et leva la tête pour prendre l'un de ses seins dans sa bouche. Il en suça la pointe durcie avec tendresse, la faisant frissonner de délice.

Elle ferma les yeux, et se laissa aller à sa délicieuse caresse.

Il se déhancha de plus belle, la pénétrant plus profond encore.

— Oh, oui, ma belle ! C'est si bon !

Elle se pencha un instant en arrière pour lui caresser les testicules tandis que ses assauts se faisaient de plus en plus étourdissants.

— Fais-moi l'amour, Vanessa, dit-il d'une voix rauque.

Elle ne se fit pas prier, et leur union devint encore plus enfiévrée. Elle allait et venait sur lui de plus en plus fort, de plus en plus vite et il s'abandonna entièrement à elle.

Même s'il lui plaisait de le torturer, elle aurait voulu que ce moment dure à jamais. Elle ralentit le rythme, ouvrit les yeux, et le contempla.

Il fit de même, et ils restèrent un instant sans rien dire. Alors, elle eut l'incroyable sensation que leur relation venait de prendre un nouveau tournant.

Oui, les choses semblaient différentes, elle le sentait au fond de son cœur.

Enhardie par ce constat, elle s'écarta de lui, roula sur le côté et s'allongea à plat ventre, puis enfouit son visage dans l'oreiller et leva les fesses en l'air, le provoquant.

Aussitôt, Tanner comprit ce qu'elle voulait. Il vint se placer derrière elle, et la coquine pressa ses fesses contre son sexe.

Quelle femme incroyable !

— Fais-moi l'amour, demanda-t-elle, répétant ce qu'il lui avait demandé un peu plus tôt.

Même s'il l'avait voulu, il n'aurait pu résister. L'agrippant par les hanches, il la pénétra d'une longue et profonde poussée.

Elle cria de plaisir et, plus excité encore, il n'eut de cesse d'aller et venir en elle, de plus en plus vite. Ils étaient tout près… oh, oui, si près !

— Tanner ! cria-t-elle. Oh, oui ! Tanner !

— Oui, ma belle, vas-y, laisse-toi aller.

— Je vais… je vais jouir !

L'orgasme les saisit au même instant, et ils s'écoulèrent sur le lit.

Il resta en elle un long moment, frissonnant, le souffle court. Il ne voulait pas s'éloigner d'elle, ne serait-ce que d'un centimètre. Pas question que leur fantastique fusion se termine.

Elle plaqua son dos contre son torse, et tendit le bras derrière elle pour lui caresser le visage, lui murmurant de douces paroles dans la fraîcheur de la nuit.

Il l'embrassa avec tendresse dans le cou, tout en la tenant serrée contre lui.

— C'était incroyable, chuchota-t-elle.

— C'est toi qui es incroyable, murmura-t-il.

La tête sur l'oreiller, il écoutait les battements de son cœur, et songeait à quel point Vanessa avait pris de l'importance dans sa vie.

Et pour la première fois depuis très longtemps, il avait l'impression d'être vivant.

— Je crois que je suis tombé amoureux de toi, Vanessa, murmura-t-il.

Mais elle s'était déjà endormie.

10.

Lorsqu'il s'éveilla, Tanner remarqua Vanessa assise au pied du lit, une tasse de café à la main, une corbeille de viennoiseries à côté d'elle, l'air comblé. A ses cheveux mouillés, il comprit qu'elle sortait de la douche, et perçut les délicieux effluves de son savon à l'huile d'orchidée. Elle portait encore le peignoir de coton blanc qui accentuait la beauté de sa peau bronzée. Il s'étira, bâilla, se redressa sur les oreillers, puis remarqua qu'elle lui tendait une tasse de café.

— C'est pour moi ?

— J'ignorais comment tu aimes ton café, je l'ai choisi noir.

— Ça ira pour aujourd'hui, jeune dame, mais à l'avenir, sache que je le préfère avec un peu de sucre, la taquina-t-il.

— Je vais t'en chercher, dit-elle, s'apprêtant à se lever.

Aussitôt, il se pencha et lui attrapa le poignet.

— Non, reste, ça me va très bien comme ça. D'où viennent ces viennoiseries ?

— Apparemment, de notre conférencier. J'ai trouvé la corbeille sur notre seuil, ce matin, avec notre emploi du temps. Notre premier exercice commence à 9 heures.

— Quelle heure est-il ? demanda-t-il en se calant contre les oreillers pour savourer son café.

— Huit heures et quart.

— On a passé une sacrée nuit, pas vrai !

A peine les mots eurent-ils franchi ses lèvres qu'il les regretta. Elle allait le prendre pour un rustre. Enfin, c'était toujours mieux que s'il lui avait avoué la vérité. S'il avait prononcé les mots qui brûlaient dans sa tête.

« Je crois que je suis amoureux de toi. »

Les yeux rivés sur la corbeille de viennoiseries, Vanessa semblait éviter de le regarder. C'était tout de même étrange : un instant, elle avait un air ravi, puis une seconde plus tard, elle détournait les yeux, comme embarrassée. Sa froideur était si soudaine. Qu'avait-il fait de mal ? Où était passée la magie de la veille ?

— Quel muffin veux-tu ? demanda-t-elle d'une voix faussement enjouée. Nous en avons à la myrtille, à la cerise, et d'autres, garnis de pépites de chocolat.

— Je te laisse choisir.

Au diable ces muffins ! Pourquoi avait-elle l'air aussi détachée ? De nouveau, elle s'éloignait de lui, et malgré leur délicieuse nuit, il avait l'impression qu'ils n'avaient pas du tout progressé dans leur relation.

Une vague de découragement le saisit.

Vanessa lui tendit un muffin à la myrtille, et s'en choisit un pour elle-même.

— Merci.

Pour toute réponse, il n'eut droit qu'à un petit sourire.

Elle semblait mal à l'aise. Dire qu'il croyait que les choses avaient évolué entre eux ! Hélas, elle semblait toujours aussi distante.

La frustration le saisit. Comment pourraient-ils parvenir à ses fins avec elle ? Comment l'amener à lui parler, à lui faire confiance ?

Son côté macho brûlait d'envie de la saisir par le bras et d'exiger qu'elle s'ouvre à lui, mais il savait d'avance qu'avec une telle approche, Vanessa se renfermerait encore un peu plus dans sa coquille. Il devait rester maître de lui et ne pas l'affronter.

Il grignota son muffin qui lui parut sans goût. Il était bien trop occupé à se rappeler les mille et un délices de leur nuit. Mon Dieu ! Il avait l'impression qu'on avait entrouvert une porte devant lui, lui laissant voir quel avenir merveilleux ils pourraient partager, mais, ce matin, la porte s'était refermée.

Où était passée la femme sans aucune inhibition qui lui avait permis de la ligoter sur le lit ? La femme avec qui il avait fait l'amour avec tant de passion ? Celle avec laquelle il avait partagé le plus fabuleux orgasme de toute sa vie ?

Ses pensées érotiques lui donnèrent envie de la renverser sur le lit et de lui faire de nouveau l'amour. Hélas, ils n'en avaient pas le temps. Pourtant, le simple fait d'y songer lui procura une puissante érection. En observant Vanessa, il comprit que, de toute façon, même s'ils avaient eu plusieurs heures devant eux, ils n'auraient partagé aucun interlude torride ce matin. D'ailleurs, elle s'était déjà levée et traversait la chambre.

Regrettait-elle ce qu'ils avaient fait ?

Si c'était le cas, quel choc pour son ego masculin ! Peut-être s'était-il fourvoyé ? Peut-être que la nuit passée n'avait pas été aussi fabuleuse pour elle que pour lui. Pourtant, il aurait juré…

Elle arpentait la chambre, son muffin à la main. Elle s'arrêta un instant pour le grignoter, mais il remarqua que quelque chose la perturbait.

Cette fois, impossible de résister plus longtemps.

— Tu veux en discuter ? demanda-t-il d'un ton aussi détaché que possible.

— Discuter de quoi ?

— De ce qui semble te rendre si nerveuse.

Elle haussa les épaules.

— Il n'y a rien.

Il poussa un soupir. Devait-il insister ou la laisser tranquille ? Avec elle, il ne savait jamais.

Elle posa son muffin sur le bureau, et se dirigea vers l'armoire pour y prendre ses vêtements.

— On ferait mieux de se dépêcher.

Il se leva, et s'approcha d'elle.

— Vanessa, est-ce que je t'ai offensée d'une façon ou d'une autre ?

— Non. Pourquoi me poses-tu cette question ?

— Tu regrettes ce qui s'est passé entre nous hier soir ?

Pour la première fois de la matinée, elle le regarda droit dans les yeux.

— Je ne regrette absolument rien, si tu tiens à le savoir.

— Dans ce cas, pourquoi hésites-tu à me parler ?

— Ecoute, Tanner, je t'apprécie beaucoup. Tu es très gentil…

— Mais ?

Elle secoua la tête.

— Cette nuit était fantastique. C'était la plus fabuleuse de toute ma vie.

Ah ! Au moins son ego était-il satisfait.

— Dans ce cas, je ne comprends pas. Où est le problème ?

— Je crois que… Cela devient un peu trop important… Toi et moi. Nous n'avons rien en commun. Nous venons de deux mondes différents et nous ne sommes pas faits l'un pour l'autre. Inutile de faire comme si nous partagions une relation à long terme. Il ne s'agit que d'une aventure, c'est tout.

Il ouvrit la bouche pour protester, mais demeura sans voix. Elle était médecin, et lui, garde du corps. C'était stupide de penser qu'ils pourraient partager autre chose qu'une liaison passagère.

Oui, il avait été stupide de se laisser aller à rêver.

Cependant, pour sa défense, il devait bien reconnaître qu'il ne s'était pas attendu à tomber amoureux d'elle.

Quel idiot de s'être s'amouraché comme un gamin. Peut-être n'avaient-ils effectivement rien en commun. Oui, elle avait raison, tous deux venaient d'univers différents. Cependant, cela ne l'empêchait pas de la désirer encore et encore.

Il y avait autre chose que le désir.

Il avait besoin d'elle.

Elle eut un rire amer.

— Qu'est-ce qui t'amuse ainsi ? demanda-t-il.

— Tu sais très bien que j'ai raison. Tu ne protestes même pas.

— Ce n'est pas parce que nous venons de deux univers différents que nous ne pouvons pas apprendre à nous connaître, et à développer une relation plus sérieuse.

— Je crois que tu as perdu la tête, Tanner. Je suis la première femme avec laquelle tu as des rapports depuis le décès de ton épouse, et à mon avis tu fais seulement un transfert de sentiments sur moi.

— Prétendrais-tu savoir ce que j'éprouve, docteur Rodriguez ?

Elle soupira d'un air résigné.

— Habillez-vous, Doyle, nous devons assister à une conférence.

Cela dit, elle se dirigea vers la salle de bains, le laissant plus frustré que jamais.

*
* *

Ils passèrent la matinée à pratiquer des jeux de groupe destinés à accroître la confiance en soi et à développer un esprit d'équipe. Afin que les participants soient plus détendus, les jeux avaient lieu sur la plage.

Durant l'un des exercices, chaque participant devait, à son tour, se laisser tomber en arrière et faire confiance à ses collègues pour le rattraper. Vanessa échoua de façon lamentable. Elle avait beau essayer de se détendre, elle était incapable de se laisser aller.

Pas même avec Tanner.

Après cet exercice, ils formèrent plusieurs équipes et durent travailler ensemble pour cueillir des noix de coco dans les arbres. Vanessa avait beau avoir l'habitude de travailler en équipe, elle semblait incapable de faire confiance à quiconque en dehors de la salle d'opération. Son équipe termina bonne dernière, tandis que celle de Tanner gagnait. Puis vint l'heure du déjeuner.

Le buffet était dressé en plein air. Vanessa s'installa sur un des bancs de pique-nique, et aussitôt Tanner vint la rejoindre. Après la nuit passée, elle faisait tout son possible pour mettre de la distance entre eux, mais sans succès.

Ce matin, en s'habillant, et sans même savoir pourquoi, elle avait attaché autour de son cou le fameux collier qui était auparavant suspendu à sa lampe de bureau. Peut-être parce que, pour la première fois depuis bien des années, elle se sentait redevenue cette innocente jeune fille qu'elle était lorsqu'elle avait fabriqué ce bijou.

Sans s'en rendre compte, elle l'effleura du doigt.

Tanner le remarqua.

— Qui t'a offert ce collier ?

Décidément, il avait l'œil à tout !

— Trudy Valdez, répondit-elle.

— Qui est-ce ?

Elle but une gorgée de son thé glacé.

— Quelqu'un que j'ai connu il y a longtemps.

— Une vieille amie ?

— Oui, on peut dire cela.

— Tu la vois toujours ?

— Trudy est morte.

C'était vrai, si l'on y songeait. Lorsque Vanessa Rodriguez était née, Trudy Valdez avait disparu.

Tanner sembla sur le point de dire quelque chose, mais se contenta de mordre dans son sandwich.

Quelques collègues vinrent s'asseoir avec eux, et la conversation tourna autour de la clinique, mais Vanessa avait conscience que Tanner ne la quittait pas des yeux.

Après le déjeuner, Jarod Butler les réunit dans une salle, puis prit place sur l'estrade. Il remercia chaque participant de ses efforts de la matinée, puis annonça le programme de l'après-midi.

— L'exercice suivant concerne la confiance et l'importance de la discrétion, expliqua-t-il. Votre tâche consiste à choisir la personne en laquelle vous avez le plus confiance, ici, et à lui avouer un secret. Quelque chose que vous n'avez jamais dit à personne.

Tanner était assis à côté de Vanessa. Autour d'eux, les autres participants se levaient déjà, et se regroupaient par paires, s'éloignant dans les coins pour se confier leurs secrets.

— Alors, murmura Tanner, qu'as-tu à me confesser ?

— Qui dit que j'ai quelque chose à te confier ?

— Tu sais, tu peux tout me dire, je ne te jugerai pas.

Il soutenait son regard, comme s'il était absolument certain qu'elle avait des secrets à lui avouer.

Soudain, elle songea à toutes ces coïncidences, à la façon où il était apparu dans sa vie... ce fameux soir, chez Emilio.

Mon Dieu ! Il la suspectait... De vouloir saboter la réputation de la clinique.

Cela expliquait tout ! Pourquoi il était toujours à son côté, pourquoi il surgissait toujours lorsqu'elle s'y attendait le moins. Dire qu'elle avait eu confiance en lui ! Quelle idiote ! Elle eut l'impression que son cœur venait de s'arrêter de battre.

— Ça va ? s'enquit Tanner d'un air inquiet.

— Oui, très bien, mentit-elle.

Ils se fixèrent du regard.

— Qu'est-ce que, toi, tu caches ? demanda-t-elle d'un ton qu'elle s'efforça de garder neutre.

Après tout, elle pouvait très bien se tromper. Si seulement !

— Vas-y, raconte-moi tout, je ne te jugerai pas, poursuivit-elle en utilisant les mêmes mots que lui.

Il ne détourna pas les yeux un seul instant. Avait-il compris qu'elle l'avait percé à jour ?

— Raconte-moi ton plus grand secret, insista-t-elle en soutenant son regard.

Elle avait tenu tête à Carlos Vega, au tribunal ; elle pouvait très bien affronter ce moment.

— Toi, d'abord, rétorqua Tanner.

— Non. Je sais que tu me caches quelque chose, répliqua-t-elle en essayant de renverser les rôles. Je veux savoir ce que c'est.

Il resta silencieux un long moment.

— D'accord, tu as gagné, dit-il enfin.

— Je t'écoute.

— Je n'ai jamais dit cela à personne. Tu te souviens de ce qui est arrivé à Maria ?

Maria ? Elle ne s'attendait pas à ce qu'il parle d'elle.

— Tu m'as dit que ta femme avait été tuée dans une épicerie alors que tu étais en mission en dehors de la ville.

Il se crispa.

— Ce n'était pas toute la vérité ? chuchota-t-elle. Il y avait… autre chose ?

Soudain, elle était effrayée. Finalement, elle n'avait pas envie d'entendre sa confession.

Tanner hocha la tête.

— Tu la trompais ?

Il parut stupéfait qu'elle émette une telle suggestion.

— Non, jamais, répondit-il, mais Maria et moi avions des problèmes. J'étais souvent en déplacement et elle se sentait seule. Elle aurait voulu que je change de travail, mais j'aimais tellement ce que je faisais que…

Il s'interrompit.

Vanessa avait l'impression d'avoir reçu un coup de poing à l'estomac.

— Qu'était-il supposé se passer entre vous deux ?

Il fronça les sourcils.

— Je l'ignore, mais je ne peux pas m'empêcher de penser que, si j'avais fait ce qu'elle souhaitait, si j'avais changé d'emploi, cela aurait pu la sauver.

— Oh ! Tanner !

Les larmes lui brûlaient les paupières. Elle les chassa d'un geste de la main et l'observa. Son visage ne laissait paraître aucune émotion.

— Je n'ai jamais eu l'occasion d'arranger les choses entre nous, avoua-t-il. La dernière fois que je l'ai vue, nous nous sommes disputés. Elle disait que je travaillais trop, et me reprochait de partir trop souvent loin de la maison. Moi, je l'ai accusée d'être égoïste.

Elle sentit son cœur se serrer en comprenant à quel point il avait dû souffrir.

— Je suis sûre qu'elle savait combien tu l'aimais, et que vous auriez fini par vous réconcilier.

Il haussa les épaules.

— Les dernières paroles qu'elle a entendues de ma bouche étaient des plus blessantes. C'est ma faute si elle s'est rendue dans cette épicerie. Si je ne m'étais pas trouvé auprès du gouverneur…

— Tu ne peux pas te le reprocher, dit-elle, tout en sachant que c'était dans sa nature.

Oui, c'était dans son tempérament de protéger les autres, mais, hélas, il n'avait rien pu faire pour sa femme.

— C'est pour cette raison que j'ai quitté mon travail, mais c'est stupide. Aujourd'hui, j'ai un emploi du temps très régulier, et je n'effectue plus de déplacements, mais personne ne m'attend à la maison.

— Tanner… Je ne sais pas quoi dire.

Il poussa un long soupir, comme s'il voulait chasser toutes ses émotions.

— Eh bien, raconte-moi ton secret le plus sombre, dit-il en posant une main sur la sienne. Je sais que, toi aussi, tu me caches des choses. Raconte-les-moi. Fais-moi confiance.

Elle avait raison. Il la soupçonnait bel et bien de vouloir saboter la clinique. Comment pouvait-il croire une telle chose ?

Il parlait de confiance, mais lui n'en éprouvait aucune envers elle.

Quel hypocrite !

Elle repoussa sa main.

— Je sais ce que tu essaies de faire, mais c'est inutile.

— Pardon ? rétorqua-t-il d'un air furieux. Tu n'as aucun problème pour partager tes nuits avec moi, mais tu refuses de me révéler tes secrets ?

— Inutile d'insister.

Elle se leva, et se dirigea vers la sortie.

— Vanessa, attends ! s'exclama-t-il en se précipitant derrière elle.

Elle eut conscience qu'ils attiraient l'attention, mais peu lui importait.

Le cœur lourd, elle courut vers la plage. Un flot d'émotions se bousculaient en elle : l'espoir, la peur, la colère, la culpabilité, le sentiment d'avoir été trahie…

Elle se sentait si seule, et éprouvait tant de regrets.

Arrivés au bord du rivage, Tanner la rattrapa, la saisit par le bras, et la força à se retourner pour lui faire face.

— D'accord, d'accord, tu n'as pas à me confier quoi que ce soit, si tu ne te sens pas prête.

— Pourquoi refuses-tu d'avouer la vérité ? demanda-t-elle.

— Qu'est-ce que tu veux dire ?

— Tu penses que c'est moi qui m'en prends à la clinique, l'accusa-t-elle. C'est pour ça que tu ne me lâches pas d'une semelle.

— C'est ce que tu penses ?

— Cela expliquerait bien des choses. En outre, pourquoi tu passes autant de temps avec moi.

— Parce que je t'apprécie, petite idiote ! Est-ce si difficile à croire ?

A dire vrai, oui. Aucun homme n'avait jamais fait autant d'efforts pour apprendre à la connaître et elle ne savait comment gérer toute cette attention.

— Que t'est-il arrivé, Vanessa ? Qu'est-ce qui t'a rendue si méfiante ?

— Ça arrive à tout le monde, il me semble !

Il lui prit la main.

— Pourquoi as-tu si peur de laisser quelqu'un devenir proche de toi ?

— Tu ne comprends donc pas ? murmura-t-elle. J'ai honte. J'ai honte, et j'ai aussi peur que, si tu découvres la vérité à mon sujet, tu ne veuilles plus de moi.

Il lui souleva le menton.

— Ça, ça n'arrivera jamais.

— Tu ignores ce que j'ai fait, rétorqua-t-elle.

— Certes, mais je suis quelqu'un de très compréhensif. Que dois-je faire pour te prouver que je suis digne de confiance ? Je te rappelle que j'ai obtenu une médaille chez les scouts.

Elle esquissa un sourire.

— Ecoute, je ne suis pas prête, c'est tout. Et j'ignore si je le serai un jour.

— Nous ne pouvons pas avoir de relation sans confiance.

— Je sais, mais j'ignore si je suis capable d'avoir une relation à long terme.

— As-tu déjà essayé ?

Elle secoua la tête.

— Tu veux essayer avec moi ?

Elle se mordilla les lèvres

— Honnêtement, je n'en sais rien. C'est un effort énorme pour moi.

— Ce n'est pas grave. Je vais te laisser garder tes secrets. Je peux attendre, Vanessa, parce que je sais que tu en vaux vraiment la peine.

*
* *

Tanner ne s'installa pas à côté d'elle lors du vol de retour, et Vanessa ne savait pas quoi en penser. Une part d'elle était soulagée qu'il garde ses distances, l'autre en était déçue.

Le fait que Maxine Woodbury vienne s'asseoir dans le siège à côté d'elle ajouta à son ennui. Elle dut supporter les commentaires de la secrétaire sur la plupart des membres du personnel hospitalier, et même sur l'infirmière qui travaillait avec elle en salle d'opération, Chloé.

— Elle est adorable, dit Maxine. Saviez-vous qu'elle avait été adoptée ?

— Non, je l'ignorais.

— Hélas, elle a du mal à l'admettre. Elle pense que le sénateur Garcia et son épouse ne l'aiment pas vraiment, parce qu'elle n'est pas leur fille biologique.

— C'est triste.

— Au fait, je ne vous ai jamais entendue évoquer votre famille, Vanessa.

— C'est parce que je n'en ai pas.

— Comment cela ? demanda Maxine en haussant un sourcil. Aucune famille ? Pas même un lointain cousin, une tante ou un vieil oncle ?

Vanessa songea à sa mère et à Earl.

— Personne avec qui je désire garder contact.

— Quel dommage ! C'est si important, la famille ! Vous ai-je déjà dit que j'avais sept petits-enfants ?

Maxine se mit alors à évoquer sa nombreuse famille, et lui montra diverses photos qu'elle gardait dans son sac à main. En peu de temps, Vanessa connaissait maints détails sur la famille Woodbury.

Ils arrivèrent enfin à Austin. Vanessa alla récupérer ses bagages, et se dirigea vers le parking.

— Hé ! Attends-moi !

Elle tourna la tête et vit Tanner venir à sa rencontre. A dire vrai, elle était soulagée de le voir. Elle n'avait jamais apprécié les parkings souterrains.

Lorsqu'ils arrivèrent devant leur immeuble, Tanner se gara puis vint la rejoindre pour l'aider à porter son sac.

Il remonta l'allée avec elle.

— Merci, dit-elle en s'arrêtant sur son seuil, clé à la main.

— Je t'en prie.

Allait-il l'embrasser ? Pourvu que non. Elle était encore si troublée par ses émotions qu'elle risquerait de lui proposer de terminer la soirée ensemble.

— Eh bien, bonsoir, dit-elle.

— On se quitte là ?

Elle hocha la tête.

— Je suis juste à côté si… si tu as besoin de quoi que ce soit.

— Si c'est le cas, je hurlerai.

— Tu me le promets ?

— Oui.

Il la contempla une dernière fois, puis s'éloigna, et elle eut l'horrible sensation d'avoir perdu son meilleur ami.

11.

Tanner venait tout juste de refermer sa porte d'entrée lorsqu'il entendit Vanessa hurler. Aussitôt, il lâcha son sac et se précipita vers son appartement.

Son cœur tambourinait dans sa poitrine, et il se maudit. Jamais il n'aurait dû la laisser entrer seule chez elle après deux jours d'absence. Il tenait tellement à lui laisser de l'espace, à ce qu'elle vienne à lui de son plein gré, qu'il en avait oublié sa mission, et si jamais elle était blessée, il s'en voudrait à jamais.

— Vanessa ! cria-t-il en franchissant son seuil.

D'instinct, il porta la main à sa ceinture, cherchant son arme, mais son revolver se trouvait dans le tiroir de sa table de nuit.

Il s'arrêta net lorsqu'il la vit enfin, debout au milieu de son salon, en train d'en contempler les murs.

« QUITTE LA VILLE, OU CRÈVE, SALOPE ! » était écrit en lettres géantes dans ce qui semblait être…

Du sang ?

La pièce avait été mise à sac, les meubles renversés, les coussins du canapé éventrés. Les plantes en pot étaient répandues sur le sol, tout comme la litière de Fantasia. Même les rideaux avaient été arrachés de leurs tringles.

Ce désordre révélait la rage aveugle et la frustration du malfrat.

Aussitôt, il se précipita vers elle, et l'enlaça.

— Qui ?... Qui a pu faire cela ? bredouilla Vanessa.

— Chuuut, dit-il en la serrant contre lui, tout en plongeant la main dans la poche de son jean, d'où il prit son téléphone portable pour composer le numéro des secours.

L'opérateur répondit aussitôt, et il lui signala le cambriolage, puis lui indiqua l'adresse de Vanessa.

Vingt minutes plus tard, l'appartement était bondé de policiers et une équipe médico-légale se trouvait également sur les lieux. Vanessa était assise sur une chaise dans la cuisine, et Tanner se tenait derrière elle, ses mains sur ses épaules tandis qu'elle répondait aux questions de l'inspecteur en chef.

— Vous vivez seule, ici ? demanda le policier qui s'était présenté en tant que détective Malcom.

— Oui.

— Connaissez-vous quelqu'un qui pourrait vous en vouloir ?

Tanner fut sur le point d'évoquer Carlos Vega, mais par chance il se retint à temps. Vanessa ignorait qu'il était au courant.

Elle s'éclaircit la gorge.

— Il y a quinze ans, j'ai témoigné dans un procès pour meurtre, et l'assassin a été envoyé en prison, dit-elle. Au tribunal, lorsqu'il a été condamné pour homicide, il a juré de me tuer lorsqu'il serait de nouveau libre. Or, il est sorti de prison il y a quelques semaines à peine.

— C'est exact ? demanda le policier en jetant un coup d'œil à Tanner comme s'il voulait qu'il confirme ce que Vanessa venait de dire.

— Ce monsieur ignore tout de cette histoire, déclara Vanessa. Il n'est que mon voisin ; il m'a entendue crier et s'est précipité ici.

Le détective Malcom n'avait pas l'air convaincu.

— Ce criminel, quel est son nom ?

— Carlos Vega.

— Où habite-t-il ?

— Il vit à El Paso.

Le détective Malcom prit quelques notes sur son bloc, puis la regarda de nouveau.

— Pourquoi cet homme voudrait-il que vous quittiez Austin ?

— Je l'ignore. Peut-être n'est-ce pas lui qui s'est introduit ici. Vous m'avez demandé si quelqu'un pouvait m'en vouloir, et c'est la seule personne à qui je pense.

— Hé ! Chef !

Un des hommes, vêtu d'une combinaison protectrice, d'un calot, d'un masque et de chaussons en papier comme ceux qu'elle portait en salle d'opération, surgit dans la pièce. Il baissa son masque.

— Ce n'est pas du sang qui a servi aux graffitis sur les murs. Cela ressemble plutôt à ce liquide utilisé dans les films d'horreur. Je pourrai en être certain dès que je serai au labo.

— C'est déjà un soulagement, déclara le détective Malcom. Au moins, nous n'aurons pas à nous mettre à la recherche d'un corps.

Tanner sentit sous ses mains les épaules de Vanessa se détendre.

— Bon, laissez-moi résumer tout ceci, dit l'inspecteur. Vous étiez donc partie en séminaire pour le week-end, et vous avez trouvé votre appartement mis à sac en rentrant chez vous. Avez-vous constaté d'autres faits fâcheux ces derniers temps ?

— Eh bien, il y a eu cet e-mail, déclara Vanessa. Cependant, il pourrait très bien être lié à ce qui se passe à Confidential Rejuvenation.

— Pardon ? Quel e-mail ? Mais à quoi faites-vous donc allusion ?

Elle se fendit d'une longue explication concernant l'e-mail reçu et les étranges incidents survenus à la clinique.

— J'aurais besoin d'une copie de cet e-mail, dit-il.

— Je vous le transmettrai dès que je serai de retour à mon bureau.

— On dirait que le malfaiteur portait des gants, déclara l'agent médico-légal. Il n'y a que les empreintes du Dr Rodriguez sur le mur.

— Merci, Larry, répondit l'inspecteur en chef avant de se retourner vers Vanessa.

— Je vous conseille de trouver un endroit où passer la nuit, docteur.

— Oui, répondit-elle, merci pour votre conseil.

Quelques instants plus tard, tous les policiers étaient repartis.

Tanner se tourna vers elle.

— Prends tes affaires, dit-il d'un ton qui ne laissait place à aucune réplique. Fantasia et toi venez passer la nuit chez moi.

Il l'emmena chez Julie pour récupérer Fantasia. Vanessa était bien trop choquée pour cacher son effroi et ils ne purent échapper à une explication de ce qui s'était passé.

En caressant son chat, Vanessa ne put s'empêcher de penser à ce qui serait advenu à l'animal s'il s'était trouvé dans son appartement au moment où le cambriolage avait eu lieu, et un frisson la saisit. Si Carlos Vega était derrière tout cela, inutile de se demander quel sort il aurait fait subir à Fantasia. Tuer un chat ne représentait rien pour cette brute.

Il était presque minuit lorsqu'ils retournèrent à l'appartement de Tanner, et de nouveau il la prit dans ses bras. Elle commençait à apprécier ce geste, à aimer se lover ainsi contre lui.

A quel moment avait-elle commencé à dépendre de lui ? Elle ne devrait pas se reposer ainsi sur lui, mais il était trop difficile de résister.

C'était la première fois qu'elle pénétrait dans son appartement, qui n'était guère meublé. Un canapé, deux chaises, aucun tableau au mur. Très peu d'effets personnels. Elle se demanda ce qu'il avait fait de tous les objets qu'il devait posséder lorsqu'il était marié, mais ne posa aucune question. Il s'était sûrement débarrassé de la plupart de ses effets pour oublier sa peine.

Ce qu'elle comprenait parfaitement.

— Que dirais-tu d'un bain bien chaud, après cette dure journée ? proposa Tanner.

D'instinct, elle faillit refuser, mais se ravisa. Tanner semblait se faire du souci pour elle et, après tout, pourquoi ne pas le laisser la choyer ?

Juste pour quelque temps.

Elle hocha la tête, et il sourit comme un gamin qui vient d'ouvrir son cadeau de Noël. Il lui tendit la main, et l'entraîna dans la salle de bains.

Il ouvrit les robinets en grand, puis entreprit de la déshabiller. Elle ne résista pas, et à peine lui eut-il retiré son chemisier et son soutien-gorge qu'il vit les pointes de ses seins durcir.

Il se pencha pour déposer un léger baiser sur chacune, puis lui enleva son pantalon, avant de mettre la main dans l'eau pour en tester la température.

— Ton bain est prêt, annonça-t-il.

Il s'agenouilla à côté d'elle, un gant de toilette à la main, le plongea dans l'eau, puis commença à la frictionner.

Elle ne protesta pas. Ce n'était pas dans ses habitudes de se laisser aller ainsi, mais en sa présence, elle était rassurée, apaisée.

Et puis, il était si séduisant !

Elle tourna la tête, et il soutint son regard un instant. Il y avait à la fois du désir et de la tendresse entre eux, et même une certaine sérénité. Après ce qui venait de se passer dans son propre appartement, il était curieux qu'elle soit aussi détendue, pourtant il en allait ainsi.

Grâce à Tanner.

— Tu veux bien me laver les cheveux ? demanda-t-elle, à sa propre surprise.

— Bien sûr.

Il lui frictionna la tête. Le shampooing embaumait les fleurs et les fruits. Elle ferma les yeux, savourant la caresse de ses mains.

— J'avais quinze ans lorsque mon beau-père a essayé d'abuser de moi, chuchota-t-elle.

Comment ces mots avaient-ils franchi ses lèvres ? Deux secondes plus tôt, elle ignorait encore qu'elle était sur le point de les prononcer.

Tanner cessa un bref instant de lui masser le cuir chevelu, mais ne fit aucun commentaire, puis reprit ses frictions. Son silence lui donna le courage de continuer.

— Je l'ai dit à ma mère…

Malgré les années passées, ces douloureux souvenirs lui étreignaient encore le cœur.

— … Et elle m'a accusée d'avoir voulu séduire son mari.

Tanner manqua s'étrangler.

— Ma propre mère ! Elle a préféré le croire, lui, plutôt que moi.

Les mains de Tanner descendirent sur ses épaules et il la massa avec douceur.

Elle ferma les yeux, ramena ses genoux sur sa poitrine et pencha la tête. Elle s'apprêtait à lui avouer son plus horrible secret. Celui qu'elle n'avait pas été capable de lui révéler aux Bahamas. Après le choc de ce qui s'était passé chez elle, et la façon dont il avait pris soin d'elle, elle était enfin prête.

— Plutôt que de rester chez nous et de continuer à me faire violer, j'ai quitté la maison, expliqua-t-elle. Le seul endroit où je pouvais gagner assez d'argent pour vivre était un club de strip-tease appartenant à un homme du nom de Carlos Vega.

Elle resta silencieuse un moment, attendant de voir comment il allait réagir à cette annonce. Allait-il être dégoûté ?

— Tu as fait ce que tu as pu pour survivre, murmura-t-il.

— C'est exactement cela, chuchota-t-elle.

Par chance, Tanner ne semblait pas la juger.

— Tu étais encore une gamine !

— Exactement. C'est ce que font les gens comme Vega. Ils profitent des innocents, et corrompent les gosses abandonnés. J'avais tellement envie de devenir médecin ! J'ai dansé dans son club durant deux ans, rêvant chaque soir d'un avenir meilleur. J'étais douée, et j'ai gagné pas mal d'argent que j'ai toujours pris soin d'économiser. Hélas, une nuit, je me suis trouvée au mauvais endroit, au mauvais moment.

Elle s'interrompit. Elle n'avait pas parlé du meurtre depuis le procès.

— Tu n'as pas besoin d'en dire plus, si tu n'es pas prête, chuchota Tanner.

— Au contraire, j'ai besoin de te le dire. Parce que j'ai confiance en toi, Tanner.

Il se pencha vers elle, et lui posa un léger baiser sur la tempe. Soudain, elle eut l'impression que les remparts de protection qu'elle avait érigés autour d'elle depuis si longtemps étaient en train de s'écrouler, et qu'elle allait enfin renaître.

— Une nuit, poursuivit-elle, j'ai vu Carlos perdre la tête dans une allée derrière le club. Il était en train de frapper à mort un de ses hommes, parce que le type en question l'avait grugé pour une histoire de cocaïne.

Elle sentait le regard de Tanner sur elle, mais était incapable de le regarder. Elle avait si honte !

— J'ai essayé de me cacher derrière la benne à ordures, mais il m'a vue, et s'est rué sur moi.

Elle vit Tanner crisper les poings, et entendit son souffle devenir plus court.

Elle posa la tête sur ses genoux. L'eau du bain refroidissait déjà. Elle ne voulait pas pleurer devant Tanner, ni se montrer si vulnérable, mais il était trop tard.

En un éclair, elle fut de retour au moment le plus terrifiant de toute sa vie, quand l'homme, frappé à mort, s'était écroulé. Elle revécut l'horrible instant où Vega l'avait aperçue derrière la benne à ordures, et s'était précipité vers elle, les yeux fous, vociférant des jurons.

Pendant quinze ans, elle avait enfoui ce souvenir au fond de sa mémoire, mais il n'avait jamais tout à fait disparu. Il était resté niché en elle, l'empêchant de vivre sa vie pleinement.

— Continue, l'incita Tanner. Tu es en sécurité avec moi.

Oui, elle voulait le croire. Elle espérait qu'il saurait franchir les barrières qu'elle avait érigées autour d'elle, depuis si longtemps. Quel soulagement ce serait, de pouvoir le laisser entrer dans sa vie, dans son cœur !

— Carlos a bondi sur moi, murmura-t-elle. J'étais sûre qu'il allait me tuer. Il m'a attrapée par la taille, a plaqué sa main sur ma bouche, et je l'ai mordu.

Elle s'interrompit de nouveau. Tanner resta silencieux, la laissant raconter l'histoire à son rythme.

— J'avais l'habitude de garder un couteau à cran d'arrêt sur moi, pour me protéger. Quand je dansais, je le cachais dans mes bottes.

Mon Dieu, pourquoi Tanner n'avait-il pas été là pour elle à ce moment ? A l'époque, elle aurait donné n'importe quoi pour avoir un homme comme lui à son côté.

« Il est là, aujourd'hui. »

Des larmes lui montèrent aux paupières, et elle cilla pour les écarter.

— Carlos m'a traînée hors de ma cachette. Il ne cessait de jurer, et je criais ou, tout du moins, je crois que je criais, parce qu'il avait toujours sa main plaquée sur ma bouche. En fait, j'ai du mal à me souvenir complètement de ce moment, mais je me rappelle que j'essayais de saisir mon couteau.

— Chuuut ! Tout va bien maintenant, dit Tanner en lui caressant les cheveux.

— J'ai enfin réussi à attraper mon cran d'arrêt, et je lui ai planté la lame dans le bras. Là aussi, j'ai du mal à me souvenir de tous les détails.

A présent les barrières étaient baissées, et elle ne pouvait plus contenir le flot de ses paroles.

— Carlos s'est mis à hurler de rage, et m'a lâchée. J'ai couru aussi vite que j'ai pu, me précipitant dans la rue, criant au secours. Il s'est lancé à ma poursuite. Les gens nous regardaient. Je me souviens avoir vu des visages que je connaissais, mais aucune personne du club ne m'a aidée. Les employés dépendaient de lui, les clients devaient penser qu'ils avaient trop à perdre en se mêlant de ce drame, à moins qu'ils n'aient été terrifiés qu'il s'en prenne à eux aussi. Si une voiture ne s'était pas arrêtée…

De nouveau, elle s'interrompit, et il se pencha pour poser son front contre le sien.

— J'ai témoigné contre Carlos, même si ses hommes de main avaient juré de me tuer. Le jury l'a condamné pour homicide, et il a écopé de quinze ans de prison. Lorsqu'il a quitté le tribunal, il a promis de me tuer dès qu'il sortirait de prison.

Elle s'éclaircit la gorge.

— L'avocat de la défense a fait témoigner ma mère et Earl contre moi. Ils ont dit que je n'étais qu'une menteuse, une vagabonde, et une voleuse. Ma propre mère ! Par chance, c'est moi que le jury a crue.

— Cela a dû être terrible, déclara Tanner d'une voix sourde de colère. Si seulement j'avais été là ! J'aurais pu te protéger !

— Témoigner au tribunal a été moins effrayant que de travailler pour Vega. J'étais contente qu'il ne puisse plus nuire à personne. Les médias ont beaucoup parlé de cette affaire. J'ai été présentée comme une héroïne, mais moi, je me considérais surtout comme une survivante. Puis, quelque chose d'incroyable s'est produit.

— Quoi donc ?

— Un bienfaiteur anonyme a voulu me faire un don. Lors d'une interview, j'avais mentionné que je voulais devenir médecin. Ce généreux donateur a financé mes études à l'université de médecine. Au début, j'étais trop fière pour accepter l'argent, parce que je refusais que l'on me fasse la charité. J'avais déjà prouvé que je pouvais prendre soin de moi toute seule. Grâce à moi, un criminel avait été jeté en prison, et j'estimais n'avoir besoin de l'argent de personne. Cependant, j'ai compris que c'était ma seule chance de devenir médecin, ce que je désirais le plus au monde. Alors, j'ai accepté l'argent, et j'ai changé de nom. J'ai oublié qui était Trudy Valdez, je suis devenue Vanessa Rodriguez et j'ai décidé de consacrer toute mon énergie à atteindre mon objectif. J'ai toujours refusé de me laisser distraire par quoi que ce soit.

— Tu t'es jetée à corps perdu dans les études.

— Il était hors de question que Vega me vole mon âme. Je voulais remporter cette victoire, et c'est ce que j'ai fait !

Les larmes étaient revenues, et cette fois elle fut incapable de les chasser.

Tanner déposa un léger baiser sur son front, puis sur ses paupières.

— Ma chérie, tu es une femme incroyable. Encore plus que je ne le soupçonnais.

Un flot de larmes roula sur ses joues. Avec douceur, Tanner l'aida à se lever, puis la rinça de la tête aux pieds, avant de la frictionner avec une serviette. Lorsqu'il eut terminé, il noua une serviette autour de ses cheveux, et l'aida à sortir de la baignoire.

Depuis plus de quinze ans, elle avait dissimulé à tous ses proches l'horrible vérité qui la hantait. Aujourd'hui, elle avait baissé sa garde parce qu'elle lui faisait enfin confiance.

Il n'aurait pas pu imaginer plus beau cadeau.

— Tu n'as aucune raison d'avoir honte de toi, Vanessa, chuchota-t-il.

Elle le regarda, les yeux luisant de larmes, puis eut un rire nerveux et l'embrassa. C'était le soulagement d'avoir partagé le fardeau qui la mettait dans un tel état.

Il lui effleura le visage et les lèvres, et la prit dans ses bras pour l'emporter dans sa chambre. Il la déposa sur le lit, avant de se déshabiller à son tour, et de s'allonger à côté d'elle.

Du bout des doigts, elle lui caressa les cuisses, et son sexe durcit aussitôt. Le souffle court, il déposa une myriade de petits baisers le long de son corps, et elle fit de même. Ce soir, il n'était plus question de passion frénétique, comme lors de leur première nuit. Ce qu'ils partageaient était d'une infinie tendresse.

Ils restèrent allongés, nus, leurs mains et leurs bouches explorant leurs corps, apprenant à mieux se connaître.

La force de leurs sentiments était des plus évidente, et se révéla dans leurs caresses, leurs sourires, leurs chuchotements.

— Je crois que je t'ai attendu ma vie entière, murmura Vanessa, mais je l'ignorais jusqu'à maintenant.

Aucune parole n'aurait pu le rendre plus heureux. Son cœur, brisé depuis si longtemps, se gonfla d'espoir. Tous deux avaient souffert, mais cette époque terrible était révolue.

A présent, ils baignaient dans un cocon d'amour.

Vanessa avait l'impression d'être devenue une autre femme. Elle se réveilla d'humeur joyeuse, et même l'idée de son appartement vandalisé n'aurait pu ternir sa joie.

L'aube se levait à peine, et le soleil dardait ses pâles rayons matinaux à travers la fenêtre. Tanner la tenait enlacée, leurs corps lovés l'un contre l'autre.

Il s'étira, et elle se cambra, sentant contre son dos son sexe déjà durci de désir.

Elle se retourna et lui fit face.

— Si seulement nous pouvions rester au lit toute la journée !

— Impossible, nous devons aller travailler.

— Je sais.

Il déposa un baiser sur son front.

— Allez viens, ma Belle au bois dormant, je vais te préparer un bon petit déjeuner.

Il lui sourit, et ce simple sourire suffit à emplir son cœur de bonheur.

Ainsi, songea-t-elle pensivement, voilà ce qu'on éprouvait quand on était amoureux.

Lorsque Tanner arriva à son bureau, un message l'attendait sur son répondeur téléphonique de la part de son ami détective à El Paso.

« J'ai des infos sur Vanessa Rodriguez. Appelle-moi. »

Après avoir fermé la porte de la pièce, il téléphona à Philippe.

— Alors, qu'est-ce que tu as pour moi ?

— Quelque chose de très intéressant.

— Vraiment ?

Il tentait de garder l'air détaché, mais son cœur battait déjà la chamade.

— Tout d'abord, ta jeune amie ne s'est pas toujours appelée Vanessa Rodriguez.

— Je sais, je viens juste d'apprendre qu'elle a changé de nom de façon légale. Auparavant, elle s'appelait Trudy Valdez.

— Tu es rapide ! Je suppose que tu connais aussi l'identité de son véritable père ?

— Non, qui est-ce ?

— Là, mon vieux, attends-toi à un scoop.

— C'est un homme célèbre ?

— Je crois même que tu le connais.

— Phil ! Nous ne sommes pas en train de jouer au poker ! Donne-moi tes infos, maugréa-t-il.

— Tu connais le sénateur Garcia ?

— Bien sûr.

— C'est lui, son père.

La nouvelle était tellement stupéfiante que Tanner se laissa tomber dans son siège.

— Tu plaisantes ?

— Pas du tout.

Après tout, c'était logique. Inutile de se demander plus longtemps pourquoi Robert se sentait aussi concerné par le sort de Vanessa. Il était son père biologique.

— Où as-tu pêché cette information ? demanda-t-il.

Déjà les nombreuses implications de cette révélation dansaient dans son esprit. Comment allait-il annoncer cette nouvelle à Vanessa ?

— Cela n'a pas été facile. Son acte de naissance mentionnait qu'elle était de père inconnu. J'ai donc décidé d'aller faire un tour dans le quartier où elle a grandi. J'ai rendu visite à plusieurs amies de sa mère. La plupart ont refusé de me parler, mais j'ai fini par trouver une vieille cousine bavarde qui se souvenait très bien de Robert, lorsqu'il vivait dans le coin, et qu'il sortait avec la mère de Vanessa.

— Ça alors ! C'est une véritable bombe ! Tu es certain de ce que tu avances ?

— Seul un test de paternité pourra le confirmer, mais tiens-toi bien, mon vieux, j'ai encore plus stupéfiant à t'apprendre.

— Je ne vois pas ce que tu pourrais m'annoncer de plus étonnant.

— C'est à propos de ce mail que ta copine a reçu.

— Qu'est-ce qu'il y a ?

— Tu ne vas pas en croire tes oreilles.

— Arrête de me faire languir !

Philippe se mit à rire.

— J'adore te faire sortir de tes gonds. C'est si rare. J'imagine que cette fameuse Vanessa a de l'importance pour toi.

— Pourquoi dis-tu cela ?

— Je l’entends dans ta voix, mon vieux.

— Alors, cet e-mail ? insista Tanner, d’un ton impatient. D’où provenait-il ?

— Ouvre grand tes oreilles : il a été envoyé d’un ordinateur privé dont l’adresse IP est domiciliée chez le sénateur Garcia.

12.

— Je quitte les lieux, dit Tanner à Charlie Martin. Occupez-vous de tout jusqu'à mon retour. En cas de besoin, vous pouvez me joindre sur mon portable. Surtout, surveillez bien le docteur Rodriguez.

— C'est compris, patron, répondit Charlie.

Tanner hésitait à laisser Vanessa sans protection, mais il devait affronter Robert en personne. Il voulait voir son visage lorsqu'il lui apprendrait qu'il connaissait le véritable lien qui l'unissait à Vanessa, et aussi qu'il avait la preuve que le mail avait été envoyé de son domicile. Ce n'était pas du tout le genre de discussion que l'on pouvait avoir au téléphone.

La seule idée qui lui venait à l'esprit était que l'épouse de Robert, Amanda, avait découvert que Vanessa était la fille biologique de son mari, et que cette nouvelle lui avait fort déplu. Cependant, il était difficile de croire qu'Amanda ait pu en arriver à de telles extrémités. Non, cela ne lui ressemblait pas ! Il l'avait toujours trouvée très gentille. Amanda était membre de plusieurs associations caritatives, et avait souvent pris de ses nouvelles après le décès de Maria.

Etait-ce Robert qui avait envoyé cet e-mail ? Cela n'avait aucun sens. Pourquoi aurait-il adressé un message aussi menaçant à la jeune femme dont il avait en secret financé les études ? Cette jeune femme, sa propre fille, qu'il l'avait chargé de protéger ?

Il était déterminé à trouver des réponses à ses questions.

Ce matin, Vanessa devait effectuer plusieurs interventions chirurgicales, et il avait vérifié que toutes les caméras fonctionnaient. Elle était autant en sécurité que possible.

Il quitta l'hôpital et se rendit au bureau de Robert, proche de la mairie, où le secrétaire du sénateur lui apprit que Robert avait prévu de travailler chez lui, aujourd'hui.

Il lui fallut une bonne demi-heure pour gagner le domicile de Robert et, lorsqu'il y parvint, il était à cran.

Il remonta l'allée de la somptueuse maison de type colonial, construite dans l'un des quartiers les plus élégants d'Austin, et gara sa jeep devant le porche d'entrée.

L'employée de maison vint lui ouvrir.

— Bonjour, monsieur Tanner. Ravie de vous voir.

— Moi aussi, Yasmine. Le sénateur est-il là ?

— Non. Il était bien à la maison, mais il est parti, il n'y a pas très longtemps, répondit-elle en essuyant ses mains sur son petit tablier blanc.

Tanner retint un soupir de frustration.

— Savez-vous où il s'est rendu ?

— Non, désolée.

— Amanda se trouve-t-elle ici ?

— Non plus. Madame s'est rendue, comme chaque lundi, à sa réunion de bénévoles au refuge sur Oakmond Street.

— Il n'y a donc personne à la maison ?

— Mlle Chloé vient juste de s'en aller. Elle est rentrée de l'hôpital pour déjeuner.

— Cela lui arrive souvent ? demanda-t-il.

Yasmine secoua la tête.

— Non, et elle avait l'air très énervée.

La remarque de Yasmine éveilla sa curiosité. Pour la première fois, il se pencha sur le cas de Chloé. Pouvait-elle être l'expéditrice de l'e-mail envoyé à Vanessa ?

— Combien de temps est-elle restée ici ?

Yasmine haussa les épaules.

— Je ne sais pas, environ vingt minutes, peut-être vingt-cinq.

— Savez-vous ce qu'elle est venue faire ?

— Elle ne m'a rien dit.

— Avez-vous remarqué quoi que ce soit de différent chez Chloé, ces derniers temps ?

— Je ne tiens pas à parler de mademoiselle.

Tanner vrilla son regard sur la vieille employée de maison.

— Yasmine, écoutez-moi, c'est très important. Il se passe quelque chose à Confidential Rejuvenation, et j'ai vraiment besoin de savoir ce que Chloé faisait. Vous me connaissez bien, et vous connaissiez Maria.

— Oui, monsieur Tanner, votre femme et vous avez toujours été bons pour moi. Je me souviens du jour où vous avez réparé ma voiture, et aussi que votre chère Maria m'avait donné une paire de chaussures. Elles étaient presque neuves, et très belles.

Un petit sourire étira ses lèvres.

— Je les porte encore, quand je suis invitée quelque part.

Tanner lui posa les mains sur les épaules.

— Vous avez confiance en moi, n'est-ce pas ?

— Oui.

— Alors, croyez-moi, lorsque je vous dis qu'il est dans l'intérêt de Chloé que vous me rapportiez ce qu'elle a fait quand elle est venue tout à l'heure. Je vous promets que cela restera entre nous.

Yasmine sembla réfléchir un moment.

— Mlle Chloé est montée dans sa chambre, puis est redescendue avec son ordinateur. Pas le portable, mais le gros. Elle m'a dit qu'il avait un problème, et qu'elle l'emmenait pour le faire réparer.

Tanner sentit un frisson le parcourir. Il ne crut pas une seule seconde que l'ordinateur de Chloé était en panne.

— Merci, Yasmine. Je vous remercie de m'avoir fait confiance.

— Vous savez, monsieur Tanner, je m'inquiète au sujet de cette jeune fille, dit Yasmine d'un air hésitant. Elle a toujours été bizarre. Quoi que fassent le sénateur et son épouse pour elle, on dirait que cela ne suffit jamais.

Ses paroles lui firent une curieuse impression et, à cet instant-là, il sut. C'était Chloé qui avait envoyé l'e-mail à Vanessa. Chloé qui avait ravagé son appartement pendant qu'ils étaient aux Bahamas.

Il ignorait si elle était impliquée dans les autres incidents survenus à Confidential Rejuvenation, mais au fond de lui, il venait de comprendre que Chloé avait découvert la véritable identité de Vanessa.

Il ne lui restait plus qu'à trouver une preuve.

Un coup frappé à la porte ouverte de son bureau attira l'attention de Vanessa. Elle releva la tête, espérant découvrir Tanner sur son seuil, mais c'était Chloé Garcia.

— Bonjour, Chloé, dit-elle en lui faisant signe d'entrer.

— Bonjour, docteur Rodriguez.

— Que puis-je faire pour vous ?

Chloé écarta une mèche de cheveux de son visage, semblant hésiter à répondre. Elle n'avait jamais été très loquace.

— Eh bien… Maxine m'a appris que votre appartement avait été vandalisé pendant que vous étiez aux Bahamas.

Maxine était déjà au courant ? Pourtant, elle n'en avait parlé qu'à Julie, Ella et Tanner. Lequel avait divulgué l'information ?

— C'est exact, répondit-elle.

— Je suis désolée pour vous.

Que voulait-elle, en fait ?

— Merci.

— Je me demandais…, commença Chloé.

— Oui ?

— Eh bien, si vous avez besoin d'un endroit où loger pendant que votre appartement est remis en ordre, vous pourriez vous installer avec moi.

— C'est très gentil à vous, Chloé, mais je croyais que vous viviez chez vos parents.

— En fait, j'ai déménagé aujourd'hui.

— Oh, je vois !

— Et je ne serais pas contre un peu de compagnie.

En cet instant, Chloé avait l'air si solitaire que Vanessa sentit son cœur se serrer.

— C'est très gentil à vous de me faire une telle proposition.

— Alors ? Vous emménagez avec moi ?

— Je vous remercie, mais je loge déjà… chez des amis.

— Oh.

Chloé baissa la tête, l'air embarrassé.

— Désolée de vous avoir dérangé pour rien.

— Vous ne m'avez pas dérangée.

— Bon, je ferais mieux de retourner travailler, dit Chloé en s'apprêtant à quitter le bureau.

Une idée traversa soudain l'esprit de Vanessa. Si Chloé était au courant des ragots de l'hôpital, peut-être avait-elle une idée sur l'identité du malfrat qui tentait de saboter la clinique. Pour sa part, elle ne pouvait s'empêcher de penser que les divers méfaits et la menace proférée à son encontre étaient liés.

— Chloé, attendez !

— Oui ?

Vanessa lui fit signe de se rapprocher.

— S'il vous plaît, fermez la porte, que nous puissions parler en privé.

Chloé obtempéra.

— Chloé, vous êtes une jeune femme intelligente et vous êtes au courant de ce qui se passe ici. Avez-vous une idée de qui pourrait vouloir nuire à la clinique ?

Chloé écarquilla les yeux.

— Non !

— Vous n'avez rien remarqué d'inhabituel ces derniers temps ? Quelqu'un qui aurait agi de façon curieuse ?

— Eh bien, si, mais…

— Je vous écoute.

— C'est à propos de Tanner Doyle.

Ça, c'était bien la dernière chose qu'elle s'attendait à entendre.

— Tanner ?

— Il n'a pas vraiment été engagé comme chef de la sécurité, vous savez.

Vanessa fronça les sourcils. De quoi Chloé parlait-elle ?

— Je ne comprends pas.

— J'ai entendu mon père parler au Dr Butler.

— Et ?

— M. Doyle a été engagé pour vous protéger.

— Qu'est-ce que vous voulez dire ? demanda Vanessa en se levant brusquement.

— Le poste de chef de la sécurité n'est qu'un prétexte pour couvrir le fait qu'il est votre garde du corps.

— Je vous demande pardon ?

— C'est la vérité.

— Mais… pourquoi ?

Chloé se dirigeait de nouveau vers la porte.

— C'est tout ce que je sais, docteur Rodriguez. Si vous voulez d'autres détails, j'ai bien peur que vous ne deviez poser la question à M. Doyle.

Choquée par ce que Chloé venait de lui apprendre au sujet de Tanner, Vanessa demanda à Hailey, l'hôtesse d'accueil, de reprogrammer ses derniers rendez-vous, puis se mit à la recherche de Tanner. Elle était déterminée à découvrir la vérité, parce que, même si les propos de Chloé semblaient des plus déroutants, elle ne pouvait s'empêcher de penser qu'ils contenaient une part de vérité.

Ce qui expliquerait, d'ailleurs, pourquoi Tanner avait surgi de façon si opportune à côté d'elle, où qu'elle aille, depuis que Carlos Vega avait été relâché de prison : chez Emilio, à la clinique, dans l'appartement voisin du sien, et même aux Bahamas. Pourquoi il lui avait demandé d'emménager quelque temps avec lui. Non parce qu'il était tombé amoureux d'elle, comme elle aurait aimé le croire, mais parce qu'il avait été engagé pour la protéger.

Le plus important, désormais, était de découvrir qui l'avait engagé et pourquoi.

Furieuse, elle traversa la cour entre l'immeuble des bureaux et la clinique. Un instant, elle songea à aller demander conseil à Ella ou à Julie, mais, honnêtement, elle ne savait plus en qui elle pouvait avoir confiance. Qui avait mis Maxine au courant pour son appartement ?

Soudain, elle vit la jeep de Tanner surgir sur le parking.

Une vague de tristesse la saisit. Dire qu'elle était tombée amoureuse de lui !

Tanner se gara et descendit de son véhicule.

— Vanessa ! s'exclama-t-il l'air soulagé, justement, j'allais venir te voir.

— Quelle coïncidence, répondit-elle d'un air détaché. Moi aussi, je te cherchais.

Le soleil brillait dans le ciel, contrastant avec son humeur. Tanner la saisit par le bras.

— Il faut que nous parlions.

— Ça, c'est certain.

Il la regarda d'un air intrigué.

Priant pour que les ragots de Chloé soient infondés, elle repoussa sa main, et fit un pas en arrière.

Tanner semblait abasourdi.

— Quelque chose ne va pas ?

— A toi de me le dire.

— Je crois savoir qui t'a envoyé cet e-mail, et mis ton appartement à sac, mais, pour l'instant, je ne peux rien dire. Je n'ai pas encore de preuve.

— Pourquoi ne peux-tu rien me dire ? demanda-t-elle d'un ton caustique. Tu ne me fais pas confiance ?

Il s'approcha d'elle.

— Que s'est-il passé ? Je vois bien que tu es énervée.

— Pourrais-tu me dire pour quelle raison tu es là ? Pourquoi tu étais chez Emilio ? Qu'est-ce que tu fais vraiment à la clinique ? Et pourquoi tu as emménagé à côté de chez moi ? Pourquoi tu couches avec moi ?

Tanner poussa un profond soupir.

— Tu as tout découvert.

Elle posa ses mains sur ses hanches.

— Vas-tu enfin me dire qui tu es vraiment, Tanner Doyle ?

Il savait qu'un jour ou l'autre, ils en arriveraient là. Tout ce qu'il espérait, c'était qu'il aurait pu confondre Robert avant.

Vanessa ne semblait pas décidée à laisser tomber le sujet. Ses yeux étincelaient de colère et elle était livide. Soudain, il songea qu'elle ne lui pardonnerait peut-être jamais.

— Je ne voulais pas te mentir.

— Ah bon ? Et qu'avais-tu l'intention de faire ?

— Te protéger.

— Parce qu'on t'a engagé pour cela.

— Oui, avoua-t-il.

— As-tu aussi été engagé pour coucher avec moi ?

Il tendit la main vers elle, mais de nouveau elle s'écarta.

— Je reconnais avoir dépassé les limites. J'ai laissé mes sentiments pour toi interférer avec mon travail, et j'ai eu tort. J'ai enfreint toutes les règles.

Elle le regarda comme s'il venait de la gifler.

— J'avais confiance en toi, murmura-t-elle, et tu m'as menti !

Ses yeux le brûlaient. Oui, il avait conscience de l'avoir trahie.

— J'avais demandé à mon employeur la permission de te révéler qui j'étais vraiment.

— Qui t'a engagé ?

— Je ne peux pas te révéler son nom, ce serait un motif de rupture de contrat.

— Et coucher avec moi n'en était pas un ?

Ça, il l'avait bien mérité !

Vanessa n'ajouta plus un mot. Il voyait à son regard et à sa façon de se tenir qu'elle était blessée. Il lui avait menti. Il aurait dû lui dire la vérité dès qu'il avait franchi les limites. Oui, il aurait dû tout lui avouer, depuis le début. Il aurait même dû démissionner. A présent, il était trop tard.

Elle ne le regardait même plus. Elle se retourna, et se dirigea vers l'immeuble qui abritait son bureau.

Il la suivit.

— Je t'en prie, Vanessa, parle-moi.

— Si tu ne veux pas me dire qui t'a engagé, je n'ai rien à ajouter.

Il l'attrapa par le bras pour qu'elle se retourne.

— Mais je ne peux pas, bon sang !

— C'est Carlos Vega, n'est-ce pas ? Il voulait garder un œil sur moi.

— Non ! Comment peux-tu penser que je travaillerais pour un tel criminel ?

Elle se libéra de sa prise.

— Pourquoi ? Parce que j'ignore qui tu es !

Il ne comprenait pas qu'elle soit autant en colère. Certes, il lui avait dissimulé la vérité, mais il y avait été contraint par les clauses de son contrat. Jamais il n'avait voulu lui faire de mal, et il n'était pas question qu'il la laisse partir sans qu'elle sache ce qu'il éprouvait.

— Je t'aime, Vanessa.

— C'est tout à fait charmant de ta part de me dire cela maintenant.

— Mais, enfin, bon sang ! Je t'aime ! Je ne veux pas te perdre ! Allons parler de tout ceci à l'intérieur.

— Comment veux-tu que je te croie, à présent ?

— Il le faut.

— Je suis désolée, mais je ne peux pas.

Le cœur brisé, il la regarda s'éloigner. Il avait espéré qu'en lui avouant son amour, il serait parvenu à la faire changer d'avis. Hélas, elle semblait n'en avoir été que plus troublée.

Il n'y avait qu'un moyen de remettre les choses en ordre. Il devait trouver Robert et l'obliger à révéler à Vanessa qu'il était son père biologique. Le cœur battant la chamade, il se dirigea vers sa jeep, prit son téléphone portable, et composa le numéro de Robert.

Il était si perturbé qu'il avait baissé sa garde. Plus rien n'avait d'importance que ce coup de fil. Le téléphone sonna, sonna, puis le répondeur de Robert se mit en marche.

— Robert, c'est Tanner. Il faut que nous parlions. C'est très urgent. Appelle-moi dès que tu auras ce message.

Il raccrocha, glissa le téléphone dans sa poche, puis se retourna en entendant un bruit.

— Bonjour, Tanner.

Il vit Chloé surgir de derrière un arbre. Elle le regardait avec un étrange sourire aux lèvres.

— Chloé, bonjour, qu'est-ce que tu veux ?

Ce ne fut qu'à cet instant qu'il vit qu'elle tenait un revolver à la main.

Vanessa se précipita dans son bureau pour reprendre ses esprits.

Mais si sa colère disparut vite, ce fut pour céder la place à un tumulte de sentiments encore plus grand.

Tanner avait eu l'air si sincère quand il lui avait avoué ses sentiments… Et elle mourait d'envie de le croire. Sauf qu'elle ne le pouvait pas. Car comment pourraient-ils entretenir une relation si elle ne pouvait avoir confiance en lui ?

Allons, chuchota une petite voix en elle, il ne faisait que suivre les préceptes qu'on lui avait enseignés. Il exécutait les ordres reçus. Essayait de bien faire son travail. Et faisait son possible pour la protéger.

Elle secoua la tête. Ce n'était pas le fait qu'il lui ait caché qu'il avait été engagé comme garde du corps qui la perturbait le plus, mais de lui avoir accordé sa confiance, tandis qu'il lui mentait sur toute la ligne. Elle était tombée amoureuse de lui, et à présent elle ne parvenait plus à savoir ce qu'elle éprouvait. Ses émotions étaient nées de ce qu'elle croyait connaître de Tanner.

« Tu parles ! Tu essaies juste de trouver un moyen de te défiler, parce que tu as peur de l'amour. Tanner est l'homme qu'il te faut, et tu le sais. »

De fait, il ne ressemblait à aucun des hommes qu'elle avait connus.

Il était honnête, et s'était trouvé à devoir choisir entre loyauté et honnêteté. Etant donné sa personnalité, il avait dû être difficile pour lui de lui dissimuler la vérité. Tanner était un homme fiable, pragmatique et réaliste. Il était aussi fort, protecteur et savait faire preuve de tendresse. C'était le genre d'homme dont elle avait toujours rêvé, et n'avait jamais rencontré.

Elle songea à tout ce qu'ils avaient partagé. A leurs nuits de passion. Au fait qu'il l'avait acceptée pour ce qu'elle était, sans la juger. Il avait su la comprendre, au-delà de toute espérance. Il avait été là pour elle lorsqu'elle en avait eu le plus besoin, et elle savait que ce n'était pas juste parce qu'il avait été engagé comme garde du corps.

Elle venait de rompre avec lui parce que sa loyauté ne lui

avait pas permis de trahir son employeur. Cela ne prouvait-il pas qu'il était bel et bien digne de confiance ?

Elle avait été injuste envers lui.

Elle songea à la nuit passée. Comment elle s'était enfin confiée à lui, lui révélant tout son passé. A quel point il s'était montré doux avec elle. Comment leur union avait été emplie de tendresse, si différente de la passion frénétique de leur première rencontre.

D'autres images lui emplirent l'esprit.

Tanner dansant avec elle chez Emilio. Tanner essayant de lui faire entendre raison lorsqu'elle avait tenté de l'attaquer avec son scalpel. Tanner se tenant près d'elle, lorsqu'elle avait été interrogée par les policiers. Tanner en train de lui laver les cheveux.

Allait-elle le laisser sortir de sa vie juste parce qu'il s'était trouvé dans une impasse ? Serait-elle enfin capable d'oublier sa nature suspicieuse et de se contenter de suivre ses instincts ? De croire qu'il l'aimait et qu'il voulait seulement ce qui était le mieux pour elle ?

C'était si tentant !

« Va le voir, et écoute-le. Crois en lui, il le mérite. »

Elle se leva, quitta son bureau puis se précipita à l'extérieur, à la recherche de Tanner, et poussa un soupir de soulagement en remarquant que sa jeep n'avait pas quitté le parking.

Dieu merci, il était encore là !

D'ailleurs, il était assis derrière le volant.

— Oh ! Tanner ! Je suis tellement désolée, murmura-t-elle.

Elle courut vers le parking, priant pour qu'il lui pardonne.

En s'approchant, elle vit qu'il n'était pas juste assis, mais effondré, sur le siège avant. Elle saisit la portière, et l'ouvrit à toute volée.

— Tanner, je…

La vue du sang s'écoulant sur le siège l'empêcha de continuer.

13.

La blessure causée par la balle logée dans son ventre le faisait atrocement souffrir.

Tanner sentait le sang s'écouler hors de lui. Pourtant, cette douleur n'était rien en comparaison de la peur qu'il éprouvait à savoir qu'il allait très vite perdre connaissance, et laisser Vanessa livrée à la folie de Chloé.

Il eut vaguement conscience que Vanessa était en train d'ouvrir la portière de sa jeep, criait son nom, et tâtait son pouls. Il l'entendit appeler à l'aide, demandant qu'on apporte un brancard.

Des bras le saisirent et le tirèrent hors de son véhicule. Soudain, toute la lumière du soleil sembla s'évanouir et il eut la sensation d'être aspiré dans un profond tunnel.

Non, il ne devait pas se laisser entraîner là-bas. Il fallait qu'il revienne. Il fallait qu'il sauve Vanessa !

Il voulut parler, mais sa bouche était sèche.

— Blessure à l'abdomen, déclara Vanessa à quelqu'un qu'il ne pouvait voir.

Puis il sentit qu'on l'allongeait. Bon sang ! Il devait se lever.

Tentant de réunir ses forces, il essaya de se redresser sur un coude, mais son corps semblait refuser de lui obéir.

— Tanner, reste tranquille, lui ordonna Vanessa.

Vanessa. La femme de sa vie.

Non, hélas ! Elle avait rompu avec lui.

Il avait tout fichu en l'air alors qu'il ne voulait que la protéger, et l'aimer.

A présent, il s'était fait tirer dessus, et la laissait seule et vulnérable.

Elle avait posé sa main sur son épaule, l'enjoignant de rester allongé. Il sentit qu'on l'attachait sur le brancard, et commença à s'agiter.

— Tanner, est-ce que tu m'entends ? demanda Vanessa.

Il hocha la tête ou, en tout cas, essaya. Y était-il parvenu ?

— Tu es en train de perdre beaucoup de sang. Cesse de t'agiter.

Il avait l'horrible sensation que toute vie le quittait, et sa vision se brouillait. Autour de lui, il ne voyait que des fantômes qui semblaient l'emmener vers l'hôpital, en salle d'opération.

Une puissante odeur de produit anesthésiant envahit ses narines. La salle était glacée. Il frissonna, et tenta de nouveau de se redresser.

— Tanner ! Reste allongé ! ordonna Vanessa d'un ton sec. Pour une fois dans ta vie, cesse de vouloir tout contrôler. Tu ne peux pas toujours être le plus fort. Je t'en prie, laisse-nous faire notre travail et te sauver.

Il savait que la pièce était éclairée de fortes lumières, mais sa vision restait sombre. Il cilla à plusieurs reprises, essayant de contempler l'adorable visage de Vanessa une dernière fois. Il ne pouvait envisager de quitter ce monde sans pouvoir se perdre dans son regard une dernière fois.

Elle se pencha vers lui, l'air inquiet.

— Je t'aime, murmura-t-il, retrouvant enfin un minimum de voix.

— Moi aussi, je t'aime, répondit-elle en lui souriant. Ne t'avise pas de me laisser tomber, maintenant.

Il fouilla dans sa poche, et y trouva sa médaille de scout qu'il y avait glissée la veille au soir.

— Fais-moi confiance, bredouilla-t-il en lui tendant la médaille.

Il avait l'impression que sa voix le quittait. Vanessa l'avait-elle entendu ?

L'équipe chirurgicale s'affairait autour de lui, lui retirant ses vêtements.

— Ils sont en train de te préparer pour l'opération, dit Vanessa. C'est le docteur Covey qui va t'opérer, mais ne t'inquiète pas, je vais aller enfiler une tenue et je serai avec toi tout le temps.

En jetant un coup d'œil à côté de Vanessa, il remarqua Chloé.

— Chloé…, dit-il en essayant d'attraper Vanessa par le bras, mais sa main retomba.

— Oui, répondit Vanessa, Chloé sera là, elle aussi.

— Chloé… C'est elle…, chuchota-t-il.

Hélas, il ne put rien dire de plus et perdit connaissance.

« C'est elle. »

Alors qu'elle se nettoyait les mains avec une solution désinfectante, les dernières paroles de Tanner ne cessaient de hanter l'esprit de Vanessa. Chloé se lavait les mains dans le lavabo juste à côté d'elle, et le docteur Covey dans le lavabo suivant.

« Chloé… C'est elle. »

Qu'est-ce que Tanner avait voulu dire ? Que c'était Chloé qui l'avait agressé ? Mais pourquoi ?

Elle jeta un coup d'œil à la jeune infirmière qui leva la tête et la regarda par-dessus son masque chirurgical, de ses grands yeux tranquilles.

« C'est elle. »

Chloé avait-elle entendu la déclaration de Tanner ?

— Pensez-vous être capable de sauver Tanner, docteur Covey ? demanda Chloé. Sa blessure semble plutôt profonde.

— Nous allons faire tout notre possible, répondit le Dr Covey.

Chloé cherchait-elle à savoir à l'avance ce qui allait advenir de Tanner ? Devait-elle suggérer au Dr Covey que Chloé soit remplacée ?

Hélas, ils n'avaient pas le temps de faire venir une autre infirmière. Chaque seconde qui passait était d'une importance cruciale pour Tanner.

Pourquoi diable Chloé lui aurait-elle tiré dessus ?

Tanner avait-il découvert qu'elle était l'auteur des méfaits commis à Confidential Rejuvenation ? Et elle lui aurait tiré une balle en plein ventre ?

C'était insensé !

Sa médaille de scout, symbole d'honneur et de confiance, pesait dans sa poche. En la lui remettant, avait-il voulu lui faire comprendre qu'elle devait absolument se fier à lui ? Lui dire de se méfier de Chloé ? Sauf que Chloé avait terminé de se laver les mains et, bras levés, pénétrait déjà dans la salle d'opération pour laisser l'infirmière la ganter…

A cet instant, Vanessa aurait donné n'importe quoi pour y voir plus clair.

Lorsqu'il avait évoqué Chloé, Tanner était déjà sous anesthésiant et souffrait. Il ignorait ce qu'il disait, ou peut-être ne l'avait-elle pas bien compris. Une chose était certaine, il n'y avait plus de temps à perdre. Elle suivit Chloé dans la salle d'opération et laissa Lisa la ganter à son tour.

Tout se déroula parfaitement bien durant la première demi-heure. Vanessa observa le docteur Covey opérer, extraire la balle, et arrêter l'hémorragie. Chloé travaillait à côté de lui, lui tendant chaque instrument avant même qu'il n'ait besoin de le lui demander. Ils travaillaient en harmonie parfaite, et Vanessa commença à se sentir coupable d'avoir pu un instant croire que Tanner ait accusé Chloé d'être son agresseur.

Mais soudain, alors que le docteur Covey s'apprêtait à refermer la blessure, l'électrocardiogramme de Tanner s'accéléra et chacun put entendre les petits bips de l'appareil résonner de plus en plus vite.

— Il est en phase de tachycardie, déclara le Dr Brad Mertz, l'anesthésiste.

Vanessa observa le moniteur et sentit elle aussi son cœur battre plus vite. Aussitôt, elle se retourna vers Chloé, qui tenait à la main une seringue vide, qu'elle venait à l'évidence d'injecter dans le tube de l'intraveineuse reliée au bras de Tanner. Cette fois, l'infirmière ne se donnait plus la peine de dissimuler.

— Que lui avez-vous donné ? demanda Vanessa.

— Comme si j'allais vous le dire !

Et cette fois le doute ne fut plus permis. Une chape de culpabilité s'abattit sur Vanessa, au moins aussi énorme que son envie de bondir sur la jeune infirmière et de la prendre à la gorge.

— C'est vous qui lui avez tiré dessus ! cria-t-elle, folle de rage.

Jamais elle n'aurait dû laisser cette folle pénétrer dans la salle d'opération !

Chloé eut un sourire mauvais.

Contournant la table d'opération, Vanessa se précipita, mais, le temps qu'elle parvienne jusqu'à elle, Chloé s'était emparée d'un scalpel qu'elle brandissait devant Vanessa.

— N'approchez pas !

Du coin de l'œil, Vanessa vit l'autre infirmière, Lisa, se diriger vers le bouton d'appel de secours.

— Ne bouge pas, toi non plus, Lisa, dit Chloé. Assieds-toi par terre, tout de suite, sinon je tue Tanner.

— Pourquoi agissez-vous ainsi ? cria Vanessa, complètement déroutée.

Elle tentait de garder un œil sur Chloé, et l'autre sur le moniteur. Le docteur Covey et l'anesthésiste semblaient paralysés.

— C'est vous qu'il préfère, clama Chloé.

— De quoi parlez-vous ? demanda Vanessa. Comment pourrait-il vous aimer, Chloé ? Tanner ne vous connaît même pas !

— Je ne parle pas de lui, mais de… Papa.

— Papa ?

Chloé avait-elle perdu la tête ?

— Oui, c'est vous qu'il préfère.

— Mais qu'ai-je à voir avec votre père ?

Chloé eut soudain l'air confuse.

— Vous l'ignorez ?

— Ignorer quoi ?

— Mon père adoptif est votre père biologique.

— Pardon ?

Elle ne comprenait rien à toute cette histoire.

— Qu'est-ce que vous racontez ?

— C'est lui qui a payé vos études de médecine, mais, en ce qui me concerne, il a prétendu que je n'étais pas assez intelligente pour suivre le même cursus. Que je devrais me contenter d'être infirmière ! déclara Chloé d'un air rageur. Il vous préfère parce que vous êtes sa vraie fille !

Vanessa eut l'impression qu'elle allait s'évanouir. Etait-ce vrai ? Le sénateur Garcia était-il son bienfaiteur anonyme ? Son père biologique ?

— Qu'est-ce que Tanner a à voir avec tout cela ? Pourquoi vous en prenez-vous à lui ?

— Il a tout découvert à mon sujet. Il sait que c'est moi qui vous ai envoyé cet e-mail, et saccagé votre appartement.

— Et commis tous ces méfaits à la clinique, n'est-ce pas ? C'était un moyen de vous en prendre à votre père.

Chloé secoua la tête.

— Non, ça, ce n'est pas moi. C'est à vous que j'en veux, et à vous seulement. C'est pour cette raison que je vais tuer Tanner. Je sais que vous l'aimez. Qu'est-ce que ça fait de se rendre compte que l'on est sur le point de perdre l'homme qu'on aime, docteur Rodriguez ?

— Chloé, je vous en prie, arrêtez ! Dites-moi ce que vous lui avez injecté, et nous allons remédier à la situation.

Elle avait l'impression que des heures venaient de s'écouler, mais cela ne faisait à peine qu'une minute.

— Il est en phase de fibrillation ! s'écria Brad. On doit faire quelque chose tout de suite !

Oui, s'ils n'agissaient pas immédiatement, Tanner allait mourir. Son instinct fut plus fort que tout, et Vanessa se tourna vers la table d'opération, prenant le commandement des opérations.

— Chargez le défibrillateur, ordonna-t-elle. Trois cents joules.

Elle tourna la tête vers Chloé.

— Que lui avez-vous donné ? répéta-t-elle.

— Du chlorure de potassium, déclara Chloé d'un air triomphant.

Grand Dieu ! Elle avait provoqué une crise cardiaque. S'ils n'agissaient pas au plus vite, Tanner serait bientôt mort.

Elle tendit la main vers le défibrillateur posé à la tête de la table d'opération, juste à côté du chariot d'anesthésie.

Chloé s'approcha pour couper les fils de l'appareil avec son scalpel au moment même où Lisa bondissait pour atteindre le bouton d'alarme.

— Chloé, non ! cria Vanessa.

Puis, sans une seconde d'hésitation, elle plaqua le défibrillateur sur la poitrine de Chloé, lui envoyant une violente décharge d'électricité.

— Mon Dieu ! s'exclama Brad tandis que Chloé s'écroulait sur le sol.

Vanessa savait que la décharge électrique avait interrompu les battements du cœur de Chloé, mais elle n'avait pas eu le choix. Déjà, le Dr Covey avait commencé à pratiquer un massage cardiaque sur Tanner.

— Rechargez ! cria-t-il.

Elle obtempéra, et quelques secondes plus tard, une fois le défibrillateur rechargé, ils s'escrimèrent autour du corps inanimé de Tanner pour le ramener à la vie.

Enfin, au bout de quelques minutes, Brad confirma que son rythme était redevenu normal, et le Dr Covey et Lisa se précipitèrent pour ranimer Chloé.

Indifférente à son sort, Vanessa ne regardait que Tanner.

Vanessa arpentait la salle d'attente du service de soins post-anesthésie.

Elle aurait souhaité rester dans la chambre de Tanner, mais les infirmières l'avaient mise à la porte, déclarant qu'elle les rendait trop nerveuses. Elle avait voulu faire valoir ses prérogatives de médecin, mais avait compris qu'elles avaient raison. Mieux valait qu'elle sorte et les laisse travailler en paix.

— Vanessa ?

Elle se retourna, et vit le sénateur Garcia sur le seuil. Il avait l'air hagard et s'avança vers elle.

Elle fut submergée par un flot d'émotions contradictoires : la colère, la peur, les regrets, la tristesse, la culpabilité et, curieusement, la joie.

— Bonjour, sénateur Garcia.

— Je pense qu'il est temps que vous m'appeliez Robert.

Avant même d'avoir été élu sénateur, Robert Garcia avait fait partie du comité de direction de la clinique. Elle l'avait vu à plusieurs reprises à l'occasion de réunions, et se souvint qu'il la regardait souvent avec un air mélancolique. Sa gorge se serra.

— Puis-je…, commença-t-il sur un ton hésitant.

— Je vous en prie, asseyez-vous, proposa-t-elle, surprise de découvrir qu'elle cherchait à lui faciliter les choses.

Il s'assit, et elle s'installa en face de lui. Ils s'observèrent, chacun semblant terrifié de faire le premier pas.

— Comment va Tanner ?

— Il va s'en sortir.

— C'est mon arme qu'elle a utilisée…

— Comment va Chloé ? demanda-t-elle.

— Je l'ai fait conduire à l'hôpital psychiatrique.

— Elle a besoin d'aide.

Le sénateur poussa un soupir.

— Je sais. Cela fait des années que nous nous efforçons de l'aider. Elle a déjà suivi plusieurs traitements. Amanda et moi l'aimons de tout notre cœur, mais, quoi que nous fassions, elle semble ne jamais se remettre du fait que ses parents biologiques l'ont abandonnée.

— Je suis désolée pour vous tous, murmura Vanessa.

— Tout cela est ma faute.

Ils plongèrent de nouveau dans le silence. Le sénateur avait l'air confus, et Vanessa ne savait plus que penser.

— Etes-vous vraiment mon père ? demanda-t-elle enfin.

Robert prit une profonde inspiration.

— Oui. Je vivais dans le même quartier que ta mère, juste dans la rue d'à côté, en fait. Nous étions encore adolescents. Elle avait dix-sept ans, et moi, dix-huit. J'ai eu une bourse pour entrer à l'université, et je suis parti. Nous étions si jeunes ! Il n'y avait rien de sérieux entre nous.

— Mais vous avez eu un bébé.

— Oui, mais je ne savais rien de toi. Ta mère ne m'a jamais rien dit. J'ignore pourquoi. Peut-être a-t-elle eu peur que je t'emmène. Peut-être voulait-elle te garder pour elle seule. La première fois que j'ai appris ton existence, c'est lors du procès de Carlos Vega.

Il s'interrompit un instant, et elle resta silencieuse, attendant qu'il continue.

— Au moment où j'ai vu ton visage à la télévision, j'ai su que tu étais ma fille. Tu ressembles tellement à ma mère ! A cette époque, tu t'appelais encore Trudy Valdez, qui est le nom de jeune fille de ta mère. J'ai engagé un détective privé pour faire quelques recherches sur toi, et j'ai su très vite que tu étais ma fille. J'ai été horrifié en découvrant tout ce que tu avais dû endurer.

— C'était donc vous, mon bienfaiteur anonyme. C'est vous qui avez financé mes études de médecine.

— Oui.

— Mais pourquoi ne m'avez-vous jamais révélé que vous étiez mon père ?

Ça, c'était ce qui la faisait le plus souffrir. Dire qu'ils auraient pu apprendre à se connaître depuis quinze ans !

— A cause de la politique. J'étais terrifié à l'idée que

cette histoire puisse compromettre ma carrière, et j'ignorais comment Amanda réagirait. De plus, à cette époque, Chloé n'avait que sept ans. Sache que je ne m'attends pas à ce que tu me pardonnes. Moi-même, j'en suis incapable.

— Ne vous en faites pas, j'ai survécu à tout cela, et vous m'avez donné la possibilité d'atteindre mon rêve, en devenant médecin.

— J'étais si fier de toi ! Tu sais, j'étais dans le public, le jour de ta remise de diplôme.

— Vraiment ?

— Tu as réussi, malgré toutes les embûches sur ton chemin. Je sais comment ta mère s'est comportée durant le procès de Carlos Vega. Je devine ce que tu as dû endurer pour survivre, et j'ai tellement honte de ne pas avoir été là quand tu avais le plus besoin de moi.

— Tout cela est loin, aujourd'hui.

Il se leva, et plongea ses yeux dans les siens.

— J'ai autre chose à te révéler.

— Quoi ?

— J'ai engagé quelqu'un pour surveiller Vega. J'étais mort de peur à l'idée qu'il s'en prenne à toi dès qu'il sortirait de prison. Ce matin, j'ai appris que cette fripouille avait failli à ses engagements, et acheté une arme. Mon homme a aussitôt contacté son agent de probation, et il va retourner en prison. Pendant ce temps-là, nous serons tranquilles.

— Merci d'avoir engagé Tanner pour me protéger. C'est la meilleure chose qui me soit arrivée dans la vie.

Robert esquissa un sourire.

— Je ne l'ai pas engagé juste pour veiller sur toi.

— Que voulez-vous dire ?

— Je dois t'avouer qu'en fait, j'ai voulu jouer les entremetteurs. Son épouse, Maria, était ma nièce. Lorsqu'elle est morte, Tanner est effondré. J'adorais ma nièce, et Tanner est un homme bon. Il mérite une seconde chance avec une femme qui l'aimera et sera loyale envers lui. Tu possèdes cette qualité, Vanessa, mais tu as toujours eu peur de laisser quiconque devenir proche de toi. Je comprends ce que tu as enduré, mais je ne voulais pas que ta vie d'adulte soit aussi terne que ton passé. Lorsque j'ai entendu dire que Vega sortait de prison, j'ai su que je devais engager Tanner pour te protéger, mais j'espérais aussi secrètement que vous vous plairiez.

A son tour, Vanessa se mit à sourire.

— J'ai dit à Tanner que je ne croyais pas aux coïncidences.

Robert tendit la main vers elle.

— Vanessa, je veux apprendre à te connaître. Laisse-moi devenir le père que je n'ai pas pu être pour toi jusqu'à présent.

Oui, il était temps de laisser s'écrouler ses dernières barrières.

Ils restèrent assis à discuter dans la salle d'attente tandis que le soleil se couchait. Aucun d'eux ne se leva pour allumer, et, pendant que Tanner revenait à la vie dans la pièce voisine, ils apprirent à faire connaissance et elle accorda le pardon à ce père qui venait d'entrer dans sa vie.

Tanner essayait de se réveiller, avec une seule pensée en tête : protéger Vanessa.

La sauver.

— Docteur Rodriguez, il est réveillé.

Qui avait parlé ?

Ses paupières semblaient ne plus vouloir s'ouvrir, mais il reconnut aussitôt la main qui se posa sur la sienne.

Vanessa.

Elle était en vie !

— Tanner, murmura-t-elle.

Enfin, il réussit à ouvrir les yeux, et remarqua que des larmes brillaient dans les siens.

Elle se pencha pour lui écarter une mèche de cheveux du front.

— Tu m'as fait si peur ! J'ai cru que j'allais te perdre.

— Tu me pardonnes ? demanda-t-il. De t'avoir caché la vérité ?

— Ne t'en fais pas pour ça.

— Qu'est-il arrivé à Chloé ?

— Elle est à l'hôpital psychiatrique.

— J'ai échoué. Je n'ai pas été capable de te protéger.

— C'est toi que Chloé a tenté de tuer. Elle s'en est prise à toi pour me faire du mal. Elle voulait me punir, car elle considérait que j'avais détourné d'elle l'amour de son père.

— Tu es au courant pour Robert ?

Vanessa hocha la tête.

— Oui, il est venu, et nous avons discuté. Il m'a tout raconté.

— Qu'est-ce que tu ressens ?

— Eh bien, c'est un peu étrange de découvrir que j'ai un père, après tout ce temps. Il va me falloir un moment pour m'y habituer, mais je lui ai déjà pardonné et, à présent, il s'efforce de se pardonner à lui-même. J'ignore comment les choses se passeront entre lui et sa femme, mais ça, c'est leur problème. Oh, et devine un peu…

— Ne me fais pas languir.

— Le sénateur m'a avoué qu'il avait voulu jouer les entremetteurs entre nous. Il s'est dit qu'en nous mettant en contact, nous nous rendrions compte que nous étions faits l'un pour l'autre.

— Robert a toujours été un homme avisé.

Il resta silencieux un instant.

— Chloé a-t-elle reconnu avoir voulu saboter la clinique ? Pourquoi a-t-elle fait cela ?

Vanessa secoua la tête.

— Apparemment, ce n'est pas elle la coupable. Elle nie être responsable de ces incidents.

— Tu la crois ?

— Elle dit la vérité sur tout le reste. Pourquoi mentirait-elle à ce sujet ?

— Il va donc falloir découvrir le véritable saboteur.

— Ça, ça va devoir attendre. On va d'abord s'occuper de te remettre sur pied. Tu vas avoir besoin de quelqu'un à ton côté.

Il esquissa un sourire.

— Tu te proposes pour prendre soin de moi ?

— Oui. Cette fois, c'est toi qui vas venir t'installer chez moi, jusqu'à ce que tu sois rétabli.

— Ça, c'est un style de vie auquel je pourrais m'habituer.

— Oh ! J'ai autre chose à t'apprendre. Carlos Vega n'a pas respecté les conditions de sa mise en liberté, et il est retourné droit en prison.

— Tant mieux ! C'est un grand soulagement.

— C'est vrai, mais tu sais, j'ai décidé de ne plus avoir peur de rien. Ni de Vega, ni de mon passé, ni de l'amour.

— Encore une bonne nouvelle, d'autant plus que je suis amoureux fou de vous, docteur Rodriguez.

— Moi aussi, je t'aime, monsieur Doyle. Et tu sais à quel point ça m'est difficile d'avouer mes sentiments…

— Tu sais que j'ai toujours eu pour fantasme de faire

l'amour avec une jeune et belle doctoresse dans un lit d'hôpital ? plaisanta-t-il.

— Tu es fou ? Tu viens à peine de quitter la table d'opération !

— Mais tu sais bien ce que l'on dit à propos du sexe, non ?

— C'est le meilleur remède à tout, s'exclamèrent-ils à l'unisson.

Épilogue

Quatre semaines plus tard, une fois Tanner rétabli, Vanessa et lui décidèrent d'enterrer leur passé. Ils achetèrent une boîte en métal, et chacun choisit les objets auxquels il ne tenait plus. Tanner y déposa sa médaille de scout et sa photo de mariage. Vanessa ajouta le collier de perles qu'elle avait confectionné avec sa mère durant leurs derniers jours heureux, avant qu'Earl n'entre dans leur vie, les coupures de presse concernant le procès de Carlos Vega, et le couteau à cran d'arrêt qu'elle avait toujours conservé.

Ils entourèrent la boîte de ruban adhésif et l'enfouirent au fond d'un placard.

— Bye, bye, murmura Vanessa.

Tanner lui passa un bras autour de la taille, et ils se dirigèrent vers le salon, d'humeur beaucoup plus légère que depuis bien des années.

Il l'attira à lui.

— Tu sais que cela fait quatre longues semaines que nous n'avons pas fait l'amour.

— Ça ne devrait pas être si difficile à supporter pour toi. Tu as vécu quatre ans sans aucune relation sexuelle.

— Mais ça, c'était avant toi, dit-il en se penchant pour déposer un tendre baiser sur ses lèvres.

— Et alors ?

— Depuis que je te connais, je suis devenu un obsédé sexuel. Quatre semaines sans faire l'amour, ça me rend dingue. Allez, viens, docteur, nous avons du temps à rattraper !

Il l'embrassa avec passion. C'était si bon de se sentir aimée.

Au bout de quelques instants, Tanner interrompit leur baiser.

— Tu sais, depuis le fameux soir de notre rencontre, chez Emilio, je suis fou de toi. J'ai toujours su que tu étais celle qui me ferait retrouver goût à la vie.

— Alors, pas de regrets ?

— Le seul que j'ai, c'est de ne pas t'avoir avoué plus tôt que j'étais ton garde du corps.

— Si tu l'avais fait, je t'aurais jeté hors de la clinique.

Il se mit à rire.

— Pour ça, je te fais confiance ! Cela n'a pas été facile de te faire ouvrir ton cœur. Il a fallu que je prenne une balle dans le ventre pour que tu te rendes compte que tu m'aimais.

Il avait raison. Elle s'était montrée si têtue, si suspicieuse ! Mais à présent, elle avait changé. Grâce à lui, elle avait pu affronter son passé pour mieux l'oublier. Elle avait été capable d'accueillir son père dans sa vie et, plus que tout, elle parvenait désormais à faire confiance.

— Je viens de me rendre compte de quelque chose, dit-elle.

— Mmm ?

— Nous n'avons pas consommé notre union depuis que nous nous sommes avoué notre amour.

— Ah ! J'aime quand tu fais ce genre de remarque. Tu as quelque chose à me proposer pour résoudre cela ?

Elle esquissa un petit sourire, puis, sans rien dire, lui prit la main et l'entraîna vers la chambre.

Là, ils firent l'amour comme si c'était leur toute première fois.

EUGENIA RILEY

L'empreinte du désir

COLLECTION Audace

éditions Harlequin

Cet ouvrage a été publié en langue anglaise
sous le titre :
THE BOY TOY

Traduction française de
VERA CORTI

Ce roman a déjà été publié dans la collection
AUDACE N° 61
en juillet 2005

83-85, boulevard Vincent-Auriol, 75013 PARIS — Tél. : 01 42 16 63 63
Service Lectrices — Tél. : 01 45 82 47 47
www.harlequin.fr

1.

Allison Tracy leva son verre de vin blanc et porta un toast qui se voulait solennel.

— Mes amies, je renonce aux hommes, définitivement !

Un fou rire retentissant vint troubler la tranquillité du restaurant chic de River Oaks. Après un tel serment, c'était une réaction prévisible de la part d'Erin Bridges et de T.J. Skaggs. Les trois amies déjeunaient au restaurant pour fêter la dernière rupture d'Allison, une semaine plus tôt.

Erin, ravissante petite brune, ne cacha pas son scepticisme.

— *Toi*, Allie ? Renoncer aux hommes ? Tu m'excuseras, mais j'ai du mal à y croire.

T.J., une blonde au look plus sage, acquiesça tout en picorant dans son assiette.

— Je suis d'accord avec Erin. Ce n'est pas parce que tu as envoyé promener ce crétin d'Adam que tu dois faire une croix sur *tous* les hommes.

D'un revers de main, Allison balaya l'épaisse mèche dorée qui cachait son visage.

— Facile à dire pour une jeune femme heureuse en ménage !

— Cela n'a pas toujours été le cas, s'empressa de rectifier T.J.

Notre mariage n'a pas été qu'une partie de plaisir, mais ça en valait la peine.

En valoir la peine ? Le visage d'Allison s'assombrit lorsqu'elle repensa aux dernières semaines avec Adam : querelles incessantes, reproches, larmes... jusqu'à ce qu'elle trouve finalement la force de le mettre dehors.

— Justement, je ne suis pas certaine que cela en vaille la peine.

— Tu dis ça parce que tu es épuisée, compatit T.J. Estime-toi heureuse qu'Adam ne se soit pas accroché davantage.

Erin hocha la tête en signe d'acquiescement.

— Tu sais, j'ai ressenti exactement la même chose lorsque Troy et moi avons divorcé. Tu as pris la bonne décision, mais, maintenant, il faut passer à autre chose.

— Mais à *quoi* ? s'enquit Allison avec une pointe d'exaspération. Soyez réalistes, les filles. Nous avons déjà eu cette discussion des centaines de fois depuis l'époque où nous nous sommes rencontrées au lycée. Trois rêveuses en quête de l'homme idéal. Eh bien, vous savez quoi ? Ce type-là n'existe pas. J'ai eu beau le chercher, je n'ai trouvé que son contraire !

— Là, tu exagères, répliqua T.J.

— Vraiment ? Pour moi, les hommes ont tous un sérieux problème. Oublions les mecs sympas mais mariés ou homos... Restent au choix : le dingue de sport ou le salaud, l'égocentrique ou le fauché ou, pire, un mélange des deux — voire des quatre — espèces. Comme le fils à papa que j'ai fréquenté un temps, qui avait flambé sa bourse universitaire en virées au ski et comptait sur *moi* pour le faire entrer en école de médecine. Sans parler d'Adam, que ma réussite intimidait tellement qu'il aurait voulu me voir abandonner ma carrière pour m'exiler au fin fond du Wyoming afin de me transformer en gentille petite pondeuse.

T.J. étouffa un rire.

— Tu oublies que tu es absolument sublime. N'importe quel homme rêverait de te faire un enfant.

Un serveur lança alors à Allison un regard appuyé qui survint à point nommé pour confirmer les propos de T.J.

— C'est bien là mon problème. Dès qu'un homme pose les yeux sur moi, il fantasme sur une orgie de champagne, de dessous sexy et de crème fouettée. Uniquement parce que je suis grande avec de longues jambes.

— Sans oublier… d'une beauté et d'une sensualité à couper le souffle, ajouta Erin avec malice.

— C'est bon, les filles, stop ! protesta Allison en rougissant. Ce que je veux dire, c'est que les hommes s'arrêtent à mon physique et en concluent que je n'ai rien dans la tête. Une bimbo, quoi ! Ensuite, tout ce qui les intéresse, c'est comment m'utiliser au mieux pour leur bon plaisir. Comme Adam, ils veulent tous me dicter ma conduite au lieu de m'accepter telle que je suis.

— Et ça t'étonne ? demanda T.J. Tu sais, ce n'est qu'au bout du quatrième rendez-vous avec Don que celui-ci a fini par saisir que j'étais bel et bien *cadre* et pas simplement « la fille qui répond au téléphone chez Cushman & Dodd » !

Allison sourit.

— T.J., je ne dis pas cela pour te rabaisser, mais nous ne sommes pas dans la même situation. Tu sembles oublier que ton mari est un courtier reconnu dans l'industrie pétrolière et gagne trois fois plus que toi. Qu'en serait-il si les rôles étaient inversés, comme pour Erin et moi ?

— Oui, Allison avec ses pilules miracles et moi, avec mes escarpins de luxe, renchérit Erin qui travaillait à la commission dans une boutique de chaussures huppée de Houston.

Allison, piquée au vif, fixa Erin d'un œil noir.

— S'il te plaît, Erin ! Mes médicaments sont d'utilité publique, rien à voir avec tes engins de torture hors de prix ! Revenons-en au fait. Qu'en serait-il si tu gagnais plus que Don ? Ne se sentirait-il pas menacé ?

— Oui, je suppose, admit T.J.

— Tu vois ! Ta réponse me conforte dans l'idée que les hommes manquent cruellement de confiance en eux. Ils ne font pas le poids face à une femme vraiment forte. Adam, par exemple, se moquait pas mal de mes soucis professionnels ou familiaux. En revanche, je ne compte pas les nuits passées à le réconforter tandis qu'il se lamentait sur la pression qu'il subissait au boulot ou sur le fait qu'il ne serait jamais à la hauteur des espérances de son père. Et dire qu'il a eu le toupet, quand on s'est séparés, de se plaindre d'un manque de soutien affectif de ma part !

— Il voulait parler de sexe ou de compassion ? ironisa Erin.

— Des deux. Et ça n'est pas franchement excitant de vivre avec un handicapé des sentiments.

— Un handicapé des sentiments ? répéta T.J. Tu y vas un peu fort !

Allison eut un rire désabusé.

— Peut-être, mais si je n'avais pas été une jeune femme, avec, comment dire, des besoins, j'aurais renoncé à lui bien avant.

— Mais tu ne vas quand même pas baisser les bras, reprit Erin en lui tapotant la main. Tu vas bien finir par tomber sur celui qu'il te faut…

Allison haussa les épaules.

— A dire vrai, je commence à me le demander. Où se cache donc cet homme nouveau, sûr de lui et de sa sexualité, dont on nous rebat les oreilles ? Un homme qui apprécierait de rencontrer une femme sur un pied d'égalité pour une relation sans complication.

Une fois de plus, les amies d'Allison ne purent se retenir de rire.

— Sans complication ? railla Erin.

— Tu sais, Allie, au début avec mon ex, j'ai cru que j'avais tiré le gros lot. Mais ce dont je ne m'étais pas rendu compte, c'était l'amour immodéré qu'il portait à sa mère. Il n'arrivait pas à couper le cordon.

— Hélas, renchérit T.J., dans un couple, il faut toujours faire des concessions. Avec Don, nous avons décidé de fonder une famille l'année prochaine. Il faudra bien que je prenne un congé parental, même si je sais que ce ne sera pas le moment idéal pour ma carrière.

— Ça, c'est une sacrée concession ! répliqua Allison. Et, comme d'habitude, Don s'en sort bien…

— Allison, tu es injuste, protesta T.J. Je *veux* un enfant, mais le fait est qu'il n'existe pas de moment idéal pour une grossesse. Ce n'est pas comme si Don pouvait quitter son boulot pour mettre au monde l'enfant et allaiter pendant six mois.

— Oui T.J., excuse-moi ! soupira Allison, confuse. D'ailleurs, je pense que j'aurai la même attitude quand je deviendrai mère à mon tour.

— Je croyais que fonder une famille était la dernière de tes préoccupations ? s'étonna T.J. N'est-ce pas là la véritable raison qui t'a poussée à rompre avec Adam ? Parce que tu ne voulais pas t'installer avec lui à Jackson une fois qu'il aurait repris l'agence de son père.

Allison fronça les sourcils.

— Bien sûr que je veux un enfant, mais quand je serai prête et selon *mes* conditions. D'ailleurs, je ne veux pas qu'un homme me dise quand je dois quitter mon boulot, arrêter la pilule et tomber enceinte.

— Peut-être devrais-tu reconsidérer la question sous un angle moins cérébral. Ton homme idéal existe sûrement, mais pas sous la forme que tu crois.

— C'est-à-dire ? demanda Allison, intriguée.

— Pour résumer, tes relations amoureuses sont toujours un échec parce que tu as l'impression qu'à un moment ou un autre les hommes cherchent toujours à t'imposer leur loi, n'est-ce pas ?

— Oui, c'est vrai, reconnut Allison.

— Alors qu'à ce stade de ta vie, ce que tu recherches dans une relation avec un homme est tout sauf d'ordre intellectuel ?

— Nous y revoilà ! dit Allison avec un demi-sourire.

— Exactement. Ce dont tu as besoin, ce n'est pas d'un homme sage, mais d'un homme objet.

— Un homme objet ? répéta Allison. Tu veux dire le genre de beau gosse sexy qu'on trouve aux bras des stars sur les couvertures de magazine ?

— Tout à fait. Pourquoi n'essaierais-tu pas de trouver un type du genre « tout dans les muscles, rien dans la tête », un homme qui te ferait prendre ton pied sans avoir de comptes à rendre ?

— C'est peut-être la solution, admit Allison. Je me laisserais bien tenter par une histoire pas trop compliquée pour une fois. Il me suffit de dénicher une bimbo au masculin et d'en faire mon objet sexuel. Pour une fois !

— Ça y est, la bête est lâchée ! déclara Erin.

— Rien d'étonnant, ajouta T.J. avec sarcasme, Allison a toujours été une mangeuse d'hommes.

— Vous plaisantez ? C'est vous qui avez fait cette suggestion, pas moi ! rétorqua Allison.

— Avoue que ça te donne des idées ! ajouta Erin.

— Tu ne crois pas si bien dire. Figure-toi que j'ai laissé ma voiture au garage pour une visite d'entretien. Je tiens peut-être une piste, le type qui m'a vendu la soi-disant « voiture de mes rêves » était plutôt beau gosse, du genre ancien capitaine de l'équipe de foot. Je pourrais lui proposer de m'inviter au restaurant pour se faire pardonner de m'avoir fait débourser quarante mille dollars pour un vieux tacot — ou presque !

— Un bel écervelé, en somme. Exactement ce que tu dois chercher, acquiesça Erin.

Sa décision prise, Allison trinqua de nouveau.

— Mes amies, je relève le défi ! Et, qui sait ? Finalement, je ne vais peut-être pas être obligée de renoncer aux hommes si rapidement, conclut-elle avec un sourire rêveur.

Erin avait peut-être raison quand elle disait qu'elle intellectualisait ses relations avec les hommes, les évaluant d'un œil critique pour n'en retenir que les défauts. Pourquoi ne pas se choisir un homme objet pour une histoire pas compliquée, une aventure sans lendemain ?

Et cette fois-ci, ce serait elle qui dicterait *toutes* les règles du jeu.

2.

— Pete Chisholm, espèce de fainéant, sors de ta cabine et va enregistrer les clients.

Pete quitta des yeux son écran d'ordinateur pour planter son regard dans celui de Roxy McClure, la responsable administrative, une quinquagénaire autoritaire.

— Comment ça fainéant ? répéta-t-il, faussement incrédule.

— Oh, ça va ! Tu as suffisamment la grosse tête pour que je te taquine un peu ! répondit-elle avec un sourire qui dessina des fossettes sur ses joues un peu trop fardées.

— Moi, la grosse tête ? protesta Pete.

— Le problème c'est que, si le patron voit la file de voitures qui attendent dehors, il va péter une Durit.

— Je vois. Il ne faudrait surtout pas fâcher *monsieur le patron*. Mais que fait Bud ?

— Pas encore revenu de déjeuner.

— Dis plutôt qu'il fait toujours les yeux doux à cette serveuse de chez Gators. Si ça ne tenait qu'à moi, je l'aurais déjà viré !

Roxy fit les gros yeux.

— Tu peux parler, don Juan ! Combien de fois a-t-il couvert tes soi-disant contretemps ?

— Roxy, tu es vraiment incorrigible !

— C'est toi l'*incorrigible* dragueur.

— Allez, Roxy, tu sais que je suis prêt à tout pour toi, mais, là, je te laisse le soin de le remplacer.

— Pourquoi ? Monsieur n'est pas intéressé par les sexagénaires qui défilent à cette heure de la journée ?

— Si, mais tu es beaucoup plus patiente que moi !

— Arrête un peu ton baratin. C'est pas aux vieux singes qu'on apprend à faire la grimace ! répliqua-t-elle en lui collant un registre entre les mains.

— Tu n'as vraiment aucun respect !

— C'est pas nouveau ! Maintenant, du balai ! Et que je ne te prenne pas à draguer les clientes.

— Je n'y peux rien si je suis irrésistible. Pourquoi crois-tu que ces dames réclament si souvent mes services ?

— Je vois à quel style de services tu fais allusion, mais ce n'est pas le genre de la maison ! Allez, au boulot, fiston ! conclut-elle en tournant les talons, laissant flotter dans son sillage l'odeur lourde de son parfum.

Pete secoua la tête en soupirant. Roxy n'avait pas grand pouvoir de décision au sein de Westview Motors, mais après vingt années passées dans la maison, elle était devenue une véritable institution. Avec son tempérament explosif, elle semait la terreur parmi ses collègues masculins.

Pete se dirigea vers l'atelier, agrippant au passage un blouson en Nylon bleu marine assorti à sa combinaison couverte de cambouis. En arrivant sur la plate-forme, Pete constata qu'une fois de plus, Roxy avait exagéré, même si Rob et Dave avaient l'air bien occupés.

Bien que Roxy lui ait affecté la voie de Bud, Pete trouva celle de Dave bien plus prometteuse. Penché à la fenêtre d'une berline ancien modèle, Dave prenait note des réclamations d'une de ces vieilles dames capricieuses. Mais, juste derrière, dans un modèle tout récent, rayonnait une créature de rêve. En dépit de la distance qui les séparait, Pete put entrevoir la perfection de ses traits et admirer l'épaisse crinière châtain clair qui encadrait son visage en forme de cœur. Bon sang, quelle superbe créature ! Ses lunettes de soleil, certainement signées d'un grand couturier, et son menton relevé lui donnaient l'air altier.

Pete n'était pas sorti avec une femme depuis sa rupture avec Sally Jean. Elle était tellement possessive que, lorsqu'il avait fini par lui avouer qu'il avait besoin d'air, cette mégère lui avait jeté une chaussure à la figure.

Pete s'avança vers Dave et lui tapota l'épaule.

— Tu peux aller remplacer Bud, s'il te plaît ? Il n'est toujours pas rentré de déjeuner. Je m'occupe de ces dames, dit-il en lui prenant son registre.

Dave s'exécuta en maugréant.

— Bonjour, ma p'tite dame ! déclara Pete à la vieille femme qui le fixait d'un air revêche.

— Je ne suis pas votre « p'tite dame » ! rétorqua-t-elle. Pourquoi avoir renvoyé ce charmant jeune homme ? Maintenant, je vais devoir tout reprendre du début.

— Inutile, madame. Une vidange et un nouveau thermostat, dit-il en parcourant les notes de Dave.

— Parce que vous savez lire ! ironisa-t-elle.

— Bien sûr, madame ! Il y en a pour environ deux heures de travail. Si vous le souhaitez, notre chauffeur peut vous reconduire.

— Ce coureur ? Certainement pas ! s'exclama-t-elle.

— Comme vous voudrez, dit-il en la soutenant par le bras pour l'aider à sortir de la voiture.

— Voulez-vous bien me lâcher ! protesta-t-elle. Je n'ai pas besoin de votre aide.

Il sourit en la regardant gagner l'accueil en claudiquant et se tourna vers la cliente suivante. Elle n'avait pas l'air beaucoup plus commode, mais elle avait un charme fou. Les choses sérieuses allaient commencer.

Il s'approcha de sa fenêtre et se pencha vers elle avec un sourire charmeur. Elle ôta ses lunettes et leva les yeux jusqu'aux siens. Il resta comme pétrifié par son regard pénétrant. L'atmosphère était électrique.

Elle était belle à tomber par terre, avec son visage harmonieux, son menton fièrement relevé et ses immenses yeux bleus rivés aux siens. De longs cils bruns et des sourcils parfaitement dessinés. Sans parler des reflets dorés de sa chevelure dans laquelle il mourait d'envie de plonger ses doigts. Même assise au volant de sa voiture, on devinait qu'elle était grande. Les épaules droites, la poitrine généreuse, la taille fine. Ses doigts le démangeaient de déboutonner le soupçon de chemisier qui l'empêchait d'apprécier pleinement la naissance de ses seins. Et quelle magnifique paire de jambes ! Avec sa mini-jupe qui laissait apparaître le haut de ses cuisses, ses jambes semblaient interminables.

Habituellement, Pete n'était pas du genre à saliver bêtement devant une femme, encore moins devant une cliente. Il savait comment se comporter avec politesse et désarmer l'impatience des clients les plus énervés. En temps normal, un sourire avenant agrémenté d'une aimable salutation faisait largement l'affaire.

Mais, en cet instant de leur rencontre, le choc qu'il venait de ressentir en plongeant son regard dans les yeux de la jeune femme l'encouragea à lui montrer son admiration. Il savait qu'il risquait son boulot pour ce qu'il s'apprêtait à faire, mais il s'en moquait.

— Sacrée belle plante ! Un pur produit du Texas, n'est-ce pas ? dit-il en s'approchant avec un sifflement admiratif.

En temps normal, Allison aurait immédiatement envoyé promener ce crétin qui la zyeutait par la fenêtre de sa voiture. Quel sans-gêne ! Allait-elle devoir supporter toute sa vie les remarques grossières de cow-boys prétentieux dans son genre ? Elle devait remettre ce rustre à sa place, mais, pour l'instant, elle était trop abasourdie.

Car le mécano sur lequel elle était tombée n'avait rien d'ordinaire. L'expression « beau comme un dieu » prenait tout son sens. C'était un véritable apollon.

Il arborait de longs cheveux blonds et les yeux les plus bleus qu'elle ait jamais vus. Avec son nez grec, sa mâchoire carrée et son sourire enjôleur, il était incroyablement sexy. Grand et mince, il devait avoir dans les vingt-cinq ans, comme elle.

Avec sa façon de la déshabiller du regard, il avait réussi à l'exciter simplement en posant les yeux sur elle. Dans un réflexe défensif, elle déploya des efforts désespérés pour faire redescendre sa jupe, mais ne parvint qu'à le faire sourire un peu plus.

— Dites-moi, est-ce qu'on vous paie pour avoir l'air d'un parfait abruti ou êtes-vous né comme ça ? demanda-t-elle d'un ton qu'elle espérait sec.

— J'essaie juste de me rendre aimable, madame ! C'est pour une réparation ?

— A votre avis ? Pourriez-vous activer un peu la cadence, je suis pressée.

— Certainement, madame ! dit-il en ouvrant la portière avec une révérence moqueuse. Laissez-moi relever votre kilométrage et votre numéro d'immatriculation.

Pete se pencha juste au-dessus d'elle pour vérifier les numéros inscrits au tableau de bord. Etourdie par le parfum musqué qu'exhalait le corps du mécanicien, Allison était partagée entre le désir soudain qu'elle avait de lui et l'agacement de ne pas mieux contrôler ses hormones.

L'homme se redressa enfin pour aller noter le numéro de sa plaque. Puis, il revint vers elle et lui offrit sa main pour l'aider à descendre.

L'ignorant, elle attrapa son sac et sortit de la voiture pour se retrouver face à lui. Elle était grande, mais pas autant que lui, malgré ses talons aiguilles. Contrairement aux autres hommes, il ne semblait pas impressionné par sa taille.

Il tourna les talons, obligeant Allison à le suivre jusqu'à son bureau. Il était aussi séduisant de face que de dos et, à la vue de ses fesses musclées, elle hésita entre son envie de l'étriper et celle de se ruer sur lui.

« Un homme objet. Une aventure sans complication. » La conversation du déjeuner avec ses amies lui revint subitement en tête et des vagues de feu se propagèrent en elle.

Aussitôt, un sentiment de culpabilité l'assaillit. Fallait-il qu'elle soit devenue complètement obsédée pour fantasmer sur le premier mécano venu, qui plus est un cow-boy !

Mais la honte céda place à un désir bien plus ardent qui la fit frissonner.

Il ouvrit la porte de la cabine et l'invita à entrer. Alors qu'elle le précédait à l'intérieur, elle sentit l'odeur du cambouis mêlée au parfum musqué qu'elle avait déjà remarqué sur lui. La pièce était exiguë. Lorsqu'elle s'assit, sa jupe remonta de nouveau. A la voir se débattre avec sa jupe récalcitrante, il eut un sourire de délectation. Elle lui jeta un regard glacial qui n'eut aucun effet sur l'attitude admirative de l'homme qui lui faisait face.

Dieu merci, il finit par tourner le regard vers son écran d'ordinateur !

— Voyons, une vidange et un nouveau thermostat, marmonna-t-il en relisant les notes.

— Comme si j'avais besoin d'un nouveau thermostat ! Je n'ai aucun problème de surchauffe.

— Vraiment ? demanda-t-il, visiblement amusé par la soudaine rougeur qu'avaient prise ses joues.

Il montra son écran d'ordinateur :

— Je remplissais la fiche de la cliente précédente. Vous savez ce que c'est, tout passe par l'informatique de nos jours.

— Certes, soupira Allison.

Il pianota encore sur son clavier, puis sortit un stylo de derrière son oreille.

— Nom ?

— Qu'est-ce que cela peut bien vous faire ? rétorqua-t-elle sans réfléchir.

— Si vous voulez récupérer votre voiture, ça peut être utile ! ironisa-t-il.

Elle se mit à rougir de plus belle, se sentant de plus en plus ridicule.

— Allison Tracy.

— Mademoiselle Tracy, vous êtes déjà venue ?

— Oui. Pourquoi croyez-vous que je prenne le temps de faire la queue ici si ce n'était pas le cas ?

— Je n'ai pas la prétention de lire dans vos pensées, mademoiselle. Numéro de téléphone ? C'est comme ça qu'on accède à votre dossier, s'empressa-t-il d'ajouter.

Elle débita son numéro de téléphone à toute allure pendant qu'il ramassait les clés de voiture qu'Allison avait posées sur le bureau.

— Nous y voilà ! Il s'agit d'une berline de 2003, achetée chez nous en octobre dernier…

— Non, un *tacot* de 2003, le corrigea-t-elle. Ce n'est pas la première fois que je vous l'amène pour divers problèmes. Chaque fois, j'ai droit au même numéro et, au final, j'en suis toujours au même point. D'ailleurs, j'aimerais bien toucher deux mots au vendeur qui m'a refilé ce tas de boue.

— Bud Dexter ? Il est de repos aujourd'hui.

— Dites plutôt qu'il se planque derrière un fainéant dans votre genre.

— Eclairez-moi ! Quel est votre problème exactement ? demanda-t-il avec un mélange de curiosité et d'amusement.

— Vous voulez dire *votre* problème ! rétorqua-t-elle.

— D'accord. Qu'est-ce qui vous amène, hormis la vidange de routine ?

— Le problème, c'est que vous m'avez vendu un tacot à quarante mille dollars. Or, j'ai de nombreux rendez-vous…

— Ah, vraiment ? demanda-t-il d'un ton entendu.

Allison pinça les lèvres.

— Ecoutez, ma voiture a de sérieux problèmes de moteur, des problèmes que vous et vos abrutis de collègues n'avez pas su résoudre.

— C'est tout ?

— Avez-vous la moindre idée de la gêne occasionnée, lorsque vous ramenez un client à son bureau après un rendez-vous d'affaires et que votre voiture se met à brouter inopinément ?

— Votre clientèle est en majorité masculine, n'est-ce pas ? demanda-t-il, le sourire aux lèvres.

— Ecoutez-moi bien ! Je suis venue ici pour faire réparer ma voiture, pas pour me faire insulter par un petit malin aux yeux fureteurs et à l'ego surdimensionné. Je n'aurais jamais imaginé qu'ils embauchent des dégénérés pareils chez Westview Motors.

— Peut-être les *dégénérés*, comme vous dites, font-ils de bons mécaniciens. Autre chose ?

— Oui, le moteur fait un bruit infernal, encore un problème contre lequel vous n'avez trouvé aucune solution.

— C'est noté, « Moteur qui broute inopinément et fait un bruit infernal ». C'est bien cela ? dit-il en relisant ses notes.

— Ne prenez pas ce ton supérieur avec moi ! Cherchez plutôt d'où viennent ces problèmes et comment les résoudre.

— Vous savez, les voitures, c'est comme les femmes. Elles ont parfois besoin d'un peu de tendresse !

— Mais, ma parole, vous êtes encore plus atteint que je ne le croyais !

La tension était montée d'un cran. Allison avait du mal à accepter qu'il lui tienne tête de la sorte.

Mais Pete comptait bien poursuivre sa démonstration.

— En fait, ce que je voulais vous expliquer et ce, bien que je sois un abruti et que ces problèmes mécaniques soient extrêmement difficiles à diagnostiquer, c'est que, selon moi, le « broutage inopiné » provient sans doute d'un allumage défectueux. Quant au bruit, c'est probablement une valve qui accroche. D'où l'importance d'une bonne lubrification car il est encore trop tôt pour toucher au cœur du moteur. Votre bébé n'affiche même pas dix mille bornes au compteur. Après une bonne vidange, vous verrez comment notre huile miracle aura adouci son caractère, conclut-il avec un large sourire.

De nouveau, le cow-boy remettait ça, avec son langage équivoque !

— Très bien, dit-elle en se levant et en rajustant sa mini-jupe. Combien de temps faut-il compter ?

— Ça devrait être prêt pour ce soir. Notre chauffeur va vous reconduire. Si vous avez une question, appelez ce numéro, dit-il en lui tendant une carte de visite. Et si ça peut vous rassurer, je me charge *personnellement* des réparations.

Allison examina la carte : Dave Blodgett, technicien-conseil, Westview Motors.

— Je ne sais pas si cela doit me rassurer ! Je parie que vous n'avez même pas décroché votre brevet de mécanicien. Sinon, que feriez-vous là, à remplir des formulaires ? commenta-t-elle perfidement.

Imperturbable, Pete la saisit par le bras pour l'entraîner à l'extérieur.

— Comment avez-vous deviné ? Mais, vous savez, madame, les *abrutis* comme moi réservent parfois des surprises.

Allison se dégagea d'un geste brusque et, alors qu'elle descendait les marches, elle trébucha.

Décidément, ce cow-boy la déstabilisait, au sens propre comme au figuré.

3.

— Erin, tu ne devineras jamais ce qui m'est arrivé cet après-midi, confia Allison au téléphone.

— Ne me dis pas que tu as déjà trouvé ton homme objet ?

— Si !

— Déjà ?

— Eh, oui !

— Allez, Allie, ne te fais pas prier ! Donne-moi des détails !

Allison se lança dans le compte rendu circonstancié de sa rencontre avec le mécanicien.

— Il a essayé de te draguer ?

— A ton avis ? Le moins qu'on puisse dire, c'est qu'il ne fait pas dans la dentelle.

— Ah bon ? Et comment s'y est-il pris ?

Allison prit une voix grave :

— Sacrée belle plante ! Pur produit du Texas, n'est-ce pas ? imita-t-elle Pete en roucoulant.

— Le pire, c'est qu'il a raison ! commenta Erin.

Allison resta silencieuse.

— Tu ne vas quand même pas faire ta mijaurée !

— Tu sais à quel point je hais ce style de mecs, le genre

cow-boy mal dégrossi focalisé sur son apparence. Et, de toute façon, je ne sais rien de lui. Si ça se trouve, c'est un dangereux criminel !

— Ça m'étonnerait que Westview Motors embauche sans s'être renseigné sur les antécédents de ses postulants.

— Tu as sûrement raison, concéda Allison.

— J'espère seulement que tu ne vas pas laisser passer une telle opportunité, uniquement parce que vous n'êtes pas du même milieu.

— Quelle opportunité ?

— La partie de jambes en l'air sans inhibition ni complication, ça ne te dit rien peut-être ?

— Si. Et Dieu sait que ce serait facile ! répondit Allison, songeuse. C'est justement l'heure que j'appelle le garage pour voir si ma voiture est prête. Il m'a promis de s'en charger *personnellement*.

— Je vois qu'il est déjà à tes pieds ! Tu sais quoi ? Je vais quitter le boulot tôt, je peux te déposer au garage avant ma répétition si tu veux.

— Mon Dieu ! Tu dois être sacrément impatiente de le voir pour risquer d'arriver en retard à ton cours de théâtre ? s'esclaffa Allison.

— Je plaide coupable.

— De toute façon, ce n'est pas la peine, ils vont certainement m'envoyer leur chauffeur.

— Bon, alors, je te fais confiance pour foncer, ma vieille !

Allison avait terminé la communication avec Erin et continuait de sourire, d'un air béat. Elle avait passé l'après-midi à fantasmer sur son mécanicien, excitée au simple souvenir de l'effet qu'il avait produit sur elle en la déshabillant de ses yeux pâles. Elle se languissait de le revoir. Avec son air supérieur et sa sensualité débordante, il semblait se moquer de tout. Tout le contraire d'Adam, pourtant bel homme et intelligent, mais qui manquait cruellement de piment.

Allison se mordilla la lèvre. Allait-elle se lancer dans une aventure avec ce mécanicien si sexy ?

Ses parents, conservateurs et bourrés de préjugés, désapprouveraient une telle liaison. Une réaction qui, justement, lui donnait envie de foncer !

Alors qu'elle s'apprêtait à téléphoner au garage, sa nouvelle assistante, Katie Freshausen, passa la tête par la porte.

— Madame, Westview Motors vient d'appeler. Apparemment, un certain Pete vous attend en bas pour vous remettre votre voiture.

— Bon, j'y vais, dit Allison en prenant son sac à main. De toute façon, j'en ai terminé pour aujourd'hui.

— Bien, madame, bonne soirée !

— Vous aussi, Katie.

En sortant de l'immeuble où elle travaillait, Allison vit sa voiture, propre comme un sou neuf, garée sur le trottoir d'en face, avec Dave Blodgett au volant. A sa vue, elle sentit son pouls s'emballer.

La portière s'ouvrit et il descendit de la voiture. Il ne portait plus son bleu de travail maculé de cambouis. Il arborait une chemise noire de style western, aux boutons en nacre, parfaitement ajustée sur son torse musclé, et un jean noir moulant qui laissait peu de place à l'imagination. La boucle argentée de sa ceinture et les reflets de ses bottes en crocodile étincelaient dans la lumière de cette fin d'après-midi. A son approche, il ôta son Stetson et se courba en deux en une révérence parfaite.

Allison sentit un frisson de désir envahir son bas-ventre. D'habitude, elle avait une sainte horreur de ce genre de simagrées et du style western en général. Pourtant, ce cow-boy réussissait à libérer ses instincts les plus primitifs.

En arrivant à la voiture, elle ne put se retenir de rire.

— Qu'est-ce que c'est que ce cinéma ?

Il remit son chapeau et s'adossa nonchalamment à sa voiture en arborant son sourire ravageur.

— Vous n'appréciez pas mon sens du service ?

— Vous vous êtes permis de conduire ma voiture jusqu'ici, qui plus est, en vous faisant passer pour un dénommé Pete ?

— Mais je m'appelle Pete !

— Ce n'est pas ce qui est écrit sur votre carte de visite !

— Je suis ravi de constater que vous avez pris la peine de la lire !

— Vous me devez des explications, dit-elle en lui tendant la fameuse carte.

— Cet après-midi, j'occupais le poste de Dave et c'était la seule carte de visite que j'avais sous la main. Toutefois, si j'avais soupçonné que vous brûliez à ce point de connaître mon identité, j'aurais fait graver mon nom sur votre cœur.

Elle lui lança un regard glacial.

— Je me fiche pas mal que vous vous appeliez Dave ou Pete ! Simplement, j'aime avoir affaire à des personnes honnêtes. Ma voiture est réparée au moins ?

— Oui, madame.

Avec un sourire satisfait, Pete la prit par le bras et la guida du côté passager.

— Grimpez, je vous raccompagne au garage.

— Vous plaisantez ? Cela ne vous a pas suffi de conduire ma voiture jusqu'ici sans ma permission ?

— Et dire qu'il y a trois heures à peine, vous ne vouliez même plus entendre parler de ce *tacot* ! répliqua-t-il en en ouvrant la portière. Allez, mademoiselle Tracy, soyez gentille.

Vous m'éviterez d'avoir à trouver un taxi à cette heure de la journée.

— Pourquoi vous êtes-vous changé ? demanda-t-elle en fronçant les sourcils.

— J'ai toujours une tenue de rechange dans le vestiaire et, croyez-le ou non, il m'arrive de prendre une douche après le travail.

Allison le scruta d'un air sceptique, se demandant s'il était en train de se payer sa tête.

— Alors, allez-vous enfin m'autoriser à nous raccompagner ? reprit-il.

Allison monta de mauvaise grâce. Il referma sa portière, fit le tour de la voiture et vint s'installer au volant.

— De toute façon, il faut bien que je règle la facture, sans doute aussi gonflée que votre ego !

— Sachez, mademoiselle Tracy, que, quoique vous ne le méritiez pas forcément, aujourd'hui, c'est gratuit.

— Comment ça ? Vous n'avez pas réparé ma voiture ?

— Il se trouve que j'ai consulté l'historique de vos réparations et, comme c'était votre troisième visite pour le même problème, j'ai fait jouer la garantie. J'ai réparé votre moteur, effectué la vidange et mis le plein. Pour finir, j'ai fait laver et cirer votre voiture à titre gracieux.

— Et qu'espérez-vous en échange d'une telle générosité ?

— Peut-être un brin de conversation civilisée ou encore rentrer au garage en un seul morceau ?

— Excusez-moi, murmura Allison.

— Voilà qui est mieux ! conclut-il en faisant démarrer le moteur. Maintenant, écoutez ça !

— Le bruit a pratiquement disparu !

— C'est grâce à l'huile miracle !

— Et elle ne broute pas.

— J'ai changé l'allumage.

— Vous aviez raison, alors ?

— Exact ! Toutefois, si le problème devait réapparaître, je me ferais un plaisir d'explorer votre moteur plus en profondeur.

Comme toujours, ses paroles étaient lourdes de sous-entendus, ce qui eut le don d'exciter Allison.

— Il me tarde déjà, chuchota-t-elle.

Pete la regarda avec un petit sourire.

Elle ne savait plus que penser. Elle s'était laissé prendre à son petit jeu, mais, pour sa défense, il s'était montré étonnamment prévenant. Certes, ses yeux en disaient long sur ses intentions, mais jusqu'à présent, il n'avait eu aucun geste déplacé.

— Et si on repartait de zéro ? lança-t-elle.

— Vraiment ? demanda-t-il, à la fois étonné et ravi.

— Admettez que le coup de la belle plante du Texas, c'était un peu déplacé !

— Vous n'êtes pas texane ?

— Vous le faites exprès ?

— Vous voyez que vous l'êtes ! Je dirais de Dallas même !

— Comment avez-vous deviné ?

— Vous avez tout l'air d'une prétentieuse de Dallas.

— Et vous avez tout l'air d'un cul-terreux tout droit sorti de sa campagne.

— Je parie que vos parents habitent à Highland Park et que vous avez fait vos débuts au Idlewild Ball, enchaîna-t-il avec aplomb.

— Pour tout vous dire, c'était au festival Tyler Rose, mais d'où sortez-vous cela ?

— Je connais votre genre par cœur.

— Ah, c'est la voix de l'expérience qui parle, peut-être ?

— Dès que je vous ai vue, j'ai tout de suite reconnu le

prototype de la fille de Dallas lâchée dans la jungle urbaine de Houston. Je me trompe, trésor ?

— Je ne vous permets pas de m'appeler trésor !

— Alors, j'ai raison ou pas ?

— En fait, je n'habite à Houston que depuis six mois, après une mutation. Mais j'ai deux anciennes camarades du lycée qui vivent aussi à Houston.

— J'imagine que, lors de vos déjeuners branchés en ville, c'est à celle qui raconte le détail le plus salace sur son petit ami du moment.

— Quel cynisme ! rétorqua Allison, mortifiée qu'il ait su si bien voir en elle.

— Il faudrait que je vous sorte un peu pour vous faire découvrir le vrai sens de l'hospitalité de cette ville.

— Si vous voulez parler de viande grillée et de danse folklorique, on a ça aussi à Dallas ! Cela dit, si vous avez vraiment réparé ma voiture, je vous invite volontiers au restaurant.

— Seriez-vous en train d'essayer de me draguer ?

— Je rêve, c'est vous qui n'arrêtez pas !

— On dirait que toutes les voitures se sont donné rendez-vous sur cette autoroute, ma parole ! Que diriez-vous de prendre les petites routes de campagne pour tester votre bolide ?

— Vous plaisantez ? M'aventurer avec vous dans un coin perdu, alors que je ne connais même pas votre nom !

— Mon nom est Pete Chisholm.

Puis, il lui prit la main et fit courir sles doigts de manière suggestive sur le manche en cuir de son levier de vitesse.

— Et je vais vous montrer de quoi votre châssis est capable ! dit-il d'une voix grave et sexy.

Elle savait qu'elle aurait toutes les raisons de le gifler, mais elle était tombée sous le charme de ses paroles osées et de ses gestes ambigus.

— D'accord pour le petit tour, mais encore un geste comme celui-là et je vous fais descendre de selle sans sommation ! dit-elle d'un ton qu'elle voulait menaçant.

Pete la regarda et se mit à rire.

— Un peu de musique pour adoucir les mœurs, alors ?

Et sans attendre la réponse d'Allison, il choisit un album de Steppenwolf et l'inséra dans le lecteur C.D.

4.

— On va se prendre une amende ! protesta Allison.

— Je la paierai, répondit calmement Pete.

Tous deux filaient sur l'autoroute accompagnés du rythme endiablé de Steppenwolf. Pete roulait à pleine vitesse lorsque la circulation commença à s'intensifier. Il fit vrombir le moteur pour se dégager de la file encombrée. Allison ne se doutait pas que sa voiture était capable d'une telle reprise, pas plus qu'elle n'imaginait un jour être à ce point attirée par un cow-boy dans son genre. Décidément, elle allait de surprise en surprise.

Mais ce n'était pas n'importe quel cow-boy ! Concentré sur la conduite, Pete rayonnait de virilité : l'intensité de son expression, le maintien de son corps musclé, la force et la largeur de ses mains posées sur le volant et la jubilation dans son regard… il était aussi excitant que sa conduite était musclée.

— On voit que ce métier vous plaît, commenta-t-elle.

— Pour sûr !

— J'ai peut-être été un peu sévère avec vous aujourd'hui ?

— Un peu ? Abruti, dégénéré, cul-terreux, j'ai connu plus agréable !

— Avouez que mes commentaires étaient… légitimes après

votre grossière entrée en matière ! Mais je vois que vous avez fait du beau boulot. Bravo !

— Ce fut un plaisir, madame ! s'exclama-t-il en touchant le bord de son Stetson. Rien de tel que d'aller fourrer ses mains dans un petit moteur bien chaud pour le sentir palpiter, puis vrombir à pleine puissance.

Cette fois-ci, il avait dépassé les bornes !

— Allez-vous cesser enfin ?

— Cesser quoi ?

— Vos sous-entendus.

— Vous avez l'esprit drôlement mal tourné, ma chère.

— C'est le monde à l'envers ! s'exclama-t-elle.

— Je parlais voitures, mademoiselle.

— Mon œil !

— Mais que faites-vous avec moi, alors ? répliqua-t-il sans se décontenancer.

— Vous oubliez que c'est vous qui m'avez forcée à faire un tour avec vous, insista-t-elle.

— Vous savez, il n'y a pas si longtemps encore, une femme qui se laissait emmener faire un tour se retrouvait rapidement devant le curé.

— Mon Dieu, mais de quelle époque sortez-vous ?

— Je n'ai que vingt-six ans ! protesta-t-il.

— Comme moi !

— Vous n'auriez pas un creux ?

— Je vous demande pardon ?

— Madame accepterait-elle de m'accompagner dîner quelque part ? demanda-t-il d'un ton cérémonieux.

— Ah ! je comprends enfin ! Tout ce cinéma pour sortir avec moi !

— Vous plaisantez, c'est vous qui m'avez invité à dîner tout à l'heure.

— Parce que vous comptez me faire payer, en plus ?

— Certainement, mais pas de la façon que vous croyez. Pour ce qui est du dîner, c'est moi qui vous invite. Disons qu'il s'agit d'un geste commercial à l'égard d'une fidèle cliente. Qu'en dites-vous, on s'arrête ? demanda-t-il en désignant un bâtiment sur la droite.

On aurait dit une étable, avec un gigantesque taureau peint sur la façade.

— C'est cette grange ?

— Oui, j'adore cet endroit. On y sert le meilleur poulet frit de toute la région !

A l'intérieur, l'étable avait été aménagée en authentique saloon. Sur l'estrade jouait un petit groupe de country tandis que quelques courageux s'essayaient à une gigue irlandaise. Plus loin, un groupe de cow-boys étaient réunis autour d'un taureau mécanique que l'un d'entre eux chevauchait en faisant tournoyer son chapeau. Allison n'aurait jamais cru que ce genre d'endroits existe encore.

Alors qu'ils passaient devant le bar, le barman héla Pete.

— Salut, fiston, comme d'habitude ?

— Oui, Joe, deux spécial et deux pressions !

— Une minute ! hoqueta Allison. Vous venez de commander sans même me consulter ?

— Faites-moi confiance, dit-il à voix basse, le spécial est la seule chose mangeable au menu. Il y a bien du poisson-chat, mais ça fait tellement longtemps qu'il a été pêché qu'il a eu le temps de se faire de nouvelles moustaches, si vous voyez ce que je veux dire.

— Je vois.

Elle jeta un œil autour d'elle et croisa quelques regards appuyés.

— Ma tenue n'est pas vraiment adaptée à l'endroit, dit-elle en s'efforçant de redescendre sa jupe.

— Trésor, vous avez raison, acquiesça Pete. Vous allez déclencher une émeute et il faudra que je me batte contre toutes ces brutes pour sauver votre honneur. Asseyons-nous avant que les taureaux ne deviennent incontrôlables.

Allison secoua la tête. Que faisait-elle là, avec ce macho, aussi sexy fût-il ? Ils prirent place autour d'une petite table de bois. Une serveuse arriva avec leurs bières.

— Salut, beau gosse ! lança-t-elle à Pete.

— Salut, Willie ! Comment t'en sors-tu au milieu de tous ces mâles ?

— Tu sais comme ils aiment se faire remarquer. Je vois que tu es en charmante compagnie, comme toujours, dit-elle en se tournant vers Allison.

— Cette demoiselle a pris la mouche parce que je lui ai commandé un spécial. Elle ne me croit pas pour le poisson-chat !

— Même une meute de chiens affamés n'en voudrait pas, confia-t-elle à voix basse avec un clin d'œil.

— Me voilà rassurée ! commenta Allison.

Alors que la serveuse se dirigeait vers une autre table, Allison se tourna vers Pete.

— Mais comment avez-vous connu cet endroit ?

— Mes parents nous emmenaient ici mon frère et moi. J'ai grandi dans un ranch à Fort Bend County.

— Vraiment ? demanda Allison.

Erin avait donc raison, il restait bien d'authentiques cow-boys. Si Pete Chisholm était devenu mécanicien, c'était certainement parce qu'il n'y avait pas assez de travail pour lui dans le ranch de ses parents, songea Allison. Elle savait que beaucoup de ranchers avaient du mal à joindre les deux bouts sur de petites exploitations.

— Figurez-vous que ma nouvelle assistante, Katie Freshausen, vient de là, elle aussi ! remarqua-t-elle.

— Le nom me dit vaguement quelque chose, mais je ne la connais pas personnellement.

— Katie est une vraie perle. Elle vient juste de terminer ses études et habite encore chez ses parents, mais elle pense prendre un appartement en ville d'ici à cet automne.

— C'est un bon début.

— Et où habitez-vous ?

— J'ai un pied-à-terre en ville, mais le week-end, je rentre généralement au ranch pour monter à cheval ou m'entraîner au rodéo.

— Du rodéo ?

— Oui, je monte des taureaux.

— Moi aussi, je m'entraîne…

A peine eut-elle prononcé ces mots, qu'elle regretta déjà la tournure que prenait la conversation.

Pete lui lança un regard appréciateur.

— C'est vrai que vous avez l'air en forme, madame !

— Vous allez arrêter de m'appeler comme ça à la fin !

C'est alors qu'elle vit qu'une femme bien conservée, vêtue de jean de la tête aux pieds, s'approchait de leur table.

— Pete Chisholm ? En voilà une surprise !

— Gussie ! s'écria-t-il en la serrant affectueusement dans ses bras. Toujours aussi ravissante !

— Quel flatteur ! Présente-moi plutôt ton amie !

— Allison Tracy, Gussie, dit Pete.

— Comment allez-vous ? demanda Gussie à Allison en lui tendant la main.

— Bien, merci. Enchantée, répondit Allison en lui serrant la main.

— Seriez-vous de la famille d'Everett Tracy d'Highland Park Trust ?

— Vous connaissez mon père ? s'enquit Allison, surprise.

— J'ai rencontré Everett il y a quelques années, à l'occasion de l'appel de fonds lancé par notre gouverneur.

— Gussie est très active dans la vie politique de Fort Bend County. Elle rédige des articles pour la gazette locale depuis de nombreuses années, expliqua Pete.

— Je disais à l'instant à Pete que mon assistante vient de Fort Bend County. Elle s'appelle Katie Freshausen.

— C'est une famille que je connais bien. J'ai récemment couvert le récital de piano de la petite sœur de Katie.

— Katie m'a montré l'article. Félicitations !

— Merci, ma chère, répondit Gussie avec une révérence.

Elle se tourna vers Pete.

— C'est sérieux entre vous ? lui demanda-t-elle.

— Gussie, voyons ! s'exclama-t-il d'un ton grondeur.

Gussie dirigea son regard vers Allison.

— Pete est un très bon parti, vous savez ?

— Oui, cet homme est une perle ! rétorqua Allison en jouant le jeu.

— Dois-je passer le bonjour de ta part à notre gentille petite Mary Lou ? Je vais sûrement la voir à l'église, ainsi que tes parents, ce week-end.

— Bien sûr ! bégaya Pete, cramoisi.

— Ah, je vois que Dan est déjà sur le départ, remarqua Gussie en tendant le cou vers la sortie. J'ai intérêt à me dépêcher si je ne veux pas rentrer à pied. La patience n'est pas son fort !

Gussie s'en alla et il y eut un blanc jusqu'à ce qu'Allison

brise le silence en demandant qui était cette gentille petite Mary Lou.

— Une amie de longue date, répondit-il simplement. Ne vous en faites pas pour ça.

— Je ne m'en fais pas ! répliqua Allison, un peu trop sèchement. Simple curiosité. Qui plus est, nous…

— … sommes juste sortis faire un tour ! la coupa-t-il sans perdre sa bonne humeur.

— Bon appétit, lança la serveuse en déposant deux énormes assiettes.

Allison resta bouche bée. Elle n'avait jamais vu une cuisse de poulet d'un tel gabarit. La viande était accompagnée d'une montagne de purée, et d'énormes toasts étaient calés sur le rebord de l'assiette. Les effluves qui s'exhalaient du plat lui donnèrent l'eau à la bouche.

— Cela a l'air délicieux, mais je suis absolument incapable d'engloutir tout ça !

— Règle n° 1 : ne jamais s'avouer vaincue dès le premier rendez-vous, se moqua Pete.

— Ceci n'est pas un *rendez-vous* ! En plus, il y a suffisamment de lipides dans cette assiette pour me fournir en calories toute ma vie.

— Et alors ? Vous êtes toute mince.

— Justement ! Ce n'est pas en ingurgitant toute cette graisse que je vais le rester.

— Pas si vous faites suffisamment d'exercice, rétorqua-t-il avec un clin d'œil.

Sentant la chaleur monter en elle à cette simple pensée, Allison plongea la tête dans son assiette. Du coin de l'œil, il la regarda dévorer son spécial.

— Vous allez penser que j'étais à la diète depuis une semaine, non ? confia-t-elle.

— Tout ça, c'est à cause des misérables petites salades que vous mâchonnez. Pour ma part, je trouve qu'il n'y a rien de plus sensuel que de plonger ses doigts dans un bon morceau de viande.

— Mon Dieu, je n'en peux vraiment plus, dit-elle en avalant la dernière, et énorme, bouchée.

— Ça doit vous changer d'Highland Park ?

— Vous dites ça d'un ton péjoratif !

— Non, ce que je veux dire, c'est que votre quartier chic n'est pas l'endroit idéal pour déguster un barbecue ! A moins que la fille d'un banquier mène une vie secrète dont je ne sois pas au courant.

— Rien de secret, non, répondit Allison, irritée par son commentaire. Une famille d'Highland Park, tout ce qu'il y a de plus ordinaire. Un couple marié, plus par convenance que par amour, avec leurs deux enfants, mon grand frère, un rat de bibliothèque, et moi-même.

— L'enfant rebelle de l'histoire ? demanda-t-il avec une douceur inattendue.

Comprenant qu'elle s'était livrée plus qu'elle ne l'aurait voulu, Allison releva le menton.

— Pas plus qu'une autre jeune fille du coin. Mais, j'oubliais, vous connaissez ce type de fille par cœur, n'est-ce pas ?

— Toutes mes excuses, Allison, dit-il d'un air penaud. Mes mots, tout à l'heure dans la voiture, ont dépassé ma pensée. J'ai eu la chance de grandir dans une famille très aimante…

Soudain, les traits de son visage se durcirent.

— … le seul problème étant mon vaurien de petit frère.

— Eh bien, moi, mes parents m'ont toujours considérée comme une enfant difficile. A l'époque du lycée, ils ont failli avoir une attaque lorsque j'ai commencé à fréquenter les rave parties et les concerts de hard-rock. Et ils sont extrêmement déçus que j'aie décidé de m'installer à Houston plutôt que de me marier avec l'un de ces fils à papa qu'ils m'avaient dégoté.

— Il faut toujours que les parents se mêlent des affaires de cœur de leurs enfants.

— C'est vrai, acquiesça-t-elle, se demandant s'il faisait allusion à la mystérieuse Mary Lou.

— En tout cas, je suis ravi que ça n'ait pas marché entre vous ! Cela dit, rien d'étonnant avec un caractère pareil !

— Vous avez raison de vous en méfier, répondit-elle du tac au tac.

— Maintenant qu'il ne reste plus une miette dans votre assiette, vous prendrez bien un dessert ?

— Non, je ne peux vraiment plus rien avaler.

— Un café ? Une bière ?

— Va pour une autre bière !

Il fit signe à la serveuse.

— Vous voulez danser ?

— Pourquoi pas ?

Ils se levèrent de table. Allison se dirigeait déjà vers la piste lorsque Pete l'attrapa par la main.

— Un instant, dit-il.

C'est alors qu'il lui déboutonna sa veste de tailleur. Allison était trop abasourdie pour objecter quoi que ce soit. Lorsqu'il en écarta les pans et la laissa tomber sur ses épaules, ses doigts chauds effleurèrent les bras dénudés d'Allison qui fut parcourue de frissons. Il la dévora des yeux, dans son débardeur en cachemire, si ridiculement petit comparé à l'opulence de sa poitrine.

— Voilà qui est mieux ! dit-il d'une voix rauque.

— Il fait un peu frais, protesta Allison.

— Je vais vous réchauffer.

Quand Pete la prit tendrement dans ses bras, Allison sentit

la chaleur de son corps envahir le sien. Puis, il posa sa joue contre la sienne et, soudain, tout en elle sembla se languir de lui. Il était si chaud, si puissant, si proche. Elle émit un soupir mêlé de désir et de frustration.

Tandis qu'il la faisait danser, ses mains caressaient ses bras nus et son dos. Puis il fit glisser ses doigts le long de sa colonne vertébrale et posa ses mains sur ses hanches. Elle en trembla de désir. Les doigts brûlants de Pete avaient marqué leur empreinte sur sa peau.

Il resserra alors son étreinte et Allison put sentir son sexe en érection, pressé contre son bas-ventre. Elle aurait dû protester, du moins s'écarter, mais pour l'instant, rien au monde n'aurait pu la séparer de son Texan si sexy.

— Comment cette soirée va-t-elle se terminer, cow-boy ?

— Vous le savez aussi bien que moi, mon ange.

Alors qu'ils se mouvaient sur la piste de danse, Pete se sentait au septième ciel. Tout en elle l'émerveillait : sa chaleur, sa douceur, ses courbes et son doux parfum. Tandis qu'il sentait ses fesses rebondies remuer en rythme sous ses mains, Pete lutta pour ne pas l'embrasser.

Cette fille était singulière. Aujourd'hui, elle lui avait mené la dragée haute et, pourtant, il avait réussi à l'apprivoiser, malgré tout le mépris qu'elle lui avait d'abord manifesté.

Au fil de la soirée, elle s'était peu à peu livrée et semblait avoir changé d'opinion le concernant.

Alors que l'horloge sonnait 23 heures, elle vacilla sur ses jambes et se rattrapa à son cavalier. Pete plongea son regard dans ses yeux magnifiques, un peu trop brillants.

— Je crois qu'il est temps que je vous raccompagne, vous avez un peu bu.

— Et vous donc !

Pete ne put s'empêcher de sourire. Même un brin pompette, elle gardait son sens de la repartie.

— J'ai pris deux bières au dîner, mais des sodas depuis. Il fallait bien que l'un d'entre nous reste sobre pour nous reconduire sains et saufs à la maison.

— Oui, à cent cinquante kilomètres/heure !

En riant, Pete se pencha et effleura de ses lèvres l'oreille d'Allison. Il l'entendit retenir sa respiration, puis émettre un petit gémissement qui acheva de le ravir.

— Maintenant que nous savons ce que votre voiture a sous le capot, nous pouvons prendre notre temps. Ne tardons plus, vous avez déjà bu trois bières.

— Vous comptez les bouteilles qui pavent la route de votre séduction, cow-boy ?

Même à travers ses paroles ironiques, il sentit dans sa voix toute l'ardeur de son désir pour lui.

— M'accorderez-vous une dernière danse ?

— Avec plaisir ! murmura-t-elle.

Elle se lova contre lui comme si ses bras étaient l'endroit le plus confortable au monde et il sentit la tendresse l'envahir. Quelle magnifique soirée ! Il ne pouvait rêver meilleur dénouement que de la terminer en lui faisant l'amour.

Soudain, un frisson le parcourut. Il était sidéré par l'intensité de ses sentiments. Il l'avait draguée, par défi, et en l'espace de quelques heures, elle l'avait ensorcelé.

— Vous avez été particulièrement prévenant avec moi, soupira-t-elle. Vous avez réparé ma voiture, puis m'avez invitée à dîner et, maintenant, vous allez me raccompagner.

— C'est un plaisir.

— Mais comment allez-vous faire pour rentrer chez vous ?

— J'ai l'impression que cela ne devrait pas poser de problème.

— Toujours aussi sûr de vous !

— C'est vrai, admit-il. Mais s'il y a le moindre souci, je prendrai un taxi pour rentrer.

— Entendu. Je paierai pour la course.

Il la serra plus fort, respirant sur sa chevelure son parfum fleuri et posa ses lèvres sur son front.

— Vous paierez, dit-il dans un soupir.

Tout engourdie qu'elle fût, Allison n'eut aucun mal à saisir l'allusion.

5.

Sur la route du retour, la chaleur de la voiture, le ronronnement du moteur et les vapeurs de l'ivresse laissèrent Allison dans un état de douce torpeur. Ce n'est que lorsque sa tête vint se poser sur l'épaule de Pete qu'elle reprit soudainement ses esprits. Elle se redressa vivement.

— Tout va bien, mon ange ? lui demanda Pete tout bas. Pourquoi ne poses-tu pas ta tête sur mes cuisses ?

— Avec le levier de vitesse en plein thorax ? Quelle position confortable ! ironisa-t-elle. Et où suis-je censée poser ma bouche ?

— Tu veux vraiment des suggestions ?

— Non !

— Je crois qu'on a besoin d'un peu de musique. J'ai cru voir la bande originale de *Soixante secondes chrono* dans ton range C.D.

Allison alluma la veilleuse et passa en revue les différents albums.

— Tiens, la voilà !

— L'indispensable album de tout bon mécanicien : la meilleure bande originale pour le meilleur film de voitures jamais réalisé.

— Moi qui pensais que tu ne jurais que par la country.

— Non, j'ai d'ailleurs choisi Steppenwolf à l'aller, n'est-ce pas ?

Allison eut un sourire nostalgique.

— Cela me rappelle quand j'étais petite… Ma tante Tessa m'a fait découvrir ce groupe. Elle en était fan.

— Elle t'a convertie à ce que je vois !

— Si on veut ! En tout cas, quand elle m'emmenait faire un tour dans sa Mustang, on n'écoutait pas de la variété !

— Vous vous entendiez bien ? demanda-t-il en insérant le C.D. dans le lecteur.

— Oui, elle était sympa. Plus que son frère, qui est mon père, en tout cas. D'après ma famille, j'aurais hérité d'elle mon côté rebelle.

Pete sourit tout en réglant le volume. Dès les premières notes, Allison reconnut *Painted on my heart* du groupe The Cult. Elle avait oublié que c'était le premier morceau de l'album, probablement la chanson d'amour la plus torride de toute sa collection. A mesure que la lancinante lamentation envahissait l'habitacle de son énergie brute et sensuelle, Allison avait de plus en plus de mal à tenir en place.

Cette chanson faisait-elle le même effet à Pete ? Elle l'observa du coin de l'œil, mais il était concentré sur la route et elle ne parvint pas à déterminer ce qu'il ressentait. Soudain, elle fut prise d'une irrésistible envie de le toucher. Elle tendit le bras et posa sa main sur sa cuisse chaude.

Pete étouffa un cri et quitta subitement la voie rapide pour s'arrêter à côté d'une station-service. Il coupa le moteur.

— Quelque chose ne va pas ? demanda Allison en retirant brusquement sa main.

Il se tourna alors vers elle et, plongeant ses yeux dans les siens, il tendit la main pour caresser sa joue soyeuse.

— Non, mon ange, *tout* va *très* bien, au contraire.

Allison se sentait mourir à petit feu. Même la passion suggérée par la voix rauque du chanteur n'était rien comparée à la ferveur du regard qu'ils venaient d'échanger. Combien de temps allait-elle pouvoir encore résister alors qu'il lui suffisait d'allonger le bras pour atteindre l'objet de son ardent désir ? Et les paroles de la chanson, évoquant plaisirs charnels et lieux interdits, rendaient l'attente plus insoutenable encore.

Son cœur battait si fort qu'elle se demanda si Pete pouvait l'entendre palpiter par-dessus la musique. A en juger par la flamme qui alluma soudain son regard, elle comprit que c'était le cas.

— Viens, soupira-t-il d'une voix rauque.

Il n'en fallut pas plus à Allison pour se jeter dans les bras de Pete qui l'enveloppèrent de leur chaleur et de leur force. Son soupir de plaisir vint se mêler à celui de Pete. Puis, il se pencha sur elle et fit courir ses lèvres fiévreuses sur son visage, s'attardant sur son front et caressant sa joue sans jamais effleurer les siennes. Enfin, il posa sa bouche sur la sienne et sa langue s'insinua en elle comme la caresse d'une flamme sur le bois.

Allison poussa un gémissement et s'accrocha à Pete, répondant à son baiser de sa bouche affamée. Il embrassait divinement bien. Comme s'il l'avait sentie perdre pied, il resserra alors son étreinte. Elle gémit de plaisir en sentant le poids de son corps sur sa poitrine et ouvrit la bouche plus grand encore, comme pour l'inviter à la posséder tout entière. La pointe de ses seins durcis frottait délicieusement contre la poitrine de Pete et, lorsqu'il guida sa main jusqu'à sa braguette, elle ne chercha pas à lui résister. Sentant son membre chaud et dur sous ses doigts à travers le tissu épais de son jean, un désir pressant s'insinua en elle. Elle tremblait d'excitation.

Au moment où le morceau touchait à sa fin, ils se désunirent, légèrement étourdis. Allison lança à Pete un regard étrange, comme si elle n'en revenait toujours pas de la puissance des émotions qui venaient de surgir entre eux. Certes, Pete était particulièrement sexy et il n'y avait rien d'étonnant à ce qu'il embrasse si bien, mais elle était loin d'imaginer que ce moment d'intimité partagée la laisserait dans un tel état de vulnérabilité…

Et malgré le rythme enjoué du titre suivant, Allison resta sous le choc, son cœur battant la chamade dans l'obscurité de la nuit.

— Tout va bien ? demanda-t-il tendrement.

— Très bien, répondit-elle avec un petit rire forcé. On peut dire que tu as réussi à me réveiller ! Ça faisait un bail que je n'avais pas flirté avec un petit ami dans une voiture.

— Tu me considères comme un petit ami ?

Allison n'osa pas répondre tant il lui semblait qu'il était déjà bien plus que ça. Ils s'étaient rencontrés l'après-midi même, mais elle avait l'impression de le connaître depuis toujours.

— Que dirais-tu de venir sur mes genoux ?

— *Ici* ? Tu es tombé sur la tête ou quoi ? s'exclama-t-elle, aussi scandalisée qu'excitée.

— La banquette arrière a l'air plutôt accueillante et… bien dans l'obscurité, commenta-t-il en jetant un œil par-dessus son épaule.

— N'y compte pas ! répliqua-t-elle en appuyant chaque syllabe comme pour masquer sa voix chevrotante.

— Je vois, répondit-il en riant, que je ne t'ai pas encore complètement apprivoisée.

Il lui tapota la main et se tourna pour mettre le contact.

— Rendors-toi, mon ange. Tu auras besoin de toute ton énergie…

Une fois encore, Pete aurait mérité une leçon de modestie, mais il avait bien trop de charme et de sex-appeal pour qu'elle ait envie de résister. Bercée par la musique, Allison replongea dans le sommeil. Mais, cette fois-ci, c'est à son cow-boy qu'elle rêva.

Une heure plus tard, dans l'appartement d'Allison surplombant le quartier huppé de la ville, Pete se tenait face à la baie vitrée, occupé à admirer l'océan de gratte-ciel qui scintillait de lumières.

— Sacrée belle vue que tu as là !

Depuis la cuisine adjacente, Allison profitait elle aussi d'une vue imprenable… sur le corps de Pete. Avec ses larges épaules, son dos musclé, ses fesses fermes et ses longues jambes, il était aussi irrésistible de dos que de face. Tout en lui respirait la virilité et, au simple souvenir de leur incroyable baiser, Allison sentit ses seins se durcir et une volute de chaleur s'épanouir dans son bas-ventre.

Allison était maintenant parfaitement réveillée. Incapable de détacher son regard de Pete qui évoluait maintenant dans son salon, elle ne pouvait s'empêcher de l'imaginer dans un espace plus intime encore.

— C'est vrai, articula-t-elle enfin.

— Je ne sais pas ce que tu vends, mais ça a l'air de bien marcher.

— Des médicaments. Mais tu sais, je suis loin de rouler sur l'or. Mon appartement est bien situé, mais la surface n'est pas énorme, dit-elle en désignant son séjour, petit mais élégant. Si je l'ai choisi, c'est surtout parce qu'il se trouve à cinq minutes à pied de mon lieu de travail…

Elle fit une pause avant d'ajouter avec malice :

— Un atout inestimable lorsque, comme moi, on ne peut pas compter sur sa voiture…

— C'est de l'histoire ancienne, maintenant !

— Tu as raison, admit-elle. Je dois reconnaître que tu connais ton boulot. Le moteur n'a pas bronché de tout le trajet.

— Je sais comment m'y prendre pour apprivoiser une créature entêtée, répondit-il en avançant vers elle.

Préférant s'abstenir de commenter ce sous-entendu, Allison ouvrit la porte du minibar.

— Un dernier verre pour la route ? murmura-t-elle.

— Je suis censé partir ?

Sa voix était pure séduction et Allison en laissa presque tomber la bouteille de cognac qu'elle venait de prendre. En se retournant pour la poser sur le bar, elle croisa le regard amusé, mais toujours aussi brûlant, de Pete.

— Et si on laissait faire les choses ? proposa-t-elle.

— Comme tu voudras. Mais, poursuivit-il en désignant la bouteille, ce n'est pas d'alcool dont j'ai soif en ce moment. Qui plus est, cela m'ennuierait de te voir de nouveau piquer du nez.

— Je suis en pleine forme, affirma-t-elle.

— C'est bien toi qui ronflais dans la voiture ? la taquina-t-il en touchant le bout de son nez.

— Je ne ronfle jamais, répliqua-t-elle. Et, même si c'était vrai, ce n'est pas très galant de ta part de me le faire remarquer.

— Ne t'en fais pas, je n'ai quasiment rien entendu ! dit-il avec un clin d'œil. C'est juste que je préférerais que tu restes les yeux grands ouverts, même si, je l'avoue, cela ne me dérangerait pas que tu mettes ta langue en veilleuse un moment… A moins qu'on ne lui trouve une autre occupation !

Bien qu'émoustillée, Allison releva le menton.

— Tu sais, je peux encore te jeter dehors.

— Parce que tu t'en crois la force ? demanda-t-il, incrédule.

— Et comment ! Tu m'as l'air plutôt chétif. Je parie même que je suis plus grande que toi !

— Vraiment ? railla-t-il, un éclair de défi dans les yeux. On va vérifier tout de suite. Mais avant, fais-moi le plaisir d'enlever tes talons !

— Tu as vu les bottes que tu portes ? rétorqua-t-elle en fixant les pieds de Pete.

— Bien, dans ce cas, procédons au déchaussement !

— Au « déchaussement » ? s'esclaffa-t-elle. Mais, ma parole, tu es encore plus ringard que je ne l'imaginais.

— Vas-tu enfin ôter ces escarpins, oui ou non ?

Allison n'était pas du genre à se laisser mener par le bout du nez. Pourtant cette nuit, elle s'amusait trop pour résister. Elle s'exécuta, puis se redressa de toute sa hauteur face à Pete.

Une fois pieds nus tous les deux, elle était sans conteste la plus petite. Mais Pete n'entendait pas en rester là.

— Alors, j'attends la suite !

— Un mètre soixante-dix-sept pour soixante-deux kilos, annonça-t-elle sans se démonter.

— Ah, ah ! s'écria-t-il avec un sourire vainqueur. Un mètre quatre-vingt-cinq pour soixante-quinze kilos. Alors, *qui* est le plus costaud ?

— La taille ne fait pas la force.

— Je dois avouer, dit-il en l'examinant sous toutes les coutures, que, côté formes, tu as tout ce qu'il faut là où il faut, mais il te manque encore un peu de muscles pour pouvoir prétendre me battre !

— Tu oublies que je m'entraîne régulièrement, je ne te donne même pas une minute ! déclara-t-elle, les poings sur les hanches.

Pete prit un air supérieur qui la découragea de continuer.

— Tu sembles oublier que je monte à cheval et fais du rodéo tous les week-ends. Alors, combien tu paries ?

Allison en avait assez entendu. Résolument décidée à en découdre, elle lança l'assaut et se rua sur lui, uniquement pour se retrouver agrippée par les deux puissantes mains de Pete et hissée sans effort pour finir jetée par-dessus son épaule. Il traversa la pièce à grandes enjambées et la laissa retomber juste au-dessus du canapé en face de la baie vitrée. Ils restèrent étendus là, leurs deux corps enlacés, yeux dans les yeux et sexe contre sexe, à bout de souffle.

— Un baiser ? demanda-t-il, le sourire jusqu'aux oreilles.

Sans lui laisser le temps de répondre, Pete l'embrassa de nouveau, fouillant sa bouche de sa langue experte.

— C'est vrai que tu es fort ! murmura-t-elle en lui mordillant la lèvre inférieure.

Lorsqu'il fit passer le débardeur d'Allison par-dessus sa tête, elle ne protesta pas et il put admirer ses seins ronds et généreux à travers la dentelle blanche de son soutien-gorge.

— Je suis au paradis ! s'exclama Pete.

Le feu qu'Allison perçut alors dans ses yeux fit durcir ses mamelons déjà tendus. Il approcha sa tête de sa poitrine et fit courir sa langue sur les contours de son soutien-gorge. Lorsqu'il posa ses lèvres sur ses seins et commença à en mordiller la chair et les tétons à travers le voile sensuel, même la dentelle qui la gainait sembla frétiller.

— Enlève ta chemise ! ordonna-t-elle.

— Oui, madame.

Pete s'exécuta, arrachant littéralement sa chemise pour dévoiler une partie de son corps superbe : un torse musclé et hâlé, recouvert d'une toison dorée disparaissant en une ligne fine sous la boucle de sa ceinture.

Excité par la lueur d'envie qu'il venait de lire dans les yeux d'Allison, il dégrafa son soutien-gorge, mouilla la pointe de son doigt et commença à tracer des petits cercles concentriques autour de l'aréole de ses seins tendus. Elle en frissonna d'excitation et, au moment où elle crut défaillir, il aspira son téton tout en le mordillant gentiment. Allison laissa échapper un soupir d'abandon. Gémissant de satisfaction, Pete fit subir ce traitement aux deux seins, l'un après l'autre, ce qui la fit se tordre de plaisir. Enfin, il s'écrasa de tout son poids sur sa poitrine nue et elle put apprécier la délicieuse sensation de son corps chaud et musclé tout contre le sien.

Pete glissa ensuite les mains en direction de ses cuisses et retroussa sa jupe jusqu'à la taille. Allison leva les hanches de manière suggestive.

Il posa alors son regard sur ses cuisses gainées dans une culotte en dentelle transparente, un porte-jarretelles et des bas noirs. Lorsque ses doigts s'aventurèrent sur la peau nue de son entrecuisse, elle cambra les reins et plaqua ses hanches contre les siennes.

— Tu n'enlèves pas tes dessous ? s'enquit-il tout en caressant son mont de Vénus à travers sa petite culotte. Non pas que ça me dérange de te faire l'amour dans cette tenue, mais ce serait vraiment dommage de les abîmer, poursuivit-il en tirant sur le minuscule triangle qui voilait son entrejambe.

Excitée par ses paroles provocantes, Allison s'empara de la main de Pete et guida ses doigts vers la fente aménagée de son string.

— Tu vois, ça n'est pas la peine ! l'informa-t-elle.

— Mademoiselle Tracy, vous cachez bien votre jeu ! s'exclama Pete, à la fois surpris et excité lorsque ses doigts s'aventurèrent dans la fente secrète. Sous vos airs de femme d'affaires se cache une véritable passionnée des dessous coquins.

Lorsque, de ses doigts habiles, il écarta les pans de la sensuelle ouverture, il fit tomber les dernières défenses d'Allison.

— Laisse-moi deviner ton fantasme ! s'avança Pete, les traits crispés par l'intensité de son désir. Tu voudrais qu'un homme ait tellement envie de toi qu'il ne puisse pas attendre de te déshabiller...

— Oh oui, Pete ! N'attends pas !

Pete se laissa glisser le long du corps d'Allison.

— Mais avant, laisse-moi goûter à ce petit plaisir qu'aucun homme digne de ce nom ne pourrait se refuser.

Allison le sentit écarter ses lèvres et poser le bout de sa langue sur son sexe, à l'endroit le plus sensible de sa féminité.

Le corps secoué de soubresauts, Allison gémissait de plaisir sur le canapé. Les sensations qu'elle éprouvait étaient si intenses qu'elle ne tenait plus en place.

— Calme-toi, mon ange, je veux juste que tu sois prête.

— Mais je suis prête... tellement prête.

Pete était bien résolu à ne pas céder à la tentation.

— Tiens-toi tranquille ou je vais devoir employer les grands moyens.

— Tu n'oserais tout de même pas !

— Je t'ai dit de te tenir tranquille ! ordonna-t-il d'un ton résolu.

Allison dut se faire violence pour ne pas se cambrer de nouveau, particulièrement lorsque, de sa langue chaude et douce, Pete commença à caresser ses lèvres gonflées de plaisir. Et quand Pete commença à caresser son clitoris de l'index, Allison se mit à haleter frénétiquement.

Poursuivant ses caresses expertes, il entra d'abord un doigt en elle. Elle soupira et il le retira, la laissant se languir quelques secondes. Puis, il plongea deux doigts dans sa chair brûlante et caressa son point G.

Allison ne contrôlait plus son corps vaincu par une vague incontrôlable d'orgasmes qui la submergeait de sensations comme jamais elle n'en avait ressenti auparavant.

— Pete, je n'en peux plus, s'écria-t-elle en enfonçant ses ongles dans la chair de ses épaules.

— Mais si, mon ange.

Sans relâche, il continua ses caresses jusqu'à ce qu'elle crie une, deux, puis trois fois. Il lui accorda enfin un moment de répit et remonta jusqu'à son visage pour la réconforter d'un baiser. Puis, il se dégagea, sortit un petit paquet de sa poche, libéra son pénis gorgé de sève et enfila un préservatif.

— *Maintenant*, nous sommes prêts ! précisa-t-il, le sourire jusqu'aux oreilles.

— Oui, soupira-t-elle, les yeux rivés sur son sexe en érection.

Lorsque l'extrémité de son pénis pénétra enfin son intimité et qu'il l'entendit gémir de plaisir, Pete laissa s'exprimer ses pulsions et plongea tout entier dans son sexe étroit. Ils gémissaient convulsivement, le doux frottement des dessous d'Allison ne faisant qu'accroître leur excitation mutuelle.

Pete accéléra la cadence, la pénétrant toujours plus profondément. Allison enroula ses longues jambes autour de sa taille, s'arquant pour profiter pleinement de ce qu'il avait à lui offrir. L'orgasme qui montait en elle fut d'une puissance quasi douloureuse. Elle haletait en jouissant encore et encore, et, enfin…

« Avec lui. »

A cet instant, Pete sut qu'elle était à lui. Allison s'était livrée sans inhibition, savourant son plaisir, orgasme après orgasme. A la fois sauvage et vulnérable, elle avait cette lueur d'abandon dans le regard qui avait le don de lui faire perdre la tête. Sa lingerie affriolante avait lentement attisé le feu qui brûlait en lui jusqu'à ce qu'il s'immisce en elle pour l'acte le plus torride de toute son existence.

Mais elle aussi avait réussi à le posséder. Elle était si chaude et si humide. Elle avait enivré le cœur et les sens de Pete de son parfum suave, réussissant à l'émouvoir à un point qu'il n'aurait jamais soupçonné, touché au plus profond de son âme. Même une fois qu'il l'avait prise, elle avait eu l'air de le réclamer encore. Il finit par capturer ses lèvres de sa bouche affamée et s'abandonna entre ses bras.

Ils quittèrent le salon pour la chambre. Puis, Pete prit une douche dans la salle de bains adjacente. Lorsque Allison l'en vit sortir nu, elle fut intimidée. Pete portait encore les stigmates de leurs ébats sur ses épaules et sur son torse, et son sexe était tout rose et légèrement dressé. A ce moment, elle sentit l'empreinte sensuelle dont il l'avait marquée palpiter entre ses cuisses.

Allison était entièrement nue elle aussi. Après l'amour, Pete l'avait débarrassée de ses derniers morceaux de dentelle. Elle avait trouvé cela particulièrement excitant de faire l'amour dans ses dessous sexy, mais à présent, elle avait hâte de sentir sa peau nue contre la sienne.

Pete vint se glisser sous les draps et l'attira dans ses bras, pressant son corps chaud et lisse contre le sien. Elle soupira de délice. Il était si excitant et leurs corps s'emboîtaient si parfaitement. Elle comprit alors que quelque chose de spécial était en train de se produire entre eux, quelque chose de plus qu'une simple histoire de sexe, un lien bien plus profond qui les unissait déjà.

— Tout va bien ? demanda-t-il en lui caressant la nuque.

— Oui, mais j'ai l'impression que mon corps flotte encore !

Elle tendit la main pour caresser son pénis, l'entendit soupirer et sentit son membre se raidir sous ses doigts.

— Où as-tu appris à faire toutes ces choses ?

— Quelles choses ?

— Tu sais bien, comme quand tu m'as caressée juste au bon endroit.

— Je ne lis pas que des manuels de mécanique, tu sais !

— Tu es un homme surprenant, dit-elle en l'embrassant sur la joue.

— Et tu n'es pas encore arrivée au bout de tes surprises !

— Tu ne vas quand même pas me dire que tu es marié !

— Bien sûr que non.

Elle encercla alors son pénis de ses doigts et elle le vit fermer les yeux de plaisir.

— En tout cas, pas étonnant que toutes les femmes te courent après.

— Tu finiras par t'y habituer.

— A quoi ? A ce que toutes les femmes te courent après ?

— Non, mon ange, à ma dextérité.

— Parce que tu comptes recommencer ? demanda-t-elle en ronronnant.

Il la fit rouler sous lui et planta ses yeux dans les siens d'un air sérieux.

— Oui, on va refaire l'amour encore et encore.

— Autant que tu le voudras !

— Allie, tu es vraiment incroyable. Je n'avais encore jamais rencontré de femme comme toi. Si pleine d'énergie et en même temps si passionnée. Le simple fait de te regarder me fait bouillir d'excitation. J'ai tellement de choses à te donner.

— Hum, murmura-t-elle.

De la pulpe de ses pouces, il caressa les tétons impatients d'Allison, attisant la flamme qui commençait à renaître au fond d'elle.

— Je veux te torturer une journée entière de ma langue jusqu'à ce que tu implores ma pitié. Puis, je jetterai tes magnifiques jambes par-dessus mes épaules et je te ferai l'amour toute la nuit.

— Oh, Pete, tu me donnes des frissons.

— C'est le but, ma chérie !

Allison laissa échapper un bruit étranglé.

— Tu vas me faire craquer !

Il se mit à rire en la regardant fouiller impatiemment dans le tiroir de la table de nuit et en sortir un étui en aluminium qu'elle s'empressa de déchirer. Après avoir pris le temps d'embrasser le bout velouté et gonflé de son pénis, elle déroula le préservatif de ses doigts tremblants.

Sous la double caresse de sa bouche et de ses mains, Pete laissa échapper un soupir rauque. Il se mit à mordiller ses seins :

— Viens sur moi !

Allison fit rouler Pete sur le dos et s'installa sur lui à califourchon.

6.

Le lendemain matin, Allison fut réveillée par une odeur de café frais et de croissants chauds. Elle s'étira et sentit comme un parfum de rose mêlé à l'odeur de Pete sur les draps. Elle tendit la main pour tâter l'oreiller à côté d'elle pour s'apercevoir que Pete n'y était plus. A la place, Allison trouva un magnifique bouquet de roses jaunes accompagné d'un petit mot : « Tu trouveras des croissants tout chauds dans la cuisine. »

Allison fut aux anges. C'était tout Pete ! Viril, mais suffisamment attentionné pour avoir pensé à lui offrir des fleurs. Elle respira une bouffée de leur parfum et soupira d'aise en repensant à la nuit torride qu'elle venait de passer. Elle se remémora leur baiser passionné, la manière dont elle avait attiré sa bouche et avec quelle fièvre leurs lèvres affamées s'étaient cherchées dans la nuit noire, comme s'ils s'embrassaient pour la première fois. Puis la passion avec laquelle il avait goûté son corps dans les moindres replis, sans oublier sa puissance quand il avait enfin plongé en elle.

Avec un sentiment mêlé de plaisir et de frustration, elle sauta du lit, ramassant au passage sa nuisette en satin. Mais, une fois debout, la tête lui tourna, comme si son corps lui rappelait qu'elle avait exagéré. Pete l'avait laissée à bout de forces — elle ne l'avait pas ménagé non plus — et l'idée de ces croissants encore chauds était trop tentante pour y résister plus longtemps.

Pete ne se trouvait pas dans la cuisine, mais elle vit qu'il avait préparé du café. Elle s'en servit une tasse et en but une gorgée, savourant la chaleur et le goût corsé sur sa langue. Décidément, son homme objet avait tout pour plaire. Il se révélait d'ailleurs bien plus sophistiqué — et doué — qu'elle ne l'avait espéré.

Une senteur irrésistible s'exhalait du four que Pete avait laissé en veille. En ouvrant la porte, elle découvrit un paquet portant la marque d'un pâtissier du quartier : à l'intérieur, deux croissants tout dorés.

Quelle délicate attention ! Elle rit et prit une bouchée du premier. La sensation de la pâte chaude fondant sous sa langue lui fit repenser au baiser de Pete. Pourtant, aussi bienvenus que fussent les croissants, c'était une tout autre faim qui tiraillait le ventre d'Allison.

— Pete Chisholm, veux-tu bien te lever de cette chaise…

Affalé sur son bureau, Pete se massait le front lorsqu'il leva les yeux vers Roxy, postée devant lui, un dossier à la main. Il ne lui manquait plus que ça pour bien commencer la matinée — se faire rabrouer par la « Reine mère » alors qu'il commençait tout juste à émerger.

— Roxy, *s'il te plaît* ! Tu n'as personne d'autre à harceler ?

— Tu m'as l'air bien soupe au lait ce matin ! La nuit a été courte ? Est-ce ta nouvelle conquête qui t'a mis dans cet état ?

— Je vous prierais de garder pour vous vos remarques

personnelles, mademoiselle McClure. Un mot de plus et je ferai en sorte de nous trouver une nouvelle secrétaire.

— Mon Dieu ! Je suis morte de peur ! Trêve de plaisanteries, on a besoin de toi à l'atelier. Un problème de direction sur un coupé. C'est la troisième fois que le client nous le ramène, autant dire qu'il est au bord de la crise de nerfs.

— Encore une bévue de ces abrutis du service révision, maugréa Pete. Sûrement ceux-là mêmes qui ont bousillé la berline que j'ai dû réparer personnellement hier après-midi.

— Ah oui ! Ton intervention sur cette voiture a fait le tour du garage.

— Où veux-tu en venir ?

— Tu le sais mieux que moi, don Juan. Ce n'est pas ma faute si tu n'es pas dans ton assiette ce matin.

— Mais je vais très bien, bon sang !

— Eh bien alors, au boulot !

— Cette fois-ci, tu es bel et bien virée ! grommela Pete.

Roxy redoubla de rire.

— Moi, virée ? C'est la meilleure de la matinée !

Cela devait l'être en effet car Pete pouvait l'entendre hurler de rire à travers la porte tandis qu'elle s'en allait. Il se leva et quitta lui aussi son bureau.

Sur le chemin de l'atelier, ragaillardi par l'air frais, Pete se demanda ce qui pouvait bien le rendre si susceptible. Peut-être était-ce Allison avec son air de ne pas y toucher qui l'obsédait plus que de raison. Il lui semblait encore sentir le parfum et le goût de sa peau. Elle était sauvage et entêtée, farouchement indépendante et douée d'un sacré franc-parler… mais entre ses bras, elle s'était livrée sans inhibition.

Pete se remémora la lueur d'abandon dans son regard, la beauté brute de ses cris de plaisir et la sensation de ses seins durs sous ses doigts et dans sa bouche.

Mais Allison demeurait un mystère — insaisissable. Il n'avait jamais rencontré quelqu'un comme elle, une femme qu'il avait possédée physiquement, mais qui lui échappait. Encore maintenant, il se demandait si elle n'allait pas tenter de s'éclipser à la première occasion. Pete était surpris d'avoir réussi à la séduire alors que son allure de cow-boy était au départ un handicap pour elle.

Pour un homme habitué à tenir les rênes, il était un peu déstabilisé, en proie au doute pour la première fois. Un sentiment qu'il se garderait bien de partager avec Allison, craignant que cette charmante petite sorcière n'utilise sa faiblesse pour gagner du pouvoir sur lui.

Une autre chose l'ennuyait. Le fait de ne pas avoir été entièrement honnête avec elle. Comment allait-elle réagir en apprenant qu'il était plus qu'un simple mécanicien ? Tant qu'elle ne connaissait pas la vérité, il jouissait d'un certain pouvoir sur elle, celui d'anticiper sa réaction lorsqu'elle finirait par l'apprendre. Et pourquoi passait-il son temps à essayer d'analyser ses sentiments ? En temps normal, une fois qu'il avait obtenu ce qu'il voulait d'une femme, il repartait le sourire aux lèvres sans se poser de questions. Mais Allison n'était pas comme les autres…

Il fut interrompu dans ses pensées en voyant un coupé rouge faire une violente embardée et foncer droit sur lui. Il se recula de justesse pour éviter d'être écrasé, tout en invectivant le chauffard. Il reconnut Dave Blodgett qui se démenait au volant pour tenter de freiner le terrible engin. Il y parvint quelques mètres plus loin et sortit finalement de la voiture les clés à la main et la mine déconfite.

C'est alors qu'un homme en costume prit Pete à parti.

— C'est lui le crétin qui a voulu me faire croire que le manque de tenue de route était l'œuvre de mon imagination !

vociféra-t-il en pointant Dave du doigt. Vous trouvez cela normal ?

— Non, répondit Pete. Il n'y a plus grand-chose de normal par ici.

Allison courait pour ne pas arriver en retard au bureau lorsque son portable se mit à sonner.

— Allô ! répondit-elle, tout essoufflée.

— Enfin, j'ai réussi à t'avoir ! Alors, dis-moi tout, il t'a déjà…

— Oui, il m'a invitée à dîner !

— Bien sûr, je sais bien, répliqua Erin. Ce qui m'intéresse, ce que je brûle de savoir, c'est si…

Au même moment, Allison entrait dans son bureau et tombait sur Katie qui lui souriait étrangement depuis son poste de travail. Elle chercha un prétexte pour couper court à la conversation — bizarrement, elle n'était pas d'humeur à partager avec Erin les détails de sa nuit avec Pete.

— Je comprends, mais pas devant ma jeune assistante, la coupa-t-elle en lançant un clin d'œil à Katie. Ecoute, Erin, le mieux c'est que je te rappelle !

— Allison, tu ne vas tout de même pas me faire ça !

— Bye, murmura-t-elle en coupant la communication.

Allison salua alors Katie qui avait l'air particulièrement guillerette en cette matinée.

— Bonjour, madame, répondit-elle d'un air béat. C'est bien vrai ce qu'on dit, que vous êtes sortie avec Pete Chisholm ?

Allison n'en croyait pas ses oreilles. Le monde entier était-il déjà au fait de son dîner au restaurant avec Pete ?

— Comment êtes-vous au courant ?

— Eh bien, il a téléphoné hier, n'est-ce pas ?

— *Un certain Pete* m'a téléphoné hier, pour reprendre vos termes exacts.

— Euh, bafouilla Katie, ce doit être le garage qui m'a donné son nom quand ils ont rappelé…

Allison fronça les sourcils, soupçonneuse.

— Est-ce que Pete a appelé ce matin ?

— Alors, c'est bien vrai ! s'écria Katie en riant.

— Sans commentaire !

— C'est le meilleur parti de Fort Bend County, vous savez, commenta-t-elle d'un air rêveur.

— J'avais oublié que vous veniez tous les deux du même patelin. Hier soir, quand je lui ai parlé de vous, il m'a répondu qu'il ne vous connaissait pas, mais que votre nom de famille lui disait quelque chose.

— De toute façon, qui n'a pas entendu parler de *lui* ? Vous avez vraiment touché le gros lot. C'est sérieux entre vous ?

— Pas vraiment, répondit Allison en triant son courrier.

— Vous n'allez quand même pas laisser filer un bijou pareil, s'exclama-t-elle. A votre place, je n'attendrais pas pour l'amener devant monsieur le maire.

La réflexion de Katie laissa Allison perplexe.

— Vous n'avez qu'à tenter votre chance s'il vous plaît tant que ça.

— Vous n'y pensez pas. Il est beaucoup trop bien pour moi.

— N'exagérez pas, Katie, s'offusqua Allison, il n'a rien de si exceptionnel.

— Oh que si !

Allison était de plus en plus étonnée par l'attitude de Katie. Que lui prenait-il ? Un malheureux rendez-vous avec le play-boy de son village et Katie la voyait déjà mariée à la septième merveille du monde ?

— Ecoutez, Katie, j'ai du travail, conclut Allison en ouvrant la porte de son bureau.

A peine entrée, quelle ne fut pas sa surprise en découvrant une somptueuse composition de roses rouges embaumant la pièce d'une senteur délicate. Elle lut la carte : « Merci pour cette magnifique soirée, Pete Chisholm. »

— Katie ! vociféra-t-elle.

Katie fit son apparition, rouge comme une pivoine.

— J'ai dit la vérité, madame, il n'a pas appelé.

— Mais il a fait livrer des fleurs et vous n'avez pas pu vous empêcher de jeter un œil à la carte.

— C'est vrai, madame.

— Katie, vous êtes virée !

— Vous dites cela sérieusement ? demanda-t-elle, livide.

— Non, je plaisante. Mais retournez travailler avant que je ne change d'avis.

Alors que Katie regagnait son poste, Allison pencha la tête vers le bouquet pour respirer le parfum obsédant des roses de Pete.

— Bonjour, beauté ! Comment tourne ton petit moteur ce matin ? demanda une voix masculine, divinement rauque.

Allison ne put s'empêcher de glousser lorsqu'elle entendit Pete au bout du fil en fin de matinée.

— Il tourne bien. Et les fleurs sont superbes !

— Seul compte ton plaisir à mes yeux.

— Si cela pouvait durer toujours !

— Eh bien, justement, on peut se voir à l'heure du déjeuner ?

C'était une proposition alléchante, mais Allison dut décliner l'invitation.

— Désolée mais mon emploi du temps est plutôt chargé entre aujourd'hui et demain.

— Comment ? On ne va pas pouvoir se voir avant demain soir ?

— En fait, si tu veux qu'on se revoie, il va même falloir attendre jusqu'à samedi. Demain soir, j'ai promis à Erin d'assister à la première de sa pièce.

— Tu plaisantes.

— Pas du tout.

— Eh bien, enchaîna-t-il, après tout, pourquoi pas ? Cela nous fera une sortie ensemble.

— C'est gentil à toi de te proposer de m'accompagner, mais je doute que tu te sentes à l'aise au théâtre Montrose.

— Tu me prends pour un arriéré, ou quoi ? Eh, chérie, je sais ce que c'est que le théâtre.

— Non, vraiment Pete, je vais être occupée à droite et à gauche toute la soirée et je doute fort que tu trouves un quelconque intérêt aux histoires de cœur d'un couple gay et leur bébé adoptif et de leur colocataire, une femme flic, flanquée de deux chihuahuas, Chigger et Cool.

— Cela semble plutôt comique.

— Ça l'est quand tu as un esprit loufoque et un sens de l'humour complètement décalé. Crois-moi sur parole, *Histoires de sexe et de chihuahuas* n'est pas la pièce incontournable.

— *Histoires de sexe et de chihuahuas*, répéta-t-il. Alors, là, je suis fasciné !

— Une autre fois, si tu veux bien, dit-elle en se mordant la lèvre.

— Tu as honte de sortir avec un cow-boy, c'est ça ?

— Non, bien sûr que non, mais j'ai surtout peur de me laisser distraire.

— Ah, je préfère ça ! Dans ce cas, réserve-moi ton samedi.

— Cela t'ennuierait de me demander mon avis de temps en temps ?

— Je n'ai pas l'habitude de demander. Alors, je te le répète, samedi, tu es à moi. Tiens-toi prête pour le petit déjeuner.

— Au lit ?

— Comme il te plaira, dit-il en exagérant sa voix rauque. Je passe te prendre à 7 heures, alors ?

— Du matin ?

— Tu pourras m'attendre en pyjama ou, mieux encore, sans rien du tout.

— C'est une idée !

— Non, c'est un ordre et, d'ici là, tiens-toi tranquille.

Cette fois, il était allé trop loin. C'était une chose de jouer de sous-entendus, mais c'en était une autre de lui dicter sa conduite.

— Eh, je ne t'appartiens pas, cow-boy !

— Si, tu m'appartiens et je n'ai pas l'habitude de partager mes femmes avec quelqu'un d'autre.

— *Tes* femmes ?

— Je parlais des femmes en général. Lorsque je sors avec une femme, je suis fidèle et j'attends la même loyauté de sa part. Alors, si les règles ne te conviennent pas, tu ferais mieux de le dire tout de suite.

— On en reparlera plus tard.

— Non, c'est tout vu, tu es à moi jusqu'à ce que nous en décidions autrement.

« Tu es à moi. »

Une fois encore elle aurait voulu lui montrer de quel bois elle se chauffait, mais l'arrogance de Pete ne faisait que l'exciter davantage.

— A samedi, alors !

— A samedi, répondit Pete avant de raccrocher.

Une fois la conversation terminée, Allison se sentit un peu mal à l'aise. Pourquoi l'avoir envoyé sur les roses alors qu'elle avait passé une nuit si formidable en sa compagnie ? En plus, elle était libre ce soir et rien ne l'empêchait d'annuler sa soirée du lendemain.

Peut-être ne voulait-elle pas avoir l'air trop amoureuse. En parlant mariage, Katie l'avait fait redescendre de son petit nuage et le comportement possessif de Pete n'avait pas arrangé les choses. Pourquoi tout le monde autour d'elle semblait ne penser qu'au mariage ?

Et pourquoi tous les hommes qu'elle rencontrait s'imaginaient-ils pouvoir la posséder ? Allison ne pouvait pas se permettre de répéter la même erreur qu'avec Adam et ceux qui l'avaient précédé et de se retrouver piégée dans une situation où elle risquait d'étouffer.

Non, cette fois-ci, il fallait qu'elle dicte ses conditions. Pour l'instant, les règles du jeu lui convenaient. Elle avait eu ce qu'elle voulait : une liaison avec un homme encore plus sexy que Brad Pitt. Bref, rien qui ne laisse présager de mariage. Cette histoire durerait un temps, puis elle passerait à autre chose.

Pourtant cette perspective effraya Allison, car elle se sentait déjà presque trop attirée par Pete. Cela expliquait aussi pourquoi elle ne cessait de se dérober à lui et pourquoi elle n'avait pas eu envie de raconter à Erin les détails de sa nuit avec Pete. Parce que ces moments d'amour comptaient déjà tellement à ses yeux. Parce que sa réaction face à Pete était beaucoup plus spontanée que ce que prévoyait son froid stratagème, lorsqu'elle avait décidé de relever le défi de ses amies et de s'offrir un homme objet.

Elle devait essayer de garder la tête froide pour ne pas compliquer la situation et profiter de cette liaison tant qu'elle durerait. Il serait toujours temps de se préoccuper du lendemain.

7.

Tard dans la nuit, Allison commençait tout juste à s'endormir lorsque le téléphone près de son lit se mit à sonner.

— Allô ? répondit-elle d'une voix endormie.

— Bonsoir, ma belle.

— Pete ?

— Tu espérais quelqu'un d'autre ?

— Où as-tu eu mon numéro ? demanda Allison en bâillant.

— Sur ton dossier au garage.

— Ah oui !

— Je te manque ?

— Entre tes fleurs et tes coups de fil, tu ne m'as guère laissé le temps de me poser la question.

— Je suis également disponible en chair et en os, si tu le souhaites… Un seul mot de toi et j'accours !

— Allons, Pete, il est déjà minuit, le gronda-t-elle en voyant l'heure. Je croyais que les mécaniciens commençaient à travailler aux aurores.

— C'est vrai. En général, je suis déjà couché depuis longtemps. Mais, cette nuit, je n'arrive pas à trouver le sommeil. Tu me manques…

— Tu ne pouvais pas attendre demain pour me le dire ?

— Il se trouve que je suis dur comme le roc !

— Dur comme le roc ?

— Oui et j'ai pensé que toi aussi, tu avais peut-être besoin de compagnie.

— En général, la nuit, je dors !

— Toi aussi, tu te lèves tôt demain ?

— Oui. Et la nuit dernière a été particulièrement…

— Ereintante ?

— C'est le mot juste !

— En tout cas, je suis ravi de constater que tu es restée bien sage chez toi.

— Qui te dit que je suis sage ? Justement, il vaudrait mieux que je raccroche avant que mon amant ne sorte de la salle de bains, ajouta-t-elle pour le taquiner.

— Si tu oses me faire ça, compte sur moi pour venir vous botter les fesses, à tous les deux !

— Essaie un peu de me toucher et tu auras affaire à mon grand frère !

— Tout compte fait, je crois que je préfère réserver un autre traitement à tes jolies fesses…

— Pete, vraiment, je suis exténuée.

— Au fait, tu ne m'as pas dit comment tu avais trouvé ma prestation d'hier ?

— Ta *prestation* ? Décidément, tu es d'une prétention à toute épreuve.

— Tu m'as l'air particulièrement remontée ce soir.

— Pas étonnant quand tu me réveilles en pleine nuit !

— Je n'aurais pas téléphoné si tu n'avais pas décidé de me faire languir jusqu'à samedi. A croire que tu cherches à me rendre complètement dingue.

— Oh, juste un peu ! répondit-elle en s'étirant.

— Quelle allumeuse tu fais ! A ta place, j'en connais qui m'auraient déjà supplié de les rejoindre au lit.

— Moi, te *supplier*, tu rêves ?

— Alors, admettons que ce soit moi qui te supplie ! Tu m'inviterais dans ton lit ?

— Pour quoi faire ? C'est tellement plus amusant de t'avoir au bout du fil.

— C'est bien ce que je pensais.

— Que veux-tu dire ?

— Que tu es de ces femmes qui ne vivent que pour tourmenter les hommes.

— Dis tout de suite que tu me prends pour une dominatrice gainée de cuir et de chaînes !

— Je dirais plutôt… de dentelle. Le genre qui s'ouvre au milieu… Tu n'as tout de même pas déjà oublié ?

Une fois encore, Pete l'avait prise à son propre jeu et elle y avait plongé, la tête la première. Au souvenir de la langue de Pete enflammant ses sens, elle sentit son sexe s'humidifier et une sensation d'insoutenable manque envahir son bas-ventre.

— Cela t'excite d'y repenser, n'est-ce pas ?

— Et tu oses m'accuser de te tourmenter ?

— Dis-moi, tu te caresses ?

— Et toi ? riposta-t-elle d'une voix forte pour masquer son excitation.

— Eh, j'ai posé la question en premier !

— Non, je ne me caresse pas.

— Menteuse.

— C'est pourtant la vérité.

— Serait-ce qu'un vague sentiment de culpabilité t'en empêcherait ?

— Je ne te savais pas psychanalyste.

— Réponds plutôt à ma question.

« Parce que, depuis que je t'ai rencontré, les plaisirs solitaires me paraissent bien insipides comparés à la caresse de ta main. »

Voilà ce qu'elle brûlait de lui dire maintenant. Mais c'eût été lui donner trop d'importance. Il était suffisamment présomptueux — et excité — comme cela.

— Peut-être parce que je préfère le concret au virtuel, éluda-t-elle.

— Alors, tu n'as qu'à m'inviter et je te regarderai te caresser.

— Parce que, en plus, tu t'imagines que je vais faire tout le travail ! s'exclama-t-elle en riant.

— Comme si j'étais capable de ne pas participer alors que mon esprit imagine déjà le tandem érotique de ta main et de ma langue, poursuivit-il dans un souffle.

Allison se sentait sur la même longueur d'ondes. Elle imaginait déjà mille autres variations coquines sur le même thème.

— Qu'entends-tu par là exactement ?

— J'entends que je vais te faire jouir comme jamais tu n'as joui avant.

C'était déjà presque fait ! Rien qu'au son de sa voix…

Les halètements d'Allison étaient si forts qu'elle dut éloigner le combiné de sa bouche pour éviter que Pete n'entende. Pourtant, tout inondée de plaisir qu'elle fût, elle était encore loin de l'extase que seul Pete savait lui procurer.

— Et si tu enlevais ta culotte ? enchaîna Pete.

— Qu'est-ce qui te fait croire que j'en porte une ? susurra-t-elle.

— Dans ce cas, que portes-tu ?

— Une chemise de soie.

— Rien d'autre ? demanda-t-il dans un soupir fébrile.

— Non, rien d'autre !

— C'est très excitant. Et tes seins pointent à travers la soie ?

A ces mots, Allison sentit ses mamelons durcir délicieusement et elle ressentit comme une pulsation entre ses cuisses.

— Oui, ils sont tout durs, répondit-elle.

— Je connais quelque chose d'encore plus dur…

— Ne brûlons pas les étapes, parvint-elle à articuler. Tout d'abord, j'aimerais savoir ce que *toi* tu portes.

— Je crains que tu ne tiennes pas le choc !

— Comme tu y vas !

— Eh bien, je porte ce que je porte toujours au lit.

— Mais encore ?

— Rien.

Allison poussa un gémissement rauque.

— Je t'avais pourtant prévenue !

— Rassure-toi, je suis encore en vie ! A mon tour maintenant : et ton sexe, pointe-t-il sous les draps ?

— Oui, et c'est peu dire, répliqua-t-il. J'ai une vue imprenable sur un pic égal à celui du mont Blanc.

Pete la tuait à petit feu. Son cœur palpitait si fort qu'Allison eut l'impression de le sentir battre au creux de son ventre.

— A présent, remonte ta chemise et caresse-toi !

Bien qu'ayant déjà fait tomber toutes ses défenses, Pete ne lui concédait aucun répit. Pour apaiser son tourment, Allison n'eut d'autre solution que de glisser sa main entre ses cuisses. Son excitation était telle qu'elle tressaillit lorsqu'elle toucha sa peau.

— Serait-ce la passion que j'entends là ?

— Oui. Et toi, tu te caresses ?

Pete resta silencieux. Avait-il lui aussi perdu goût aux plaisirs solitaires ?

— J'attendrai que ce soit toi qui le fasses, murmura-t-il

enfin. Je préfère la sensation de ta bouche humide à celle de mes doigts rugueux.

Allison aussi préférait ses doigts à lui ou sa bouche, si experte. Ou mieux, les deux en même temps.

— Tu veux encore me faire faire tout le travail !

— Allez, invite-moi !

— Je n'ai plus besoin de te supplier, à ce que je vois.

— Oh, je n'en ai pas encore terminé avec toi !

En réalité, Allison était sur le point de craquer, prête à implorer Pete, à le supplier de la rejoindre et à lui baiser les pieds même, s'il le fallait — au mépris de tout ce qui faisait d'elle une femme prétendument libérée.

— Alors, tu ne m'as toujours pas répondu. Tu te caresses ou pas ? demanda-t-il de nouveau.

— Oui.

— Où ?

— Juste là où tu as posé ta langue hier, dit-elle, le cœur battant la chamade.

— Allison, tu es sacrément coquine ! Pour te faire pardonner de m'avoir mis dans cet état, tu m'accorderas bien une faveur ?

— Je t'écoute.

— S'il te plaît, Allie, ne jouis pas. Excite-toi, rends-toi folle de désir, mais arrête-toi juste à temps pour me réserver le meilleur de toi-même. Je veux que la prochaine fois, tu brûles d'envie de moi. Je veux voir l'étincelle dans tes magnifiques yeux bleus lorsque je te mènerai jusqu'à l'orgasme.

Par le simple effet de ses paroles électriques, Pete ne fut pas loin d'y parvenir. Allison sentait monter la jouissance, les draps enroulés autour de ses cuisses.

— Tu crois vraiment que je vais attendre jusque-là ? rétorqua-t-elle.

— Tu n'as qu'un mot à dire et j'accours…

— Pete, j'ai rendez-vous chez le médecin à 7 h 30 demain matin ! protesta-t-elle. Mais… si tu y tiens, je peux essayer d'annuler ma soirée de demain avec Erin.

— Ah ! Ça, c'est mon Allie !

Elle était sur le point de lui rappeler qu'elle n'était pas *son* Allie, mais elle se ravisa. Après tout, les paroles qu'elle venait de prononcer ne ressemblaient-elles pas fort à une invitation ?

En raccrochant, Pete se dit qu'il n'avait pas exagéré pour le pic du mont Blanc. Etendu dans l'obscurité, son corps nu parcouru de frissons, il fixait cette partie de son anatomie qui s'était tendue de désir pour Allison et souffrait maintenant de son état d'abandon.

Pete en voulait à la jeune femme. Après tout, c'était elle qui l'avait mis dans cet état, c'était à elle de le soulager. Elle aurait dû se trouver au lit avec lui, ses cuisses enserrant sa taille tandis qu'il lui aurait fait l'amour, jusqu'au plaisir ultime. Au lieu de cela, il se retrouvait seul et dut se rendre à l'évidence : il ne trouverait pas la paix cette nuit.

Il se rassura en imaginant la soirée qu'il passerait le lendemain avec elle, mais le temps lui sembla déjà bien long…

En réalité, Pete avait peur. Peur de faire une erreur en s'attachant à une femme qui n'avait pas l'intention de s'engager, alors que lui n'aspirait déjà plus qu'à cela. Il avait perçu des signes qui ne trompaient pas : cette façon qu'elle avait de le tenir à l'écart de sa vie comme si elle cherchait déjà à se libérer. Se pouvait-il qu'Allison regrette son aventure avec un simple mécanicien ?

Pourtant, en dépit de ses doutes, Pete restait impuissant face à son désir pour elle. Il savait que plus elle chercherait à lui échapper, plus son attirance pour elle se ferait forte. Décidément, Allison se révélait un défi bien délicieux…

Et une véritable tornade au lit !

8.

En dépit de son manque de sommeil et de son désir à moitié assouvi de la veille… par téléphone interposé, Allison était d'humeur enjouée en arrivant au bureau le lendemain matin. La perspective de son rendez-vous avec Pete le soir même et de la nuit torride qu'il avait promis de lui faire passer la faisait déjà se languir de la fin de la journée. Elle allait devoir trouver un prétexte pour annuler sa soirée avec Erin, mais, ensuite, elle pourrait profiter à loisir de son irrésistible cow-boy. Elle prévoyait déjà de l'accueillir derrière la porte en tenue d'Eve, avec, pour unique ornement, une bouteille de champagne à la main. Elle était sûre de son effet.

D'un signe de la main, elle salua son assistante, occupée au téléphone, puis entra dans son bureau. Alors qu'elle s'apprêtait à s'asseoir dans son fauteuil, elle remarqua *La Gazette de Fort Bend County* posée en évidence sur une pile de dossiers. N'était-ce pas le journal de cette Gussie que Pete lui avait présentée l'autre soir ?

Ce devait être Katie qui l'avait posé là, mais pourquoi ? Elle parcourut rapidement la une et eut bientôt la réponse à sa question quand elle lut la manchette : *Les potins de Gussie, par Gussie Gutheridge*, avec en sous-titre :

Pete Chisholm, le célibataire le plus en vue de Fort Bend County, dîne en tête à tête avec Allison Tracy, une ex-débutante de Dallas tout droit sortie d'Highland Park. Pendant ce temps, la pauvre Mary Lou Brown, institutrice de son état, se morfond à la maison. Tournez la page pour découvrir tous les détails croustillants sur la vie de ce cow-boy des temps modernes devenu bourreau des cœurs !

Allison poussa un cri étranglé et dévora le reste de l'article qui révélait tous les détails de la vie de Pete et de sa famille. Aussi stupéfaite qu'incrédule, elle dut s'asseoir un instant, pour se relever d'un bond.

La surprise ayant cédé la place à la colère, elle vociféra :

— Katie Freshausen, dans mon bureau !

Katie entra, l'air inquiet.

— Oui, madame ?

— C'est bien vous qui avez posé ce torchon sur mon bureau ? demanda-t-elle en lui agitant le journal sous le nez.

— Euh, oui. Je pensais que cela vous ferait plaisir de…

— Me faire plaisir ? s'offusqua Allison. D'avoir mon nom placardé dans le journal et, qui, plus est, associé à de tels bobards…

— Vous voulez dire… vous concernant ? demanda Katie, déconfite.

— Non, sur Pete Chisholm, bien sûr ! Vous n'allez pas me dire que ce que raconte ce torchon est vrai ?

— Je vous l'avais dit, que c'était un bon parti…

— Oui, j'avais compris à l'échelle de votre patelin, mais pas qu'il était millionnaire !

— C'est pourtant vrai. Ses parents possèdent un ranch dont les terres s'étendent d'un bout à l'autre du comté.

— Mon Dieu !

— Sans compter la concession automobile de son père et sa

succursale de Fort Bend County. Ce sont des gens très respectés dans la communauté, les piliers de la paroisse locale. Leur fortune est colossale. Un jour, tout reviendra à Pete. Car son frère Tyler, un voyou notoire, a pour ainsi dire été déshérité.

— Et ce que j'ai lu au sujet des études de Pete au prestigieux Institut supérieur d'agronomie, cela aussi, c'est véridique ?

— Oh oui ! Il est sorti major de sa promotion !

— Comment peut-on être major d'une école aussi réputée et avoir l'air d'un tel rustre ? Et cette Mary Lou Brown, qui est-elle au juste ?

— Le ranch de ses parents jouxte celui des Chisholm. Mary Lou et Pete se connaissent depuis tout petits. Certains les disent amoureux.

— L'ordure ! Alors, comme ça, une petite chérie l'attend bien sagement à la maison. Quel hypocrite ! Et cette Gussie, quelle sournoise !

— Madame Gutheridge, sournoise ? Moi, je la trouve très bien, tout comme Pete Chisholm d'ailleurs.

— Et où est-elle allée pêcher ces informations sur moi ? poursuivit Allison, ignorant les commentaires de son assistante.

— Euh, Gussie est une amie très proche de ma mère, expliqua Katie, le visage de plus en plus blême. Comme elle voulait en savoir plus sur vous, maman lui a donné mon numéro au travail. Tout ce que j'ai fait, c'est la diriger vers votre bio sur le site internet de l'entreprise. Je pensais bien faire.

— Vous pensiez peut-être que cela me ferait plaisir de voir ma vie privée ainsi déballée sur la place publique ?

— Non, j'ai cru que vous seriez contente d'avoir un peu de publicité et que votre nom circule en ville. Après tout, cela ne peut qu'accroître votre clientèle.

— C'est complètement ridicule. Vous feriez mieux d'essayer de conserver votre place.

— Vous voulez dire que je suis virée ? demanda Katie en avalant sa salive.

— Katie, ne me tentez pas !

— Non, bien sûr, madame, bégaya-t-elle en s'éclipsant.

Allison fulminait. Comment Pete avait-il osé se moquer d'elle à ce point ? Il l'avait bien menée en bateau en jouant les mécanos. Mais, le pire, c'est qu'il s'était amusé avec elle tandis que sa fiancée attendait son retour à la maison.

Pour cela, il méritait d'être embroché vif et rôti à petit feu…

Mais Allison fut rapidement rattrapée par un sentiment de culpabilité. Force lui était d'admettre qu'elle n'avait pas été un modèle de vertu, non plus. Elle s'était lancée à la recherche d'un homme objet pour une histoire d'un soir et souffrait de s'apercevoir que Pete avait poursuivi le même objectif avec elle. Et, alors qu'elle aurait dû être satisfaite d'avoir enfin trouvé la relation sans complication dont elle semblait tant rêver, elle se sentait vexée, pour ne pas dire jalouse.

Certes, ses motivations n'avaient pas été nobles, mais celles de Pete non plus.

Peut-être bien qu'en fin de compte, elle s'était menti à elle-même quant à ses aspirations profondes.

Bon sang, pourquoi cette histoire la mettait-elle dans un tel état ?

Sans doute parce que Pete signifiait déjà plus pour elle que ce qu'elle voulait croire. Une seule nuit avec lui et une conversation un brin osée au téléphone et Pete hantait déjà son esprit.

Mais c'était surtout le fait qu'il lui ait menti qui l'avait mise hors d'elle et cela, elle ne pouvait le tolérer.

*
* *

Alors que Pete se trouvait en pleine discussion avec Dave Blodgett dans l'atelier, il vit débouler la voiture d'Allison. Dans un crissement de pneus, elle stoppa le véhicule au beau milieu du garage, sortit de la voiture en furie et fonça droit sur lui, une feuille de papier journal chiffonnée à la main.

Dans son tailleur noir impeccablement cintré, son épaisse chevelure virevoltant dans la brise du matin et les traits tendus par la colère, elle était d'une beauté quasi intimidante.

Pete la regarda s'avancer en silence tandis que Dave se mettait à siffloter d'un air dégagé.

Arrivée à leur hauteur, Allison se planta face à Pete et hurla :

— Depuis quand les majors de promo jouent-ils les mécanos pour draguer une débutante ?

Pete resta sans voix. Quant à Dave, devenu rouge écarlate, il bégaya :

— Euh, je crois bien qu'on a besoin de moi voie 6. J'y vais.

— Bonjour, Allison ! s'exclama Pete d'un ton obséquieux. Quelle bonne surprise !

— Epargne-moi ton baratin. Je t'ai posé une question.

— Je crains de n'avoir pas bien compris.

— Je répète : depuis quand les majors de promo jouent-ils les mécanos pour draguer une débutante ?

— Très bonne question, répondit-il en se caressant la joue. Si je comprends bien, tu es au courant que j'ai étudié à l'institut d'agronomie ?

— Ce que je comprends bien, c'est que tu t'es payé ma tête !

— Calme-toi, Allie, et dis-moi plutôt où tu veux en venir…

— Depuis le début tu m'as roulée dans la farine.

— Mais de quoi parles-tu à la fin ? demanda-t-il en l'attrapant par la taille pour la diriger de force dans son bureau. Tu ne vas tout de même pas me faire une scène devant tout le monde.

— Je vais me gêner ! Tu vas payer pour tes mensonges.

Une fois dans son bureau, Pete claqua la porte et fit face à Allison.

— Bon, ça suffit maintenant ! Si tu commençais par me dire à quel sujet je t'ai menti ?

— Tu n'es pas au courant, peut-être ? Tu n'as pas lu le journal ce matin ? demanda-t-elle en lui jetant son morceau de journal à la figure.

— Lequel ?

— Votre torchon local : *La Gazette de Fort Bend County*.

— Allison, tu sais bien que, pendant la semaine, j'habite en ville et que je n'ai pas accès aux nouvelles locales.

— Oui, et que le week-end venu, tu t'en retournes au ranch pour retrouver ta bien-aimée.

— Ma bien-aimée ? répéta Pete, incrédule.

— C'est dans le journal, à la rubrique « Potins » de Gussie Machin-Chose, cette femme charmante que tu m'as présentée l'autre soir.

Le visage de Pete devint livide et il lut l'article dans un silence de mort avant de relever les yeux vers Allison qui le fusilla du regard.

Bon sang, dans quel guêpier il s'était fourré ! Même si Allison avait mérité une petite leçon pour l'avoir traité avec une telle condescendance le jour de leur rencontre, Pete regrettait maintenant de ne pas lui avoir révélé plus tôt qui il était vraiment.

— Alors, j'attends tes explications si jamais tu en as à me fournir !

— Allison, je ne t'ai pas menti, soupira-t-il.

— Tu as simplement occulté la vérité, ce qui revient au même et, surtout, tu t'es bien complu dans ton rôle de petit mécano.

— Je n'ai jamais joué la comédie.

— Parce que pour toi, se faire passer pour un simple mécano lorsqu'on est le fils du concessionnaire, qui plus est millionnaire, ce n'est pas jouer la comédie ?

— Ce que je veux dire, c'est qu'avec toi, je n'ai jamais fait semblant, expliqua-t-il patiemment. Et j'ajouterais pour ma défense qu'à aucun moment tu n'as cherché à savoir ce que je faisais exactement au garage.

— Et tu t'es bien gardé de me mettre sur la voie !

— Je te l'accorde. Mais, en même temps, pourquoi l'aurais-je fait quand tu semblais tellement t'amuser à jouer les pimbêches ?

Troublée par la réflexion de Pete, Allison hésita un moment, se mordillant la lèvre, une expression de frustration mêlée de rage sur le visage.

— Il n'empêche que tu m'as menti, ne serait-ce qu'au sujet de Mary Lou. Et dire que tu es allé jusqu'à te présenter comme un modèle de fidélité.

— Mais je suis fidèle. Mary Lou est une amie, rien de plus.

— Ah ! le coup de la copine ! Encore une excuse vieille comme le monde.

L'exaspération croissante de Pete se lisait sur son visage.

— Eh bien, puisque tu ne sembles pas prête à me croire sur parole, je t'emmène ce week-end au ranch et tu pourras en avoir confirmation directement auprès de Mary Lou. Elle habite la maison juste à côté.

— Il est hors de question que tu m'emmènes où que ce soit, ni maintenant ni jamais.

— Dois-je comprendre que tu veux rompre ? s'enquit-il sèchement.

— Pour qu'il y ait rupture, encore faut-il un commencement. Or, notre aventure est une histoire d'un soir ! Et ce que j'ai appris sur toi depuis ne m'incite pas à la poursuivre davantage.

Pete sentit l'amertume envahir son cœur. Comment pouvait-elle tirer un trait sur ce qu'ils avaient vécu en invoquant pareil prétexte ?

— Oh, je vois. Mademoiselle croyait être tombée sur un bellâtre sans cervelle qu'elle aurait pu manipuler à loisir et mener à la baguette, ou à la braguette, devrais-je dire plutôt, non ? Mais, face à un homme à sa mesure, la petite fille que tu es prend ses jambes à son cou, effrayée de ne pas être à la hauteur.

— Foutaises !

Pete se rapprocha d'Allison et la regarda droit dans les yeux.

— Vraiment ? Alors, prouve-moi le contraire et affronte la situation.

— De toute façon, pour le moment, je suis trop énervée pour ne serait-ce que discuter avec toi.

— Ce n'est pas ce que tu es en train de faire ? l'interrompit-il sans cacher son exaspération.

— Non, je te dis tes quatre vérités.

Ils restèrent un long moment à se regarder, puis Allison consulta sa montre, l'air impatienté.

— Eh voilà, je suis en retard pour mon rendez-vous ! Peut-être que…

Allison fit un geste désabusé de la main et poursuivit :

— Et puis, non, après tout, je n'ai pas envie de te promettre quoi que ce soit. Au revoir.

— Allison, s'il te plaît…

Les paroles de Pete moururent sur ses lèvres lorsqu'il la vit se diriger vers la porte avec une détermination qui le dissuada de chercher à la rattraper, en tout cas pour l'instant. Lorsque la porte claqua derrière elle, il s'effondra sur sa chaise et se mit à taper du poing sur son bureau en pestant contre la terre entière.

Il se trouvait dans un drôle de pétrin, n'ayant pas songé une seconde qu'Allison découvrirait la vérité sur lui si rapidement et surtout de cette manière. Maintenant, il allait devoir marcher sur des œufs avec elle. Il resta assis là, comme hébété, choqué à l'idée de l'avoir peut-être perdue et stupéfait de la place qu'elle occupait déjà dans son cœur.

Et, en dépit de sa bravade — lorsqu'il l'avait accusée de fuir maintenant qu'elle avait trouvé son égal —, il savait pertinemment que la découverte qu'elle venait de faire sur lui ne l'avait pas grandi à ses yeux, bien au contraire.

Deux jours auparavant, il se demandait ce qu'une femme comme elle pouvait bien trouver à un modeste mécanicien. Maintenant qu'elle savait qu'il lui avait menti, il allait descendre plus bas encore dans son estime. D'ailleurs, elle semblait déjà prête à mettre un terme à leur aventure, ce qui alimentait les doutes de Pete quant à l'avenir de leur relation.

Malgré tout, il allait tout faire pour ne pas la perdre.

Ne l'avait-il pas invitée chez ses parents, dans le ranch familial, alors qu'ils se connaissaient à peine ? Ne lui avait-il pas ouvert les portes de sa vie comme de son cœur ? A elle qui, selon toute vraisemblance, ne le méritait pas et n'avait cherché qu'à s'amuser alors que ses sentiments à lui étaient déjà si profonds. D'ordinaire, auprès des femmes, Pete passait pour un homme intelligent et charmant, pas pour quelqu'un de sincère et vulnérable. Il ne perdait pas de temps à essayer de comprendre leurs sentiments et encore moins à justifier ses actes.

Mais depuis qu'Allison était entrée dans sa vie, il avait perdu ses repères. Il devait mettre les choses au clair et dissiper ce malentendu.

De retour au travail en fin de matinée, Allison fut étonnée de constater que Katie n'était pas à son poste. En entrant dans son bureau, elle fut stoppée dans son élan à la vue de Pete, installé dans son fauteuil, les pieds sur la table, qui la fixait, les sourcils dressés en accent circonflexe. Elle se sentit à la fois excitée, en colère, et exaspérée.

— Que fais-tu ici ?

Il se releva et contourna le bureau pour s'approcher d'elle.

— Toujours pas calmée ?

— Quel don d'observation !

Elle regarda en direction de la porte à la recherche de son assistante.

— Bon sang, mais où Katie est-elle encore passée ?

Pete la saisit par le bras pour la forcer à lui faire face.

— Ne lui en veux pas ! J'ai dû la menacer de la brûler vive si elle ne me laissait pas entrer.

— Tu as osé !

Il hocha la tête et, dans ses yeux, Allison comprit qu'il ne plaisantait pas.

— Dans ce cas, j'appelle la sécurité, lança-t-elle, furieuse.

Il décrocha le combiné pour le lui tendre.

— Je t'en prie !

Décidément, cet homme la rendait folle. Elle lui arracha le combiné de la main et raccrocha violemment.

— D'accord, Pete, qu'attends-tu de moi au juste ?

— Une simple conversation entre personnes responsables.

— Il fallait y penser avant.

— Que j'aie menti ou pas, le mal est fait. Alors, vas-tu enfin essayer de m'écouter ou es-tu toujours résolue à fuir ?

— Je ne te fuis pas, je ne veux plus te voir, il y a une différence !

Il la saisit par les bras et lui demanda :

— Es-tu bien certaine que c'est fini entre nous ?

« Oh, mon Dieu ! » songea Allison. Le regard de Pete était si intense qu'elle se sentit à bout de forces. Non, ce n'était pas fini, ce n'était que le début au contraire. Encore maintenant, folle de rage qu'elle était, elle le désirait plus que jamais, comme si le conflit entre eux n'avait fait qu'intensifier ses sentiments pour lui. Allison commençait à se rendre compte de la place qu'il occupait déjà dans son cœur.

Mais comment le lui avouer quand elle n'arrivait pas à l'admettre elle-même ? Il était encore trop tôt pour qu'elle se livre, mais elle savait qu'en refusant de l'écouter, elle ne faisait que prolonger l'agonie.

— O.K., Pete. Je t'écoute.

Pete poussa un soupir de soulagement.

— Bon, je suis vraiment désolé que tu aies dû découvrir qui était ma famille de cette façon-là. Et je t'accorde qu'en occultant la vérité, je t'ai, en quelque sorte, menti.

— Mais ?

— Mais tu dois admettre que tu m'as pris de haut le jour de notre rencontre.

— Pas du tout !

— Comment ? demanda-t-il, incrédule. Tu es arrivée au garage en jouant les stars. La petite bêcheuse de Dallas qui donne des ordres à un vulgaire mécano. Puis, tu m'as traité de crétin, d'abruti, que sais-je encore ! Bref, tu m'as bien fait comprendre que je n'étais qu'un petit ouvrier, tout juste bon à exécuter tes ordres.

Visiblement mal à l'aise, Allison esquissa un sourire coupable.

— Et alors ?

— Et alors, tu ne peux tout de même pas m'en vouloir de t'avoir rendu la monnaie de ta pièce ?

— Je dois admettre que, sur ce point, mais seulement sur ce point, je ne peux pas t'en vouloir, concéda Allison.

— Ah, tout de même ! s'exclama-t-il.

Il posa alors ses mains sur les bras d'Allison.

— Maintenant que la vérité a éclaté, je veux que tu saches tout de moi, que tu comprennes vraiment qui je suis. Alors, je te le demande de nouveau : veux-tu m'accompagner demain au ranch de mes parents ?

Allison ne put s'empêcher d'être contrariée. Certes, elle éprouvait une irrésistible attirance pour lui, mais de là à s'impliquer dans sa vie, c'était une tout autre affaire, justement le genre de relation qu'elle cherchait à tout prix à éviter !

— Tu ne trouves pas que tu précipites un peu les choses ? Je veux dire, me présenter à tes parents alors que nous sortons ensemble depuis si peu de temps ?

Pete se mit à rire.

— Allison, je ne t'ai pas demandée en mariage, je veux juste que tu apprennes à me connaître. Le ranch tient une grande place dans ma vie. Et aussi, à partir de maintenant, je veux jouer franc-jeu avec toi.

Allison détourna le regard. Elle se sentait coupable de ne pas jouer franc-jeu avec Pete, mais, en même temps, c'était sa manière à elle de se préserver. Elle se prit alors à rêver à une relation d'honnêteté. Au fond, n'était-ce pas une perspective réjouissante, voire excitante ? Effrayante aussi !

— Alors ? insista-t-il. Tu veux bien m'accompagner demain ?

— Bon, d'accord, puisque tu y tiens tellement, répondit-elle, un brin irritée.

— Super ! s'exclama Pete en faisant courir son index sous le col du chemisier de soie qu'Allison portait. Et pour ce soir, ça tient toujours ?

Allison éclata de rire, n'en croyant pas ses oreilles.

— Décidément, Pete, tu es incorrigible ! Il est hors de question que nous nous voyions ce soir, je suis trop en colère contre toi.

— Justement, je pourrais t'aider à te détendre, répliqua-t-il avec un sourire enjôleur.

— C'est peine perdue ! rétorqua-t-elle d'un air qu'elle voulut ferme.

Il pencha son visage sur le sien, effleurant délicieusement la bouche d'Allison de son souffle chaud.

— Un baiser, alors ?

Allison s'écarta de lui, surprise de sentir ses jambes flageoler.

— J'ai compris, je n'insiste pas. Alors, je passe te prendre à 7 heures demain matin ?

— Tu plaisantes ou quoi ? Pas avant 8 heures.

— Ça marche pour 8 heures, dit-il en lui volant un baiser. Et habille-toi confortablement !

Allison était sur le point de rétorquer qu'elle pensait justement enfiler sa salopette et ses bottes en caoutchouc, mais Pete avait déjà passé la porte. Elle poussa un soupir en s'accoudant sur son bureau.

Dans quelle histoire s'était-elle encore fourrée ?

9.

Ce soir-là, dans un café branché de Montrose, en face du théâtre où venait de se jouer la première d'*Histoires de sexe et de chihuahuas*, Allison et Erin s'étaient retrouvées en compagnie de deux autres acteurs de la troupe, Bruce et Lance. Tous sirotaient des margaritas en attendant le début du cocktail organisé pour célébrer le lancement de la pièce.

Allison était ravie que le public, comme la critique, ait si bien accueilli le spectacle. Bruce et Lance qui jouaient le couple gay au cœur de l'intrigue avaient fait un véritable tabac. Quant à Erin, elle avait été hilarante dans son rôle de colocataire flic flanquée de ses deux inséparables roquets. Allison avait participé à l'événement en contrôlant les billets à l'entrée du théâtre. Avant même le début du spectacle, elle avait pu mesurer l'enthousiasme du public accouru en masse, au sein duquel les personnalités excentriques et loufoques du centre-ville se mêlaient aux nouveaux riches des quartiers chic environnants.

Toute la soirée, Allison avait nourri l'espoir de voir apparaître Pete. Après tout, il aurait très bien pu se renseigner pour trouver l'adresse du théâtre. Dans l'éventualité de son arrivée impromptue, elle avait donc misé sur une robe noire moulante et des talons aiguilles sexy. Mais le rideau s'était baissé sans que

Pete ne pointe le bout de son nez. C'était sans doute à cause de leur dispute du matin, même si, au bout du compte, elle avait fini par céder en acceptant de le voir le lendemain. Alors, pour chasser la déception qui lui nouait le ventre, elle essaya de se concentrer sur la conversation qui animait la table.

— Tu as vu, cette idiote de Mel a encore oublié la moitié de son texte, se plaignait Bruce, beau garçon musclé d'une trentaine d'années arborant un sourire à fossettes et des lunettes à montures grises.

— Sans parler de Roscoe qui a trébuché sur les chihuahuas ! enchaîna Lance, l'amant de Bruce, sur scène comme dans la vie. Il faut dire que ces satanés cabots n'ont pas été très coopératifs ce soir !

Allison éclata de rire.

— C'est le moins qu'on puisse dire ! En tout cas, vous deux, vous étiez formidables ! Le public n'a cessé de vous acclamer.

— Oui, surtout quand Lance devait m'embrasser et qu'il est tombé nez à nez avec toi ! dit Bruce en lançant un clin d'œil à Erin.

— Désolée, j'ai trébuché ! s'excusa Erin en riant.

— Justement à ce moment-là, se lamenta Bruce en regardant son partenaire avec convoitise.

— Toute la salle a hurlé de rire ! commenta Allison.

— Oui je sais ! acquiesça Erin d'un air satisfait. Pour tout vous dire, notre chère metteuse en scène compte même intégrer mon faux pas au script. Par contre, le pauvre Roscoe s'est fait sacrément enguirlander pour avoir bousculé ses petits protégés.

— Tu veux parler de ces chihuahuas lunatiques qu'elle prétend avoir dressés, critiqua Lance. Quelle idée de faire jouer des animaux sur scène ! Je m'étonne que la S.P.A. ne lui soit pas encore tombée dessus.

Au milieu du fou rire général, Allison fit remarquer à Erin :

— En parlant d'humour décalé, j'ai eu des nouvelles de Doug aujourd'hui.

— Comment va ton cher frère ?

— Bien.

— A propos, tu lui as parlé de ton cow-boy ?

Allison s'apprêtait à répondre lorsque Bruce lui coupa la parole.

— Le fameux étalon ?

Allison lança à Erin un regard désapprobateur.

— Ne me dis pas que tu leur as raconté ?

— Raconté quoi ? répondit Erin en feignant l'indignation. On ne peut pas dire que tu m'aies confié beaucoup de détails.

— C'est l'heure d'aller à confesse, ma chérie ! carillonna Lance. Tu sais à quel point nous raffolons de tes innombrables histoires de cœur. Heureusement que nous sommes gays, sans quoi tu nous aurais sûrement brisé le cœur à nous aussi !

Depuis son arrivée à Houston, Allison avait appris à connaître les deux commères qu'étaient Bruce et Lance et ne s'offusquait plus de leur sens de l'humour. Au même titre qu'Erin, ils étaient devenus ses confidents.

Pour autant, Allison n'avait pas l'intention de leur livrer les détails croustillants qu'ils espéraient obtenir sur Pete.

— Eh bien, mes amis, j'ai bien peur que Pete ne soit trop « vieux jeu » à votre goût, plaisanta-t-elle. Pour notre premier rendez-vous, nous avons dîné de cuisses de poulet frit dans une ancienne grange réhabilitée en saloon.

— Un authentique cow-boy ! s'extasia Bruce. Nous nous

ferions un plaisir de lécher la boucle de sa ceinture, n'est-ce pas, Lance ?

— Vous n'avez vraiment aucune retenue ! s'exclama Allison. De toute façon, j'ai le pressentiment que cette histoire ne va pas durer.

— Déjà ? s'écria Erin.

— Je n'en ai pris conscience qu'aujourd'hui.

— Mais quel est le problème exactement ? insista Erin.

— Le cow-boy serait-il infidèle ? insinua Bruce.

— Il ne s'agit pas de cela, répondit Allison, souriant malgré elle. Le problème, c'est qu'il m'a menti. C'est une histoire un peu compliquée.

— Allez, ne te fais pas prier ! la pressa Erin. Avec nos trois cerveaux conjugués, nous devrions t'aider à en sortir. Alors, à propos de quoi t'a-t-il menti ?

Allison prit son inspiration et se jeta à l'eau.

— A propos de sa fortune et de sa petite amie.

— C'est bien ce que je pensais, remarqua Bruce. Il te trompe et, pour couronner le tout, il est sans le sou !

— Non, la petite amie est une ex, enfin c'est ce qu'il prétend.

Allison se mit à raconter comment elle avait pris Pete pour un simple mécanicien et le choc qu'elle avait eu le matin même en apprenant dans le journal qu'il était bien plus que cela et qu'il lui avait menti.

— Jésus Marie, s'exclama Bruce, se penchant pour toucher le front d'Allison. Aurais-tu de la fièvre ? Alors, si j'ai bien compris, tu es vexée parce que ton cow-boy est finalement plus riche et plus éduqué que tu ne l'avais escompté ? Et maintenant, tu voudrais le jeter parce qu'il n'est pas suffisamment médiocre à ton goût ? A ta place, je l'aurais déjà épousé !

— Sur-le-champ ! renchérit Lance.

Allison ne put se retenir de rire.

— Je n'ai jamais dit que je voulais me marier !

— Ah bon ? Combien de cœurs comptes-tu encore briser ? demanda Erin.

Alors qu'ils continuaient de la taquiner, Allison se laissa aller à ses pensées. Se pouvait-il qu'elle se sente menacée parce qu'elle avait trouvé un homme à sa mesure ?

Au fond, ce qui l'ennuyait, c'est qu'il puisse un jour lui briser le cœur.

Cela l'ennuyait plus que tout. Mais cela n'expliquait pas le nœud qui lui serrait l'estomac. Pete lui manquait, tout simplement. Elle se languissait de se retrouver de nouveau dans ses bras et de sentir leur complémentarité de la façon la plus intime et la plus jouissive qui soit.

Pete avait déjà pris de l'ascendant sur elle et c'était ce qu'il l'effrayait le plus. Si elle avait été raisonnable, elle aurait immédiatement mis un terme à leur aventure et aurait pris ses jambes à son cou avant qu'il ne finisse par vouloir la diriger comme d'autres avant lui.

Mais depuis quelque temps, elle était tout sauf raisonnable. Et pour rien au monde elle n'aurait voulu manquer leur rendez-vous du lendemain.

10.

Tout en sirotant son café, Allison observait Pete du coin de l'œil. Assis au volant de son pick-up, il était particulièrement sexy ce matin dans sa chemise blanche, son jean délavé et ses santiags marron, le soleil du matin illuminant ses épais cheveux blonds. Elle pouvait admirer la beauté de ses puissantes mains sur le volant tandis qu'ils sillonnaient les petites routes de campagne à travers les vastes pâturages peuplés de vaches, de vieux chênes et de fleurs sauvages.

Pete était passé la chercher à 8 heures, puis l'avait emmenée prendre le petit déjeuner dans une cafétéria aux alentours de Houston. Malgré le cadre chaleureux, l'atmosphère était restée tendue et, entre deux échanges de platitudes, leur silence embarrassé trahissait l'irrésistible attraction qu'ils éprouvaient l'un pour l'autre.

Il semblait à Allison que la dernière caresse de Pete sur sa peau remontait à des lustres, tant son désir pour lui était brûlant.

— Alors, comment était la pièce ? demanda Pete, une fois de retour dans la voiture.

Allison tourna le visage vers lui et le simple fait de le regarder fit palpiter son bas-ventre. A en juger par les coups d'œil furtifs de Pete et sa façon de froncer les sourcils, il n'en menait pas large non plus. Pour autant, Allison ne pouvait se permettre de le laisser deviner ses sentiments et répondit, l'air de rien :

— La pièce était géniale ! Quel dommage que tu n'aies pas été là.

— Tu oublies que je n'étais pas convié ! rétorqua-t-il avec une hostilité à peine voilée.

— Je ne savais pas que tu avais besoin d'une invitation !

— C'est vrai que, d'habitude, je ne m'embarrasse pas de ce genre de détails, répondit-il, le sourire aux lèvres. Mais après ta scène d'hier… Tu as un sacré caractère !

— Il était temps que quelqu'un te remette à ta place.

— N'est-ce pas ce que tu fais à longueur de journée ?

Allison réprima un sourire et Pete reprit :

— Tu es splendide dans ce jean et ta coiffure te va très bien.

— Si tu t'imagines que j'ai fait des efforts pour te plaire !

— Et à qui d'autre comptes-tu plaire au ranch ? Aux chevaux ou aux cochons ?

— Peut-être à tes parents ?

— Dans ce cas, je ne peux qu'apprécier le geste. Encore un peu de café, mon ange ? proposa-t-il en désignant la Thermos.

— Non merci, dit-elle en reposant le gobelet. J'ai déjà beaucoup bu et ce serait dommage de devoir s'arrêter avant d'arriver au ranch.

— Nous pourrions faire une halte dans le pré de mon père, proposa-t-il en désignant le terrain vallonné qui longeait la route.

Allison s'imagina seule avec lui dans ce pré, complètement nue, allongée sur un tapis de fleurs…

Elle se reprit :

— Quelle délicate attention ! Tes parents apprécieraient certainement que leur invitée se soulage sur leurs terres ! De toute façon, vu la multitude de fleurs, les guêpes se rueraient sur moi en moins de temps qu'il ne faut pour le dire.

— Qui pourrait les blâmer d'être attirées par une si jolie fille !

— Tu es gentil, mais je préfère éviter ce genre d'insectes.

Allison jeta un coup d'œil circulaire à travers le pare-brise de la voiture.

— Alors, comme ça, nous sommes déjà sur les terres de ton père ?

— Nous traversons en ce moment la partie ouest de la propriété.

— Combien d'hectares cela vous fait-il ?

— Huit mille, à peu de choses près.

Allison poussa un sifflement admiratif.

— C'est gigantesque ! Sans compter que ton père possède deux garages, si j'ai bien compris.

— Oui, bien qu'aujourd'hui, il ait pris sa retraite et passe la majeure partie de son temps au ranch. Un gérant s'occupe des affaires du garage, mais pour lui aussi l'heure du départ va bientôt sonner.

— Et tu comptes prendre la relève ?

— C'est prévu comme cela. C'est pourquoi je dois être opérationnel à tous les postes.

— Y compris à celui de dragueur de service !

Pete lança à Allison un regard lourd de reproches et préféra changer de sujet.

— Tu sais, pour mes parents, le ranch, c'est toute leur vie. Ils n'ont jamais cédé la moindre parcelle de terrain et Dieu sait que les promoteurs courent après. Mais mon frère, Tyler, serait prêt à vendre sa part au premier venu. C'est pourquoi il a été rayé du testament.

— Les relations ont l'air plutôt tendues entre Tyler et tes parents, dis donc !

Pete poussa un long soupir.

— Tu sais, il ne faut pas trop se fier aux apparences. Tyler a un sérieux penchant pour l'alcool et les jeux d'argent. Ses virées au bar se terminent fréquemment en bagarres, d'où ses séjours répétés en prison. Pourtant mes parents continuent de tout faire pour lui. Maman lui garde toujours une place dans son cœur et, grâce à ses judicieux placements, papa lui a assuré une rente à vie. Chaque premier du mois, Tyler touche un gros chèque.

Allison fit la grimace.

— C'est un cas désespéré, on dirait ?

— Tu vas pouvoir en juger par toi-même, car il sera sûrement présent au déjeuner.

— Ah bon ?

— Oui, maman nous attend pour le repas. Elle a aussi invité Mary Lou.

Allison se raidit.

— Je ne pensais pas que tes parents feraient un tel événement de ma venue.

— Un événement ?

— Oui, ta mère qui met les petits plats dans les grands et puis, avoir invité d'autres personnes… Cela m'embête qu'elle se donne tout ce mal. Pourquoi ne pas les emmener plutôt au restaurant ou passer chez le traiteur ?

— Ma chérie, il n'y a pas de restaurant à moins de trente bornes et, pour ce qui est du traiteur, il faudrait rebrousser chemin jusqu'à Houston pour en découvrir un à ta convenance ! En plus, tu n'as aucune raison de te tracasser pour ma mère, elle adore cuisiner et quiconque se trouve dans son périmètre à l'heure du repas est immédiatement séquestré dans la salle à manger.

— Merci de me prendre pour « quiconque », répliqua Allison, un brin vexée.

— Tu es bien susceptible ce matin !

Allison se renfrogna et lança à Pete un regard soupçonneux.

— Alors, comme ça, tu as demandé à ta mère d'inviter Mary Lou ?

— Il fallait bien régler l'histoire de la « bien-aimée qui se morfond » que tu as lue dans la gazette, non ? Et puis Mary Lou fait partie de la famille, surtout depuis que ses parents sillonnent le pays.

— Comme c'est pratique ! ironisa Allison.

— Et voilà, tu recommences ! C'est pour mettre un terme à ce genre de remarque que je t'emmène au ranch.

— De quoi parles-tu ?

— De ce petit doute qui persiste en toi.

— Quel doute ?

— Le doute au sujet de Mary Lou.

— Oh, et puis, après tout, si tu veux qu'elle soit là, cela te regarde !

— Allison !

— A propos, cela m'intéresserait de savoir ce que tu as raconté à tes parents à mon sujet.

— Que tu es un beau brin de fille !

— Pete, je veux parler de la raison pour laquelle tu m'amènes au ranch. Après tout, ce n'est que notre deuxième rendez-vous.

— Tu veux dire, le cinquième ! Tu oublies notre petite

conversation au téléphone, la scène au garage et notre réconciliation à ton bureau.

— Ce n'était pas une réconciliation ! C'était une trêve.

— Certainement, mon ange.

— Si tu répondais plutôt à ma question ?

— Je les ai simplement prévenus que je viendrais accompagné d'une amie pour lui faire visiter le ranch et monter à cheval, comme je le fais quasiment tous les week-ends.

— Ramener des filles ?

— Non, monter à cheval ! Quoi qu'il en soit, ne te fais aucun souci, ce n'est pas parce que nous déjeunons chez mes parents qu'ils vont tout de suite nous imaginer devant l'autel.

— Dans ce cas, je n'ai plus aucune raison de m'inquiéter.

— Ah, j'allais oublier, il y aura aussi un prêtre.

— Oh ! s'exclama-t-elle en lui donnant une tape sur le bras.

Tout en souriant, Pete ralentit le véhicule et passa un portail ouvert, puis s'engagea sur un chemin gravillonné. Ils traversèrent ensuite un pré dominé par un moulin à vent et sur lequel paissaient quelques vaches.

— Vous élevez des Black Angus ? demanda Allison.

— A ce que je vois, madame connaît les vaches.

— Quand on a un père banquier, on finit par s'y connaître en matière d'entreprises texanes.

— Tu vois le ranch au loin ? C'est là.

Arrivés en haut de la colline, Allison distingua une grande bâtisse en brique de style mexicain nichée au fond de la vallée. Un corral, une grange ainsi que d'autres bâtiments délimitaient l'immense hacienda.

— Grandiose ! s'exclama Allison.

En regardant sur le côté, elle aperçut un homme grand et

mince, occupé à jouer au ballon avec deux bambins en tenue de sport.

— C'est ton père là-bas ?

— Oui, c'est mon père avec les enfants de Tyler.

— Ton frère a déjà des enfants ?

— Oui, je voulais t'en parler. Il n'a que vingt-quatre ans mais déjà deux enfants de deux mères différentes. Les gosses sont adorables. Matt a quatre ans et Lisa, tout juste dix-huit mois. Ce sont mes parents qui les élèvent.

Allison ne pouvait pas en croire ses oreilles.

— Tu plaisantes ? Tu veux dire que…

— Leurs mères les ont laissés à Tyler qui les a lui-même abandonnés à mes parents.

Pete se gara dans un coin de la cour et regarda Allison d'un air tendu.

— Nous en reparlerons une autre fois, si tu veux bien.

— Bien sûr.

Allison rajusta ses vêtements alors que le père de Pete venait à leur rencontre suivi de près par ses petits-enfants. Elle avait opté pour un maquillage discret et une queue-de-cheval et pensait avoir choisi une tenue adéquate pour être présentée aux parents de Pete.

Au moment où elle sortait de la voiture, le père de Pete arriva à leur hauteur. Dans sa tenue de cow-boy usée par le travail et ses bottes poussiéreuses, la ressemblance avec son fils était frappante. Ses traits étaient cependant plus carrés et son visage buriné trahissait le nombre de ses années. Quant aux enfants, ils étaient à croquer : le garçon était un petit brun aux yeux bleus et au visage poupin, et la fille, aux cheveux châtain doré par le soleil, possédait des yeux noirs et un teint mat caractéristique d'une origine hispanique.

— Heureux de te voir, fiston !

— Salut, papa, répondit Pete en lui serrant la main.

— Tonton ! s'écria le petit garçon.

— Salut, mon grand.

— Pid, Pid ! piaillait la petite.

— Bonjour, mademoiselle ! répondit-il en la prenant dans ses bras.

Après l'avoir embrassée, Pete fit les présentations.

— Allison, voici mon père, Blake Chisholm et mes neveux, Lisa et Matt. Vous tous, je vous présente Allison Tracy.

— Mademoiselle ! salua le père de Pete en ôtant son Stetson.

— Appelez-moi Allison ! répondit-elle en lui tendant la main.

— Avec plaisir. Dottie et moi sommes ravis de vous avoir parmi nous. Vous savez, elle cuisine depuis l'aube.

— Elle n'aurait pas dû se donner autant de mal, dit Allison en rougissant.

— Vous plaisantez ? La cuisine, c'est toute sa vie !

Il se retourna au son d'un claquement de porte et leur lança un clin d'œil.

— Quand on parle du loup…

Allison vit une ravissante femme d'une cinquantaine d'années sortir de la maison. Ses cheveux noirs bouclés entourant son visage rond et harmonieux la rendaient particulièrement avenante. Elle portait une robe brodée en jean et un tablier à fronces qui lui donnaient l'allure d'une parfaite Texane.

— Pete, tu daignes enfin nous rendre visite !

— Maman, dit-il en la serrant dans ses bras et en lui donnant un baiser sur la joue. Je te présente Allison. Allison, voici ma mère, Dottie Chisholm.

Dottie lui tendit la main en souriant.

— Ravie de vous rencontrer, ma chère. J'étais tellement contente que Pete décide de vous amener chez nous.

— Cela me fait plaisir, à moi aussi.

— Pour tout vous dire, Allison et moi avons eu un petit malentendu, confia Pete avec un demi-sourire.

— Qu'as-tu donc cherché à faire croire à cette charmante jeune femme ? le questionna sa mère tout en souriant à Allison.

— Rien du tout, répondit-il, tout penaud. Allison et moi nous sommes rencontrés au garage et elle m'a pris pour un mécanicien.

— Rien d'étonnant, dit son père en éclatant de rire. Tu as toujours les mains pleines de cambouis.

Pete s'éclaircit la voix.

— Donc, j'ai amené Allison pour qu'elle puisse découvrir d'où je viens.

— Et que pensez-vous de ce que vous venez de découvrir, Allison ? demanda le père de Pete.

— Je pense que Pete vient d'une famille formidable ! répondit-elle avec diplomatie.

— Serait-ce un compliment ? demanda Pete en feignant la surprise.

— Oui, mais il s'adresse à ta famille, pas à toi !

Dans le fou rire général, le petit Matt se mit à tirer sur le tablier de sa grand-mère.

— Mamie, j'ai soif.

— Oui, mon petit. Nous allons passer à l'intérieur !

— Maman, cela t'embête si je montre Lucky à Allison juste avant le déjeuner ?

— Bien sûr que non. Mais ne traînez pas trop, nous n'allons pas tarder à passer à table.

— A tes ordres, maman !

Pete conduisit Allison jusqu'aux écuries, tandis que le reste de la famille rentrait à l'intérieur.

11.

Quelques instants plus tard, Allison et Pete se trouvaient dans l'immense écurie, l'air frais et humide charriant une odeur mêlée de fumier et de foin.

— Allison, je te présente Lucky, dit Pete.

Il passa la main sur le museau de l'étalon avant d'entrer dans sa stalle. Pendant qu'il caressait le cheval, Allison put lire la tendresse sur le visage de Pete. A cet instant, il lui parut plus beau que jamais.

Allison s'approcha du cheval et glissa les doigts dans sa crinière.

— Bonjour, Lucky. Tu es superbe, susurra-t-elle.

— Et plus rapide que l'éclair, enchaîna fièrement Pete. Tu n'imagines pas à quel point il m'a manqué pendant ces deux semaines où je ne suis pas rentré au ranch.

Allison fut surprise de la dévotion que Pete éprouvait pour l'animal. Elle aussi aurait aimé pouvoir partager ce genre de sentiments. Mais métaphoriquement ! Avait-elle déjà oublié sa résolution de profiter de sa journée avec Pete sans se projeter dans une relation à long terme ?

Allison toussota.

— Oui, un bon cow-boy ne se sépare jamais de son cheval, remarqua-t-elle.

Pete laissa courir sa main le long des hanches de la jeune femme.

— Tu sais monter, bébé ? demanda-t-il d'une voix rauque.

Le sourire d'Allison vint trahir l'excitation que lui procuraient les paroles suggestives de Pete et la caresse de sa main. Elle acquiesça.

— Quand nous étions enfants, mes amis et moi prenions des leçons d'équitation au club à côté de la maison. Je sais monter, mais je ne suis pas une cavalière accomplie.

Pete désigna un cheval moins imposant dans une stalle un peu plus loin.

— Tu emmèneras bien Fred faire un tour après déjeuner ?

— Bien sûr, répondit-elle d'un air assuré. Et toi, j'imagine que tu montes depuis tout petit ?

— A deux ans, je savais déjà monter à poney et à quatre, je faisais mon premier rodéo. Je te montrerai tous mes trophées dans ma chambre.

— Ta mère t'autorise à y inviter des filles ?

— Tant que la porte reste ouverte ! plaisanta Pete. Bon, nous ferions mieux de rentrer pour aider maman…

Ils pénétrèrent dans la maison par une porte latérale donnant directement dans le salon. Allison découvrit une vaste pièce au fond de laquelle trônait une imposante cheminée en brique garnie de trophées de chasse et flanquée de deux canapés en cuir. Allison aperçut le père de Pete assis sur un tapis près du foyer, occupé à jouer avec ses petits-enfants.

Blake releva la tête en les entendant arriver.

— Ah, je vous attendais ! Pete, je peux te confier les petits pendant que je passe un coup de fil ? Il faut que je commande de la nourriture pour les chevaux.

— Bien sûr, papa.

— Dottie termine de préparer le repas. Vous prendrez bien un thé glacé ? demanda Blake à Allison.

— Non merci, monsieur Chisholm. Mais je vais voir si je peux l'aider à quelque chose.

— Elle en sera ravie, répondit Blake en quittant la pièce.

Allison laissa Pete seul avec les enfants et rejoignit Dottie dans la cuisine.

— Cela sent drôlement bon ! s'exclama-t-elle.

Dottie, qui versait le thé dans une carafe en verre, se retourna en souriant.

— Merci, Allison ! Si vous avez besoin de quoi que ce soit…

— Je venais justement vous proposer de l'aide…

— Cela n'est pas nécessaire.

— J'avoue que je ne suis pas un cordon-bleu, confia Allison, mais je me ferais un plaisir de dresser la table ou de servir le thé.

— Si vous insistez. J'ai déjà prévu ce qu'il faut pour le repas de Lisa sur la chaise haute. Donc, il ne manque plus que six couverts ou plutôt sept, en comptant Mary Lou Brown, notre petite voisine, qui ne devrait plus tarder. Quant à Tyler, je suppose que, comme à son habitude, il arrivera en retard, si toutefois il daigne nous honorer de sa présence.

Notant la souffrance et la tension sur le visage de Dottie, Allison sentit son cœur se serrer.

— Pete m'a expliqué comment votre mari et vous éleviez seuls vos petits-enfants. Cela ne doit pas être facile tous les jours…

— Nous faisons de notre mieux. Hélas, nous ne sommes plus tout jeunes. Heureusement, les petits sont adorables et

Mary Lou nous aide beaucoup. Elle est institutrice dans une maternelle en ville. Et puis, il y a Pete.

— Vous avez de la chance de les avoir, commenta Allison.

Tandis qu'elle dressait la table dans la salle à manger, Allison pouvait voir Pete jouer avec les enfants dans le salon voisin. Pete avait juché Matt sur son dos et Lisa s'était suspendue à son cou. Allison ne put s'empêcher de sourire. Pete savait vraiment comment s'y prendre avec les enfants.

Un jour ou l'autre, lui aussi finirait par en vouloir, songea-t-elle. Elle-même n'avait jamais vraiment réfléchi à la question. Pour l'instant, elle savait qu'elle n'était pas prête.

C'est alors que Dottie la rejoignit, une carafe de thé glacé à la main. Voyant la scène qui se déroulait sous ses yeux, elle lui confia à voix basse :

— Pete est un meilleur papa pour ces enfants que leur propre père ne le sera jamais.

— C'est un homme exceptionnel, il est vrai, reconnut Allison.

Plus elle apprenait à connaître Pete, plus son attirance pour lui grandissait. Elle avait du mal à croire que, quelques jours plus tôt, elle ait pu le considérer comme un simple objet d'amusement. Certes il était sexy, mais il n'avait rien de superficiel. Il semblait même profondément ancré dans ce décor familial. Avait-elle le droit de faire perdre son temps à un homme dont elle ne partageait pas les aspirations ?

Dottie était déjà repartie dans la cuisine lorsque quelqu'un frappa à la porte.

— Bonjour, fit une voix féminine depuis l'extérieur.

— C'est Mary Lou ! s'écria Matt.

Il s'élança pour ouvrir la porte, suivi de près par sa petite sœur qui gazouillait d'excitation.

Une jolie jeune femme aux cheveux auburn et au visage recouvert de taches de rousseur apparut sur le seuil. Vêtue d'une robe d'été rose et d'un gilet assorti, elle portait un grand sac de paille plein de cadeaux.

— Bonjour, mes petits cœurs ! s'exclama-t-elle en entrant.

Alors que les enfants se bousculaient pour l'embrasser, Allison alla rejoindre Pete.

— Je vais te présenter, dit-il en la prenant par la main.

Ils avancèrent tous deux vers Mary Lou qui portait la petite tout en tenant Matt par la main.

— Salut, Pete ! dit Mary Lou.

Pete l'embrassa sur la joue.

— Mary Lou, je te présente mon amie, Allison Tracy. Allison, voici Mary Lou Brown, notre voisine.

— Comment allez-vous ? demanda Mary Lou. Je vous aurais bien serré la main, mais...

— Vous avez les mains prises, termina Allison avec un sourire. Ravie de vous rencontrer.

— Mary Lou, c'est la meilleure ! se mit à clamer Matt en tirant sur la robe de la jeune femme.

Allison et Pete éclatèrent de rire.

— C'est bien vrai, répondit Pete au petit garçon.

— Tu nous as apporté des cadeaux ? demanda-t-il à Mary Lou en désignant le sac d'un regard malicieux.

— Bien sûr, répondit-elle en lui passant la main dans les cheveux. Un pour toi et un pour Lisa. Nous les déballerons après le déjeuner.

Dottie sortit alors de la cuisine.

— Mary Lou, ma chérie, tu es pile à l'heure pour le déjeuner.

Les enfants, allez vous laver les mains ! Et Pete, rends-moi service en allant prévenir ton père que nous passons à table.

— Tout de suite, maman.

— Je m'occupe de leur laver les mains, proposa Mary Lou. Vous venez nous aider ? proposa-t-elle à Allison.

— Avec plaisir.

Dans la vaste salle de bains, Allison lava les mains de la petite tandis que Mary Lou débarbouilla le visage de Matt.

— Vous connaissez Pete depuis longtemps ? demanda Allison.

Mary Lou hocha la tête.

— Oui. Nous sommes voisins. Pete, Tyler et moi avons pour ainsi dire grandi ensemble. Et, depuis que mes parents sont partis en voyage, c'est moi qui m'occupe de leur maison. Heureusement, le contremaître est là pour gérer le ranch, ce qui me laisse le temps d'enseigner à Richmond.

— Ah oui ! Vous travaillez dans une maternelle, m'a dit Dottie. C'est vraiment super ce que vous faites pour les enfants de Tyler.

— Merci. Alors, dites-moi, où vous êtes-vous rencontrés ?

— Dans un garage, à Houston.

— Sacré Pete, toujours à draguer les filles ! Je dois dire que, cette fois, il fait preuve de goût !

— Merci pour le compliment.

Les deux femmes rejoignirent avec les enfants le reste de la famille pour s'asseoir autour de l'immense table en pin. Après que le père de Pete eut dit les grâces, Dottie fit passer les différents plats, tous garnis de spécialités locales qui donnaient l'eau à la bouche à Allison — poulet frit et beignets de pommes de terre, haricots verts au bacon, coleslaw…

Allison se sentait bien. Elle observa discrètement Pete et Mary

Lou. De toute évidence, ces deux-là s'entendaient à merveille. Peut-être s'étaient-ils aimés autrefois, mais aujourd'hui, ils semblaient entretenir des rapports fraternels.

Allison était perdue dans ses pensées lorsque la porte d'entrée s'ouvrit avec fracas, laissant apparaître un homme grand et efflanqué, un chapeau de cow-boy élimé vissé sur la tête. Il s'avança vers la table en traînant les pieds.

N'eussent été sa barbe de plusieurs jours et son apparence négligée, on eût pu le prendre pour Pete. Vêtu d'une chemise fripée et d'un jean en lambeaux, il portait des bottes sales. Une cigarette à la main, il arborait un sourire suffisant qui ajoutait à l'arrogance de son allure générale.

— J'espère que vous m'avez gardé quelque chose à manger.

— Bonjour, papa ! s'écria Matt.

— Quelle bonne surprise, marmonna Pete.

Dottie se leva, s'empara d'un cendrier et se précipita vers le nouveau venu.

— Tyler, combien de fois vais-je devoir te répéter qu'on ne fume pas dans cette maison ? Qui plus est, en présence des enfants ! Tu sais bien que Lisa est sujette à l'asthme.

Tout en repoussant sa mère d'un geste de la main, Tyler écrasa consciencieusement sa cigarette.

— Tu les couves trop, maman.

— Pas toi, en tout cas ! rétorqua Pete.

— Ah, salut, frangin !

Il s'apprêtait à en dire plus lorsque sa mère le saisit par le bras.

— Enlève ce chapeau et assieds-toi !

Tyler sourit et s'exécuta, révélant des cheveux en bataille de la même couleur que ceux de sa mère. Son regard passa d'Allison à Mary Lou pour se poser sur cette dernière qui le regardait d'un air grave.

— Mais c'est Mary Lou ! Tu veux bien que je m'asseye à côté de toi ; comme ça, je pourrais plonger mes beignets dans ta sauce ?

Elle se mit à toussoter.

— Eh bien, euh…

Face à l'embarras de Mary Lou, Pete ne put s'empêcher de remettre son frère à sa place.

— Tu ferais mieux de t'asseoir avant que je me charge de t'apprendre les bonnes manières !

Alors que Tyler défiait son frère du regard, Matt bondit de sa chaise.

— Papa, s'il te plaît, tu viens t'asseoir à côté de moi ?

— Bien sûr, morpion. Il y a au moins quelqu'un qui m'apprécie.

Il fit le tour de la table pour s'installer à côté de son fils, ébouriffant au passage les cheveux de Lisa.

— Salut, le raton ! s'exclama-t-il.

— Tyler, tu ne pourrais trouver des diminutifs plus appropriés pour tes enfants ! s'exclama Mary Lou.

— Je crois me rappeler qu'il n'y a pas si longtemps, tu ne t'offusquais pas des petits noms que je pouvais te donner.

Visiblement mal à l'aise, Mary Lou tripotait sa serviette de table.

— Je ne vois pas de quoi tu veux parler, répliqua-t-elle.

Ignorant sa remarque, Tyler porta son attention sur Allison.

— Alors, frangin, tu ne fais pas les présentations ?

— Tyler, voici mon amie, Allison Tracy, répondit sèchement Pete. Mais ne va pas te mettre des idées en tête.

Tyler éclata de rire.

— Ce n'est pas mon genre ! Dis plutôt que, comme toujours, tu préfères garder les bonnes choses pour toi.

— Peut-être que je les mérite plus que toi.

— C'est vrai ça ? demanda-t-il en lançant un clin d'œil à Allison.

— Ce qui est sûr, c'est qu'il mérite mon respect, répondit-elle en choisissant ses mots.

— Mademoiselle a de la repartie, marmonna Tyler en esquissant une grimace. J'ai une faim de loup !

— Sers-toi, mon fils, répondit Dottie, soulagée, en lui passant le plat.

— Dis, papa, tu voudras bien jouer avec moi ? supplia Matt. J'ai terminé toute mon assiette !

— Pas maintenant, fiston. Je mange !

Lisant la déception sur le visage du petit Matt, Dottie le consola en lui tapotant la main.

— Papa jouera avec toi après déjeuner, mon chéri.

— Chouette !

— Tu as de la bière, maman ? demanda Tyler sans lever le nez de son assiette.

— Il n'y a jamais d'alcool à la maison, tu le sais bien.

Tyler esquissa un sourire et continua d'engloutir son repas. Autour de la table, l'atmosphère était devenue tendue. Allison remarqua la mine désapprobatrice de Pete et de ses parents et surprit Mary Lou observant Tyler d'un air désenchanté. Dans leur innocence, les enfants, quant à eux, n'avaient d'yeux que pour leur père.

La conversation prit un tour délicat lorsque Dottie et Mary Lou tentèrent d'intéresser Tyler aux dernières activités des enfants et à leur visite chez le pédiatre — sans grand succès. Lorsque Matt vit que l'assiette de son père était vide, il partit en courant pour revenir avec un gant de base-ball et une balle en mousse.

— Alors, on y va ? demanda-t-il à son père.

— Ecoute, fiston, papa est fatigué. Tu n'as donc personne d'autre à ennuyer ?

Blake prit alors la défense de son petit-fils.

— Tyler, tu ne devrais pas parler à ton fils comme cela. Tout ce qu'il demande, c'est un peu de ton temps.

— Je suis épuisé ! répondit-il en se tapotant l'estomac.

— Cela doit te demander beaucoup d'énergie de boire de la bière, jouer au billard et courir les filles à longueur de journée, remarqua Pete avec un sourire ironique.

— En quoi cela te regarde-t-il ? rétorqua Tyler.

— Cela me regarde quand tu vis aux crochets de papa et maman.

Au moment où Blake allait intervenir, Dottie leva la main.

— S'il vous plaît, pas devant les enfants !

— Pardon, maman, s'excusa Pete.

Mary Lou claqua des doigts et fit un large sourire aux enfants.

— Au fait, n'aurions-nous pas oublié quelque chose ?

Matt laissa tomber son gant et sa balle et s'écria :

— Les cadeaux !

— Encore des bouquins, j'imagine ! se moqua Tyler. Tu vas faire de Matt une véritable mauviette à force de lui raconter toutes ces niaiseries.

— Tu préférerais peut-être qu'il suive ton exemple ? railla Pete.

Tyler lança à son frère un regard noir.

— Alors, tu nous as rapporté des livres ? demanda Matt à Mary Lou.

— Un peu de patience, mon sac est dans le salon, répondit-elle en sortant Lisa de sa chaise haute.

Une fois Mary Lou et les enfants hors de la cuisine, la tension monta encore d'un cran autour de la table. Pete était prêt à exploser. Il finit par se lever de table et déclara :

— Excusez-moi, mais j'ai besoin de prendre l'air.

Puis, il se dirigea vers la porte et, jetant un coup d'œil courroucé à son frère, il sortit dans la cour.

— Quelle mouche l'a encore piqué ? s'étonna Tyler. Je ferais mieux d'aller voir…

Alors qu'il s'apprêtait à rejoindre son frère à l'extérieur, il fut coupé dans son élan par sa mère :

— Tyler, je t'en prie !

— Eh, maman, ce n'est pas moi qui ai commencé ! dit-il en sortant.

Restée seule avec les parents de Pete, Allison put lire la déception sur leurs visages. Bien qu'elle mourût d'envie d'aller voir ce qui se tramait à l'extérieur, elle proposa à Dottie de l'aider à débarrasser.

— Comment peut-on engendrer des enfants aussi différents ! se lamenta Dottie. Pete, si responsable, et Tyler tellement rebelle.

— Cela vient peut-être du fait que Tyler est le plus jeune. Ne dit-on pas que, dans une fratrie, le dernier-né est celui qui donne le plus de fil à retordre à ses parents ?

— Certes, mais Tyler n'est plus un enfant. A vingt-quatre ans, il n'a toujours ni travail ni appartement. Bref, rien qui fasse de lui un homme responsable.

— Peut-être a-t-il juste besoin de grandir un peu ?

— Que Dieu nous vienne en aide en attendant ! soupira Dottie.

Soudain, des éclats de voix se firent entendre dans la cour.

Allison se rua vers la fenêtre, uniquement pour voir Pete en pleine confrontation avec Tyler. Ils étaient prêts à en venir aux mains.

— Ils vont se battre, prévint Allison.

— Je vais chercher Blake pour les séparer, s'écria Dottie.

— Non, je m'en occupe ! répondit Allison.

Dottie ne protesta pas. Au moment où Allison ouvrait la porte pour sortir, elle vit le poing de Pete atterrir sur la joue de son frère qui s'effondra au sol dans un cri de douleur.

Furieux, Pete se tenait au-dessus de son frère.

— Maintenant, tu vas arrêter de ne penser qu'à toi et aller jouer avec ton fils ou tu auras affaire à moi. Si tu veux continuer de passer tes journées au bar, cela te regarde, mais quand tu rentres à la maison, je t'interdis de te comporter comme un ivrogne devant eux. Assume ton rôle de père !

Allison sentit monter en elle un sentiment de fierté mêlé à une émotion plus intense. En prenant la défense de ses neveux face à son frère, Pete lui était apparu sous un nouveau jour, la fureur le rendant plus magnifique encore.

Etait-ce un héros comme lui qu'elle voulait ? Un homme qui vole au secours des plus faibles et qui, en dernier recours, n'hésite pas à se battre pour faire respecter leurs droits.

Tyler finit par se relever, frottant sa joue meurtrie.

— Mais pour qui tu te prends ?

La voix de Pete éclata dans une rage contrôlée :

— Peu importe pour qui je me prends. Dépêche-toi d'aller dire à Matt que tu veux bien jouer avec lui.

— Ça va, obtempéra Tyler en titubant jusqu'à la porte.

En se retournant, Pete remarqua Allison qui se tenait juste derrière lui.

— Allison, je ne savais pas que tu étais là, sinon, jamais…

— Tu n'as pas à t'excuser, Pete, le coupa-t-elle. Ça va, rien de cassé ?

— Non, tout va bien, répondit-il avec un sourire forcé. Alors, toujours prête pour une petite promenade à cheval ?

— Et comment !

12.

Le visage caressé par la douce brise de ce début de printemps, Allison et Pete galopaient à travers les vertes prairies tapissées de fleurs. Sous leurs yeux défilait un paysage peuplé de vachers conduisant leur troupeau, de canards barbotant dans la mare, de chevaux s'abreuvant au bord des ruisseaux et de cabanes laissées à l'abandon.

Pourtant, malgré la splendeur du paysage, Allison n'avait d'yeux que pour Pete. Il dégageait une telle sensualité ! Alors qu'elle était ballottée sur son double poney, Pete évoluait en parfaite harmonie avec l'étalon, les mains à peine serrées sur les rênes, guidant sa monture par le seul rythme de ses cuisses. Allison sentit sa bouche se dessécher au souvenir de la façon dont elles l'avaient enserrée.

Ils firent une halte près d'un petit ruisseau pour faire boire les chevaux. A l'ombre d'un chêne, Pete lui proposa sa gourde. Elle but quelques gorgées d'une eau fraîche au goût métallique. L'instant était magique. Enivrée par le parfum de Pete, elle pouvait sentir la chaleur irradier de son corps tant ils se tenaient proches. Dans le sourd bourdonnement de la nature alentour, ils étaient comme seuls au monde et les yeux de Pete semblaient crier son désir pour elle.

— Merci, dit-elle en lui rendant la gourde. Ce dimanche est génial !

Pete but à longs traits, l'eau ruisselant le long de son menton.

— Vraiment ? J'avais peur que la rencontre avec ma famille ne t'ait traumatisée !

— Tes parents sont des gens exceptionnels. Et le ranch est impressionnant. Depuis combien de temps est-il dans votre famille ?

— Depuis l'époque de mon arrière-grand-père. Après son mariage, il est venu s'installer avec sa femme dans l'Ohio pour fonder une famille, expliqua-t-il fièrement, les yeux rivés sur l'horizon. A l'époque, il a acheté toutes ces terres pour une bouchée de pain. Un siècle plus tard, ce patrimoine nous appartient toujours.

— C'est formidable.

— Au fait, tu ne m'as pas dit ce que tu pensais de mon frère ?

— Maintenant que je l'ai vu, je dirais que son cas est vraiment désespéré.

— Oui et je voulais te dire que je suis désolé que tu aies dû assister à cette scène de famille.

— Tu n'as pas à être désolé, ce n'était pas ta faute. Tu as tout fait pour éviter l'affrontement.

— Justement, il aurait mieux valu que je me taise. Si je n'étais pas rentré dans son jeu, je n'aurais sans doute pas perdu mon sang-froid.

— Vu son odieux comportement, il fallait bien que quelqu'un intervienne.

— C'est vrai, tu n'es pas trop déçue de m'avoir vu me battre ?

— Au contraire, j'étais fière de toi.

— Vraiment ? demanda Pete avec une mine de petit garçon réjoui.

— Je te le dis comme je le pense. Tu sais, je n'ai jamais voué d'admiration particulière aux histoires de gentils héros, défenseurs de la veuve et de l'orphelin. Mais, lorsque je t'ai vu faire face à ton frère pour prendre le parti de ses propres enfants, je t'ai trouvé infiniment sexy.

— Sexy ? répéta-t-il, le sourire jusqu'aux oreilles.

— Oui, bon, n'en tire pas trop de gloire quand même ! rétorqua-t-elle en riant.

Pete la regarda et Allison se sentit fondre. Pour cacher son désir, elle changea de sujet.

— J'ai beaucoup aimé Mary Lou.

— Tout le monde l'aime.

— C'est vraiment sympa ce qu'elle fait pour tes neveux.

— Oui, cela soulage énormément mes parents.

— Certainement, conclut-elle en toussotant. Je me demandais… quelle place occupe-t-elle vraiment dans tout cela ?

— Tu veux dire, dans ma vie ?

— Euh, oui…

— Tu persistes à croire qu'il y a quelque chose entre nous ?

— Non, répondit-elle en secouant la tête. Pendant le déjeuner, j'ai trouvé que vous étiez plutôt comme frère et sœur. Mais je me suis demandé si…

— Elle et Tyler ? enchaîna Pete avec un sourire entendu.

— Oui.

— Vous êtes bigrement futée, mademoiselle Tracy ! admit Pete. Effectivement, Mary Lou est amoureuse de lui depuis le lycée. Ils sortaient ensemble à l'époque où il était capitaine de l'équipe de foot.

— Elle qui a l'air si posée, le type même de la fille sans

histoires. Que peut-elle bien trouver à un homme comme Tyler ?

Pete poussa un long soupir.

— J'imagine que c'est son côté altruiste qui l'a attirée vers lui, toujours prête à vouloir sauver le monde, ou peut-être qu'elle aime les rebelles tout simplement. Quand nous étions petits, nous étions inséparables tous les trois. Puis, à l'adolescence, Mary Lou est tombée follement amoureuse de Tyler. Bien sûr, à l'époque il avait tout pour lui, le charme et la réussite. Il lui a fait croire qu'il l'aimait pendant quelque temps, tout en continuant à sortir avec d'autres filles derrière son dos. Pourtant, il n'a jamais réussi à la séduire. Il faut dire que mes parents veillaient au grain.

— Heureusement !

— Cela a duré jusqu'à ce que Tyler lui préfère des conquêtes plus excitantes, laissant Mary Lou le cœur brisé. A l'âge de dix-huit ans, il avait déjà mis une fille enceinte. Ils se sont mariés pour la forme et ont aussitôt divorcé. Deux ans plus tard, il a répété l'erreur avec une autre, mais cette fois-ci, sans mariage. J'espère qu'aujourd'hui, il a compris l'utilité du préservatif ! En attendant, ce sont nos parents qui se retrouvent avec ses enfants.

— Comme c'est triste. Mais où sont passées les mères ?

— La mère de Matt était une droguée. Elle a pris quinze ans pour trafic de stupéfiants.

— Mon Dieu !

— L'histoire de la mère de Lisa est plus triste, poursuivit-il. Teresa n'avait que quinze ans lorsqu'elle est arrivée du Mexique avec ses parents pour travailler aux champs. Tyler a fait sa connaissance et, un jour, les parents sont venus sonner à notre porte avec leur fille enceinte. Mon père était fou de rage contre Tyler. Il a tout tenté pour le convaincre d'épouser la jeune fille, mais sans résultat. Mes parents ont alors proposé à Teresa de s'installer chez eux, mais elle a préféré retourner au Mexique avec sa famille, en nous laissant sa fille pour qu'elle grandisse sans manquer de rien.

— Quel déchirement cela a dû être pour elle ! compatit Allison.

— Pour l'instant, les enfants sont jeunes, mais le jour viendra où ils commenceront à poser des questions. Matt déjà se rend compte de la situation et cela le trouble.

— Oui, mais les enfants sont bien entourés et, grâce à votre affection à tous, ils finiront par trouver un équilibre.

— Si seulement tu pouvais avoir raison, dit-il en fixant l'horizon.

— Quelque chose d'autre me chiffonne, poursuivit Allison. Où Gussie Gutheridge est-elle allée pêcher que Mary Lou et toi sortiez ensemble ?

— Entre elle et moi, il n'y a jamais rien eu de plus qu'une profonde amitié. J'avais peur qu'à force d'attendre que Tyler grandisse, elle ne passe pour une vieille fille, alors j'ai maintenu l'illusion qu'un jour nous pourrions nous marier.

— C'était très galant de ta part.

Pete secoua lentement la tête.

— Hélas, le cas de Mary Lou est désespéré. Elle continue d'aimer Tyler et de croire qu'elle parviendra à le changer et qu'il finira par s'installer avec elle pour donner un foyer aux deux petits.

Les dernières paroles de Pete laissèrent Allison songeuse. A bien y réfléchir, elle n'était pas si différente de Tyler. Evidemment, jamais elle ne pourrait se montrer aussi cruelle envers ses propres enfants et encore moins les négliger de la sorte. Mais n'avait-elle pas tendance à fuir dès qu'une relation amoureuse devenait trop sérieuse ou qu'un homme lui demandait de changer ?

Elle savait maintenant à quel point Pete était dévoué à sa famille et elle ne l'en aimait que davantage. Pourtant, il semblait motivé par des besoins et des objectifs qu'elle ne partagerait peut-être jamais.

— Maintenant que nous avons réglé le malentendu avec Mary Lou, dis-moi ce que toi, tu veux, demanda Allison.

Pete passa un long moment à regarder les chevaux avant de répondre :

— Tu sais, Allison, je ne suis pas le célibataire désinvolte que je parais. Certes, je n'ai que vingt-six ans et je profite de la vie. Mais, au fond, je suis un homme tout ce qu'il y a de plus traditionnel. Ce à quoi j'aspire, c'est fonder une famille, comme l'ont fait mes parents.

— Donc, tu veux une femme comme Mary Lou.

Pete regarda Allison d'un air où la tendresse le disputait à la passion.

— Crois-le ou non, c'est toi que je veux.

Allison ferma les yeux, se sentant à la fois excitée comme jamais et incroyablement terrifiée.

— Pete, je t'en prie, ne me fais pas cela. Pas maintenant.

— Tu préfères peut-être que je te mente, Allie ?

— Non.

Il la prit délicatement par les épaules.

— Je sais que nous venons juste de nous rencontrer, mais j'éprouve pour toi une attirance que je n'avais jamais ressentie avec aucune autre femme auparavant. Je voudrais que notre relation aille plus loin, mais, comme tu me l'as fait comprendre depuis le début, tu ne souhaites pas t'engager. Je fais peut-être une erreur, mais, en même temps, je n'ai plus envie de te cacher mes sentiments.

Les paroles de Pete lui serrèrent le cœur. Malgré le fait qu'elle commençait à s'attacher à lui et malgré les sentiments qu'il nourrissait à son égard, elle n'était pas prête à affronter ce genre d'émotions, pas à ce stade de sa vie.

— Tu veux dire que ce que tu recherches, c'est la gentille petite femme qui te fera des enfants, nettoiera tes vêtements et préparera tes repas ?

Les paroles qu'elle venait de prononcer firent écho dans sa tête et elle se rendit compte que, bien que n'ayant jamais rêvé à ce genre de vie, cela ne lui semblait plus aussi rebutant qu'autrefois.

Pete éclata de rire.

— Ma chérie, je suis loin d'être aussi macho, mais, oui, c'est à peu près cela.

Allison jeta un coup d'œil à Pete et fit quelques pas pour se rapprocher de la rive. Elle s'arrêta près du ruisseau. Elle se retrouvait prise à son propre piège. Dans sa quête de l'homme objet, elle était tombée sur une authentique relique du Far West, le type même du cow-boy phallocrate, qui plus est l'héritier d'une grande fortune.

C'en était risible, pourtant elle n'avait pas le cœur à rire.

La détermination de Pete à s'engager l'effrayait. Après tout, il n'avait que vingt-six ans, comme elle. Comment pouvait-il être si sûr de ce qu'il voulait faire de sa vie alors qu'elle-même n'en avait pas la moindre idée ? Ils venaient à peine de se rencontrer et son empressement à lui déclarer sa flamme en était presque déplacé. Elle craignait que, comme Adam, Pete ne finisse par la pousser dans ses retranchements.

Pete devait avoir perçu le trouble qui l'agitait, car elle sentit sa main se poser sur son épaule et l'entendit murmurer :

— Maintenant que je t'ai tout avoué, tu veux bien me dire ce qui ne va pas ?

— Pete, je t'aime vraiment bien, mais nous nous connaissons à peine et toutes ces déclarations, aussi vite, c'est trop pour moi.

Il lui souleva le menton et la regarda au fond des yeux.

— Dis-moi, Allison, de quoi as-tu si peur ?

— De rien, c'est juste que je ne suis pas prête, bégaya-t-elle, surprise qu'il ait pu si bien lire dans ses pensées.

— Non, il y a forcément autre chose, quelque chose qui t'empêche de te livrer.

— J'ai l'air si coincée que cela ?

— Non, ce n'est pas ce que j'ai voulu dire, mais tu donnes toujours l'impression d'être sur tes gardes.

— J'ai sans doute de bonnes raisons pour cela.

— Dis-les-moi !

— Mais seras-tu capable d'entendre la vérité ?

— Bien sûr.

Le regard d'Allison croisa le sien et elle se lança :

— Si je suis si méfiante envers les hommes, c'est parce qu'ils ont la fâcheuse tendance à vouloir m'imposer leur façon de voir les choses. Comme Adam, avec qui j'ai rompu peu de temps avant de te rencontrer. Au début, notre relation était géniale. Mais, rapidement, il a commencé à devenir possessif et exigeant. Il voulait qu'on se marie et que j'abandonne ma vie ici pour qu'on aille s'installer dans le Wyoming.

— Ah ! murmura Pete qui commençait à entrevoir la situation. Tu as peur de commettre de nouveau la même erreur ?

Allison eut l'air contrariée.

— Je n'ai jamais rencontré aucun homme capable de respecter mon indépendance ou de me laisser vivre ma vie autrement qu'à travers lui.

— Et là encore, tu as l'impression que, comme Adam, tout

ce que je recherche, c'est te mettre la corde au cou et t'installer dans mon ranch.

— Oui. N'est-ce pas ce que tu viens de suggérer, que tu voulais une femme tout ce qu'il y a de plus traditionnelle ?

Il la regarda tristement et lui caressa la joue.

— Je n'en sais rien, Allie. Tout ce que je sais pour l'instant, c'est que c'est toi que je veux.

Une fois de plus, les paroles de Pete atteignirent Allison en plein cœur, sans pour autant lever ses doutes.

— Cela n'implique-t-il pas de me forcer à changer pour arriver à tes fins ?

— Je ne sais pas. De toute façon, une relation implique toujours des concessions, non ?

— Oui, et en général, c'est la femme qui les fait.

— Nous ne sommes pas tous des phallocrates, tu sais !

Allison détourna le regard d'un air coupable.

— Donne-nous au moins une chance ! la supplia-t-il.

— Oh, Pete, je ne sais plus que penser. Comme je t'ai dit, tout est allé trop vite. Nous avons vécu des moments intenses…

— Et tellement agréables…

— Oui, c'est vrai qu'on s'entend bien au lit !

— Est-ce donc la seule chose importante à tes yeux ? s'enquit-il, le visage durci.

Visiblement irritée, Allison posa les mains sur ses hanches et demanda :

— Mais qu'attends-tu de moi, au juste ? Toi aussi tu dois me donner ma chance. Ne dis-tu pas toi-même que je n'ai pas l'air prête à m'engager ?

Pete prit le visage d'Allison entre ses paumes.

— J'ai compris tout cela, mon ange. Et je sais être patient. Mais, de ton côté, tu peux comprendre que j'attende autre chose de notre relation qu'une simple harmonie sexuelle.

Tu comptes déjà trop pour que je me limite à des parties de jambes en l'air.

Allison sentit son cœur battre la chamade.

— Tu veux dire que tu es prêt à rompre avec moi ?

— Non, mais je ne vois pas l'intérêt de poursuivre une relation ensemble, si tu n'envisages aucun avenir sérieux entre nous.

Allison soupira. Pete imposait déjà ses règles du jeu et elle avait la désagréable impression qu'il n'était pas près de céder. En même temps, il ne lui demandait pas la lune. N'importe quelle femme aurait accepté d'essayer. Mais elle n'était pas comme les autres, elle tenait plus que tout à son indépendance.

Mais l'idée de perdre Pete tout de suite lui parut insupportable.

— D'accord. Je retiens la possibilité d'un avenir entre nous, même si je reste peu convaincue d'être la femme qu'il te faut.

— Eh bien ! Le moins qu'on puisse dire, c'est que cela n'a pas l'air de te réjouir !

— Désolée, Pete, mais c'est tout ce que j'ai à t'offrir. Regarde les choses en face, nous avons peu de points communs. Tu aimes le rodéo et la danse country, je préfère les sorties au théâtre et les dîners en ville.

— Tu ne t'es pas amusée aujourd'hui ?

— Si, bien sûr…

— Eh bien, la prochaine fois, peut-être accepteras-tu de m'emmener avec toi au théâtre.

— C'est possible, concéda-t-elle avec un sourire contrit. Où veux-tu en venir exactement ?

— Au fait que nous devrions bâtir notre relation sur ce que nous avons en commun.

— Par exemple ?

— Ça, mon amour ! dit-il en l'attirant contre lui pour l'embrasser.

Allison poussa une plainte qui se transforma en soupir de plaisir lorsque leurs langues se mêlèrent dans un baiser enflammé. C'était comme si le conflit entre eux n'avait fait qu'attiser l'ardeur de leur désir. Elle sentait ses seins agréablement écrasés contre le torse musclé de Pete. Elle poussa son pubis contre son membre durci dont la chaleur irradiait à travers le tissu du pantalon.

Il gémit et plongea ses mains à l'intérieur de son jean, jusqu'à ses fesses nues qu'il se mit à caresser. Allison sentit une vague de désir la parcourir. Elle était tellement excitée qu'elle aurait pu le faire tomber à la renverse et lui sauter dessus ici même. Mais, au même moment, déboula un pick-up transportant des ouvriers agricoles qui se mirent à les siffler. Ils se séparèrent en riant.

Sur le chemin du retour pour Dallas, avec Allison à son côté et Enrique Iglesias en fond musical, Pete avait du mal à se concentrer sur la route. Le fait d'avoir passé la journée entière avec elle avait aiguisé sa passion, et le baiser qu'ils avaient échangé dans les champs l'avait laissé frustré. Le simple fait de se remémorer l'instant fit durcir son sexe. S'il lui tardait de se retrouver seul avec elle, ce n'était pas uniquement pour assouvir son appétit sexuel. En la regardant, c'était son cœur, et non son sexe, qui se languissait d'elle.

Pete était particulièrement heureux de l'avoir amenée au ranch et d'avoir réussi à dissiper les doutes qu'elle nourrissait à son égard. Qui plus est, elle avait manifestement plu à ses parents. Pourtant, cette visite avait souligné les différences qui existaient entre elle et lui : l'attachement qu'il avait pour ses racines tandis qu'elle n'en avait pas ; ses projets d'avenir alors qu'elle vivait au présent. Lui non plus n'avait pas l'intention de s'installer tout de suite, mais cela ne l'empêchait pas d'y songer.

Quelque chose le troublait dans le besoin d'Allison de protéger sa liberté, cette façon de se rendre insaisissable. Elle avait dû souffrir pour se préserver ainsi. Lui sentait déjà que son attachement pour elle dépassait les limites de la raison. Elle était si sauvage et si libre, comme cette nature qu'il chérissait tant. Pourrait-il l'aimer sans lui voler sa liberté ?

Allison surprit le regard avide de Pete posé sur elle. De son côté, après la journée qu'elle venait de passer, les émotions qu'elle éprouvait étaient à peu près aussi intenses. Tout à l'heure, c'était son cœur qui s'était gonflé de fierté pour Pete et, à présent, c'était son ventre qui s'emplissait d'un désir primaire.

Pete n'était ni un menteur ni un coureur de jupons, elle le savait maintenant. C'était un homme bon, honnête et droit. Mais elle craignait de ne jamais partager la même vision de la vie que cet homme rangé. Elle savait qu'il finirait par vouloir l'épouser dans la plus pure tradition. Or elle détestait les conventions.

Pourtant, elle se sentait irrésistiblement attirée par lui, mais elle ne pouvait pas se permettre de succomber à la tentation, pas après la discussion qu'ils venaient d'avoir. Mais l'homme qui se tenait à côté d'elle était décidément trop beau ! Aucune femme de moins de soixante ans n'aurait pu résister à sa virilité magnifique. Elle étendit le bras et de ses doigts caressa la main de Pete sur le volant.

— Je peux faire quelque chose pour toi, mon ange ? s'enquit-il.

— Oui ! répondit-elle dans un soupir.

— Il y a des boissons fraîches dans la glacière si tu as soif.

Avec provocation, elle fit courir la pointe de son doigt sur son majeur.

— Ce n'est pas de cela dont j'ai envie.

— Ah !

— Je ferais bien une halte pour respirer une dernière bouffée de ces magnifiques fleurs sauvages, proposa-t-elle en lui décochant son regard le plus charmeur.

Elle le vit déglutir avec difficulté.

— Les guêpes ne te font plus peur à ce que je vois ! Mais, tu sais, ces fleurs sont protégées, il est interdit de les cueillir.

— Si on devait se faire arrêter, ce serait pour un autre genre de délit, tu ne crois pas ?

— Et à quoi penses-tu ? demanda-t-il d'une voix rauque.

Allison s'étira et laissa courir ses doigts le long du corps de Pete jusqu'à son entrejambe. Puis elle le caressa d'une main experte.

— J'y suis ! Tu veux parler d'atteinte à la pudeur…

Soudain, Pete, dont l'attention avait un instant été détournée de la route, fit une embardée pour éviter de justesse le poids lourd qui arrivait en face d'eux.

— Chérie, si tu continues, tu vas nous tuer !

Allison passa sa langue sur ses lèvres et appuya un peu plus fortement sur la braguette de Pete.

— Je dirais plutôt que je t'ai ranimé, cow-boy !

— Mais, que veux-tu que je fasse ?

— Elémentaire, mon cher Pete, arrête ce fichu véhicule.

— Où ? Ici ? demanda-t-il nerveusement.

— A toi de voir. Tu es de la région, non ?

Dans un crissement de pneus, Pete bifurqua et s'engagea le long d'une berge, puis passa sous un pont et s'arrêta brusquement sous un grand chêne. Après avoir coupé le moteur, il attira Allison entre ses bras.

Leurs lèvres s'entrechoquèrent alors dans un fougueux baiser, leurs langues se mêlant avec avidité. C'était comme s'ils avaient passé la journée à se séduire, par des paroles et des regards, et qu'enfin ils pouvaient consommer ce désir tant attendu. Les boutons sautèrent lorsque Pete arracha le chemiser d'Allison. Puis il dégrafa son soutien-gorge, cherchant ses seins de sa bouche affamée et de ses mains expertes. Elle cria de plaisir lorsque Pete se mit à sucer ses tétons durcis.

L'instant d'après, elle était à califourchon sur lui. L'ambiance sensuelle était accentuée par une suite de bruits frénétiques trahissant la passion de leurs gestes : le grincement du siège qu'on recule, leurs respirations saccadées, le zip de la braguette de Pete et la déchirure d'un petit emballage en alu. Allison ne put s'empêcher de rire en voyant son jean et sa culotte voler dans l'habitacle et de gémir lorsque Pete plongea tout entier en elle.

— Oh, Pete.

Comment avaient-ils pu repousser ce moment ne serait-ce qu'une seconde ? Et comment avait-elle pu penser le quitter ?

— Allie, j'ai tellement soif de toi, dit-il, à bout de souffle.

— Je sais, moi aussi.

Pete redoubla d'intensité, la dévorant avec passion. Elle s'émerveilla de sa puissance lorsqu'il la souleva pour l'empaler encore et encore. Jamais elle ne s'était laissé si entièrement posséder et, de son côté, jamais Pete n'avait éprouvé une telle envie de tout donner en retour. Le gazouillis des oiseaux et le bourdonnement des abeilles accompagnaient leurs ébats d'une mélodie sensuelle. Lorsqu'il lui mordilla le téton, Allison enfonça ses ongles dans son dos.

Pete passa ensuite la main à l'arrière du véhicule et Allison entendit comme un cliquetis. L'instant d'après, quelque chose de glacé vint se glisser dans son intimité.

Elle gémit de plaisir sous le mélange du feu et de la glace. Alors que la chaleur explosait dans les replis les plus profonds de son intimité, son clitoris dansait sous la douce torture du givre. Elle secouait la tête en haletant tandis qu'il allait et venait en elle, toujours plus profondément. Et même lorsqu'elle s'allongea sur lui, il continua de la soulever en rythme, ses fesses retombant avec force contre son sexe. Leurs cris de jouissance se perdirent dans les bruits de la nature environnante.

Ils restèrent un moment dans les bras l'un de l'autre, vidés par l'extase qu'ils venaient de vivre. Finalement, Pete reprit sa respiration et murmura :

— Cela vaut mieux qu'une pièce de théâtre, n'est-ce pas ?

— Sans aucune comparaison ! répondit-elle en l'embrassant. Mais, dis-moi, d'où venait la glace ?

— Quelle glace ? demanda-t-il avec malice. C'étaient mes doigts, chérie, que j'ai pris soin de tremper dans la glacière.

Allison poussa un long soupir. Comme c'était bon de l'avoir retrouvé.

13.

Lorsque Pete invita Allison à prendre un verre chez lui, elle accepta avec plaisir. En arrivant au pied de sa résidence, dans un quartier huppé de la ville, elle fut surprise par le caractère rustique de la construction. L'immeuble faisait partie d'un ensemble de chalets de bois niché au cœur d'une pinède et au centre duquel avait été aménagé un lac artificiel.

L'appartement de Pete se trouvait au premier étage et, alors qu'il la faisait entrer à l'intérieur, Allison fut surprise par la décoration du grand salon sur lequel donnait la porte d'entrée.

— Tu es un nostalgique des années soixante-dix, on dirait, murmura Allison en posant son regard sur les canapés qui trônaient dans la pièce.

Pete alluma une lampe de bois ornée d'un abat-jour beige.

— Ces canapés appartenaient à mes parents qui les ont achetés quelques années avant ma naissance. Ils nous ont vus grandir, Tyler et moi. Lorsque je suis entré à la fac, maman était sur le point de s'en débarrasser, alors je les ai récupérés pour meubler mon premier appartement.

Allison était à la fois émue et surprise de son geste.

— C'est plutôt rare de rencontrer un homme aussi sentimental de nos jours !

— Mais je ne suis pas un homme comme les autres, ma chérie, répondit-il doucement.

Elle s'approcha du canapé et fit courir ses doigts sur les épais coussins jusqu'à l'accoudoir de bois sur lequel elle sentit une rainure presque effacée par des années de polissage et de cirage.

— Les housses semblent neuves mais les boiseries racontent une tout autre histoire... Elles laissent penser que vous deviez être bien turbulents.

— Bravo ! C'est vrai, j'ai remplacé les housses, mais si tu jettes un œil sous l'accoudoir, tu verras nos initiales gravées dans le bois.

Allison pencha la tête et vit les lettres P.C. et T.C. grossièrement dessinées.

— Vous aviez choisi l'endroit où votre mère ne les verrait pas ?

— C'est ce que nous pensions, mais les mères ont un sixième sens pour ces choses-là ! Je me souviens encore de la volée de coups de cuillère en bois que Tyler et moi avons essuyée le jour où elle les a découvertes !

— Vous vous entendiez mieux à l'époque ?

— J'aurais bien voulu, répondit-il tristement, mais nous étions de caractère trop différent. Ces deux canapés ont connu plus de querelles que de moments de complicité.

— Pourquoi les avoir gardés alors ?

— C'est sur l'un d'eux que j'ai embrassé ma première fille.

— Et, maintenant, tu vas me dire que tu as gravé les initiales de cette fille sur l'autre accoudoir ?

— Non ! Mais je m'en souviens comme si c'était hier. J'avais treize ans et Jenny Ludkin, quatorze. Mes parents avaient invité les siens à prendre le thé à la maison après la messe du soir et elle voulait voir notre salle de jeux.

— Je vois…

— En fait, elle était au courant que Tyler avait emprunté la cassette vidéo de *Dirty Dancing*, confia-t-il.

— Emprunté ?

— Non, piqué chez la mère d'un copain, pour être exact. Toujours est-il que Jenny mourait d'envie de voir ce film, mais ses parents le lui avaient toujours interdit. C'était donc sa seule chance de le voir avant que Tyler ne rende la cassette à son copain.

— *Dirty Dancing*, hein ? répéta-t-elle avec un sourire entendu. C'est vrai qu'à l'époque, pour des jeunes de douze ans, ce film était une sacrée révélation. Ceux qui ne l'avaient pas encore vu passaient pour de pauvres nuls !

— D'où notre excitation à tous les deux.

— J'imagine. Mais que faisait Tyler pendant ce temps ?

— Il avait eu la permission d'aller dormir chez un copain.

— Vous étiez donc seuls tous les deux dans la salle de jeux ?

— Exactement. Alors, je l'ai laissée regarder le film à condition qu'elle m'embrasse à la fin, sinon je racontais tout à ses parents.

— Quel odieux chantage !

— Tu parles ! Elle n'attendait que ça. Elle avait déjà embrassé la moitié des garçons du collège. Il lui fallait juste un prétexte.

Comme s'il était besoin d'un prétexte pour embrasser Pete, songea-t-elle. Mais elle se garda bien de le dire tout haut.

— Alors, comment as-tu trouvé ton premier baiser ?

— Je ne sais pas. Mouillé, sans doute. Bref, pas vraiment ce à quoi je m'attendais.

— Mais il t'a plu suffisamment pour garder ce canapé en souvenir.

— Ce canapé, ce sont mes racines.

Racines. Ce mot frappa Allison. Que savait-elle au juste de sa signification ?

Elle jeta un œil à l'étagère au-dessus du canapé et remarqua deux carabines anciennes et un authentique couteau de chasse texan.

— Je plains les voleurs qui tenteraient de te cambrioler ! poursuivit-elle. Rassure-moi, tu n'as tout de même pas fixé une roue de charrette au-dessus de ton lit ?

Pete la prit par la taille.

— Tu veux aller voir ?

— Du calme, cow-boy ! Nous venons à peine d'arriver, rétorqua-t-elle, feignant de se débattre.

— Comme tu voudras, conclut-il en l'embrassant sur la joue. En fait, pour me sentir à l'aise dans cette ville, j'ai recréé un peu du ranch ici.

— Mais tu te plais à Houston ?

— Oui et non. Heureusement que la ville est pleine de tentations…

— Tu dis cela, mais on voit bien que tu es plus sérieux que ce que tu veux bien dire. Tu es très « famille » !

— Alors que toi, tu as grandi toute seule, c'est cela ?

— Pour être honnête, je ne me sens pas aussi proche de mes parents que toi des tiens. Notre milieu familial était beaucoup moins chaleureux. Par exemple, Doug et moi avions l'interdiction formelle de pénétrer dans le saint des saints…

— Pardon ?

— Le salon des parents au rez-de-chaussée. Chez nous,

chaque génération avait son étage. Doug et moi avions nos chambres au premier avec notre salle de bains et la salle de jeux, et nos parents habitaient au rez-de-chaussée dans leur intérieur design, occupés à leurs soirées mondaines. Et puis, il y avait Carmen, la bonne, dont les quartiers se trouvaient à côté du garage. Dans un sens, je me sens plus proche d'elle que de mes propres parents. Bref, je n'ai jamais vraiment connu la chaleur d'un foyer.

— Tu sais, il n'est jamais trop tard pour essayer de recoller les morceaux.

— Certes, mais lorsque cette volonté n'est pas partagée, c'est peine perdue.

— Ferais-tu allusion à notre relation ? Je pourrais t'en donner un, moi, de foyer, dit-il en la serrant contre lui.

— Si seulement les choses étaient aussi simples…

Allison soupira.

— Non, je voulais parler de ma relation avec mes parents. A l'adolescence, quand j'ai commencé à prendre conscience que mes parents m'avaient toujours tenue à l'écart de leur vie et qu'ils se moquaient pas mal de ce que je pouvais ressentir, cela a été un terrible choc. Si je remportais le prix d'orthographe ou que j'étais invitée à la fête qu'ils jugeaient incontournable, là, oui, ils étaient ravis. Mais si j'avais le malheur d'être mal dans ma peau parce que je n'avais personne avec qui déjeuner à la cantine ou parce que j'avais un physique plus mature que les filles de mon âge, tout ce que ma mère trouvait à dire, c'était que j'avais trop d'éducation pour perdre mon temps avec de tels enfantillages.

— Or ces enfantillages, c'était toute ta vie, tes espoirs et tes rêves.

Elle le regarda avec stupéfaction.

— Mais comment fais-tu pour deviner si bien les sentiments des autres ?

— J'imagine que c'est inné.

— Non, cela s'apprend, répondit-elle. Comme ta façon de te comporter avec les enfants ou ta détermination à défendre Matt et à obliger son père à jouer avec lui, ou encore le fait que tu aies su voir à quel point c'était important pour le petit garçon. Quelqu'un a bien dû t'apprendre à anticiper ainsi les besoins des autres.

— Sans doute mes parents.

— Un jour, tu feras un bon père, dit-elle avec regret.

— On dirait que cela te rend triste.

— Tu sais, Pete, je n'ai pas la fibre maternelle.

— Pourtant je suis sûr que tu ferais une excellente mère.

— Pete ! s'exclama-t-elle en riant. As-tu seulement écouté ce que je viens de t'expliquer ? Je n'ai aucune affinité avec mes propres parents et je ne suis même pas sûre de connaître mon frère.

— Et qu'attends-tu pour apprendre à le connaître ?

— Je ne sais pas. Doug a neuf ans de plus que moi. C'est un garçon sympathique, mais hyper introverti et c'est dommage car il a un grand sens de l'humour. Je suis sûre que, si je l'encourageais à s'extérioriser, nous pourrions être plus proches.

— Alors, fais-le ! Si tu savais combien j'aurais voulu avoir un frère comme le tien. A vous deux, vous pourriez instaurer une nouvelle relation familiale.

— Pourquoi pas ? dit-elle d'un air songeur. Le fait de t'avoir rencontré me pousse à réfléchir à des questions que je ne m'étais encore jamais posées.

— J'espère que c'est bon signe.

— Moi aussi.

En réalité, sa discussion avec Pete avait laissé Allison mal à l'aise, confrontée à des questions auxquelles elle n'était pas préparée.

Pete la prit par la main.

— Tu veux une bière ? demanda-t-il.

— Volontiers.

Il l'attira dans la salle à manger et ouvrit les portes-fenêtres.

— Je te laisse apprécier la vue pendant que je m'occupe des boissons.

En sortant sur la terrasse, Allison respira une bouffée d'air frais et admira le lac qui reflétait les lumières des appartements alentour.

— C'est magnifique ! s'exclama-t-elle, presque mieux que mes illuminations citadines.

— Presque ? répéta-t-il, étonné.

Il la rejoignit à l'extérieur et lui tendit une bouteille de bière glacée.

— C'est cette vue qui m'a décidé à venir m'installer ici, une oasis de verdure en plein centre-ville, et puis, le garage est à deux pas.

— Et maintenant, que fait-on ? le taquina Allison.

— Si ça ne t'embête pas, j'aimerais bien me raser et prendre une douche. Ensuite, je t'accompagne chez toi, tu te prépares et nous sortons dîner en ville.

Allison fit la moue.

— Tu préfères peut-être que nous restions ici ? J'ai des steaks plein le réfrigérateur.

— Super ! La journée a été longue et une bonne douche me ferait du bien à moi aussi.

— Excellente idée ! On pourrait se débarrasser de nos vêtements, les mettre à laver dans la machine et filer sous la douche, tous les deux…

Allison s'étira et enroula ses bras autour du cou de Pete.

— C'est la meilleure proposition que tu m'aies faite de la journée. Mais à quoi allons-nous nous occuper en attendant que nos vêtements soient secs ?

— A ton avis ?

Sans lui laisser le temps de répondre, Pete la souleva et la transporta à l'intérieur. Allison était aux anges.

Pete aussi était ravi. Il la portait dans ses bras et elle avait l'air d'aimer ça, sa jolie tête renversée en arrière et ses magnifiques yeux bleus étincelant de joie et d'une flamme provocante. Le long du couloir menant à la salle de bains, Pete ne la quitta pas des yeux. Arrivés à destination, il la reposa à terre, alluma la lumière et ouvrit la porte de la buanderie. Puis, il se tourna vers Allison et tira le nœud qui retenait ses cheveux, laissant retomber ses lourdes boucles sur ses épaules. Il plongea son visage dans sa chevelure et respira son parfum.

— Hum, tu sens bon la fleur sauvage.

De son côté, elle déboutonna la chemise de Pete et fit courir sa langue le long de son cou.

— Et toi, tu as le goût du sel, des chevaux et du sexe.

A ces mots, Pete sentit son membre durcir et agrippa Allison par les fesses pour la coller contre lui.

— Si tu commences comme ça, j'ai bien peur de ne pas arriver jusqu'à la douche.

— Cela ne me dérangerait pas, répondit-elle en s'appuyant un peu plus fort sur lui.

Il commença à déboutonner le chemisier d'Allison et remarqua le rouge qui lui montait aux joues. Elle était splendide.

— O.K. Tu l'auras voulu ! Mais avant, débarrassons-nous de ces vêtements.

— Décidément, c'est une idée fixe chez toi !

Pete fit glisser les pans du chemisier sur les épaules d'Allison, puis le jeta en boule dans le tambour de la machine. Il dégrafa ensuite son soutien-gorge, libérant sa généreuse poitrine. La respiration d'Allison s'accéléra. Il en caressa les aréoles, observant ses seins durcir avec fascination.

Comme elle était attirante, lui faisant fièrement face, à moitié nue ! Son pénis était tellement dur qu'il aurait pu faire exploser la fermeture Eclair. Mais d'abord, il devait lui ôter le sien. Il remarqua avec étonnement qu'il avait les mains qui tremblaient lorsqu'il fit glisser la fermeture. Il s'interrompit à la vue de sa petite culotte.

— Du coton blanc ? Pas de lingerie affriolante aujourd'hui ?

— Tu veux dire que lorsque tu as fait voler ma culotte au-dessus de nos têtes dans la voiture, tu n'as même pas remarqué comment elle était ? Tu me surprends…

— J'étais trop absorbé à te regarder. Cela dit, de la dentelle noire aurait sûrement attiré mon attention.

— Sachant qu'on allait faire du cheval, j'ai opté pour le coton. Me trouverais-tu moins désirable sans des dessous coquins ?

— Ma chérie, ta beauté éclipse la plus belle des dentelles !

Il s'interrompit le temps de glisser un doigt sous l'élastique de sa culotte.

— Tout compte fait, le coton m'excite tout autant !

Elle ouvrit les pans de sa chemise et pressa ses seins contre son torse nu.

— A mon tour de te tourmenter !

Elle pouvait entendre la respiration haletante de Pete

tandis qu'elle frottait la pointe de ses seins contre sa poitrine musclée.

— N'est-ce pas ce que tu as fait toute la journée ?

— J'ai fait de mon mieux, cow-boy !

— Chaque fois, c'est comme si c'était la première, soupira-t-il en enfouissant sa tête entre ses seins, s'imprégnant de leur parfum sensuel.

Pris d'une soudaine inspiration, Pete se redressa :

— Attends-moi ici, chérie !

En dépit de la mine dépitée d'Allison, il fonça hors de la chambre pour revenir ensuite, armé d'un lecteur C.D. dans une main et d'un album dans l'autre.

— C'est pour la musique d'ambiance ? demanda-t-elle d'un ton amusé.

Pete posa le lecteur sur la commode et inséra le C.D.

— Que dirais-tu d'un peu de « dirty dancing » sous la douche ?

Les premières notes de la bande originale résonnèrent dans la salle de bains. Allison éclata de rire.

— On peut dire que tu as de la suite dans les idées !

— C'est vrai.

Il s'avança vers la douche, ouvrit le robinet et régla la température. La respiration d'Allison s'accéléra.

— Assez perdu de temps.

Alors que Pete débarrassait Allison de ses derniers vêtements pour les mettre à laver, elle fit glisser la fermeture de son jean, sa main s'attardant sur son membre. Il faillit jouir sous la hardiesse de sa caresse.

Une fois qu'ils furent complètement nus, elle resserra ses doigts autour de son sexe.

— Tu ne peux plus m'échapper maintenant !

— Allison, je crois qu'il vaut mieux que j'aille chercher un préservatif.

— Pour la douche ? s'esclaffa-t-elle.

— Euh, bafouilla-t-il, j'ai peur de ne pas pouvoir résister une fois nos deux corps serrés dans la cabine.

— Mais j'espère bien ! répliqua-t-elle en l'attirant contre elle tout en le dévorant des yeux à travers le nuage de vapeur qui commençait à se former autour d'eux. J'ai envie de te sentir vraiment en moi.

La confiance qu'Allison lui portait et l'envie sans barrière qu'elle avait de lui augmentèrent l'excitation de Pete. Mais son naturel prudent et le respect qu'il portait à Allison l'interrompirent dans son élan.

— Moi aussi, j'en ai envie, mais, dis-moi, tu prends la pilule ?

— Oui.

Il fit courir les doigts le long de sa colonne vertébrale.

— Tu sais, je ne me rappelle même pas la dernière fois que j'ai fait l'amour sans préservatif.

— Moi non plus, mais…

— … mais, aujourd'hui, rien ne nous en empêche… si nous nous engageons à ne pas aller voir ailleurs.

— Seulement *voir*, hein ? le taquina Allison.

Pete s'écarta d'elle pour la fixer droit dans les yeux.

— Alors, qu'en dis-tu ?

— Je suis d'accord.

Alors que Pete l'entraînait sous la douche en l'embrassant, Allison se sentit excitée par la proximité de son corps et ranimée par le rythme sensuel de l'eau coulant sur sa peau. Nu, Pete était magnifique : de longues jambes musclées, de puissants bras et un torse hâlé recouvert d'une fine toison dorée.

Allison se sentait tout à la fois excitée et nerveuse. Laisser Pete entrer sans protection en elle était un acte qui les entraînait dans une nouvelle étape de leur relation, dans une intimité encore plus profonde.

Pete se mit à savonner Allison, en commençant par son visage, puis son cou, ses épaules et sa poitrine et plus bas encore. Lorsqu'elle sentit la main de Pete entre ses cuisses, Allison poussa un soupir et s'empara de la savonnette. Elle fit glisser la mousse sur son membre durci et vit ses pupilles se dilater.

Pete colla son corps glissant contre le sien et ils échangèrent un long baiser. Puis il la souleva sans effort apparent et lui ordonna :

— Passe tes jambes autour de ma taille.

Allison s'exécuta. Pete commença alors à bouger en rythme sous la douche, les pieds toujours en parfaite synchronisation avec le rythme sensuel de la mélodie qui s'échappait du lecteur de C.D. Les cuisses refermées sur les hanches de Pete, Allison sentait son clitoris frotter contre la toison de ses abdominaux. Elle soupira avec délice. Et malgré ses fesses endolories par la promenade à cheval, elle était parcourue par une vague de sensations érotiques.

— Mon Dieu, comme tu es fort, parvint-elle à articuler.

— Tu n'as encore rien vu !

Pete commença à la faire glisser de haut en bas le long de son corps, laissant retomber ses fesses encore et encore sur la base de son pénis. Allison haletait et Pete la fixait de ses yeux assombris. Puis, il cambra soudain son bassin et plongea son sexe en elle.

Allison poussa un gémissement. Elle n'avait encore jamais

rien éprouvé de tel. Sentir sa chair en elle, si brûlante, si puissante. Sans la barrière du latex. Rien que Pete, tellement fort et pourtant si tendre. L'alliance de l'eau et de la musique qui les enveloppait de sensualité, la fusion de leurs deux corps se révéla aussi intime et dévastatrice qu'elle l'avait redouté.

Elle s'agrippa à lui alors qu'il allait et venait, toujours plus profondément, en parfaite harmonie avec le tempo musical. À chaque refrain, il plongeait tout entier en elle, écrasant ses hanches contre les siennes. Soudain, elle se sentit fondre et s'agrippa à son torse comme pour se raccrocher à la réalité.

— Oh Pete, Pete…

Ils dansèrent encore et encore dans cet accouplement avide, rythmé par les battements sauvages de leurs cœurs. Puis, il accéléra la cadence et ralentit soudain, en proie à un puissant orgasme. Lorsqu'il jouit en elle, Allison eut les larmes aux yeux.

Pete la porta ensuite jusqu'à son lit, dans la chambre faiblement éclairée. Il la rejoignit et écarta ses cuisses pour y enfouir son visage. Sa bouche se posa presque aussitôt sur le point le plus vulnérable de son intimité.

Allison s'agrippa au couvre-lit, sentant les prémices d'un nouvel orgasme. Elle luttait pour y échapper tout en redoutant de le manquer. Elle chuchota son nom dans une plainte silencieuse.

— Détends-toi, ma douce. Je n'en ai pas fini avec toi.

Sous l'effet de sa langue léchant son sexe impatient, Allison crut défaillir. Pete la retint prisonnière jusqu'à ce qu'elle jouisse pour la deuxième fois consécutive. Puis, il la fit rouler sur le ventre et s'immisça en elle par-derrière. Leurs sexes s'imbriquaient si bien. Sans préservatif, elle put sentir la chaleur de sa chair contre la sienne. Elle laissa échapper un cri rauque quand Pete la serra contre lui et lui fit atteindre un violent orgasme.

Ils finirent par s'effondrer sur le lit à bout de souffle, leurs deux corps emboîtés, son sexe toujours en elle et leurs cœurs battant la chamade. Après un long moment, Pete se dégagea.

— *Maintenant*, j'en ai terminé avec toi !

— Oui, mais pas moi !

Allison fit rouler Pete sur le dos et prit son sexe gonflé entre ses lèvres.

Il laissa échapper un gémissement. Le pénis encore sensible après leurs vigoureux ébats, Allison le torturait de plaisir de sa bouche chaude et humide, s'amusant à le lécher, le sucer et même le pincer. Lorsqu'elle descendit plus bas pour taquiner ses testicules avec sa langue, son sexe palpita et il se cambra sur le lit. Elle en profita pour passer ses mains sous ses fesses qu'elle pétrit tout en caressant son membre de la langue.

— Mon Dieu ! murmura Pete dans un souffle. Allison, je ne peux plus résister…

— Alors, ne résiste pas, murmura-t-elle.

Et Pete jouit comme jamais auparavant.

— C'était magnifique, Allison, confia-t-il, blotti contre elle dans la pénombre. Je me sens tellement proche de toi.

— Moi aussi.

— Rien à voir avec les relations que j'ai pu avoir avant.

— Hum, murmura-t-elle alors qu'il l'embrassait tendrement.

Allongée contre Pete, Allison n'osait pas exprimer ses sentiments et avouer que, pour elle aussi, leur relation était quelque chose de nouveau. Le simple fait qu'elle sorte avec un homme d'une réelle profondeur, un homme capable de la mettre à nu au sens propre comme au figuré. Un homme sur le point de découvrir la véritable Allison.

Et — ce qui l'effrayait le plus — un homme pour lequel elle était prête à laisser tomber le masque.

Où cette relation allait-elle les mener, alors qu'elle se sentait irrésistiblement attirée et en même temps effrayée à l'idée de se perdre en lui ?

N'ayant pas de réponse à la question qu'elle se posait, Allison préféra savourer l'instant. Alors qu'elle cherchait une position plus confortable, elle remarqua un objet fixé au-dessus du lit et ne put s'empêcher d'éclater de rire.

— Qu'y a-t-il de si drôle ?

— La roue de charrette au-dessus de ton lit !

Il l'attira contre lui et lui adressa un sourire espiègle.

— Comptes-en les rayons et tu sauras combien de fois nous allons faire l'amour ce soir, sachant qu'on repart de zéro, bien sûr !

Allison fit les gros yeux.

— Tu plaisantes, il y a bien une demi-douzaine de…

Sans lui laisser le temps de terminer sa phrase, Pete la fit rouler sous lui et la posséda une fois encore.

14.

Lorsqu'elle quitta l'appartement de Pete le lendemain matin, Allison avait la tête pleine des souvenirs de la veille. Elle s'arrêta à la boulangerie pour prendre des croissants, puis rentra chez elle. Le voyant de son répondeur clignotait. En lisant les messages, elle entendit la voix de T.J., tout excitée :

— Allison, mais où es-tu donc passée ? Il paraît que tu as déjà trouvé ton homme objet. Erin et moi mourons d'envie d'en savoir plus. Appelle-moi, vite !

Allison fronça les sourcils. Curieusement, elle n'avait pas la moindre envie de rappeler T.J. En temps normal, à peine avait-elle rencontré quelqu'un qu'elle s'empressait de téléphoner à ses amies pour tout leur raconter. Mais, depuis sa rencontre avec Pete, elle avait passé son temps à les éviter.

C'est que, cette fois, les sentiments qu'elle ressentait étaient différents. En partageant les détails intimes de sa relation avec Pete, elle aurait eu l'impression de trahir le lien si particulier qui les unissait déjà. Elle soupira. Fallait-il y voir le signe qu'elle s'était mise au-devant de graves ennuis ?

Le message suivant venait de son frère Doug.

— Salut, Allison. Ce n'est pas le scoop de l'année, mais je pensais à toi et je me demandais si cela t'embêterait que je passe te rendre visite pour les vacances de Pâques. Il y a une exposition sur le Moyen Age prévue au musée près de chez toi et je ne voudrais pas la manquer. Appelle-moi quand tu auras un moment pour qu'on organise tout ça.

La vie était pleine de coïncidences ! Elle avait justement parlé de Doug à Pete la nuit dernière et, aujourd'hui, il lui téléphonait. En mordant dans son croissant, elle composa son numéro de téléphone.

— Allô, répondit sa voix familière.

— Salut, Doug, c'est Allison. Comment vas-tu ?

— On fait aller.

— Tu n'es pas à la messe ?

— Non, je sèche ! Mais c'est pour la bonne cause, j'ai des copies à corriger.

— Cela ne te ressemble pas de rater la tradition dominicale.

— C'est que ça devient lassant quand on n'a jamais rien à confesser...

— Si ce n'est que ça ! s'esclaffa-t-elle. Je commets assez de péchés pour nous deux. Comment vont les parents ?

— Ça va. Maman est occupée à rédiger ses recommandations pour la dernière promotion de débutantes et papa vient d'être élu président de la section golf du country club.

— La routine quoi !

— Tu sais, tu leur manques beaucoup, Allison. Et puis, je trouve qu'on est restés trop longtemps sans se voir.

— Oh, Doug ! Alors, quoi de neuf ?

— En fait, j'ai une très bonne nouvelle à t'annoncer. Si tout se passe comme prévu, je devrais être titularisé à l'automne.

— Après tout le travail que tu as fourni, tu dois être super content.

— Mais, tu sais, quand on a personne avec qui partager sa réussite..., soupira-t-il.

— Que se passe-t-il, Doug ? Tu m'as l'air bien morose.

— C'est que je m'achemine à grands pas vers les trente-cinq ans.

— C'est vrai que c'est le mois prochain.

— Oui. Et, dans la vie d'un homme, c'est une étape où on commence à se poser des questions sur ce qu'on a accompli.

— Et tu n'es pas fier de ton parcours ?

— D'un point de vue professionnel, si, mais j'ai l'impression d'être passé à côté de ce qui compte vraiment : une femme et des enfants. C'est là-dessus qu'il faut que je travaille maintenant.

Allison ne pouvait que compatir. Doug était un homme brillant. Mais sa timidité et sa maladresse à l'égard du sexe opposé lui avaient valu bien des déboires avec les femmes. Pourtant, loin d'être résigné, il semblait déterminé à changer. C'était une attitude qu'Allison trouvait formidable.

— Moi aussi, j'ai pas mal réfléchi à mon avenir, ces derniers temps, remarqua-t-elle.

— Aurais-tu rencontré quelqu'un ?

— Doug, tu lis dans les pensées ou quoi ?

— Non, c'est juste que je commence à connaître ta façon de fonctionner.

— Eh bien, oui ! J'ai rencontré un homme formidable.

Elle lui raconta en quelques mots le quiproquo de sa rencontre avec Pete et leur journée de la veille, passée au ranch de ses parents.

— Cela a l'air sérieux, dis-moi. Tu m'en diras plus sur le nouvel amour de ta vie quand je viendrai.

— Promis, Doug. Alors, c'est sûr, tu vas venir ?

— Cela te fait plaisir, au moins ?

— Tu plaisantes ou quoi ?

— Non, parce que j'aimerais bien voir cette exposition sur

la culture médiévale et j'ai vu qu'on jouait *Le mélomane* dans un théâtre de Houston la semaine où je serai chez toi.

— D'accord, je me charge de réserver les places.

— Génial !

— Malgré ce programme culturel chargé, j'espère que tu comptes passer un peu de temps avec ta petite sœur.

— Tu sais bien que c'est d'abord pour te voir que je viens. Pour tout te dire, j'espérais que nous pourrions trouver le temps de discuter tous les deux, pour essayer de comprendre les raisons qui font que je ne trouve personne et que toi, tu ne restes jamais bien longtemps avec quelqu'un.

— Que veux-tu dire ?

— Je trouve que, dans nos relations avec le sexe opposé, nous ne sommes pas particulièrement doués tous les deux et, ces derniers temps, je me suis demandé si nos difficultés n'étaient pas liées au fait que nous ayons grandi dans un univers pour le moins… stérile.

Allison resta interloquée. Ses difficultés à s'engager pouvaient-elles être liées à l'éducation que lui avaient donnée ses parents ?

— Parle pour toi ! répliqua-t-elle pour ne pas laisser transparaître ses doutes. Nous ne sommes pas prêts, voilà tout. Quoi qu'il en soit, j'ai hâte de te montrer mon appartement et de te faire visiter la ville. Il faut que je te présente à mes amis.

— Vraiment, ce n'est pas la peine d'en faire des tonnes, l'interrompit-il rapidement.

— Mais cela me fait plaisir. Dis-moi quel jour tu prévois d'arriver ?

— J'arriverai vendredi en huit et repartirai le mardi.

— C'est noté. Et tu comptes venir comment ?

— En voiture.

— J'ai hâte de te voir.

— Moi aussi, sœurette.

Après avoir raccroché, Allison secoua la tête en soupirant. L'obsession du mariage devait être contagieuse ! Tout le monde autour d'elle semblait courir après cet idéal du bonheur domestique, tout le monde, sauf elle…

15.

Le jeudi soir, Allison était occupée à accueillir les spectateurs d'*Histoires de sexe et de chihuahuas* pour le cocktail organisé en seconde partie de soirée. Le spectacle avait fait salle comble grâce à une solide publicité dans le quartier et à un bouche à oreille efficace. Une bonne soixantaine d'invités se pressaient dans le foyer.

Allison vit une femme d'une soixantaine d'années venir à sa rencontre.

— Ma chère, toutes mes félicitations pour votre formidable prestation ! la félicita-t-elle.

— Oh, je ne fais pas partie de la troupe. Je suis juste venue donner un coup de main à mon amie Erin pour l'accueil des spectateurs, répondit-elle en désignant de la tête une séduisante jeune femme en robe de soirée. C'est elle qui jouait Pam, pas moi.

— J'ai été absolument époustouflée par sa composition ! Une diction parfaite ! s'enthousiasma-t-elle.

La femme lui montra ensuite le barman, un grand blond.

— Il fait partie de la troupe lui aussi, n'est-ce pas ? Je jurerais l'avoir vu dans cette pièce au théâtre de l'Allée.

Allison éclata de rire, bien qu'à la vue de Pete dans son

costume en daim marron et sa chemise noire, elle sentit son cœur cogner dans sa poitrine.

— Non, pas du tout. C'est mon petit ami. Il nous prête main-forte au bar.

— Vous en avez de la chance ! Cela dit, vous n'êtes pas mal non plus. Je vous conseille de lui mettre le grappin dessus… avant que je ne le fasse !

— Eh, personne ne touche à mon petit ami ! répliqua Allison pour plaisanter.

La femme s'éloigna après lui avoir fait un clin d'œil.

Allison secoua la tête en riant, puis se fraya un chemin en direction du bar. En se rapprochant, elle constata que Pete était en pleine conversation avec un homme accoudé au bar à qui il servait un verre de vin.

Lorsque, le matin même, Erin lui avait téléphoné en panique pour la supplier de l'aider encore une fois au contrôle des billets, Allison avait accepté, mais cette fois-ci elle avait emmené Pete qui n'avait pas hésité à mettre la main à la pâte. Dès leur arrivée au théâtre, alors que deux membres de la troupe se pressaient de consolider un escalier avant le début de la représentation, Pete n'avait fait ni une ni deux. Il avait retroussé ses manches et pris un marteau et des clous pour aider les deux hommes. Plus tard, alors qu'Allison tenait la caisse et contrôlait les billets, il s'était chargé du vestiaire, avait fait de la monnaie et ouvert les portes de la salle.

Et il s'en sortait à merveille.

Alors qu'elle approchait des loges, Allison tomba nez à nez avec Bruce. Elle ne put s'empêcher de rire à la vue de son allure complètement loufoque, habillé d'un brocart de soie bordeaux déniché dans une friperie du coin.

Il l'attrapa par le bras et secoua la tête en direction de Pete.

— Allie, je t'en prie, dis-moi qu'il n'est pas hétéro ? l'implora-t-il, la voix chargée d'une intensité dramatique feinte.

— Tout ce qu'il y a de plus hétéro, j'en ai peur !

— Ah ! soupira-t-il.

Puis il bloqua sa respiration et fit semblant de s'évanouir, s'écroulant au sol.

Les singeries de Bruce laissèrent les convives mi-amusés mi-médusés. Tandis que les plus crédules se pressaient autour de lui pour le ranimer, les autres riaient à ses frasques. Elle le laissa seul face à son public et se dirigea vers Pete, se disant que ce spectacle parallèle tombait à point nommé pour profiter d'un moment de répit seule avec lui.

Pete fronça les sourcils en voyant la scène et lança à Allison un regard interrogateur.

— Il est arrivé quelque chose ?

— Bruce n'a plus d'yeux que pour toi. Il n'a pas tenu le choc quand je lui ai dit que tu n'étais pas gay.

— Si ça peut le rassurer, tu pourras lui dire qu'il n'est pas le seul dans ce cas !

— Tu veux dire que…

— Je n'ai pas arrêté de me faire draguer de toute la soirée. Jette un peu un œil à ma boîte à pourboires.

— Est-ce proportionnel au nombre de propositions que tu as eues ?

— Certainement, répondit-il.

— Mon Dieu ! Tous des hommes ?

Il lui décocha son sourire le plus ravageur.

— Des femmes aussi.

— Il faut dire que tu es particulièrement séduisant ce soir.

— D'habitude, les gens sont plus perspicaces quant à mon orientation sexuelle.

— Alors, il ne fallait pas sortir ton déguisement de Village People !

— Plus personne ne se rappelle de ce groupe ! railla-t-il.

— Ce que je veux dire, c'est que, dans ce quartier de la ville, il ne faut pas s'étonner de se faire brancher par des homos quand on se balade dans ce genre d'accoutrement.

— Alors comme ça, je fais homo ?

— Pete, nous n'allons pas reparler de ton physique, mais vu ta tenue et compte tenu du quartier et de l'événement, oui, tu fais un tantinet homo.

— Très bien, maintenant je le saurai.

— Alors, que comptes-tu faire de tes pourboires ?

— Hors de question que je les garde. J'en fais don au théâtre.

— Quand elle va savoir quelle manne tu peux représenter, Dani ne va plus vouloir te lâcher. Peut-être même qu'elle va te proposer un rôle dans sa pièce !

Pete prit une mine dégoûtée.

— A côté de ces ignobles rats en laisse ou de ces deux harpies qui prétendent jouer des colocataires ? Non merci !

— Tu n'as pas aimé la pièce ?

Il haussa les yeux au ciel.

— Soixante minutes de hurlements, tapage et aboiements. Je peux voir cela gratuitement dans n'importe quel bar de routiers, le lancer de chien en moins.

— Pete, tu exagères ! Il n'y a jamais eu de lancer de chien.

— Ah bon ? J'avais cru, à leur façon de bondir d'un bout à l'autre de la scène…

— C'est vrai que, d'après Erin, ces deux abominables chihuahuas ne facilitent pas l'existence de la troupe. Certains acteurs ont même supplié Dani de réécrire sa pièce pour en faire une histoire du style *Histoires de sexe et de poissons rouges.*

Allison vit alors Erin s'approcher d'eux. Lorsqu'elle lui avait présenté Pete avant la représentation, son amie avait eu l'air emballée. Au cours de la soirée, elle lui avait sauté dessus à plusieurs reprises pour lui dire son enthousiasme : « Bon sang, Allie, il est à tomber par terre ! » Plus tard dans la soirée, elle lui avait chuchoté à l'oreille : « J'attends toujours des détails ! »

Arrivée à leur hauteur, Erin avait le sourire aux lèvres.

— Alors, ça vous a plu ?

— Tu étais sensationnelle, s'extasia Allison.

— Félicitations, Erin. Vous étiez tous parfaits, même si les deux cabots ne vous ont pas mené la vie facile.

— Satanées bestioles ! Elles ont bien failli me faire tomber.

— Personne n'a remarqué, répondit Pete.

— Vous avez prévu quoi pour la suite de la soirée ?

— Je crois que Pete en a assez enduré pour aujourd'hui, répondit Allison.

— Pas du tout, mon ange. J'ai passé un très bon moment et je serai ravi de…

— Ça va, j'ai compris ! le coupa Erin en faisant un clin d'œil à Allison. Vous avez sans doute mieux à faire ! Allez, filez !

— Tu es sûre que tu ne préfères pas rester avec tes amis ? demanda Pete à Allison.

— Non, je préfère rester avec toi, répondit-elle en passant son bras autour de sa taille.

— Tant mieux car ta petite robe est en train de me rendre fou.

— Tu me trouves sexy ?

— Bien plus que cela. Mais, avant de rentrer, nous allons

nous arrêter manger quelque chose. Je vais avoir besoin d'énergie…

— Pete, tu es incroyable ! s'exclama-t-elle en lui pinçant le bras.

— Tu n'avais pas encore remarqué ?

— En tout cas, c'est vraiment sympa d'être venu ce soir. Encore merci.

— *De nada, señorita*. Tu veux m'accorder une faveur ?

— Je t'écoute.

— Eh bien, cette nuit, tu m'as montré le genre de soirées que tu aimes fréquenter avec tes amis. Mais, la prochaine fois, j'aimerais te montrer ma façon à moi de m'amuser.

— Je croyais que c'était déjà fait, ronronna-t-elle.

— Oh, chérie ! dit-il en lui baisant le front. Tu n'as encore rien vu.

16.

Ce dimanche soir, c'était au tour de Pete de dévoiler comment s'amuse un vrai cow-boy. Il avait emmené Allison à une compétition de rodéo dans un petit bourg situé à quelques heures de route au sud de Houston.

En l'honneur de cette sortie avec Pete, Allison s'était offert un costume de cow-girl particulièrement sexy : jean noir moulant et gilet assorti à l'échancrure avantageuse, veste en daim rouge à franges rouges et noires, bottes noires cloutées et Stetson noir orné d'un bandeau à motifs rouges et noirs. Les yeux de Pete s'étaient assombris de désir lorsqu'elle lui avait ouvert la porte, la veste savamment ouverte sur son somptueux décolleté.

Avec son costume en cuir noir avec veston frangé, sa chemise rouge, ses bottes en peau d'alligator et son Stetson noirs, Pete n'était pas en reste ! Et le plus drôle, c'est qu'ils étaient parfaitement assortis sans s'être même consultés.

Bien que ce genre de spectacles ne soit pas sa tasse de thé, Allison s'amusait plus qu'elle ne l'avait imaginé. Ils étaient venus voir les trois copains de lycée de Pete — Joe, Tommy et Grady — participer à une compétition de rodéo organisée à l'occasion de la foire annuelle du village. L'atmosphère était bon enfant. Autour des stands se pressaient les gens du coin

— des familles, des couples de tous âges, des jeunes tapageurs et des vieux, tous mêlés dans une ambiance de fête foraine.

— Vas-y, Joe ! hurla Pete. Fais-lui mordre la poussière !

Joe venait d'attraper un veau. A la vitesse de l'éclair, il bondit de son cheval, tira l'animal à terre et lui ficela les pattes. Il leva les bras en signe de victoire sous les hourras de la foule.

— Bravo, Joe ! cria Pete en adressant un sourire à Allison. Moins de huit secondes, il a battu son propre record !

Alors qu'Allison applaudissait, Pete passa le bras autour de son épaule et lui embrassa l'oreille.

— Alors, tu t'amuses, ma chérie ?

— Plus que je ne le croyais. Je dois avouer que, quand j'ai appris qu'on allait au Rodéo annuel de la Foire à la carotte, j'ai craint le pire...

— Ça change des soirées mondaines, non ?

— Ça, c'est sûr ! En tout cas, j'ai hâte de faire la connaissance de tes amis. Ce n'est pas tous les jours qu'on a la chance de croiser trois grands gaillards comme ceux-là dans la même soirée !

Une heure plus tard, ils rejoignirent les amis de Pete dans la salle de billard du coin, une pièce bruyante et enfumée où se pressait une foule d'habitués tout juste sortis du rodéo. Douchés de frais, les trois cow-boys avaient revêtu des habits propres. Grady était un rouquin au visage couvert de taches de rousseur, Tommy, un grand blond coupé à la brosse et aux yeux verts, et Joe arborait des cheveux de jais. Ils la regardaient comme s'ils n'avaient jamais vu de femme de leur vie.

— Beau brin de fille que tu nous amènes là ! commenta Grady.

— Tu vas l'épouser ou laisser une chance aux autres ? le taquina Tommy.

— C'est moi l'homme qu'il lui faut ! enchaîna Joe.

Pete leva un doigt menaçant.

— Ne vous fatiguez pas, les amis, vous voyez bien que mademoiselle est prise.

Allison le regarda d'un air effronté.

— En es-tu bien certain ?

Pete resta pantois et ses amis éclatèrent de rire.

— On dirait que, cette fois, tu es tombé sur plus forte tête que toi ! railla Grady.

Joe lança un clin d'œil à Allison :

— Ça te dit de t'envoler avec moi sur le prochain jet pour Cancún pour fêter ça ?

Son culot arracha un sourire à Allison. Avec ses cheveux noirs, ses traits virils et ses yeux bleu nuit, Joe était sans conteste le plus sexy des trois. Pourtant, son numéro ne lui fit ni chaud ni froid. Il ne faisait pas le poids face à Pete. Ni lui, ni aucun autre, d'ailleurs. La seule chose qui la préoccupait pour l'instant, c'était de savoir quand elle allait enfin se retrouver seule avec lui pour pouvoir l'aimer et le sentir en elle.

Se tournant vers Joe, elle haussa les épaules :

— Cancún et les soirées tequila, c'était bien à l'époque de la fac, plus maintenant !

Devant la mine déconfite de leur ami, Tommy et Grady explosèrent de rire.

— Alors, racontez-moi ! Comment vous êtes-vous connus avec Pete ? demanda Allison.

— Nous sommes tous originaires de Fort Bend County. Nous étions en classe ensemble et fréquentions le même club de la jeunesse rurale, expliqua Grady. C'est comme ça que nous avons découvert le rodéo.

— En capturant des veaux ?

— Oui, répondit Joe. Nous avons tout appris ensemble, notamment en regardant le père de Pete travailler. A l'époque, nous nous entraînions au lasso sur des chèvres.

— Et les moutons nous servaient de monture ! ajouta Grady.

Dans le fou rire général, il tendit le cou :

— Eh, les gars, il y a une table de billard qui se libère. Tu veux jouer, Allison ?

— C'est que je ne suis pas très douée.

— Nous allons t'apprendre, proposa Joe.

— Allez, Pete, on se fait une petite partie, insista Tommy.

Pete secoua la tête.

— Non, sans façon ! Mais ne vous dérangez pas pour nous.

Il plongea ses yeux dans ceux d'Allison.

— Qui plus est, j'aimerais passer un moment en tête à tête avec ma femme, enchaîna-t-il.

Les paroles de Pete furent accueillies par des sifflements encourageants. Allison était sur le point d'objecter, mais ne put résister à la lueur de fierté et de triomphe dans les yeux de Pete.

— O.K., grommela Joe, je crois que le message est passé.

— C'est on ne peut plus clair, approuva Tommy.

Après quelques protestations, les trois amis s'en allèrent réserver leur table.

— Je les aime bien, tes amis, dit Allison.

Pete fit courir les doigts sur le contour de son décolleté.

— J'aime mieux ta compagnie.

Il passa la main sous la table pour toucher l'entrejambe d'Allison et elle rit en refermant les cuisses.

— Pete, gronda-t-elle. Quelqu'un pourrait nous voir.

— Mais non.

Il lui caressa la nuque et posa franchement la main entre ses cuisses.

— Je veux te sentir jouir sous mes doigts, ici et maintenant.

Allison haletait :

— Pete, je t'en prie…

Il posa ses lèvres sur son cou, lui donnant la chair de poule.

— La réaction des garçons quand ils t'ont vue m'a fait comprendre la chance que j'avais.

Elle s'accrocha à lui, traversée de frissons.

D'une main, il la caressait à travers le tissu de son jean et de l'autre, il traçait les contours de sa poitrine.

— Tous ces hommes te voudraient à leur bras, tu es tellement belle et sexy. Mais c'est au mien que tu te trouves.

Surprenant un vieillard qui les observait, Allison hésita :

— Ne crois-tu pas que…

— Laisse-toi aller, dit-il en collant sa bouche contre la sienne, et imagine-nous en train de faire l'amour.

Sentant les doigts hardis de Pete s'activer sur son entrejambe, elle gémit :

— C'est comme si j'y étais.

En soupirant, elle referma sa bouche sur la sienne et ils échangèrent un long baiser enflammé. Au plus fort de la passion, Pete la sentit jouir sous ses doigts.

Il poussa un cri étranglé.

— Allons-nous-en !

— Où ça ? bafouilla-t-elle.

— Pas le temps de retourner jusqu'à Houston, en tout cas !

— Où donc alors ?

— Là où je pourrai t'arracher tes vêtements en privé.

— Mais que vas-tu dire à tes amis ?

— Rien du tout. Lorsqu'ils me verront t'escorter jusqu'à la sortie, ils n'auront pas besoin d'explication.

Il se leva et lui tendit la main.

Allison lui fit les gros yeux.

— Pete, tu as un léger problème, dit-elle en lui montrant du menton la protubérance sous son pantalon.

— Je dirais même un gros problème, ma douce ! Et je compte sur toi pour m'aider à trouver une solution.

Elle sentit ses doigts trembler dans la main de Pete.

— Des problèmes comme celui-là, j'en veux bien tous les jours ! murmura-t-elle.

En se dirigeant vers la sortie avec Allison à son bras, Pete se sentait heureux. La jeune femme était sexy en diable ce soir, dans son jean et sa veste courte ouverte sur son décolleté, ses magnifiques cheveux retombant en boucles sur ses épaules. Pas étonnant qu'il ne l'ait pas quittée des yeux de la soirée.

Alors qu'ils passaient à côté de la table de billard où jouaient les amis de Pete, ces derniers les gratifièrent de quelques allusions ponctuées de clins d'œil et de grands sourires.

A l'extérieur, revigoré par l'air frais, Pete l'attira contre lui et l'embrassa avec fougue, se délectant du goût suave de sa bouche. Il poussa un gémissement, puis la fit monter en toute hâte dans son camion et quitta le village en trombe. Allison, blottie contre lui, avait posé sa main sur sa cuisse, l'enivrant de son parfum sensuel. Il fallait qu'il trouve un endroit, et vite !

Elle lui mordilla l'oreille, aiguisant son désir déjà ardent.

— Où m'emmènes-tu, cow-boy ?

— Dans un endroit où je vais te faire l'amour comme jamais.

— Pete !

— Tu devrais être contente d'éveiller autant de fantasmes chez moi.

Il l'entendit reprendre son souffle avant de demander :

— Par exemple ?

— Je préfère attendre pour te montrer.

Allison fit courir les doigts le long de la braguette de Pete, le faisant presque perdre le contrôle du volant — et de ses hormones.

— Et quel est ce genre d'endroit ?

— Le genre d'endroit où les lits grincent tellement qu'ils couvriront tes appels au secours !

— Mes appels au secours ? répéta-t-elle, les yeux ronds.

— Oui, princesse, je vais te faire l'amour jusqu'à ce que tu me demandes pitié.

Une lueur de désir traversa le regard d'Allison.

C'est alors que Pete bifurqua pour s'engager dans l'allée d'un motel. Il arrêta la voiture sous la marquise branlante surplombant le guichet de la réception.

Allison jeta un œil circonspect aux vieux bâtiments.

— Pete, c'est une blague ?

Pour toute réponse, Pete désigna l'enseigne du motel.

Elle pencha la tête pour voir et éclata de rire.

— L'Auberge de la roue de charrette ? Tu avais donc tout prévu ?

— Evidemment, chérie !

Il l'attira dans ses bras et plongea ses yeux dans les siens :

— Rappelle-toi les rayons de la roue, chérie…

Il vit les lèvres d'Allison trembler.

— Si tu continues, je ne vais pas tenir jusqu'à la chambre, répondit-elle.

Il embrassa sa bouche exquise.

— Tant mieux, comme ça tu ne résisteras pas.

Alors qu'il sortait du pick-up pour demander une chambre, Pete crut l'entendre murmurer :

— Comme si je le pouvais.

Une fois à la réception, il piaffait d'impatience. Le veilleur de nuit, d'humeur particulièrement causante, n'en finissait pas de le questionner sur le rodéo. Puis, d'une écriture laborieuse, il se décida à l'inscrire sur le registre et lui indiqua le chemin de la chambre avec une lenteur record. Dès qu'il eut les clés en main, Pete fonça vers le pick-up et donna un rapide baiser à Allison :

— Je t'ai manqué ?

— Tu n'imagines pas à quel point, répondit-elle en enroulant ses bras autour de son cou.

Pete ralluma le moteur en riant :

— La chambre donne sur un bois. C'est la 23. Nous allons être tranquilles.

— Tant mieux.

Il contourna le bâtiment et gara le véhicule sur le parking en face.

— Ici, personne n'entendra tes cris.

— Ou les tiens ?

Il l'aida à descendre du camion, puis la guida dans l'obscurité de l'allée jusqu'à la porte d'une chambre isolée à l'angle du bâtiment. Il la fit entrer et referma la porte derrière eux.

La pièce était plongée dans le noir.

Allison se mit à chercher le bouton de l'interrupteur à tâtons, mais Pete l'en empêcha.

— Non !

Il prit la main d'Allison et la posa sur son sexe dressé.

Elle répondit par un gémissement et jeta ses bras autour de son cou. Il la plaqua alors contre la fenêtre et commença à déboutonner son jean. Puis il en fit glisser la fermeture et le baissa en même temps que sa culotte.

Elle se mit à se tortiller contre lui, l'excitant davantage.

— Et si on allait dans le lit ? proposa-t-elle.

— La première fois, je veux t'entendre toi, et rien que toi, sans l'accompagnement des ressorts.

Le soupir qu'elle poussa indiqua à Pete qu'Allison était aussi excitée que lui. En ouvrant les pans de son gilet, il constata qu'elle ne portait pas de soutien-gorge. Cela l'excita davantage. Il prit ses seins dans ses mains et se mit à sucer ses tétons avec gourmandise. Allison gémissait en enfonçant ses doigts dans ses cheveux.

Puis, il la débarrassa de son jean, de sa culotte et de ses bottes. Ensuite, il plaqua ses fesses nues contre la vitre gelée et sentit son corps frissonner contre le sien.

— Pete, quelqu'un pourrait nous voir !

Les yeux d'Allison brillaient d'une sauvagerie presque animale.

— Ne t'inquiète pas ! Seuls les arbres ont vue sur ta magnifique paire de fesses.

Il se positionna alors entre ses cuisses.

— Nous allons voir qui va crier pitié, ce soir.

Sur ces mots, elle le sentit s'enfoncer lentement en elle, savourant chaque sensation, chaque soupir qu'il lui arrachait. C'était si bon de le sentir de nouveau là. Puis, il l'agrippa par la taille de ses mains musclées et commença un mouvement de va-et-vient frénétique. Excité par les cris de plaisir d'Allison, Pete lutta pour lui faire atteindre l'orgasme avant de succomber au sien.

Il l'aimait, comprit-il soudain. Elle faisait partie de lui maintenant et il avait besoin d'elle comme de l'oxygène pour respirer. Allison était sa moitié et jamais plus il n'aimerait d'autre femme. Fort de cette certitude, il l'aima avec encore plus de voracité.

Pendant ce temps, Allison savourait chaque instant de plaisir, haletant et tremblant contre Pete, criant son plaisir. La vitre était froide et Pete si brûlant. C'était presque plus que ses sens ne pouvaient en supporter. Elle finit par laisser échapper cette douce supplication que Pete lui avait promis de lui arracher, succombant à l'orgasme le plus long et le plus intense de toute son existence.

Une fois passé le dernier soubresaut de plaisir, Pete, toujours en elle, la transporta jusqu'au lit. Elle put sentir les tremblements de son corps parcourir le sien. Ainsi emboîtés, il lui sembla qu'ils étaient dans la position la plus naturelle au monde.

En atterrissant sur le lit, ils firent grincer les ressorts.

— A la réflexion, j'aime beaucoup ton auberge ! commenta Allison.

Pete roula sur le dos et la fit grimper sur lui.

— Et si on faisait grincer ces vieux ressorts ?

Allison éclata de rire, mais son rire s'éteint lorsqu'elle le sentit glisser de nouveau en elle. Décidément, il ne lui laissait aucun répit, mais c'était si bon. Elle prit soudainement conscience qu'elle était tombée amoureuse, éperdument amoureuse. Seul Pete savait la combler à ce point.

La découverte de sa vulnérabilité la laissa bouleversée. Elle crut pouvoir échapper à ses émotions en prenant le contrôle de leur joute amoureuse. Elle se mit à califourchon sur lui, mais plus elle lui faisait l'amour, plus ses sentiments la rattrapaient.

17.

Avant qu'ils se quittent pour aller au travail le lundi matin, Allison invita Pete à prendre le petit déjeuner dans un café branché où elle avait ses habitudes. Alors qu'elle trempait délicatement un croissant dans son cappuccino, elle s'amusa de le voir dévorer des œufs au bacon accompagnés de plusieurs tartines.

— Tu as une faim de loup, ce matin ! commenta-t-elle.

— Rien d'étonnant après la nuit que nous venons de passer…

Elle hocha la tête et ne put s'empêcher de sourire au souvenir du marathon sexuel qu'avait été leur week-end. Après s'être aimés toute la nuit de samedi chez Pete, ils avaient poursuivi leurs ébats chez elle pendant la journée de dimanche et avaient même joué les prolongations dans la soirée.

Mais pour l'heure, l'esprit d'Allison était occupé à des questions d'ordre plus pratique.

— Pete, je voulais te dire que mon frère Doug vient passer le week-end à la maison.

— Vraiment ?

— J'aimerais beaucoup te le présenter.

— Avec plaisir. Il habite où en temps normal ?

— A Dallas. Il est professeur de littérature médiévale dans une petite fac privée.

— Ah oui ! C'est le fameux « rat de bibliothèque » ?

— Tu t'en souviens.

— Chérie, chaque parole que tu prononces reste gravée dans ma mémoire.

Allison haussa les yeux pour signifier qu'elle n'était pas dupe.

— Toujours est-il qu'il arrivera vendredi et restera jusqu'au mardi suivant. Nous avons prévu d'aller voir une exposition sur le Moyen Age et j'ai pris des billets pour le théâtre vendredi et samedi soirs. Si tu veux venir avec nous, je peux réserver une place supplémentaire.

Il but une gorgée de café et hésita un moment.

— Non. Pour une fois que tu as l'occasion de voir ton frère…

— Tu n'es pas jaloux ? s'enquit-elle.

— De ton frère ? répéta-t-il. Jaloux des hommes qui posent le regard sur toi, oui, mais pas de ton frère. Au contraire, c'est une bonne chose que tu passes un peu de temps avec lui… Du moment qu'il apporte son extrait de naissance et me montre patte blanche !

— Tu es incroyable !

— Tu devrais le savoir depuis le temps !

Allison reposa sa tasse sur la table et s'éclaircit la gorge.

— Tout cela pour dire que, dimanche, je compte organiser un petit dîner à la maison pour vous présenter, Doug et toi, à mes amis. Je commanderai le repas chez le traiteur, mais j'aurai besoin de quelqu'un pour tenir le bar. Ça t'intéresse ?

— J'aurais été vexé que tu ne me le proposes pas.

— Génial. Alors je me charge d'organiser tout ça dès cet après-midi. Ensuite, je n'aurai plus qu'à convaincre Doug.

— Comment ça ?

— Il n'est pas très à l'aise en société, tu sais. Sa vie sociale se limite au cercle de l'université. Et encore, si cela ne tenait qu'à lui, il passerait ses journées, seul chez lui, le nez dans ses bouquins ou à surfer sur internet. Quand nous nous sommes parlé au téléphone, il avait l'air enthousiasmé à l'idée d'aller au musée et au théâtre, mais beaucoup moins emballé par la perspective de ma petite fête.

— Il sort avec des filles ou ses préférences vont…

— Il n'est pas gay si c'est ce que tu veux dire, répondit-elle en riant. Il a fréquenté quelques filles et je sais qu'il désespère de trouver une femme et d'avoir des enfants, il me l'a confié l'autre jour au téléphone. Il va bientôt fêter ses trente-cinq ans et il a peur de rater le coche.

— Quel est son problème, alors ?

— Il n'a pas du tout confiance en lui. Et, du coup, il lui manque ce magnétisme qui fait craquer les filles.

Notant le large sourire de Pete, elle ajouta :

— Il est loin d'avoir ton sex-appeal, si c'est ce que tu veux m'entendre dire ! Quoi qu'il en soit, c'est bien de savoir ce qu'on veut, mais c'est une autre paire de manches que de l'obtenir.

— A qui le dis-tu ! s'exclama Pete.

— Tu veux parler de moi ?

— Ou peut-être de moi ? éluda-t-il.

— Ce n'est pas du jeu de répondre à une question par une autre question !

Pete se mit à rire.

— On pourrait lui trouver une cavalière.

— J'y ai pensé, mais, parmi mes amies, seule Erin est encore célibataire. Ils se connaissent depuis longtemps et leur relation est purement amicale.

Pete réfléchit un moment, puis claqua des doigts.

— Et si on invitait Mary Lou ?

— C'est une idée. Tu crois qu'elle accepterait ?

— Je pense que oui, si nous jouons l'affaire en finesse.

— Mais tu crois que ça pourrait coller entre eux ? Elle, si sociable, et lui, tellement timide.

— Justement. Ne dit-on pas que les contraires s'attirent ?

— Sans doute, répondit Allison avec un sourire.

— En plus, ils sont tous les deux enseignants.

— Cela leur fait au moins un point commun.

Pete prit une serviette en papier et commença à griffonner dessus.

— Tiens, invite-la, voilà son numéro. Elle rentre de l'école vers 16 heures.

— Mais comment vais-je m'y prendre ?

— Tu n'as qu'à dire la vérité.

— Que nous avons monté un plan pour trouver une fille à mon frère et que nous avons pensé à elle pour jouer les cavalières ?

Pete fit la grimace.

— Tu pourrais présenter les choses sous un autre angle. Mary Lou adore rendre service. Si tu mets l'accent sur le fait que ton frère est timide et que tu as besoin de quelqu'un de sympathique pour le mettre à l'aise pendant que tu seras occupée à recevoir tes invités, alors, je parie qu'elle ne pourra pas refuser.

— Tu sais t'y prendre pour manipuler les gens, toi !

— C'est grâce à cela que je t'ai eue, non ?

Allison lui tira la langue.

— Dans ce cas, j'appellerai Mary Lou cet après-midi.

Pete se frotta la mâchoire d'un air pensif.

— Alors, si je comprends bien, tu vas être prise vendredi et samedi soirs.

— Tu viens de dire que cela ne te dérangeait pas.

Il se pencha vers elle et la fixa d'un air qui en disait long sur ses intentions :

— C'est vrai. Il n'empêche qu'en attendant, je vais passer le reste de la journée à m'imaginer combien de fois et de combien de façons différentes je vais pouvoir te faire l'amour d'ici là.

Allison posa alors son croissant, le ventre soudain tiraillé par une faim d'un genre plus primaire.

Alors qu'elle roulait en direction de son bureau, Allison téléphona à Doug pour le tenir au courant de l'organisation du week-end. Tout semblait lui convenir jusqu'à ce qu'elle en vienne au dîner.

— Allison, tu sais bien que je ne me sens pas à l'aise dans une fête. Tu ne pourrais pas les inviter à un autre moment ?

— Mais, pour moi, c'est l'occasion de présenter mon frère à mes amis.

— Pourquoi diable voudraient-ils me rencontrer ? Je suis à peu près aussi inintéressant que *Le guide des machines à coudre du xv*[e] *siècle*.

— Il faut toujours que tu te déprécies ! Moi, ça me fait plaisir de te faire rencontrer mes amis, et Pete. En plus, il se peut qu'il y ait une surprise pour toi…

— Ne me dis pas que tu m'as déjà trouvé une cavalière pour la soirée ?

— Tu le sauras en temps voulu.

— Super ! Maintenant, je vais imaginer le pire…

— Oh ! Tu survivras, le rassura-t-elle en souriant intérieurement. Alors, tu me confirmes que tu seras là vendredi ?

— Attends une minute que j'aille brûler mon agenda, grommela-t-il.

Allison éclata de rire. Doug pouvait toujours ronchonner, elle savait qu'il serait là.

Une fois rentrée du travail, Allison téléphona à Mary Lou. Leur conversation se déroula exactement comme Pete l'avait prévu. Elle accueillit l'invitation avec politesse, hésitant à accepter. Mais dès qu'Allison lui eut parlé de son frère qu'elle présenta comme un professeur un peu réservé, et du fait qu'elle avait besoin d'elle pendant qu'elle serait accaparée par ses invités, Mary Lou accepta sans hésiter.

— Oh, le pauvre ! C'est difficile quand on est aussi timide, d'autant plus quand on n'est pas chez soi. Je serais ravie de lui tenir compagnie et de vous revoir Pete et toi. Que puis-je apporter ?

Une fois les détails finalisés avec Mary Lou, Allison appela Pete au garage. Comme il avait l'air pressé, elle alla droit au but :

— Ça y est, elle vient… avec un clafoutis.

Il y eut un blanc suivi d'un éclat de rire.

— Ah, c'est toi, mon ange ? L'espace d'un instant, j'ai cru à un appel obscène, jusqu'à ce que tu évoques le clafoutis. J'imagine que tu voulais parler de Mary Lou ?

— Oui. Elle a accepté de venir pour chaperonner Doug pendant la soirée. Pour l'instant, notre plan fonctionne à merveille.

— As-tu parlé à Doug de Mary Lou ?

— Bien sûr que non. Mais il sait que je mijote quelque chose.

— Je crois qu'on va bien s'amuser ! Tu sais, vu que tu vas être occupée tout le week-end, je vais sûrement passer au ranch samedi, comme ça, je pourrai monter Lucky.

— Et exorciser tes frustrations !

— Si on veut ! Ça te dirait qu'on prenne un brunch avec Doug dimanche ?

— C'est une bonne idée, comme ça il fera ta connaissance avant la fête et se sentira moins isolé durant la soirée.

— Et si vous venez suffisamment tôt, ça me laissera le temps de passer prendre Mary Lou au ranch pour la conduire chez toi.

— C'est gentil à toi. Justement, je m'inquiétais un peu qu'elle fasse le trajet du retour seule de nuit. On pourrait convaincre Doug de la raccompagner.

— Et comme ça, nous pourrons passer un moment tranquille tous les deux, poursuivit-il d'une voix rauque.

— J'avoue que l'idée m'a traversé l'esprit.

— Je vois que tu es plutôt douée, toi aussi, côté manipulation.

— Sans commentaire !

— Qui ne dit mot consent ! Bon, maintenant que tout cela est arrangé, n'oublie pas que nous avons rendez-vous ce soir. Il me tarde de poser mes mains sur toi.

Allison poussa un soupir ravi. La vie était si douce depuis qu'elle avait rencontré Pete.

« Comme la vie est douce », songea Pete en raccrochant le combiné, se languissant déjà de la venue d'Allison. Depuis qu'ils s'étaient rencontrés, ils croquaient la vie à pleines dents et le week-end qu'ils venaient de passer avait été riche en émotions. Il avait eu beau faire l'amour une bonne douzaine de fois, sa soif d'elle restait inassouvie et il sentait son corps réagir d'excitation.

Mais il espérait plus de leur histoire qu'une simple envie

à assouvir, plus qu'Allison ne semblait le vouloir et plus qu'il n'était lui-même capable de gérer. En vérité, il était jaloux, même de ces quelques jours qu'elle allait passer avec son frère. Il se sentait déstabilisé et menacé. Il comptait déjà les secondes qu'elle allait passer sans lui.

Sa peur venait sûrement des doutes qu'il avait ressentis dès le départ lorsqu'il s'était demandé quelles pouvaient bien être les raisons qui poussaient une jeune citadine sophistiquée comme Allison dans les bras d'un cow-boy comme lui. Mais une chose était sûre : il la voulait et rien que pour lui. En même temps, il savait qu'en la brusquant, il risquait de l'étouffer. Allison avait besoin d'espace, de liberté.

La vie réservait bien des surprises, songea-t-il. Quelques mois auparavant, c'était lui qui manquait d'oxygène et Sally lui avait envoyé sa chaussure à la figure. Aujourd'hui, il aurait lui-même pu balancer ses bottes contre le mur, tant il était frustré qu'Allison ne veuille pas s'engager.

Pourquoi diable n'arrivait-il pas à profiter de l'instant présent sans penser au lendemain ?

Sans doute parce que son avenir, il ne le voyait plus qu'avec elle. Il craignait que la passion d'Allison ne s'éteigne tandis que l'amour qu'il lui portait durerait toujours.

18.

Après plusieurs heures de route et un parcours sans fin dans les rues embouteillées de Houston, Doug s'engagea dans la petite rue calme de l'immeuble d'Allison. Il gara sa voiture, récupéra son bagage dans le coffre et entra dans le hall de l'immeuble, se demandant ce qui pouvait bien le rendre si nerveux. Après tout, il comptait sur cette visite chez sa sœur pour percer le mystère de son manque de sociabilité et entrevoir la clé du bonheur.

Mais une autre chose l'angoissait. C'était la « petite surprise » dont lui avait parlé Allison. Il se doutait bien qu'elle allait chercher à lui présenter une femme. Non pas qu'il soit contre le fait d'accroître le cercle, plutôt restreint, de ses connaissances, mais il ne se sentait pas prêt à sortir avec quelqu'un, pas tant qu'il n'aurait pas compris pour quelle raison il avait ainsi plongé dans les abîmes de la solitude.

Arrivé devant la porte de chez sa sœur, il sonna. L'instant d'après, Allison l'accueillait à bras ouverts.

— Doug. Je suis tellement contente de te voir ! Entre !

— Bonjour, Allie, dit-il en posant sa valise dans l'entrée.

— Alors, comment trouves-tu mon appartement ?

— Absolument génial. Tu as une vue magnifique ! C'est tellement lumineux, tout le contraire de ma sombre caverne.

— Oh, Doug, tu exagères ! Tu as une charmante petite maison. Alors, tu as fait bonne route ?

— Tout s'est bien passé jusqu'à ce que j'arrive en ville. Quand j'ai vu la circulation, j'ai commencé à me décomposer.

— Oui, la circulation est devenue un cauchemar par ici.

Allison se dirigea vers la cuisine.

— Que dirais-tu d'un remontant ? Un scotch, par exemple.

— Noyé dans du soda, ça sera parfait ! Au fait, sœurette, merci de m'accueillir chez toi.

— Je suis ravie. Et tu vas voir le week-end que je nous ai concocté : ce soir, théâtre et demain, expo suivie du *Mélomane*.

— Quel programme ! Ton petit ami sera là ?

— Non, mais nous sommes invités chez lui dimanche matin pour un brunch.

— Super.

— Et puis, dimanche soir, j'ai prévu une petite fête à la maison pour vous présenter, toi et Pete, à mes amis.

Doug fit la grimace.

— Tu n'as pas pu t'en empêcher, hein ? Je comptais sur cette visite pour qu'on prenne le temps de discuter tous les deux.

— Tu restes bien jusqu'à mardi, n'est-ce pas ?

— Oui, mais lundi, tu reprends le travail, non ?

— J'ai fait en sorte de reporter mes rendez-vous en fin de semaine pour avoir le temps de te faire visiter la ville. Et, pour la soirée de dimanche, tout est organisé et j'ai prévenu les invités. Il y a quelqu'un que je veux absolument te présenter.

— Ah ! Nous y voilà !

— Ne m'as-tu pas dit que tu cherchais une femme ?

— Oui, mais pas ce week-end ! Je n'ai pas encore terminé

mon nouveau livre de chevet : *Comment devenir un play-boy en dix leçons* !

Allison rit de bon cœur.

— Tu sais, ça me met mal à l'aise que tu infliges ma compagnie à une pauvre innocente qui ignore encore que dimanche avant minuit elle sera tombée raide d'ennui.

— Comme tu exagères ! Qui plus est, elle est au courant.

— Tu veux dire que tu lui as déjà parlé de moi ?

— J'ai juste demandé à Mary Lou…

— C'est son nom ? la coupa-t-il.

— Oui. Elle est institutrice en maternelle. Je lui ai simplement demandé si elle voulait bien tenir compagnie à mon frère pendant que je serai occupée par les préparatifs de la soirée. Elle a répondu que cela lui ferait plaisir.

— Vraiment ? Et que lui as-tu dit d'autre ?

— Que tu es un professeur d'université un tantinet réservé et cela n'avait pas l'air de lui déplaire.

— Ah, bon ? demanda Doug.

— Je t'assure.

Elle désigna la valise de Doug dans l'entrée.

— Si tu te dépêches de prendre ta douche et de te changer, on devrait avoir le temps de manger un morceau avant de sortir. Le spectacle commence à 20 h 30…

Le regard de Doug resta un moment fixé sur sa sœur. Pour une raison qu'il ignorait, le fait qu'elle lui ait parlé de Mary Lou l'avait rassuré sur la soirée. Il avait presque hâte d'y être.

Le dimanche, Allison et Doug prirent un brunch chez Pete, installés sur son balcon surplombant le lac. L'air doux sentait bon la verdure et Allison profitait du soleil printanier en écoutant les deux hommes discuter.

Pete leur avait préparé des steaks grillés et des œufs brouillés accompagnés de pommes de terre sautées. Il y avait également des toasts et du café noir. Mais plus que les exploits culinaires de Pete, c'était l'entente entre les deux hommes qui rendait Allison heureuse. Alors que tout semblait les opposer, elle sentait naître une vraie camaraderie entre eux.

A un moment, la conversation commença à tourner autour de la soirée et Pete en profita pour parler de Mary Lou.

— C'est la femme la plus douce au monde, assura-t-il.

— Alors, elle mérite mieux que quelqu'un dans mon genre.

— Pourquoi dis-tu cela ? Elle sera ravie, au contraire.

— Tu crois vraiment ? s'enquit Doug en esquissant un sourire.

Pete hocha la tête.

— Je suis sûr que, si tu restes toi-même, tu vas beaucoup lui plaire. N'est-ce pas, Allie ?

Allison leva les yeux au ciel.

— C'est donc de cela que vous parlez quand vous vous retrouvez entre hommes ? Du meilleur moyen d'impressionner une femme ?

— Parce que les femmes ne font pas de même, peut-être ?

— Ça, c'est toi qui le dis !

— Elle est incroyable, dit-il en prenant Doug à témoin. Cette manie de toujours vouloir avoir le dernier mot...

— Je suis bien placé pour le savoir, c'est ma sœur après tout ! Mais, cette fois, j'ai l'impression qu'Allison est tombée sur plus fort qu'elle.

— Je rêve ou vous vous liguez contre moi ?

— Chérie, une armée entière n'arriverait pas à te faire taire ! ironisa Pete.

La conversation dévia ensuite sur la façon dont ils s'étaient rencontrés et sur les talents de Pete en mécanique.

— En parlant de voitures, ça fait quelque temps que j'entends un inquiétant cliquetis sous le capot de la mienne et le trajet depuis Dallas n'a pas arrangé les choses.

— Eh bien, nous allons voir ça de plus près.

— Oh, non ! s'exclama Allison. Vous n'allez pas vous mettre à faire de la mécanique ?

C'est alors que Pete saisit Allison par le bras.

— Chérie, puis-je te dire deux mots en privé ?

— Bien sûr, répondit-elle en grinçant des dents.

— Doug, si tu veux bien nous excuser, murmura Pete.

— Bien sûr.

Pete attira Allison dans la salle à manger et chuchota :

— Allison, j'aime beaucoup ton frère.

— Je comprends, mais rien ne t'oblige à réparer sa voiture.

Il fit courir un doigt le long de l'échancrure du T-shirt d'Allison et demanda :

— Tu ne serais pas en train d'oublier un petit détail ?

— Lequel ? Que tu préférerais passer ta journée à bricoler la voiture de mon frère que…

Allison sentit Pete l'agripper par les fesses et aventurer ses doigts vers la naissance de ses cuisses.

— Tu oublies que c'est Doug qui est censé ramener Mary Lou chez elle ce soir. Il serait donc préférable qu'ils ne tombent pas en panne en rase campagne.

— Mmoui, cela pourrait être amusant !

— Pour nous, oui. Mais pour ces deux-là, j'en doute !

Il la prit dans ses bras, faisant courir les doigts le long de sa colonne vertébrale.

— Tu sais que nous n'avons pas fait l'amour depuis deux interminables journées ?

Elle se lova contre lui et se permit une caresse audacieuse.

— Je sens ça ! Mais la sécurité d'abord : toi et Doug allez réparer ce moteur et moi, je rentre chez moi.

— Comment ? Tu ne vas pas nous attendre à la maison en faisant la vaisselle ? plaisanta-t-il.

Elle lui aurait bien fait ravaler ses paroles, mais sa protestation mourut sur ses lèvres lorsqu'il l'embrassa.

19.

Debout dans son salon, Allison venait de terminer les derniers préparatifs de la fête et vérifiait qu'elle n'avait rien oublié. Les effluves des différents plats Tex Mex que le traiteur venait de livrer lui donnèrent faim.

D'humeur légère, elle avait revêtu un cache-cœur blanc et un corsaire à motifs fleuris, chaussé des mules noires et épinglé une orchidée à ses cheveux ramassés en chignon.

La fantaisie vestimentaire d'Allison contrastait avec la banalité du costume en tweed marron de son frère. Les mains dans le dos et la mine renfrognée, celui-ci faisait les cent pas devant la fenêtre du salon, tout en scrutant l'horizon à travers ses épaisses lunettes.

Doug ne manquait pas de charme, songea Allison. Il lui manquait juste l'étincelle dans le regard, cette confiance en lui qui l'aurait rendu vraiment bel homme.

Elle savait que la perspective de la soirée, et notamment le rendez-vous arrangé avec Mary Lou, angoissait son frère au plus haut point. Depuis son retour de chez Pete, il était resté distant et elle essaya de le mettre à l'aise :

— Si tu continues à ce rythme, tu auras usé mon tapis avant l'arrivée des invités !

Doug se tourna vers sa sœur et lui sourit.

— Je sais, c'est une mauvaise habitude que j'ai prise, mais je n'arrive plus à réfléchir sans faire les cent pas.

Allison secouait la tête lorsque le téléphone sonna. C'était Pete qui la prévenait qu'il venait d'arriver avec Mary Lou.

— Pete et Mary Lou sont en bas ! s'exclama Allison.

— J'aurais quand même préféré être prévenu plus tôt, histoire d'avoir le temps de me retourner, lâcha Doug.

— Dis plutôt pour avoir le temps de trouver un prétexte pour annuler à la dernière minute ! rétorqua-t-elle.

Doug fronça les sourcils.

— Allez, Doug, décoince-toi un peu et pense à t'amuser !

Il s'apprêtait à protester lorsque la sonnette retentit. Allison ouvrit la porte sur Pete, vêtu d'un jean noir et d'une chemise blanche et coiffé d'un Stetson, accompagné de Mary Lou, en jupe-culotte, veste en jean et chemisier à fleurs, une boîte de gâteau à la main. Lorsqu'elle avait dit à Mary Lou de ne pas se mettre sur son trente et un, Allison n'avait pas imaginé qu'elle se présenterait dans une telle tenue. Mais, finalement, celle-ci compléterait à merveille celle de son frère et risquait même de les faire passer pour deux branchés aux yeux des invités de la soirée.

— Bienvenue à tous les deux !

Allison embrassa chaleureusement la jeune femme.

— J'espère que ma tenue convient, murmura Mary Lou à l'oreille d'Allison.

— Parfaitement bien, la rassura Allison.

— Tiens, voici le gâteau que je t'avais promis !

— Merci mille fois.

Allison prit la boîte et recula pour les laisser entrer.

— Quel charmant appartement ! s'exclama Mary Lou.

Alors qu'elle observait tout autour d'elle, son regard se posa sur Doug, planté au milieu, les yeux rivés sur elle.

Allison posa le gâteau et s'avança vers son frère.
— Mary Lou, voici mon frère, Doug.
— Ravie de vous rencontrer, dit-elle en s'avançant pour lui tendre la main.
— Enchanté, répondit-il en la lui serrant.
— Alors, comment roule cette voiture ? demanda Pete à Doug pour détendre l'atmosphère.
— Le cliquetis a disparu. Pete est un as de la mécanique, ajouta-t-il en s'adressant à Mary Lou.
— Il est célèbre dans tout Fort Bend County ! remarqua Mary Lou avec un sourire.
— Célèbre, oui ! Mais pour quoi ? plaisanta Pete.
Tous les quatre se mirent à rire et l'ambiance se détendit.
— Que diriez-vous d'un petit rafraîchissement ? suggéra Allison.
Au moment où elle finissait de servir les verres, on sonna de nouveau à la porte. Elle s'empressa d'ouvrir et sourit en voyant Erin, accompagnée de Bruce et de Lance.
— Salut ! Entrez donc !
A peine entrés, Bruce et Lance se plantèrent devant Pete et s'écrièrent en chœur :
— Bonjour, beau gosse !
Pete se sentit devenir cramoisi. Il toussota.
— Bonsoir, messieurs ! Une bière, peut-être ?
Lance poussa Bruce du coude et ils se mirent à rire.
— Tout ce que tu voudras, chéri ! s'exclama Bruce.
Allison éclata de rire et Pete lui lança un regard noir avant de s'éclipser dans la cuisine pour aller chercher les bières.
Entre-temps, Erin s'était tournée vers Doug :
— Doug ! Cela fait un bail. Viens que je t'embrasse !
Doug eut l'air étonné d'une telle effusion.

— Euh, moi aussi, ça me fait plaisir. Au fait, je te présente Mary Lou.

Le reste des invités arriva dans la foulée : T.J. et son mari Don, suivis de quelques voisins : Sally et Ben, le couple habitant la porte en face, Lisa et Beth, les deux jeunes colocataires de l'appartement du dessous, et Jack, un comptable sympathique vivant quelques étages plus haut.

Allison fit les présentations. Elle était tellement occupée qu'il se passa un moment avant qu'elle ne remarque que Mary Lou et son frère étaient assis côte à côte sur le canapé. En les voyant discuter de manière détendue, elle eut d'abord du mal à en croire ses yeux. Mais force était de constater que Mary Lou avait brillamment rempli sa mission : faire sortir Doug de sa coquille.

— Tu as écrit une thèse sur l'influence des troubadours dans l'amélioration du statut de la femme au Moyen Age ? demanda Mary Lou. Mais c'est fascinant et tellement romantique !

Doug sentit le rouge lui monter aux joues, mais pour une fois, c'était de fierté et non de honte. Ces premiers moments en compagnie de Mary Lou s'étaient révélés étonnamment agréables. Alors que la majorité des femmes se mettaient à bâiller dès l'instant où elles apprenaient qu'il était professeur de littérature médiévale, Mary Lou non seulement adorait lire, mais vouait une véritable passion à la culture du Moyen Age, sans compter les autres points communs qu'ils venaient de se découvrir.

— Et si on parlait un peu de toi, maintenant ?

— Que voudrais-tu savoir ?

— Allison m'a dit que tu étais institutrice.

— Oui, j'ai une classe de vingt-quatre petits diables.

— Je parie qu'ils t'adorent.

— C'est réciproque. J'aime apprendre aux enfants.

Doug eut un bref moment d'hésitation, puis se lança :

— Tu sais, cet après-midi quand Pete m'a aidé à réparer la voiture, il m'a raconté comment tu assistais ses parents en t'occupant de ses neveux.

Troublée, Mary Lou se mit à tripoter les pans de sa jupe.

— Tu sais, comme les parents de Pete se sont retrouvés forcés d'élever seuls leurs petits-enfants, je n'ai pas hésité une seconde. Je savais qu'ils auraient besoin d'aide.

Mary Lou s'interrompit un moment, puis demanda :

— Pete t'a dit pour son frère ?

Doug se mit à toussoter.

— D'après ce que j'ai compris, ce serait un voyou, un coureur de jupons qui séduit les femmes pour les laisser tomber ensuite.

Mary Lou eut un air désemparé et Doug se dit qu'il aurait mieux fait de se taire.

— Oh, pardon ! lâcha-t-il.

Elle lui adressa un sourire contraint.

— Comme tu l'as deviné, j'en fais partie. Mais c'est une histoire ancienne et mon cœur commence à cicatriser.

— Tant mieux, dit Doug, soulagé. Je veux dire, tu es trop bien pour perdre ton temps à attendre quelqu'un comme lui.

— Oui. J'ai récemment compris qu'il ne changerait jamais. Maintenant, le moment est venu que je pense à moi.

Elle hésita un instant, puis posa sa main sur celle de Doug.

— Je n'ai plus envie de perdre mon temps.

— Moi non plus, répondit-il en refermant sa main sur la sienne.

Doug n'en revenait pas de ce qui lui arrivait. Il regarda Mary Lou et sut que c'était elle la femme de sa vie.

Après le dîner, les invités se mirent à danser et Allison put se détendre. Pete ne tarda pas à l'inviter. Alors qu'il l'attirait entre ses bras, elle resta ébahie de voir son frère et Mary Lou prendre le même chemin.

— Cette soirée est très réussie, mon ange, lui murmura Pete à l'oreille.

— Regarde un peu Doug et Mary Lou.

— C'est justement de cela que je parlais. Et tes amis sont sympathiques.

Elle se dégagea pour lui adresser un sourire.

— Et je sais que c'est réciproque.

— Tu crois que Doug va reconduire Mary Lou ?

— Les choses semblent bien engagées, en tout cas.

— Tant mieux car j'ai hâte qu'on se retrouve enfin seuls tous les deux. Il faut qu'on ait une discussion toi et moi.

— Une discussion ? répéta-t-elle, surprise.

— Oui, entre autres choses, répondit-il en lui caressant les fesses.

Il resserra son étreinte et fit courir ses lèvres le long de son cou. Jamais elle ne s'était sentie aussi heureuse. Elle se demanda ce que Pete pouvait bien avoir de si important à lui dire. Se pouvait-il qu'il s'agisse d'une déclaration d'amour ? Lovée tout contre lui, cette perspective ne lui faisait plus peur. Bien au contraire.

Plus tard dans la soirée, alors qu'Allison était dans la cuisine, Erin et T.J. en profitèrent pour la rejoindre.

— Quelle belle soirée ! commenta Erin.
— Et quel bel homme ! enchaîna T.J. Un véritable play-boy. Franchement, je ne pensais pas que tu le ferais.
— Faire quoi ? s'enquit Allison.
— Tu sais bien ! répliqua Erin. Te trouver un homme objet.
— Ah, ça ! répondit Allison en riant.
Ces dernières semaines avec Pete avaient été tellement remplies qu'elle en avait oublié le ridicule défi. Ce déjeuner lui semblait bien loin à présent.
— Et tu l'as déniché en un temps record, poursuivit T.J. Je parie qu'il était dans ton lit le soir même.
— Et si on parlait d'autre chose ? éluda Allison.
— Tu plaisantes ? Depuis le temps qu'on attend des détails sur ton « aventure sans complication » avec une « bimbo au masculin » !
Allison fronça les sourcils devant le fou rire de ses amies.
— Et j'imagine qu'il te fait grimper aux rideaux ? insista Erin.
— Allez, quoi ! Raconte ! la pressa T.J.
— Ça va, les filles, contrôlez-vous un peu !
— Mais ce mec est une véritable bombe sexuelle ! s'enthousiasma Erin. Es-tu bien sûre d'être capable de le jeter une fois consommé ?
— Tu en as bien profité jusqu'ici et tant mieux, mais si tu veux un conseil, ne le laisse pas filer, reprit T.J.
— Et si tu en as marre, je suis volontaire ! plaisanta Erin.
La cuisine retentit de leurs éclats de rire.
Allison, quant à elle, ne riait pas du tout. Pour rien au monde elle n'aurait voulu leur dévoiler les détails de sa vie intime avec Pete et elle comptait bien leur faire savoir. Mais, pour l'instant, elle se sentait coupable d'avoir accepté un défi pareil.

Comment avait-elle pu être aussi superficielle, et manipulatrice, surtout avec un homme aussi bon que Pete ? Et le fait qu'elle ait été autrefois elle-même victime des hommes ne constituait en rien une excuse. Aujourd'hui, Pete représentait tellement plus à ses yeux qu'un simple passe-temps. Il était devenu toute sa vie et elle était bouleversée de se rendre compte qu'elle ait pu l'utiliser ainsi.

C'est ce qu'elle s'apprêtait à leur dire lorsqu'elle vit ses deux amies devenir blêmes, le regard fixé derrière elle. Allison sentit son ventre se nouer.

Elle se retourna et vit Pete qui lui lança un regard noir. Mon Dieu ! Qu'avait-il entendu ?

En le voyant tourner les talons et s'en aller, elle eut la réponse à sa question.

20.

— Oh, mon Dieu, Allie, je suis désolée, s'excusa T.J.

— Et moi donc ! gémit Erin.

Allison nageait en plein cauchemar. Elle ne pouvait imaginer pire scénario : que Pete découvre les raisons de son intérêt premier pour lui au moment même où il commençait à lui faire confiance — et de façon aussi cruelle.

Submergée par la douleur et trop furieuse contre ses amies pour leur répondre, Allison se rua dans le salon, uniquement pour entendre Pete dire à Mary Lou :

— Il est temps que je te raccompagne, maintenant.

Allison remarqua le sourire forcé de Mary Lou qui se tourna vers Doug, visiblement agité.

— Merci, Pete, mais Doug vient justement de…

— Je viens de lui proposer de la raccompagner, enchaîna Doug.

Allison vint à sa rescousse :

— Oui, mon frère va s'en charger, dit-elle à Pete, le suppliant du regard. Et, puis, j'ai encore besoin de toi.

— Besoin de moi ? répéta-t-il sèchement.

— Pete, je t'en prie, l'implora-t-elle.

Il acquiesça sèchement tout en se dirigeant vers le bar.

En traversant la pièce, Pete avait eu le vertige. Il se servit un verre de tequila qu'il avala d'un trait. Il tremblait de rage, torturé par la découverte qu'Allison se soit ainsi payé sa tête.

Il aurait dû savoir que c'était trop beau pour être vrai. Dès le départ, il avait eu des doutes sur les raisons qui avaient bien pu pousser cette femme dans ses bras. A présent, tout devenait clair : elle l'avait utilisé comme objet sexuel. Leur histoire d'amour n'avait été qu'un simulacre, un pari lancé par ses amies qu'elle avait accepté sans scrupules. Et si T.J. et Erin ne l'avaient pas poussée à se trouver un play-boy sans cervelle, elle n'aurait même pas posé le regard sur lui. Mais le plus ignoble restait qu'elle s'en soit vantée derrière son dos avec ses amies.

Et de penser qu'il s'apprêtait à lui déclarer son amour, justement ce soir… Il s'était comporté comme un idiot ! La seule chose qui le retenait encore chez elle ce soir, c'était sa détermination à lui donner une bonne leçon et à lui faire comprendre à quel point elle avait été cruelle.

En voyant Pete vider son verre, Allison tressaillit à l'idée que c'était elle qui l'avait mis dans cette rage. Elle savait qu'elle devait faire amende honorable, mais pour autant, elle ne pouvait pas abandonner ses invités. A côté d'elle, Mary Lou et Doug restaient perplexes.

— Tout va bien, Allison ? demanda Doug.

— Y aurait-il un problème avec Pete ? s'enquit Mary Lou.

Allison força un sourire.

— Juste un malentendu que je me chargerai de dissiper une fois les invités partis. En tout cas, vous avez l'air de bien vous entendre, tous les deux.

— En effet, répondit Doug. Nous nous sommes trouvé des tas de points communs.

En voyant Sally et Ben se diriger vers la porte, Allison suggéra à voix basse :

— Vous devriez y aller, vous aussi. Vous avez beaucoup de route à faire. Doug, j'espère que tu retrouveras ton chemin.

— Sans problème. Et puis, grâce à Pete, nous ne devrions pas tomber en panne…

Mary Lou prit la main d'Allison.

— J'espère que tout va s'arranger entre vous. Si ça peut te rassurer, je l'ai déjà vu fou de rage, mais cela ne dure jamais longtemps.

— Espérons que tu aies raison.

— Et encore merci pour cette charmante soirée !

— Oui, merci, Allie, renchérit Doug.

En regardant Mary Lou partir au bras de son frère, Allison se prit à espérer de retrouver avec Pete l'entente qui venait de se briser. Elle n'en pouvait plus d'attendre. Il fallait qu'elle lui explique. Mais, avant, elle devait dire au revoir à ses invités.

Pendant les interminables minutes qui suivirent, Allison s'efforça de garder le sourire tandis que les invités ne tarissaient pas d'éloges sur la formidable soirée qu'ils venaient de passer. Une fois la porte refermée sur le dernier couple, elle se retourna et vit Pete, debout dans son salon désert, la fixant d'un regard glacial, les bras croisés sur la poitrine.

— Pete, laisse-moi t'expliquer, bafouilla-t-elle.

— Il n'y a plus grand-chose à expliquer, Allison, répliqua-t-il. Tes amies ont déjà tout dit et si j'avais été moins stupide, j'aurais vu la vérité en face depuis longtemps.

— Mais ce n'est pas la vérité que tu as entendue !

— Vraiment ? Et que cherchais-tu alors quand tu es arrivée au garage il y a quelques semaines si ce n'est un gentil petit mécanicien avec lequel t'amuser avant de le jeter ?

— Pete, tu te trompes…

— Rien ne sert de nier l'évidence, Allison. Tes amies m'ont ouvert les yeux et, désormais, je sais que, sans ce stupide pari, tu ne m'aurais jamais adressé la parole. Comme vous avez dû trouver tout ça drôle !

— Les choses ne se sont pas passées comme cela. Lorsque nous nous sommes rencontrés, j'ai complètement oublié cette histoire de pari.

— Tu as *oublié* ? C'est tout ce que je représente à tes yeux ?

— C'est justement parce que tu commençais à représenter beaucoup pour moi que j'ai oublié.

— Foutaises ! J'aurais dû me douter que ce qui t'intéressait chez moi ne se trouvait pas dans mon cerveau ! Dès le départ, tu avais tout prévu : une histoire d'un soir et on n'en parle plus, n'est-ce pas ? Ensuite, tu as laissé durer les choses pour pouvoir me garder dans ton lit.

— Mais non. Tu mélanges tout ! chuchota Allison en se tordant les mains.

Pete prit alors un ton glacial.

— Non, j'y vois très clair au contraire. Tu t'es purement et simplement servie de moi, sans autre projet que de me jeter ensuite. Et l'autre jour, au ranch, tu as été assez lâche au point de me laisser croire que nous avions peut-être un avenir en commun.

— Non, j'avais envie d'essayer, gémit-elle.

— Dans ce cas, tu t'es également menti à toi-même.

Décidément, Pete ne voulait rien entendre. Le cœur serré, Allison dut se résoudre à lui raconter la vérité.

— D'accord, commença-t-elle, j'admets que, au départ, je cherchais une aventure sans lendemain. J'en avais assez de ces hommes qui s'obstinaient à vouloir diriger ma vie. Mais, ensuite, nous nous sommes rencontrés et j'ai trouvé…

— Un nouveau godemiché ? railla-t-il.

— Pete, laisse-moi terminer, le supplia Allison.

— Tu as eu ce que tu voulais. Maintenant, cherche-toi un autre jouet ! Adieu, Allison.

Il tourna les talons et se dirigea vers la porte. Anéantie par l'idée qu'il puisse la quitter au mépris de tout ce qu'ils avaient vécu, Allison le rattrapa dans le couloir. La colère la submergea.

— Bon sang, Pete ! Toi non plus, tu n'es pas blanc comme neige. Je n'ai pas souvenir qu'à notre première rencontre, tu te sois particulièrement intéressé à ce que je pouvais avoir dans la tête !

— Et où veux-tu en venir ?

— Au fait que lorsqu'un homme cherche une bimbo pour passer la nuit, c'est parfaitement normal, mais si c'est une femme qui s'amuse à cela, c'est forcément une traînée.

— Je rêve, ou tu voudrais me faire porter le chapeau ? Je vois que je me suis libéré à temps de ton emprise.

— Ne vois-tu pas que c'est toi qui m'imposes ta vision des choses ?

Elle l'entendit jurer dans sa barbe, puis il la saisit par les bras.

— Penses-tu sincèrement que je t'ai imposé quoi que ce soit depuis notre rencontre ? demanda-t-il, fou de rage. Mais, puisque tu insistes, il est grand temps que je te montre sur quoi repose vraiment notre relation.

Elle tenta bien de protester, mais il la tira jusqu'à lui et lui plaqua ses lèvres sur les siennes. Malgré sa colère, Allison le laissa faire, la violence de son baiser n'étant rien comparée à la douleur de le perdre. En lui rendant son baiser, elle mit toutes ses forces à effacer la distance qui les séparait.

En vain. Dans sa rage, Pete resta de marbre. Il la souleva

et la porta jusqu'au canapé, au-dessus duquel il la déposa sans ménagement. Il défit la braguette de son jean, puis ôta le pantalon d'Allison, en même temps que sa culotte. L'instant d'après, elle sentit l'extrémité de son pénis contre son sexe. Elle se sentit vulnérable, d'autant plus qu'elle portait encore sa chemise et son soutien-gorge.

Elle crut voir des larmes dans les yeux de Pete, puis elle l'entendit dire d'une voix étranglée :

— Le joujou de madame est prêt.

Allison sentit son cœur se serrer.

— Pete, je t'en prie…

— Alors, maintenant c'est non ?

— Tu sais bien que je ne peux rien te refuser.

— Tant mieux, car rien ne compte plus que ton plaisir.

Il fut en elle en un éclair et elle gémit d'un plaisir tourmenté alors qu'il allait et venait avec force.

C'était si bon et elle se sentait si mal.

Elle sentit une larme perler dans le coin de son œil et n'y tint plus :

— Pete, tu ne vas tout de même pas me faire pleurer !

Il poussa un cri étranglé :

— Mon Dieu, Allie, pardonne-moi, soupira-t-il.

Alors qu'il tentait de se retirer, Allison se cramponna à lui, l'enserrant de son corps pour qu'ils ne fassent plus qu'un. La colère cédant la place à une indicible tendresse, il se mit à l'embrasser délicatement tandis que, de ses doigts tremblants, il déboutonna son chemisier et chercha ses seins. Il les suça tendrement tandis qu'il allait et venait, toujours plus fort et toujours plus loin, jusqu'à ce qu'elle sente monter en elle les prémices de l'orgasme.

— Pete, laisse-moi…

— Ne sais-tu pas encore que, de nous deux, celui qui est sans défense, c'est moi ?

Dans un dernier coup de reins, il les transporta tous les deux jusqu'à l'orgasme qui les laissa à bout de souffle.

L'instant d'après, alors qu'elle savourait encore le moment magique qu'elle venait de passer entre ses bras, elle comprit que rien n'était arrangé, car il se releva, se réajusta et tourna les talons en direction de la porte.

— Appelle-moi quand tu seras prête à prendre notre relation au sérieux.

Allison entendit la porte claquer et le « Je t'aime » qu'elle allait prononcer mourut sur ses lèvres.

21.

Lorsqu'elle se réveilla le lendemain matin après une nuit d'insomnie, Allison était au plus mal. Elle regrettait amèrement la tournure qu'avaient pris les événements et son cœur saignait d'avoir fait du mal à l'homme qu'elle aimait.

En entrant dans son salon, elle jeta un œil au canapé dans lequel aurait dû se trouver Doug et constata qu'il n'y était pas.

Se pouvait-il qu'il ait passé la nuit avec Mary Lou ? La veille encore, Allison n'aurait pas imaginé pareille situation, mais vu la façon dont les choses s'étaient engagées après la soirée, elle se dit que le réveil de son frère devait être plus doux que le sien. Elle s'en réjouissait pour lui.

Alors qu'elle se préparait un cappuccino, ses idées noires ne la quittaient pas. En regardant le lever du soleil, une image qui habituellement la mettait en joie, elle ne vit que la froideur du paysage de verre et de béton qui s'étendait sous ses yeux.

Tout semblait si vide sans Pete à son côté.

Elle était certaine, plus que jamais, de l'aimer — de tout son cœur même — mais leurs différences les avaient menés à une impasse dont elle ne savait comment sortir. Comment réussir à aimer Pete sans pour autant sacrifier sa liberté ?

Elle se remémora les paroles de Doug sur l'exemple de leurs

parents qui pouvait expliquer leurs difficultés à s'engager avec le sexe opposé. Elle aurait voulu lui demander conseil, mais, pour cela, il fallait attendre qu'il revienne…

Dans l'atelier, Pete était penché à l'intérieur du coffre d'une voiture de sport à tenter de comprendre pourquoi le mécanisme de la serrure ne fonctionnait plus, lorsqu'il entendit la voix de Roxy.

— Bonjour, don Juan. Magnifique train arrière, dis-moi ! s'exclama-t-elle.

Pete se retourna pour lui faire face.

— Ecoute, Roxy, je ne suis pas d'humeur à supporter tes réflexions sur mon postérieur !

Elle éclata de rire.

— Ton postérieur ? Tu rêves ! Je parlais de la voiture, mon cher !

— Ignorerais-tu encore la signification de l'expression « harcèlement sexuel » ? demanda-t-il avec hostilité.

— Tu veux rire j'espère ? J'en fais l'objet à longueur de journée. Mais, dis-moi, quelle mouche t'a piqué ce matin ? Tu n'as pas passé un bon week-end ?

— En quoi cela te regarde-t-il ?

— Puisque tu le prends sur ce ton, tu n'auras qu'à passer à mon bureau si tu veux savoir qui t'a appelé, dit-elle en tournant les talons.

— Et qui a appelé ?

— Tu te souviens du coupé qui tirait sur la droite ? Eh bien, le propriétaire a tenu à te remercier pour ton intervention.

— Ah, bon.

— Tu attendais un autre coup de fil, peut-être ?

— Sans commentaire.

Alors qu'elle s'apprêtait à partir, Pete ravala sa fierté :

— Au fait, Roxy ?

— Tu ne peux plus te passer de moi, ou quoi ? railla-t-elle.

Pete eut un sourire contraint, puis demanda :

— Que penserais-tu d'une femme qui se servirait d'un homme comme objet sexuel ?

Roxy hurla de rire.

— C'est donc cela qui t'ennuie, de t'être fait prendre à ton propre jeu ?

— Pourrais-tu te contenter de répondre à ma question, s'il te plaît ?

— Eh bien, si tu veux mon avis, ce n'est que le juste retour des choses et cette femme aurait tort de ne pas en profiter.

Pete la fusilla du regard et elle s'en retourna dans un nouvel éclat de rire.

Pour passer ses nerfs, il fit claquer la portière du coffre, laquelle remonta aussitôt, manquant de l'atteindre au visage. Pete envoya alors Roxy au diable et toutes les femmes avec.

Il fronça les sourcils. Il était injuste. Après tout, Roxy n'avait fait que confirmer, avec ses mots à elle, ce qu'Allison avait déjà tenté de lui expliquer.

Il comprit alors qu'il était mal placé pour juger l'attitude d'Allison dont le seul crime était d'avoir voulu inverser les rôles.

Oui, mais c'était Allison qui lui menait la dragée haute et il avait du mal à l'accepter. En fin de compte, elle avait sans doute raison de penser que leur différend ressemblait plus à une lutte pour le pouvoir.

En attendant, il était amoureux d'elle et souffrait de penser qu'elle ne voudrait probablement jamais rien bâtir avec lui — en tout cas, rien de sérieux. Et, pour un homme habitué à tenir les rênes dans la vie de tous les jours comme dans ses relations avec les femmes, la frustration qu'il ressentait était insoutenable.

Allison continuait d'errer dans son appartement comme une âme en peine, ne voyant pas comment reconquérir Pete alors qu'elle ne se sentait pas prête à s'engager au point que lui l'aurait souhaité.

Le lundi soir, le mystère de la disparition de son frère fut enfin résolu lorsqu'elle entendit sa voix sur son répondeur :

— Salut, p'tite sœur ! Surtout, ne t'inquiète pas pour moi. Je passe quelques jours à Fort Bend County. A bientôt.

Allison fut à la fois surprise et soulagée d'apprendre que son frère avait bel et bien passé la nuit de dimanche avec Mary Lou et prolongeait même son séjour chez elle.

Au moins pouvait-elle se réjouir du sort de son frère, si ce n'était du sien. Il l'appellerait sans doute le lendemain pour la prévenir qu'il était bien rentré à Dallas.

Mais la journée du mardi passa sans qu'Allison ne reçoive de nouvelles, ni de son frère, ni de Pete. Le mercredi soir, en rentrant du travail, quelle ne fut pas sa surprise de sentir une délicieuse odeur de steak grillé lorsqu'elle ouvrit la porte de son appartement. Une fois dans l'entrée, elle remarqua que la table du salon était dressée pour deux. Elle eut soudain le fol espoir que Pete ait réussi à pénétrer chez elle dans l'idée de renouer avec elle. Elle fut un peu déçue de voir Doug sortir de la cuisine, un tablier noué autour de la taille et une cuillère en bois à la main.

Il avait l'air heureux et détendu.

— Hello ! la salua-t-il en lui ouvrant les bras. Je voulais te faire une surprise.

— Tu m'as fait une peur bleue, tu veux dire ! Je te croyais rentré à Dallas.

Il toussota avec un air gêné.

— Finalement, j'ai décidé de repousser mon retour à samedi.

— Je croyais que tu avais du travail ?

— Oui, de la paperasserie que j'aurai largement le temps de boucler avant la reprise des cours, lundi.

— De la paperasserie ? C'est ainsi que tu parles de ton travail ? Mais, dis-moi, tu fais un dédoublement de la personnalité, ou quoi ?

— Je dirais plutôt que je suis en pleine renaissance.

— Ah ! murmura Allison, se demandant s'il avait perdu la raison. Tu veux t'asseoir pour en discuter ?

— Oui, mais avant, je m'occupe de retourner les steaks et je nous apporte un verre de vin.

Quelques instants plus tard, ils étaient assis tous les deux sur le canapé quand Doug confia à Allison :

— Tu sais, j'ai réalisé à quel point ma vie avait été vide jusqu'à il y a quelques jours.

— Et que fais-tu de tes études et de ta réussite professionnelle ?

— Une carrière ne fait pas une vie, Allison. Cela n'en est qu'un ornement.

— Et puis-je savoir ce qui a donc donné un sens à ta vie ?

Le visage de Doug s'illumina comme celui d'un petit enfant.

— Je suis tombé amoureux.

Elle se mit à rire.

— De la charmante Mary Lou ?

— Oui.

Folle de joie, Allison prit son frère dans ses bras.

— Oh, Doug, je suis si heureuse que tu t'amuses enfin un peu.

— M'amuser ? répéta-t-il. Mary Lou est certes quelqu'un de très sympathique et j'apprécie énormément sa compagnie, mais j'ai l'impression que tu n'as pas bien saisi. Je l'aime et j'ai trouvé mon âme sœur.

— Ton âme sœur ? demanda Allison pour qui cette notion n'avait jamais fait sens jusqu'ici.

— Oui, répondit Doug.

Comme libéré d'un poids, il poussa un soupir de soulagement et Allison lui tapota la main.

— Je n'aurais rien pu souhaiter de mieux pour vous deux. Mais Mary Lou t'a-t-elle mis au courant pour…

— Tyler ?

— Oui. Je ne voudrais pas me mêler de ce qui ne me regarde pas, mais j'avais l'impression qu'elle l'aimait encore.

— C'était vrai jusqu'à dimanche. Car, aussi fou que cela puisse paraître, Mary Lou aussi est tombée amoureuse de moi ce soir-là. Dieu seul sait ce qu'elle a bien pu me trouver…

— Comment peux-tu penser une chose pareille ? s'offusqua Allison. Tu as d'énormes qualités.

Doug leva les yeux au ciel.

— Merci, sœurette, mais tu n'oserais tout de même pas prétendre que je suis le genre d'hommes sur lesquels vous fantasmez entre copines ?

— C'est vrai, concéda Allison avec un sourire coupable.

— Voilà ce qui me fait dire que j'ai de la chance d'avoir rencontré une jeune femme qui veuille bien voir au-delà des apparences et choisir un homme ordinaire comme moi. Crois-moi, Allison, une femme de vingt-cinq ans avec une telle maturité, cela ne court pas les rues.

— Tu as sans doute raison, répondit-elle avec une grimace.

Elle ne pouvait s'empêcher de faire la comparaison avec son attitude à elle vis-à-vis de Pete. Avait-elle fait preuve de maturité dans cette histoire ?

— Donc, vous allez vous revoir ?

— Bien plus que cela ! Samedi, je rentre chez moi, lundi, je donne ma démission et dans quinze jours, je retourne à Fort Bend County pour le week-end. Ensuite, une fois l'année scolaire terminée, nous emménageons ensemble et, en septembre, nous avons prévu de nous marier pour pouvoir fonder une famille dès que possible.

Allison resta bouche bée, puis demanda :

— Tu ne crois pas que tu précipites un peu les choses ?

— Non, je crois que j'ai déjà trop tardé !

— Mais tu ne peux pas décider du jour au lendemain de chambouler ta vie et d'abandonner ton travail à Dallas pour épouser une femme que tu connais à peine !

— Je la connais très bien au contraire. Et je suis sûr d'une chose, c'est que je l'aime. Qu'ai-je donc de si précieux à perdre en quittant Dallas ?

— Un poste prestigieux et une titularisation imminente. Si tu t'imagines qu'en sacrifiant tout cela, la vie en vaudra plus la peine…

— N'est-ce pas là justement la définition de l'amour ? Un sacrifice librement consenti.

Troublée par les paroles de Doug, Allison n'était pas sûre d'en avoir percé toute la signification. Se pouvait-il qu'elle n'ait pas encore saisi le véritable sens du verbe aimer ? L'amour impliquait-il forcément un sacrifice comme le lui suggérait Doug ?

— Les parents vont penser que tu es devenu fou, commenta-t-elle.

— Depuis quand l'opinion de nos parents revêt-elle de l'importance à tes yeux ? Qui plus est, je suis sûr qu'ils seront ravis à l'idée d'avoir des petits-enfants, ceux que Mary Lou et moi aurons ensemble.

— Tu dois avoir raison.

— D'ailleurs, en parlant des parents, je crois que les obstacles que nous rencontrons chacun à notre manière dans nos vies amoureuses sont liés à l'égoïsme dans lequel ils nous ont élevés, trop focalisés sur leurs envies pour pouvoir écouter nos besoins. Ce qui fait que nous avons grandi sans repère ni modèle auquel se raccrocher.

— Je sais, acquiesça Allison.

— Difficile dans ces conditions de devenir des adultes équilibrés. Difficile de donner quand on n'a rien reçu soi-même.

A bien y réfléchir, Allison non plus n'avait jamais donné d'elle-même, pas même à Pete. Elle prit soudain conscience que, toute sa vie, elle n'avait poursuivi que ses propres ambitions, reproduisant inconsciemment l'exemple de ses parents.

— Mais lorsque j'ai rencontré Mary Lou, j'ai compris que c'était le moment ou jamais et que, si je laissais passer cette chance, je risquais de finir vieux garçon, reprit Doug.

— Oui, mais elle aurait pu décider de venir s'installer à Dallas chez toi…

— Elle ne peut pas abandonner les enfants de Tyler, d'autant plus qu'il ne changera jamais. Je ferai de mon mieux pour l'aider.

— Je comprends, mais ta carrière… Cela ne compte-t-il plus ?

— Le bonheur de ma future famille compte bien plus à

mes yeux que le prestige d'une carrière. J'enseignerai au lycée en attendant de trouver un poste plus intéressant.

Doug prit la main d'Allison dans les siennes et lui sourit.

— Tu sais, Allie, ces derniers jours près de Mary Lou m'ont fait prendre conscience que j'avais passé toute ma vie à chercher un foyer. Et, aujourd'hui, je l'ai enfin trouvé.

— Oh, Doug ! s'exclama-t-elle en le serrant dans ses bras.

Un *foyer.* Elle aussi avait souffert de n'en avoir jamais eu, et ce vide, c'était Pete qui l'avait rempli. Hélas, il avait fallu qu'il la quitte pour qu'elle entrevoie la vacuité de sa propre existence.

— Doug, je suis tellement heureuse pour toi, murmura-t-elle en sentant les larmes couler sur ses joues. Il me tarde d'appeler Mary Lou pour la féliciter…

Doug se leva pour aller servir le repas et demanda :

— Au fait, où en es-tu avec Pete ? La situation avait l'air tendue l'autre soir…

— Notre histoire est pour ainsi dire terminée, répondit-elle en le suivant dans la cuisine.

— C'est pas possible ! Vous aviez l'air si amoureux.

— Le problème, c'est qu'il voudrait que je m'engage et, moi, euh… Disons que je ne suis pas encore arrivée au stade où tu es parvenu.

— Peut-être que ce qu'il te faut, c'est un bon électrochoc.

L'électrochoc, elle l'avait déjà eu, songea Allison en s'asseyant à table. Le problème, c'est qu'elle n'y voyait pas plus clair qu'avant. Ce qu'elle savait, en revanche, c'est qu'elle aimait Pete et qu'elle ne pourrait jamais se résoudre à le quitter. D'une manière ou d'une autre, elle allait devoir trouver le moyen de le reconquérir — et vite !

Car chaque seconde passée sans lui était un supplice.

*
* *

Pete se mit à jurer lorsqu'il entra dans son appartement et vit que le voyant du répondeur était toujours éteint.

Bon sang ! Lequel de lui ou d'Allison allait ravaler sa fierté le premier ? se demanda-t-il.

C'est alors que la sonnerie du téléphone retentit. Pete se précipita pour répondre :

— Allie, ma chérie, c'est toi ? demanda-t-il.

— Non, Pete, c'est maman !

— Ah ! Bonsoir, maman.

— Tu as l'air déçu. Attendais-tu un coup de fil d'Allison ?

— Non, je ne dirais pas que j'*attendais* qu'elle m'appelle. Je ne suis pas du genre à regarder le téléphone en attendant qu'il sonne, prétexta-t-il pour cacher son embarras. Mais Allie étant la seule femme à m'appeler ces derniers temps, j'ai cru que c'était elle. La seule femme, excepté ma mère, bien entendu, qui tient la plus grande place dans mon cœur…

Dottie éclata de rire.

— Je n'en demandais pas autant, Pete. D'ailleurs, ce n'est pas très joli de mentir à sa mère !

— Mais c'est la vérité ! Tu sais bien comme je t'aime.

— Et je sais qu'il y a une femme que tu chéris encore plus, et c'est Allison !

Pete toussa pour éviter de répondre. Puis il détourna la conversation.

— Maman, je rentre à peine du travail et je n'ai pas eu le temps de me doucher. Alors, dis-moi ce que je peux faire pour toi.

— Je voulais simplement m'assurer que tu viendrais bien ce week-end.

Décidément, il n'y avait personne pour lui donner des nouvelles d'Allison, songea-t-il.

— Je ne sais pas si je pourrai me libérer.

— Je pensais que tu serais content d'assister à notre petite fête.

— Une fête en quel honneur ? demanda-t-il d'une voix tendue.

— Comment ? Tu n'es pas au courant ? demanda Dottie. Il faut dire que tout est allé tellement vite…

— A quel sujet ?

— Eh bien, le mariage de Mary Lou et du frère d'Allison.

— Non ? Déjà ?

— Oui. Ton père et moi sommes ravis qu'elle ait rencontré un homme aussi charmant et nous voulions fêter la nouvelle avant le départ de Doug pour Dallas. Nous comptons organiser une célébration plus formelle à l'église à son retour.

— Je comprends, mais…

— Je t'en prie, essaie de faire un effort, mon chéri. Mary Lou compte beaucoup sur votre présence à toi et à Allison. Après tout, c'est grâce à elle si Doug et Mary Lou se sont rencontrés.

— D'accord, je tâcherai d'être là. Mais, en ce qui concerne Allie, je ne peux rien te promettre. Elle est très accaparée par son travail en ce moment…

— Je suis certaine que tu sauras la convaincre. J'avais justement dans l'idée de l'appeler.

Pete hésita un instant.

— Tu veux que je m'en charge ? demanda-t-il.

— Ça, c'est une bonne idée. Je te laisse le soin de l'appeler, alors ?

— Tu peux compter sur moi. Au revoir, maman.

Une fois la communication terminée, Pete se retrouva seul dans son appartement vide et silencieux. Il était toujours sans nouvelles d'Allison et le monde entier allait bientôt savoir qu'ils étaient brouillés.

Combien de temps allait-il tenir encore ?

Il se dirigea vers la salle de bains et arracha sa chemise. Il avait besoin d'une douche bien… froide.

22.

Le samedi matin, Pete et son père faisaient le tour de la partie ouest de la propriété pour vérifier le bon état de la clôture. L'air était particulièrement doux en ce début de printemps et on pouvait voir les chevaux s'ébrouer dans l'herbe humide de rosée. Pete remarqua un endroit où la barrière était particulièrement endommagée.

— Il va falloir réparer toute cette partie qui longe la route avant cet été, dit Blake. Il y a trop d'interstices par lesquels les bêtes pourraient se faufiler.

Pete acquiesça en regardant un camion filer à toute allure.

Un peu plus loin, les deux hommes descendirent de cheval et attachèrent leurs montures au tronc d'un chêne. Blake ôta son chapeau et passa sa manche sur son front. Puis, il dévissa le bouchon de sa gourde et but quelques traits avant de la tendre à son fils.

— Ne trouves-tu pas cela formidable, ce mariage entre Doug et Mary Lou ?

Pete but à longs traits.

— Ce n'est pas un peu précipité, non ? Ils n'ont pas perdu de temps !

Blake se mit à rire.

— Oui, c'est ce qui arrive quand on trouve sa moitié. Ta mère s'en fait toute une joie. Elle a même acheté du champagne pour fêter ça.

— Eh bien, c'est une première ! Elle qui a toujours refusé de laisser une bouteille d'alcool entrer à la maison…

— Elle est tellement contente que Mary Lou se soit enfin décidée à tourner la page de son amour malheureux pour ton frère, même si cela ne changera rien à son rôle auprès de ses enfants. Pour rien au monde, nous ne voudrions qu'il en soit autrement.

— Oui, acquiesça Pete. Mary Lou fait partie de la famille.

Blake regarda son fils d'un air pensif.

— Tu sais, pendant des années, ta mère et moi avons nourri l'espoir que vous finiriez par vous marier elle et toi. Mais maintenant, tu as Allison et tout va pour le mieux.

— Oui, maintenant que je l'ai…, répéta Pete d'un ton amer.

Son père fronça les sourcils.

— Y aurait-il un souci entre vous ? J'avoue que nous avons été étonnés de ton coup de fil d'hier nous annonçant qu'Allison avait trop de travail pour pouvoir se libérer. Du coup, ta mère lui a laissé un message pour dire combien nous espérions qu'elle puisse quand même faire une apparition, même au dessert !

— Bon sang, maman m'avait pourtant promis de ne pas intervenir !

— Tu connais ta mère…

— Oui, répondit Pete, elle pensait sûrement bien faire, admit-il en rebouchant la gourde. Papa, je dois t'avouer quelque chose. En fait, je n'ai pas téléphoné à Allison pour lui faire part de votre invitation.

— Pourquoi, fiston ?

— Pour la simple et bonne raison que cela fait des jours que je suis sans nouvelles d'elle. Je n'ai pas la moindre idée d'où elle peut bien être, ni de ce qu'elle peut bien faire à cette heure. Entre nous, cela n'a pas collé, voilà tout. Nous avons eu une dispute.

Blake avait écouté son fils avec inquiétude.

— Pete, je suis désolé de ce que j'apprends car nous apprécions beaucoup Allison, ta mère et moi.

Pete déglutit.

— Moi aussi, papa. Elle me manque terriblement, tu sais. Je l'aime, mais elle ne veut pas s'engager. Elle veut pouvoir encore profiter de la vie.

— Tu veux dire… avec d'autres hommes ?

Pete secoua la tête.

— Non, pas tant que nous sortons ensemble, si c'est cela que tu veux dire. Mais elle n'a pas plus envie de s'engager avec moi qu'avec un autre.

— Ah ! murmura-t-il en remettant son chapeau. Tu sais, j'ai connu ça moi aussi…

— Vraiment ? Je croyais qu'avec maman, vous étiez tombés amoureux au lycée ?

— Les choses n'ont pas été aussi simples. Je suis tombé amoureux fou de ta mère lorsqu'elle avait quinze ans et moi, dix-sept. Légalement, nous étions trop jeunes pour nous marier et aussi, ta mère n'était pas certaine à l'époque de vouloir faire sa vie avec moi. Alors, quand elle est sortie avec le play-boy du lycée à la fête de fin d'année, je n'ai pas eu d'autre choix que de garder mon sang-froid.

— Elle a fait ça ? demanda Pete, surpris.

— Eh, oui ! Mais elle a fini par revenir vers moi quand elle a eu ses dix-sept ans. Nous sommes sortis ensemble, mais j'ai quand même dû attendre ses vingt et un ans pour pouvoir l'épouser. Et son père étant pasteur, tu peux facilement imaginer que nous avons dû aussi attendre pour d'autres choses…

— Alors, si je comprends bien, tu me conseilles d'attendre qu'Allison soit prête ?

— Aujourd'hui, les mentalités ont évolué. Tout va plus vite, les gens vivent plus longtemps, ils se marient plus tard et ont des enfants plus vieux. Excepté ton frère, remarque. Si seulement il avait fait preuve de plus de sagesse, nous ne serions pas là à nous occuper, avec Mary Lou, de ses enfants pendant qu'il mène une vie peu digne de sa paternité.

— Tu as raison, même si nous ne pouvons pas regretter les adorables enfants qu'il a eus.

— Ah, ça, je suis entièrement d'accord avec toi. Matt et Lisa sont deux amours et nous sommes ravis d'être leurs grands-parents. Mais, en ce qui concerne les femmes, il faut parfois s'armer de patience. S'il y a une chose que j'ai apprise sur les femmes, c'est qu'elles n'aiment pas se sentir brusquées. Alors, à toi de trouver la juste mesure qui te fera parvenir à tes fins avec Allison.

— Merci du conseil, papa.

— Une chose encore… Lorsque tu t'engages avec quelqu'un pour la vie, tu dois t'attendre à accepter cette personne telle qu'elle est et apprendre à l'aimer justement pour ses côtés qui t'exaspèrent.

— C'est ce qui s'est passé avec maman ?

— Oui. Par exemple, au début nous nous querellions sans cesse à propos de l'alcool, qu'elle n'autorisait pas à la maison, ou de l'église, où elle me traînait à la moindre occasion. Aujourd'hui, il ne me viendrait même pas à l'idée de protester, parce que je l'aime telle qu'elle est et que pour rien au monde je ne voudrais la changer. Et je pense que ta mère m'a accepté de la même manière, même si elle n'est sûrement pas toujours d'accord avec mon attitude…

— La vie est étrange, commenta Pete. Je me suis toujours imaginé marié à une femme comme maman ou comme Mary Lou et, aujourd'hui, je me retrouve amoureux d'Allison, qui est tout l'opposé.

Blake donna une petite tape sur l'épaule de son fils.

— Tu es un homme bon, mais tu as un caractère bien trempé. C'est une femme comme Allison qu'il te faut, forte et déterminée. Mais si tu t'obstines à vouloir la changer, tu ne réussiras qu'à lui ôter sa liberté. Elle te détestera pour cela et tu finiras par te détester toi-même.

Pete resta silencieux un bon moment avant de lâcher :

— Tu es plein de sagesse, papa.

— Merci, fiston ! Cela fait vingt-six ans que j'attends de te l'entendre dire.

Les deux hommes rirent de bon cœur et se remirent en selle. Ils firent demi-tour pour retourner au ranch. Pendant tout le chemin, Pete ressassa les paroles de son père.

Il se rendit compte à quel point il avait été égoïste en exigeant d'Allison qu'elle s'engage sans délai parce que lui le désirait, et orgueilleux de n'avoir pas voulu croire à sa bonne foi lorsqu'elle avait tenté de lui expliquer qu'elle avait oublié le pari fait avec ses amies dès qu'elle avait appris à le connaître.

Il savait maintenant que Allison était la femme de sa vie et aucune autre. Et, s'il voulait la garder, il ne devait pas chercher à la changer, mais l'accepter telle qu'elle était.

Il devait la reconquérir et le plus tôt serait le mieux. Il regarda sa montre. En attendant leurs retrouvailles, il allait devoir endurer un interminable déjeuner et consacrer du temps à ses neveux.

Alors qu'ils approchaient de la maison, Pete distingua une

jeune femme qui jouait au ballon avec les enfants pendant que sa mère les observait depuis son rocking-chair. Il sentit son cœur faire un bond dans sa poitrine.

C'était Allison. Contre toute attente, c'était elle qui avait fait le premier pas. Elle était venue jusqu'à lui. Il jeta un œil à son père qui chevauchait à côté de lui. Celui-ci lui adressa un grand sourire.

— On dirait que le message téléphonique de ta mère a été payant !

— Oui, et je lui dois une fière chandelle !

Arrivés aux écuries, ils descendirent de cheval et se dirigèrent vers le porche.

Matt et Lisa arrivèrent en courant pour embrasser leur oncle.

— Oncle Pete, tu as vu ? Allison est venue ! s'écria Matt.

— J'avais remarqué ! répondit Pete en lui passant la main dans les cheveux.

— Pete ! piailla Lisa en sautillant.

Alors que Pete embrassait sa nièce, Allison vint à sa rencontre. Elle était resplendissante dans un jean et un chemisier blanc, ses épaisses boucles dorées dansant sur ses épaules au rythme de ses pas.

Il nota cependant dans son regard une timidité et une vulnérabilité inhabituelles.

— Salut, Pete, dit-elle maladroitement. Ta mère m'a invitée. J'espère que cela ne t'embête pas.

— Bien au contraire !

Elle sourit de soulagement et lui murmura à l'oreille :

— J'avais peur que tu ne m'envoies promener devant tes parents.

— Oh, ma chérie, je ne ferais jamais une chose pareille !

Et je te promets de ne jamais plus te donner l'occasion de redouter une telle attitude.

Il la prit dans ses bras et se retourna vers sa mère, rayonnant de joie.

— Dis, maman ? On a le temps de faire un petit tour avant le déjeuner, Allison et moi ?

— Bien sûr, mon chéri. Mary Lou ne sera pas là avant une demi-heure et les enfants doivent se changer avant de passer à table et se laver les mains.

— C'est vraiment obligé, mamie ? se plaignit Matt.

— Oui, jeune homme.

Tandis que les parents de Pete faisaient rentrer les enfants à l'intérieur, Pete prit la main d'Allison et ils commencèrent à marcher. Il pouvait sentir ses doigts trembler dans les siens. A peine eurent-ils fait quelques mètres qu'il n'y tint plus. Il poussa un long soupir et la pressa tout contre lui.

Ils s'embrassèrent à perdre haleine.

— Comme c'est bon de t'avoir retrouvée, murmura-t-il. Tu ne peux pas savoir combien tu m'as manqué.

— Oh que si ! Tu sais, Pete, je n'ai jamais voulu te faire de mal, ajouta-t-elle, la voix tremblante.

— Tu n'as pas besoin de t'excuser, Allie. J'ai moi-même été plutôt dur avec toi. Ma mère m'a appris à être un bien meilleur homme que cela.

Allison lui adressa un regard d'une infinie tendresse.

— Comment t'en vouloir après ce qui s'est passé dans la cuisine le soir de la petite fête que j'avais organisée…

Pete eut un demi-sourire.

— Quand je vous ai entendues, tes amies et toi, raconter ces horreurs sur mon compte, je me suis senti blessé dans mon amour-propre. Je voulais croire que tu étais sortie avec moi parce que tu avais été attirée par ma personnalité et non pour relever un stupide défi entre copines.

Allison rougit avant de lui répondre.

— Je dois admettre qu'au départ, mes motivations n'avaient rien de noble. Je m'en excuse.

— Tu sais, j'ai moi-même trop considéré les femmes comme des objets sexuels pour que tu ne te sentes pas obligée de t'excuser auprès de moi.

— Mais, entre nous, il y avait quelque chose de plus que le sexe, n'est-ce pas ? demanda-t-elle avec une touchante incertitude.

— Oh, oui, mon ange ! Seulement, nous étions trop entêtés et trop fiers pour nous en rendre compte.

— Je ne l'ai pas compris tout de suite, confia Allison, les yeux brillants. Mais maintenant, je le sais : je t'aime !

— Oh, Allison ! Je suis le plus heureux des hommes. Moi, aussi je t'aime, à la folie.

Ils passèrent un long moment à s'embrasser tendrement, serrés l'un contre l'autre comme si leurs corps ne faisaient plus qu'un. Puis, il s'écarta d'elle pour la fixer droit dans les yeux et déclara :

— Ma chérie, j'ai eu tort de vouloir te forcer la main. Je me suis laissé piéger par mon orgueil et toutes ces idées fausses que j'avais de l'amour. Dieu merci, mon père m'a aidé à y voir clair. Je sais désormais que le devoir d'un homme est de chérir et de protéger sa femme et non de la modeler à son image pour prendre le contrôle de sa vie. Je veux que tu saches que rien ne t'oblige à m'épouser sur-le-champ, tout ce que je demande, c'est que tu prennes notre relation au sérieux.

— Mais c'est le cas, Pete. De tout mon cœur. C'est vrai qu'avant toi, je n'attendais rien de la part d'un homme, si ce n'est une partie de jambes en l'air sans complication. Et il y a quelques semaines encore, j'aurais juré ne jamais tomber amoureuse d'un cow-boy dans ton genre.

Allison recula alors pour mieux l'admirer.

— Mais aujourd'hui, je sais que je suis bien peu de choses sans toi.

Le visage de Pete s'illumina.

— Je ressens exactement les mêmes sentiments. Sans toi, ma vie n'a plus aucun sens.

Il prit le visage d'Allison dans ses mains.

— Alors, mon ange, quel avenir entrevois-tu pour nous deux ?

— Nous n'avons que vingt-six ans et toute la vie devant nous. Continuons de grandir ensemble, d'apprendre à nous connaître et de nous amuser.

— C'est encore ce que nous faisons de mieux, non ? plaisanta-t-il.

— Le jour viendra où nous serons prêts, l'un comme l'autre. Aujourd'hui, je t'ai trouvé et c'est la seule chose qui compte.

Il la serra contre lui et l'embrassa avec passion.

— Chaque parole que tu prononces est comme une caresse sur ma peau. A partir de maintenant, je te promets de savourer la moindre seconde de notre parcours ensemble.

Allison décocha à Pete son plus beau sourire et lui tendit la main :

— Et si nous commencions tout de suite ?

COLLECTION *Audace*

Prochain rendez-vous le 1er août 2010

UN AMANT INATTENDU, **de Marie DONOVAN • n°184**

Si elle veut aller au bout de son rêve, et partir fonder une école dans un village perdu au fin fond de la jungle de San Lucas, Claire n'a pas le choix : elle va devoir accepter la condition que son père, le puissant sénateur Cook, lui impose. A savoir, suivre un stage de survie intensif avec un professionnel, même si elle est certaine de ne pas en avoir besoin. Mais lorsqu'elle rencontre Luc Boudreaux, l'homme que son père a choisi pour l'entraîner, elle comprend que cette épreuve va être mille fois plus difficile qu'elle ne l'imaginait. Car, outre qu'il ne se donne même pas la peine de dissimuler le mépris qu'il éprouve pour elle, cet homme à la force brute et au magnétisme animal exerce sur elle un attrait si fort, si inattendu, qu'elle devine confusément que, de tous les pièges de la jungle, ce sera lui le plus dangereux…

UNE ENVIE INAVOUABLE, **de Kate Hoffmann • n°185**

De retour à Wallaroo pour s'occuper de son grand-père, Hayley Fraser reste muette de stupeur lorsqu'elle se retrouve face à Teague Quinn, le propriétaire du domaine voisin. Non qu'elle soit surprise de revoir celui dont elle était follement amoureuse, adolescente – elle savait bien qu'elle finirait par tomber sur lui –, mais elle n'imaginait pas à quel point ces retrouvailles la troubleraient. Car c'est dans les bras de Teague qu'elle a découvert l'amour, et se retrouver face à lui réveille en elle des souvenirs brûlants, et des envies encore plus impérieuses. Comme se serrer contre lui et le supplier de lui faire l'amour… Et après tout, songe-t-elle en le dévorant des yeux, ils ne sont plus les adolescents fragiles d'autrefois. Alors pourquoi se priverait-elle de goûter une ultime fois à la saveur de ses baisers et au goût de sa peau ?

A paraître le 1er juillet

Best-Sellers n° 427 • thriller

Piège de feu - Alex Kava

A peine remise d'une grave maladie, Maggie O'Dell, profiler au FBI, est appelée dans le Minnesota : un attentat vient d'avoir lieu dans un centre commercial. Sur place, elle découvre avec stupeur que son enquête va prendre une tournure très personnelle : des sources anonymes semblent en effet impliquer Patrick, son jeune demi-frère désormais introuvable. Dès lors, comment le convaincre qu'il doit absolument venir la trouver et lui faire confiance plutôt que de fuir en cédant à la panique ? Prête à tout pour le sauver, Maggie sollicite l'aide de Nick Morrelli, un expert en sécurité qu'elle connaît de longue date et à qui elle a toujours accordé une confiance absolue.

Best-Sellers n°428 • paranormal

L'émeraude des ténèbres - Gena Showalter

Depuis que sa sœur, sa mère et sa grand-mère ont été faites prisonnières d'un groupe de guerriers qui se disent immortels, Danika Ford tente de ne pas se laisser abattre. D'autant qu'elle a bon espoir de pouvoir leur venir en aide, car elle a un allié parmi ces créatures inquiétantes. Un homme qui, au péril de sa vie, lui a déjà permis d'échapper à sa bande : Reyes. Un guerrier taciturne et envoûtant, prince des seigneurs de l'ombre, dont l'image hante chaque jour un peu plus ses rêves. Pourra-t-il de nouveau lui venir en aide ? Rien n'est moins sûr, car en cherchant désespérément l'occasion de délivrer les siens, Danika, traquée de toutes parts, comprend que pour y parvenir, il lui faudra d'abord trahir Reyes.

Trilogie Les seigneurs de l'ombre, *volume n°3*

Best-Sellers n°429 • thriller

Et vous serez châtiés - Erica Spindler

L'inspecteur Mary Catherine Riggio est au désespoir : en l'espace de quelques jours, Dan, son fiancé, et Tommy, son jeune cousin, ont été abattus chacun d'une balle dans la tête. Anéantie par le chagrin, Mary Catherine n'a plus qu'une obsession : mettre la main sur celui qui a détruit sa vie et le lui faire payer. Mais l'enquête est confiée à sa coéquipière et amie de longue date, Kitt Lundgren. Et si Kitt, compatissante, l'autorise à participer aux investigations, Mary Catherine sait pertinemment qu'au moindre dérapage, elle en sera écartée.

Best-Sellers n°430 • thriller

Je te volerai ta mort - Karen Rose

A la demande d'une amie légiste, Sophie Johanssen, archéologue et historienne du Moyen Age, accepte sans hésiter d'intervenir sur une scène de crime. Mais l'excitation cède rapidement place à l'effroi car sur place, elle déterre les fruits d'une tragédie : neuf tombes contenant les cadavres positionnés selon des rites funéraires médiévaux que Sophie, en tant que spécialiste, repère immédiatement. Dès lors, comment pourrait-elle, malgré ses réticences, refuser son aide et son expertise à l'inspecteur Vito Ciccotelli – un homme qui lui a inspiré confiance dès le premier regard ? D'autant plus qu'il faut agir vite, car sept autres tombes sont déterrées – vides, elles semblent attendre les prochaines victimes.

Best-Sellers n°431 • roman

La saison des fleurs sauvages - Emilie Richards

Encore sous le choc d'un divorce douloureux, Tracy Deloche part s'installer dans la presqu'île de Happiness Key, le seul bien qu'il lui reste et que lui a transmis son ex-mari. Là, sous le soleil de Floride, elle espère prendre un nouveau départ. Mais à son arrivée, rien ne se passe comme prévu : au lieu des villas luxueuses qu'elle s'attendait à trouver, elle découvre quelques maisons au charme suranné et des habitants qui semblent se méfier d'elle –en particulier le séduisant inconnu qui vit non loin de la maison où elle s'est installée. Désemparée, Tracy ne sait pas encore qu'elle va tisser de nouveaux liens qui vont à nouveau bouleverser son existence et lui entrouvrir les portes du bonheur.

Best-Sellers n°432 • roman

Retour à Blossom Street - Debbie Macomber

Trois ans après l'ouverture de la boutique de Lydia « Au fil des jours », il dégage toujours de Blossom Street une ambiance chaleureuse et enjouée. Car Blossom Street, c'est tout un univers. L'univers de Lydia, qui tente d'aider sa famille à traverser des moments difficiles tout en construisant avec Brad de nouveaux projets. Celui de Margaret, la sœur de Lydia, qui, inquiète pour sa fille, traverse une profonde crise personnelle. Celui de Colette, enceinte, qui tente de fuir son passé et de démarrer une nouvelle vie. Mais aussi celui d'Alix, qui a accompli de grands rêves mais qui court le risque de renoncer au plus beau d'entre eux.

Série Blossom Street, *volume n°3*

Best-Sellers n°433 • historique

Sous l'emprise du destin - Susan Wiggs

Séparée de ses parents dès son plus jeune âge, au cours d'un naufrage, Pippa de Lacey a grandi dans les rues de Londres parmi les jongleurs et les comédiens. Mais voilà qu'un jour, son insolence de fille des rues heurte un gentilhomme parmi les badauds, la condamnant au pilori. Arrêtée, Pippa ne doit son salut qu'à l'intervention d'un seigneur irlandais, Aidan O'Donoghue. Séduite par son sauveur, elle accepte avec reconnaissance la protection qu'il lui offre et la proposition qu'il lui fait ensuite de l'aider à retrouver sa famille. Un cadeau inespéré que le destin lui retire lorsque Aidan est jeté en prison sur ordre de la reine ! Révoltée, Pippa décide de le faire évader. Même si cela doit la conduire à l'exil… et compromettre sa seule chance de revoir un jour ses proches.

Trilogie La Rose des Tudor, *volume n°3*

et édité par les
Harlequin
mer en juin 2010

CPI
Bussière

à Saint-Amand-Montrond (Cher)
Dépôt légal : juillet 2010
N° d'imprimeur : 100539 — N° d'éditeur : 15073

Imprimé en France